AANTREKKING

De Krinar-kronieken: deel 2

ANNA ZAIRES

Uitgegeven door Mozaika Publications, onderdeel van Mozaika LLC.

www.mozaikallc.com

Coverontwerp: Najla Qamber Designs

www.najlaqamberdesigns.com

Vertaling: Parel Blokken

e-ISBN: 978-1-63142-400-7

ISBN: 978-1-63142-406-9

PROLOOG

Met tot vuisten gebalde handen staarde de Krinar naar het beeld dat hij voor zich had.

Het was een hologram van Korum en de bewakers die op de strandhut af liepen. Een van de bewakers hief een arm omhoog en de hut spatte uiteen, waarbij de stukken hout alle kanten op vlogen. Het krakkemikkige menselijke bouwwerk was duidelijk geen partij voor het simpele nanowapen dat de bewakers bij zich droegen.

De K hief zijn hand omhoog en liet het beeld veranderen door zijn opnameapparaatje dichter naar de restanten van de hut te laten vliegen, zodat hij die nader kon bekijken. Hij maakte zich er geen zorgen over dat het apparaatje gezien zou kunnen worden – het was nog kleiner dan een mug, en het was ontworpen door Korum zelf.

Het apparaatje was perfect voor dit doeleinde.

Hij liet het boven de hut zweven zodat hij het drama kon zien dat zich ontvouwde in de kelder, die na de explosie openlag. De bewakers sprongen naar binnen terwijl Korum de wrakstukken bovengronds nauwkeurig leek te bestuderen.

Natuurlijk, dacht de K, ging zijn rivaal grondig te werk. Korum wilde zich ervan verzekeren dat niets of niemand de plaats des onheils ontsnapte.

De Kadebam – ook de K noemde hen nu in zijn hoofd zo – waren in paniek, en Rafor was stom genoeg om een van de bewakers aan te vallen. Een domme zet, dacht de K zonder veel emotie, en hij zag hoe het onzichtbare schild dat de bewakers omringde de aanval afweerde. Nu lag de zwartharige Krinar-man op de grond oncontroleerbaar te trillen. Zijn zenuwstel had een vreselijke optater gekregen doordat het in aanraking was gekomen met het dodelijke schild. Als het een mens was geweest, was hij onmiddellijk dood geweest.

De bewakers verlosten hem snel uit zijn lijden. Op bevel van hun leider sloeg een van de bewakers Rafor razendsnel bewusteloos met het stroomstootwapen dat was ingebouwd in zijn vingers.

De andere Kadebam waren slim genoeg om Rafor niet achterna te gaan. Ze bleven gewoon staan terwijl de zilveren boeien om hun nek werden geslagen. Ze zagen er boos en opstandig uit, maar ze konden niets uitrichten. Ze waren nu gevangenen, en de rechters zouden beslissen welke straf ze verdienden voor hun misdaad.

Een paar minuten later sprong ook Korum de kelder in. De K zag dat hij furieus was. Dat verraste hem niet. De Kadebam waren zo goed als verloren, want Korum zou geen genade hebben.

De K zuchtte en zette het beeld uit. Hij zou er later nog wel nauwkeuriger naar kijken. Nu moest hij eerst nadenken over hoe hij Korum kon neutraliseren en zijn plan ten uitvoer kon brengen.

De toekomst van de aarde hing ervan af.

HOOFDSTUK EEN

'Welkom thuis, liefste,' zei Korum zachtjes terwijl het groene landschap van Lenkarda onder hun voeten verscheen. Het schip landde net zo zachtjes als het was opgestegen.

Haar hart bonkte in haar borstkas. Mia stond langzaam op van de zitting die zich zo comfortabel naar haar lichaam had gevormd. Korum, die al stond, stak zijn hand naar haar uit. Na heel even aarzelen nam ze hem aan, waarbij ze zijn handpalm stevig omklemde. De man die ze de afgelopen maand als haar vijand had gezien, was nu haar enige houvast in deze vreemde omgeving.

Ze stapten uit en zetten een paar stappen, totdat Korum ineens bleef stilstaan. Hij draaide zich om naar het vaartuig en maakte met zijn vrije hand een kleine beweging. Ineens begon de lucht om het gevaarte heen te glinsteren, en Mia hoorde opnieuw het lage zoemen dat erop duidde dat er nanomachientjes aan het werk waren.

'Bouw je iets anders?' vroeg ze hem verbaasd.

Hij schudde glimlachend zijn hoofd. 'Nee, ik ben aan het afbreken.'

Mia keek toe hoe de laagjes ivoorachtig materiaal van het vaartuig leken te worden afgepeld en voor haar ogen in het niets oplosten. Binnen een minuut was het hele schip verdwenen, waren alle onderdelen weer terug veranderd in de losse atomen waaruit het in New York was opgebouwd.

Ondanks haar stress en vermoeidheid kon Mia niet anders dan vol bewondering zijn over wat ze had gezien. Het vaartuig dat hen in een paar minuten tijd duizenden kilometers had vervoerd was zomaar ineens verdwenen, alsof het nooit had bestaan.

'Waarom heb je dat gedaan?' vroeg ze aan Korum. 'Waarom zou je het afbreken?'

'Omdat het niet nodig is dat het nu bestaat en ruimte inneemt,' legde hij uit. 'Ik kan het opnieuw bouwen als we het nodig hebben.'

Dat was waar, dat kon hij inderdaad. Mia had het hem zelf zien doen op het dak van zijn appartementengebouw in Manhattan. En nu had hij het ongedaan gemaakt. Het vaartuig dat hen hierheen had gebracht, bestond niet langer.

Toen tot haar doordrong wat dat betekende, schoot haar hartslag weer omhoog, en ze kreeg ineens bijna geen lucht meer.

Een paniekgolf spoelde over haar heen.

Ze was nu gestrand in Costa Rica, in de belangrijkste K-nederzetting – waar ze voor alles afhankelijk was van Korum. Hij had het vaartuig gebouwd waarmee ze hier waren gekomen, en hij had het nu afgebroken. Als er al een andere manier was om uit Lenkarda weg te komen, wist Mia niet welke.

Wat als hij tegen haar had gelogen? Wat als ze haar familie nooit meer zou zien?

Ze zag er waarschijnlijk net zo angstig uit als ze zich voelde, want Korum gaf een kneepje in haar hand. Het gevoel van zijn grote, warme hand was op een vreemde manier bemoedigend. 'Geen zorgen,' zei hij zachtjes. 'Het komt goed, dat beloof ik.'

Mia concentreerde zich op haar ademhaling in een poging de paniek te onderdrukken. Ze kon op dit moment niet anders dan hem vertrouwen. Net als in New York kon hij alles met haar doen wat hij wilde. Hij hoefde haar dus niets te beloven wat hij niet waar zou willen maken.

Toch vrat er een irrationele angst aan haar, die de toch al niet zo prettige cocktail van emoties in haar binnenste nog eens versterkte. De wetenschap dat Korum haar al die tijd had gemanipuleerd, dat hij haar had gebruikt om het Verzet te breken, was als maagzuur dat in haar buik brandde. Alles wat hij had gedaan, alles wat hij had gezegd – het had allemaal deel uitgemaakt van zijn plan. Terwijl zij zich er druk over had gemaakt dat ze hem bespioneerde, had hij haar waarschijnlijk stilletjes uitgelachen om haar belachelijke pogingen om hem te slim af te zijn, en dan ook nog met een doel waarvan hij van het begin af aan al wist dat het gedoemd was te mislukken.

Ze voelde zich nu een enorme sukkel dat ze was meegegaan in wat het Verzet haar had verteld. Het had destijds zo logisch geleken, en ze had zich zo nobel gevoeld dat ze haar soort kon helpen in de strijd tegen de indringers die hun planeet hadden overgenomen. Maar in plaats daarvan had ze zonder het te weten een kleine groep K geholpen bij hun machtsgreep.

Waarom had ze niet even nagedacht, de hele situatie geanalyseerd?

Korum had haar verteld dat het hele Verzet aan de verkeerde kant stond, dat hun missie ondoordacht was. Ondanks haarzelf had Mia hem geloofd.

De K hadden de vrijheidsstrijders die hun Centers hadden aangevallen niet vermoord – dat simpele feit was veelzeggend als het ging om de Krinar en hoe zij tegen mensen aankeken. Als de K echt de monsters waren die het Verzet van ze maakte, zou geen van de strijders het hebben overleefd.

Tegelijkertijd vertrouwde ze niet helemaal op Korums verhaal over wat het inhield om een charl te zijn. Toen John had verteld over zijn ontvoerde zus, had er heel veel pijn in zijn stem gelegen. Dat wees erop dat het geen volslagen verzinsel was. En Korums eigen houding jegens haar sloot veel meer aan bij Johns verhaal dan bij dat van Korum zelf. Haar minnaar had ontkend dat de K mensen hielden als hun genotsslaven, maar hij had haar in hun relatie tot dusverre weinig zeggenschap gegeven. Hij wilde haar, en dus was zij zomaar ineens niet meer de baas over haar eigen leven. Ze was van de ene dag op de andere in zijn penthouse in TriBeCa terechtgekomen en nu was ze hier, in het K-Center in Costa Rica, samen met hem op weg naar een onbekende bestemming.

Hoewel ze het antwoord op haar vraag vreesde, moest ze hem stellen. 'Is Dana hier?' vroeg ze, voorzichtig omdat ze niet zijn woede over zich wilde afroepen. 'Johns zus? John zei dat zij als charl vastzit in Lenkarda…'

'Nee,' zei Korum, en hij keek haar aan met een blik die ze niet kon lezen. 'John is misleid – ik denk zelfs opzettelijk – door de Kadebam.'

'Is ze geen charl?'

'Nee, Mia, ze is nooit een charl geweest in de ware betekenis van het woord. Ze is wat je noemt een xeno – een mens die geobsedeerd is door de Krinar. Haar familie heeft dat nooit doorgehad. Toen ze Lotmir ontmoette in Mexico, smeekte ze hem om haar mee te nemen, en hij stemde daarmee in. Het laatste wat ik over haar heb gehoord, is dat ze een ander heeft overtuigd om haar mee te nemen naar Krina. Ik denk dat ze daar best gelukkig is, gezien haar voorliefde. De reden waarom ze haar familie niet heeft ingelicht toen ze wegging, heeft denk ik te maken met haar vader.'

'Wat is er dan met haar vader?'

'Dana en John hebben niet echt een gelukkige jeugd gehad,' zei Korum, en ze voelde zijn hand strakker aanspannen om de hare. 'Hun vader had al heel lang geleden moeten zijn omgelegd. We hebben sterke aanwijzingen dat Johns vader een fetisj heeft die te maken heeft met heel jonge kinderen...'

'Is hij een pedofiel?' vroeg Mia zachtjes. Er kwam gal omhoog in haar keel bij die gedachte.

Korum knikte. 'Ja. En ik geloof dat zijn eigen kinderen de voornaamste slachtoffers waren.'

Mia keek weg. Ze voelde zich misselijk en had intens veel medelijden met John en Dana. Als dit waar was, kon ze Dana niet kwalijk nemen dat ze had willen vluchten, ver weg van alles wat haar oude leven symboliseerde. Hoewel Mia uit een normale, liefhebbende familie kwam, wist ze wat huiselijk geweld inhield. Ze had de vorige zomer tijdens haar stage enkele slachtoffers ontmoet van kindermisbruik. Ze wist wat voor littekens dat achterliet bij een kind. Wanneer ze ouder werden, raakten sommigen aan de drugs of alcohol om hun pijn te vergeten. Dana had blijkbaar gekozen voor seks met Krinar als verdovend middel.

Aangenomen dat Korum niet tegen haar loog over Dana's omstandigheden, tenminste.

Mia dacht daar nog even over na en kwam tot de conclusie dat hij waarschijnlijk niet loog. Waarom zou hij? Het was niet alsof ze het met hem kon uitmaken als ze erachter kwam dat Dana hier tegen haar wil werd vastgehouden.

'En John?' vroeg ze. 'Gaat het goed met hem? En met Leslie?'

'Ik neem aan van wel,' zei hij. Zijn stem werd

hoorbaar minder warm. 'Geen van beiden is tot nog toe gevangengenomen.'

Opgelucht besloot Mia het daarbij te laten. Ze had het gevoel dat het nu op dit moment niet de slimste zet was om met Korum te praten over het Verzet. In plaats daarvan richtte ze zich weer op haar omgeving.

'Waar gaan we naartoe?' vroeg ze, om zich heen kijkend. Ze liepen door een zo te zien ongerept oerwoud. Twijgjes en takken knapten onder haar voeten en ze hoorde overal natuurgeluiden – vogels, zoemende insecten, ritselende bladeren. Ze had geen idee wat hij voor de rest van de dag van plan was, maar ze wilde het liefst diep onder een dekbed kruipen en zich een paar uur lang voor de hele wereld verschuilen. De gebeurtenissen van de ochtend en de emotionele rollercoaster die daarop was gevolgd hadden haar uitgeput, en ze was heel hard toe aan wat rust om alles te verwerken.

'Naar mijn huis,' zei Korum, en hij wendde zich tot haar. Er lag weer een voorzichtige glimlach om zijn lippen. 'Het is nog maar een klein stukje lopen. Als we daar zijn, kun je ontspannen en uitrusten.'

Mia keek hem verdacht aan. Wat hij zei kwam ongelofelijk dicht in de buurt van een antwoord op haar onuitgesproken vraag. 'Kun je mijn gedachten lezen?' vroeg ze, verschrikt bij het idee dat dat mogelijk zou zijn.

Hij grinnikte, waardoor het kuiltje in zijn linkerwang tevoorschijn kwam. 'Dat zou leuk zijn, maar nee. Ik ken je inmiddels gewoon goed genoeg om te zien wanneer je moe bent.'

Mia knikte gerustgesteld en focuste zich op haar voeten terwijl ze door het oerwoud liepen. Ondanks alles kreeg ze het door haar hele lichaam warm bij het zien van die prachtige glimlach van hem.

Wat ben je toch ook achterlijk, Mia.

Hoe kon het nou dat ze zich nog steeds zo voelde, na alles wat hij haar had laten doorstaan, nadat hij haar zo had gemanipuleerd? Wat voor iemand was zij, dat ze verliefd kon worden op een alien die haar hele leven had overgenomen?

Ze walgde van zichzelf, maar ze kon het niet helpen. Als hij zo glimlachte, vergat ze bijna alles omdat ze zo gelukkig was dat ze maar gewoon bij hem in de buurt mocht zijn. Dwars door alle verbittering heen was ze blij dat het Verzet had gefaald – dat Korum nog in haar leven was.

Haar gedachten bleven maar terugkeren naar wat hij eerder had gezegd… naar zijn bekentenis dat hij om haar gaf. Dat was hij niet van plan geweest, had hij gezegd, en Mia realiseerde zich dat ze in het begin met recht bang voor hem was geweest en hem op afstand had willen houden – omdat hij haar toen inderdaad had beschouwd als een soort huisdier, een klein menselijk speeltje dat hij kon gebruiken en wegwerpen zoals het hem uitkwam. Natuurlijk was 'om haar geven' bepaald geen liefdesverklaring, maar het was meer dan ze ooit van hem had verwacht te zullen horen. Als een zalf op een etterende wond hadden zijn woorden haar zich een klein beetje beter laten voelen; ze hadden haar hoop gegeven dat het misschien uiteindelijk toch allemaal goed zou komen, dat hij zich aan zijn belofte zou houden en dat ze haar familie weer zou zien…

Ze werd uit die gedachtegang gerukt doordat ze iets zompigs voelde onder haar voet. Mia keek verschrikt naar beneden en zag dat ze op een groot, krakend insect was gestapt. 'Gatver!'

'Wat is er aan de hand?' vroeg Korum verbaasd.

'Ik ben net ergens op gaan staan,' zei Mia vol walging. Ze probeerde haar sneaker schoon te wrijven op het dichtstbijzijnde stukje gras.

Korum zag er geamuseerd uit. 'Je gaat me toch niet vertellen dat je bang bent voor insecten?'

'Bang is niet het woord,' zei Mia voorzichtig. 'Ik vind ze gewoon smerig.'

Hij lachte. 'Waarom? Het zijn gewoon levende wezens, net als jij en ik.'

Mia haalde haar schouders op en besloot dat ze het niet hoefde uit te leggen. Ze wist niet eens of ze het zelf wel helemaal begreep. In plaats daarvan besloot ze beter op te letten. Hoewel ze was opgegroeid in Florida, hield ze niet echt van de tropische natuur in zijn rauwe verschijningsvorm. Ze had veel liever keurig aangelegde paden in prachtig ontworpen parken, waar ze op een bankje kon zitten en van de frisse lucht kon genieten met zo min mogelijk last van insecten.

'Hebben jullie geen wegen of stoepen?' vroeg ze

ontsteld, terwijl ze over iets heen sprong wat leek op een mierenhoop.

Hij schonk haar een welwillende glimlach. 'Nee. We vinden het prettig als onze leefomgeving zo dicht mogelijk bij de oorspronkelijke staat is.'

Mia rimpelde haar neus – zij vond dat helemaal niet prettig. Haar sneakers zaten nu al onder de modder, en dan mocht ze nog blij zijn dat het regenseizoen in Costa Rica nog niet officieel was begonnen. Anders zouden ze nu door een moeras lopen, stelde ze zich voor. Ze vond het vreemd dat de Krinar ervoor kozen om in zulke primitieve omstandigheden te leven, terwijl hun technologie zo geavanceerd was.

Even later kwamen ze bij een andere open plek, een veel grotere dit keer. In het midden ervan stond een vreemd crèmekleurig bouwwerk. Het had de vorm van een uitgerekte kubus met afgeronde hoeken. Er waren geen ramen of deuren – geen enkele zichtbare opening.

'Is dit je huis?'

Mia had eerder vandaag bouwwerken zoals deze gezien op de driedimensionale kaart in Korums kantoor. Ze hadden er van een afstand heel vreemd en afwijkend uitgezien, en nu ze er een recht tegenover haar had, werd die indruk alleen nog maar versterkt. Het zag er simpelweg zo ongelofelijk buitenaards uit, zo anders dan alles wat ze ooit in haar leven had gezien.

Korum knikte en leidde haar naar het gebouw. 'Ja, dit is mijn huis – en nu is het ook het jouwe.'

Mia slikte nerveus, want haar onrust nam toe bij

het laatste deel van zijn zin. Waarom bleef hij dat maar benadrukken? Was het echt zijn bedoeling om haar hier voorgoed te houden? Hij had beloofd dat hij haar terug zou brengen naar New York zodat ze haar studie kon afmaken, en Mia klampte zich wanhopig vast aan die gedachte terwijl ze staarde naar de kleurloze muren van het huis dat voor haar was opgedoemd.

Terwijl ze eropaf liepen, loste een deel van de muur plotseling voor hun neus op, zodat er een opening ontstond die groot genoeg was om doorheen te lopen.

Mia hapte verrast naar adem en Korum glimlachte om haar reactie. 'Geen zorgen,' zei hij. 'Dit is een slim gebouw. Het past zich aan aan onze behoeften en maakt een deur wanneer dat nodig is. Niets om bang voor te zijn.'

'Zou het dat voor iedereen doen, of alleen voor jou?' vroeg Mia terwijl ze voor de opening bleef stilstaan. Ze wist dat haar aarzeling om naar binnen te gaan niet logisch was. Als Korum haar als zijn gevangene wilde, kon ze daar niets tegen doen – ze bevond zich nu al in een aliennederzetting waaruit ze niet kon ontsnappen. Toch kon ze zich er niet toe zetten vrijwillig haar nieuwe 'huis' binnen te stappen tenzij ze zeker wist dat ze er ook weer uit kon wanneer ze dat wilde.

Blijkbaar had Korum door wat haar dwarszat, want hij keek haar geruststellend aan. 'Het zal ook voor jou werken. Je kunt erin en eruit wanneer je maar wilt, ook al zou het beter voor je zijn om de eerste paar weken bij mij in de buurt te blijven… in elk geval tot je gewend bent aan onze manier van leven en ik je aan een paar anderen heb voorgesteld.'

Ze ademde opgelucht uit en keek hem aan. 'Dank je wel,' zei ze zachtjes. Haar paniek ebde een beetje weg.

Misschien zou het toch niet zo erg zijn hier. Als hij haar aan het eind van de zomer maar echt terugbracht naar New York, dan zou haar verblijf in Lenkarda misschien wel precies dat worden – een paar maanden op een prachtige plek waar maar weinig mensen zich een voorstelling van konden maken, samen met het buitengewone wezen waarop ze verliefd was geworden.

Met een iets beter gevoel over de hele situatie stapte Mia door de opening, om voor het eerst in haar leven een Krinar-onderkomen binnen te gaan.

WAT ZE BINNEN AANTROF WAS TOTAAL ANDERS DAN ZE VERWACHT HAD.

Mia had zich voorbereid op iets buitenaards en hoogtechnologisch – zwevende stoelen zoals in het vaartuig waarmee ze hierheen waren gekomen en dat soort dingen. Maar nee: de kamer zag er precies zo uit als Korums penthouse in New York, tot de zachte crèmekleurige bank aan toe. Mia werd rood bij de herinnering aan wat er kortgeleden nog op die bank was gebeurd. Alleen de muren waren hier anders. Die leken te zijn gemaakt van hetzelfde doorzichtige materiaal als het vaartuig, zodat ze rechtstreeks naar buiten kon kijken. Hier was het uitzicht niet de Hudson, maar een heleboel groen.

'Heb je hier dezelfde meubels?' vroeg ze verrast. Ze liet zijn hand los en deed een stap naar voren om zijn huis nog beter in zich op te nemen. Ze kon zich niet voorstellen dat er meubelzaken waren die leverden aan K-Centers – maar goed, hij kon waarschijnlijk alles wat hij maar wilde maken met behulp van hun nanotechnologie.

'Niet helemaal,' zei Korum glimlachend. 'Ik heb het zo gedaan omdat jij zou komen. Het leek me makkelijker voor je om aan deze plek te wennen als je de eerste paar weken in een omgeving kon zijn die een beetje bekend voor je voelt. Zodra je wat gewend bent, kan ik je laten zien hoe het er hier normaal gesproken uitziet.'

Mia knipperde met haar ogen. 'Heb je dit speciaal voor mij gedaan? Wanneer?'

Zelfs met snelle fabricatie – of hoe Korum de technologie ook had genoemd die hem in staat stelde uit het niets te creëren – had hij waarschijnlijk nog wel wat tijd nodig om dit allemaal te maken. Wanneer had hij daar de tijd voor gevonden, te midden van alles wat er deze ochtend was gebeurd? Ze probeerde zich voor te stellen dat hij een bank bouwde en tegelijkertijd de Kadebam overmeesterde, en moest bijna hardop lachen.

'Een tijdje terug,' zei Korum vaag, en hij haalde zijn schouders op.

Mia fronste. 'Dus… niet vandaag?' Om de een of

andere reden vond ze de timing van dit gebaar belangrijk.

'Nee, niet vandaag.'

Ze staarde hem aan. 'Je was dit al een tijdje van plan? Mij hierheen halen, bedoel ik?'

'Natuurlijk,' zei hij onaangedaan. 'Ik plan alles.'

Mia ademde diep in. 'En als ik geen gevaar liep? Zou je het dan ook hebben gedaan?'

Hij keek haar aan met een blik waaruit ze niets kon afleiden. 'Doet het ertoe?' vroeg hij zachtjes.

Voor haar wel, maar ze had op dit moment geen zin in die discussie. Dus haalde ze maar haar schouders op en keek ze weg. Ze liet haar blik weer door de kamer gaan. Het was inderdaad enigszins geruststellend dat deze plek er bekend uitzag, en ze moest toegeven dat het aardig van hem was om dit te doen – een menselijke omgeving voor haar creëren in zijn huis.

'Heb je honger?' vroeg Korum, en hij glimlachte naar haar.

Eten voor haar klaarmaken leek een van zijn favoriete activiteiten te zijn – hij had haar vanmorgen zelfs wat te eten gegeven toen ze nog bang was geweest dat hij haar zou vermoorden omdat ze het Verzet had geholpen. Het was een van de dingen waardoor ze altijd zo verward was over hem, over hun relatie in het algemeen. Ondanks zijn arrogantie kon hij heel lief en zorgzaam zijn. Mia werd er gek van dat hij zich nooit echt helemaal gedroeg als de schurk die ze dacht dat hij was.

Ze schudde haar hoofd. 'Nee, dank je. Ik zit nog vol

van die sandwich.' Dat was waar. Het enige wat ze nu wilde doen, was ergens gaan liggen en haar hersenen uitschakelen.

'Goed dan,' zei Korum. 'Je kunt hier wat relaxen. Ik moet een paar uurtjes weg. Denk je dat je het redt in je eentje?'

Mia knikte. 'Heb je ergens een bed?'

'Natuurlijk. Kom maar mee.'

Ze volgde Korum terwijl hij door een gang liep die er herkenbaar uitzag, naar een slaapkamer die precies hetzelfde was ingericht als zijn slaapkamer in TriBeCa. Ook de badkamer zat op dezelfde plek, zag ze.

'Werkt alles hier hetzelfde als ik gewend ben?' vroeg ze.

'Ja, zo ongeveer wel,' zei hij, en hij stak zijn hand naar haar uit om haar wang te strelen. Zijn vingers voelden heel warm op haar huid. 'Het bed ligt denk ik nog lekkerder dan je gewend bent, want het maakt gebruik van dezelfde slimme technologie als de stoel in het vaartuig en de muren van dit huis. Ik dacht dat je dat niet erg zou vinden. Schrik niet als het zich naar je lichaam vormt.'

Ondanks de spanningshoofdpijn die haar slapen teisterde, moest Mia glimlachen bij de herinnering aan de comfortabele stoel in het vaartuig. 'Oké, dat klinkt goed. Ik kan niet wachten om het te proberen.'

'Ik weet zeker dat je er lekker in zult liggen.' In zijn ogen schitterde een emotie die ze niet kon plaatsen. 'Doe maar een dutje als je wilt, ik ben gauw weer terug.'

Hij boog zich naar haar toe en gaf een zedige kus op

haar voorhoofd. Daarna liep hij weg, haar achterlatend in een huis vol slimme technologie in de aliennederzetting.

NOG GEEN KILOMETER VERDEROP KEEK DE KRINAR TOE HOE ZIJN RIVAAL AANKWAM MET ZIJN CHARL.

De zachtaardige manier waarop Korum haar hand vasthield terwijl hij haar naar zijn huis leidde was niets voor hem. De K moest er haast om grinniken. Dit was een interessante ontwikkeling, zeg: er was een mensenmeisje bij betrokken. Zou dat iets veranderen? Nou, dat betwijfelde hij toch ten zeerste.

Zijn vijand zou zich niet van zijn koers laten afbrengen, zeker niet door een miezerig meisje.

Nee, er was maar één manier om het menselijk ras te redden.

En hij was de enige die dat kon doen.

HOOFDSTUK TWEE

Mia werd wakker in het pikdonker.

Ze bleef nog even liggen en probeerde te bedenken hoe laat het was. Ze voelde zich bijzonder uitgerust; elke spier in haar lichaam was ontspannen en haar hoofd was leeg. Meteen wist ze weer dat ze in Korums huis in Lenkarda was, in zijn 'slimme' bed. Ze rekte zich gapend uit en vroeg zich af hoe Korum in New York had geslapen op een gewoon mensenmatras. Ze kon zich niet voorstellen dat ze ooit in haar leven nog in een ander bed dan dit zou willen slapen.

De lakens die om haar lichaam waren gewikkeld hulden haar huid in een lichte, zachte aanraking. Ze had het heet noch koud, en het kussen ondersteunde haar hoofd en nek precies op de goede manier. De spanning die ze eerder had gevoeld, was helemaal verdwenen.

Ze was niet van plan geweest in slaap te vallen,

maar de rust had wonderen gedaan voor haar gemoedstoestand. Nadat Korum was vertrokken, had ze een douche genomen en was ze op bed gaan liggen om een paar minuten uit te rusten. Maar zodra ze lag, hadden de lakens zich om haar heen gewikkeld tot een zachte cocon, en ze had subtiele trillingen gevoeld onder de meest gespannen delen van haar lichaam. Het was alsof fijngevoelige vingers de knopen in haar rug en nek weg masseerden. Ze herinnerde zich dat ze het gevoel heerlijk had gevonden, en daarna was ze klaarblijkelijk in slaap gevallen, want ze herinnerde zich niets anders meer.

De kamer, die kennelijk doorhad dat ze wakker was, werd langzaamaan lichter, ook al was er geen duidelijke bron van kunstlicht.

Het was slim bedacht, vond Mia, om de kamer zo langzaamaan licht te laten worden. Fel licht direct na complete duisternis deed vaak pijn aan de ogen, en toch was dat hoe de meeste lichtbronnen van mensen werkten: aan of uit, zonder rekening te houden met het feit dat de overgangen van licht naar donker en andersom in de natuur veel geleidelijker gingen.

Ze had geen zin om uit het comfortabele bed te gaan, dus bleef Mia liggen en dacht ze na over haar volgende stap. Het gevoel van paniek en misselijkheid van eerder was weg, en ze kon nu wat helderder denken.

Het was waar dat Korum haar had gebruikt en gemanipuleerd.

Maar dat had hij gedaan om zijn eigen soort te

beschermen – net zoals zij had gedacht dat ze de mensheid hielp door hem te bespioneren. Het gevoel van verraad dat haar gisteren had bekropen, was irrationeel geweest, en niet fair gezien hoe zij zich tegenover hem had gedragen. Het feit dat hij niet echt iets had gedaan om haar te bestraffen voor háár verraad was veelzeggend.

Ze had te slecht over hem gedacht. Als hij haar tot nu toe geen kwaad had gedaan, zou hij dat waarschijnlijk nooit doen.

Aan de andere kant stapte hij wel moeiteloos over haar vrije wil heen. Dat ze hier in Lenkarda was, bewees dat wel. Maar goed, als hij de waarheid had gesproken, dan zou ze toch snel haar ouders kunnen gaan opzoeken, en daarna zelfs terug naar New York kunnen gaan om haar studie af te maken.

Alles bij elkaar zag haar leven er een stuk rooskleuriger uit dan ze vanmorgen had gevreesd, toen ze nog dacht dat hij haar zou vermoorden omdat ze het Verzet had geholpen.

Toch waren de omstandigheden waarin ze zich nu bevond verontrustend. Ze was in een K-Center, terwijl ze de taal niet sprak, niemand anders kende dan Korum en geen idee had hoe ze ook maar de meest basale Krinar-technologie kon gebruiken. Ze was een mens, en daarmee was ze hier een buitenstaander. Zouden de K haar dom vinden omdat ze de Krinar-taal niet sprak en geen tien boeken kon lezen in een paar uur tijd, zoals Korum wel kon? Zouden ze haar uitlachen om haar onnozelheid en gebrek aan kennis van de technologie? Ze was zelfs voor menselijke begrippen niet bepaald technisch onderlegd. En was Korums arrogante houding simpelweg zijn karakter, of was het typerend voor zijn soort en hun attitude jegens mensen?

Natuurlijk veranderde er niets aan de feiten door erover te piekeren. Of ze het nu leuk vond of niet, ze zou op z'n minst de komende paar maanden in Lenkarda zijn, en ze moest er maar het beste van maken. Er was veel wat ze hier kon leren in die tijd…

Haar gedachten werden onderbroken doordat de slaapkamerdeur zachtjes openging en Korum binnenkwam. 'Hé daar, slaapkop. Hoe voel je je?'

Mia kon een glimlach niet onderdrukken. Heel even vergat ze haar zorgen. Voor het eerst sinds ze hem had ontmoet, droeg Korum Krinar-kleding: een mouwloos shirt van zacht uitziend wit materiaal en losjes vallende grijze shorts tot vlak boven zijn knieën. Het was een simpele outfit, maar zijn lichaam kwam er prachtig in uit – zijn krachtige, gespierde bouw werd erdoor geaccentueerd. Hij zag eruit om van te watertanden. Zijn gladde, gebronsde huid straalde vitaliteit uit en zijn amberkleurige ogen glinsterden terwijl hij keek hoe zij op zijn bed lag.

'Het bed is geweldig,' vertrouwde Mia hem toe. 'Ik begrijp niet hoe je ooit ergens anders op hebt kunnen slapen.'

Hij grinnikte en ging naast haar zitten, waarbij hij een haarlok van haar pakte om mee te spelen. 'Ik weet het. Het was een vreselijke opoffering, maar jouw aanwezigheid maakte veel goed.'

Mia lachte en rolde zich op haar buik. Ze voelde zich absurd blij. 'Dus, wat nu? Krijg ik nog meer intelligente objecten om me heen? Ik moet zeggen dat jullie technologie supercool is.'

'Je weet nog niet half hoe cool onze technologie is,' zei Korum, en hij keek haar aan met een mysterieuze glimlach. 'Maar daar zal snel verandering in komen.'

Hij boog zich naar haar toe, kuste haar ontblote schouder en knabbelde toen in haar hals. Zijn mond voelde warm en zacht aan op haar huid. Mia sloot haar ogen en rilde van de prettige sensatie. Haar lichaam reageerde onmiddellijk op zijn aanraking en ze kreunde zachtjes, terwijl ze voelde hoe het warm en vochtig werd tussen haar benen.

Hij stopte en ging rechtovereind zitten.

Mia deed verrast haar ogen open en keek hem aan. 'Wil je me niet?' vroeg ze zachtjes, en ze probeerde de pijn uit haar stem te houden.

'Wat? Nee, liefste, ik wil je heel graag.' En dat was waar; ze zag het aan de warme gouden vlekjes in zijn expressieve ogen, en het zachte materiaal van zijn boxershort kon zijn erectie niet verbergen.

'Waarom stop je dan?' vroeg Mia. Ze moest heel hard haar best doen om niet te klinken als een kind dat geen snoepje kreeg.

Hij zuchtte met een gefrustreerde gezichtsuitdrukking. 'Er komt een vriend van mij hierheen die jou wil ontmoeten. Hij is er over een paar minuten.'

Mia keek hem verbaasd aan. 'Waarom wil die vriend van jou mij ontmoeten?'

Korum glimlachte. 'Omdat ik hem veel over jou heb verteld. En omdat hij een van onze meest vooraanstaande breinexperts is, die jou kan helpen met het aanpassingsproces.'

Ze fronste licht. 'Een breinexpert? Wil je me naar een psycholoog sturen?'

Grinnikend schudde Korum zijn hoofd. 'Nee, hij is geen zielenknijper. In onze samenleving is een breinexpert iemand die zich bezighoudt met alle aspecten van het brein. Hij is een soort neurochirurg, psychiater en therapeut in één – letterlijk een expert in alles wat met het brein te maken heeft.'

Dat was interessant, maar het beantwoordde haar vraag niet echt. 'En waarom wil hij mij zien?'

'Omdat ik denk dat hij iets kan doen waardoor je je hier meer thuis zult voelen,' zei Korum. Zijn vingers gleden omlaag over haar arm, zachtjes aaiend.

Dat deed hij graag, had Mia gemerkt: haar zomaar aanraken terwijl ze praatten, alsof hij constant fysiek contact verlangde. Mia vond het niet erg. Het was die chemie waar hij het eerder over had gehad. Hun lichamen trokken elkaar aan als twee ruimteobjecten.

Ze dwong haar aandacht terug naar het gesprek. 'Zoals wat?' vroeg ze, een beetje huiverig.

'Nou, zou je bijvoorbeeld graag onze taal willen verstaan en spreken?'

Mia's ogen werden groot en ze knikte gretig. 'Natuurlijk!'

'Heb je je ooit afgevraagd hoe het kan dat ik zo goed Engels spreek? En alle andere mensentalen? Hoe het kan dat wij allemaal zo begaafd zijn?'

'Ik wist niet dat je nog meer talen sprak naast Krinar en Engels,' gaf Mia toe, en ze staarde vol verwondering naar hem. Ze had zich wel heel even afgevraagd hoe hij zo goed Amerikaans-Engels had leren spreken, maar ze had altijd aangenomen dat de K simpelweg heel hard leerden voordat ze naar de aarde kwamen. Korum was buitengewoon slim, dus ze had nooit echt vraagtekens gezet bij het feit dat hij haar taal accentloos sprak. En nu kwam hij ermee dat hij nog veel meer talen sprak?

'Dus je spreekt ook Frans?' vroeg ze. Hij knikte en ze ging door: 'Spaans? Russisch? Pools? Mandarijn?' Bij alle talen maakte hij een instemmend gebaar.

'Oké... En Swahili?' vroeg Mia, ervan overtuigd dat ze hem nu te slim af was.

'Ja, ook,' zei hij, en hij glimlachte om haar verbaasde gezicht.

'Oké,' zei Mia langzaam. 'Ik neem aan dat je me nu gaat vertellen dat je dat niet alleen hebt bereikt omdat je zo intelligent bent.'

Hij grijnsde. 'Exact. Ik had die talen ook allemaal zelf kunnen leren als ik er genoeg tijd in had gestoken, maar er is een efficiëntere manier – en daar kan Saret jou dus ook mee helpen.'

Mia staarde hem aan. 'Kan hij me Krinar leren spreken?'

'Nee, beter nog. Hij kan jou hetzelfde vermogen geven dat ik ook heb: onmiddellijk begrip en kennis van elke taal, of het nu een mensentaal is of Krinar.'

Ze hapte naar adem van de shock en haar hart ging sneller slaan. 'Hoe?'

'Door een klein dingetje bij je te implanteren dat een bepaald deel van je brein verandert zodat het in feite fungeert als een zeer geavanceerde vertaalcomputer.'

'Een hersenimplantaat?' Haar opwinding maakte meteen plaats voor vrees – alles in haar verzette zich hevig tegen dat idee. Hij had al trackingapparatuur in haar handen geïmplanteerd; het laatste wat ze nodig had was alientechnologie die haar brein zou beïnvloeden. Het vermogen waarover hij het had gehad was geweldig, en ze wilde het dolgraag kunnen, maar niet tegen die prijs.

'Het implantaat is niet wat je je nu voorstelt,' zei Korum. 'Het is piepklein, niet groter dan een cel, en je zult er niks van voelen – niet van het inbrengen en niet dat het er zit.'

'En wat als ik zeg dat ik het niet wil?' vroeg Mia zachtjes. Ze vond het geen prettig idee dat Korums breinexpert al onderweg was hierheen.

'Waarom niet?' Hij keek haar fronsend aan.

'Moet je dat echt vragen?' zei ze ongelovig. 'Je hebt me beschénen – je hebt een trackingapparaatje bij me geïmplanteerd terwijl je deed alsof je mijn handen heelde. Dacht je echt dat ik ermee akkoord zou gaan dat je iets in mijn hersenen stopt?'

Korums frons werd dieper. 'Dit heeft geen andere invloed, Mia.' Hij leek zich niet in het minst schuldig te voelen dat hij haar had beschenen.

'O, echt?' vroeg ze bitter. 'Heeft het geen enkele andere invloed? Beïnvloedt het op geen enkele wijze mijn gedachten of gevoelens?'

'Nee, liefste, dat doet het niet.' Hij leek die gedachte wel amusant te vinden.

'Ik wil geen breinimplantaat,' zei Mia vastbesloten, en ze keek hem aan met een opstandige gezichtsuitdrukking.

Hij staarde naar haar terug. 'Mia,' zei hij zachtjes, 'als ik echt kwaad in de zin had, zou ik miljoenen andere manieren hebben gehad. Ik kan wat ik maar wil in je lichaam implanteren op ieder willekeurig moment, en je zou geen idee hebben. De enige reden waarom ik je dit vermogen aanbied, is omdat ik wil dat je hier een goed leven hebt, zodat je in je eentje met iedereen hier kunt communiceren. Als je dit niet wilt, is het jouw keus. Ik zal je niet dwingen. Maar er zijn maar weinig mensen die deze kans krijgen, dus ik adviseer je om er heel goed over na te denken voor je nee zegt.'

Mia keek weg. Het besef dat hij gelijk had, overviel haar. Hij hoefde haar niet te informeren of haar toestemming te krijgen om wat dan ook te doen. De paniek die ze onder controle dacht te hebben, dreigde weer omhoog te komen, en ze probeerde die uit alle macht te onderdrukken.

Iets klopte er niet helemaal. Ze ademde diep in en keek weer naar zijn gezicht, waar ze niets van kon aflezen. Het zat haar dwars dat ze hem nog steeds zo slecht kon lezen, dat de man die zoveel macht over haar had nog altijd zo'n mysterie voor haar was.

'Korum...' Ze wist niet zeker of ze dit ter sprake moest brengen, maar ze kon het niet helpen. De vraag zat haar al weken hoog. 'Waarom heb je me beschenen? Op dat moment had ik nog niet eens contact met het Verzet, dus het is niet alsof je mij in de gaten moest houden omwille van je masterplan...'

'Omdat ik zeker wilde weten dat ik jou altijd kon vinden,' zei hij, en in zijn stem klonk een bezitterige ondertoon die haar angst aanjoeg. 'Ik hield je die dag in mijn armen en wist dat ik meer wilde. Ik wilde alles, Mia. Vanaf dat moment was je van mij, en ik was niet van plan je los te laten, nog geen seconde.'

Nog geen seconde? Besefte hij wel hoe krankzinnig dat klonk? Hij had een meisje gezien dat hij wilde en dus had hij ervoor gezorgd dat hij altijd wist waar ze zich bevond.

Het feit dat hij dacht dit recht te hebben, was angstaanjagend. Hoe kon ze met zo iemand omgaan? Als het op haar aankwam kende hij geen enkele grens, en hij had geen enkel respect voor haar vrije wil. Hij had zojuist schouderophalend toegegeven dat hij iets vreselijks had gedaan wat haar ondermijnde, en ze had geen idee wat ze nu tegen hem moest zeggen.

Als reactie op haar stilte ademde Korum diep in en hij stond op. 'Je moet je maar eens aankleden,' zei hij zachtjes. 'Saret kan hier elk moment zijn.'

Mia knikte en ging overeind zitten met de lakens tegen haar borst geklemd. Dit was niet het moment om hun relatie te analyseren. Ze ademde zelf ook diep in en duwde haar angst weg. Ze kon nu toch niets doen om haar situatie te veranderen, en zich op het negatieve richten zou de zaak alleen maar verergeren. Ze moest een manier vinden om met hem samen te leven en erachter zien te komen hoe ze beter met zijn dominante aard kon omgaan.

'Wat moet ik aantrekken?' vroeg Mia. 'Ik heb geen kleren bij me...'

'Wil je een spijkerbroek en T-shirt zoals je gewend bent, of wil je je kleden zoals alle anderen hier?' vroeg Korum en hij glimlachte. Er vervloog iets van de spanning in de ruimte.

'Eh, net als alle anderen, denk ik.' Ze wilde niet voor joker lopen.

'Goed dan.' Korum maakte een kleine handbeweging en gaf haar een stuk lichtgekleurd materiaal dat er een moment geleden nog niet was geweest.

Mia staarde met grote ogen naar het kledingstuk dat hij haar zojuist had gegeven. 'Nog meer snelfabricatie?' vroeg ze, en ze probeerde te doen alsof het niet nog steeds een enorme schok was om dingen te zien materialiseren vanuit het niets.

Hij grinnikte. 'Inderdaad. Als je dit niet mooi vindt, regel ik iets anders. Toe, trek maar aan.'

Mia liet het laken los en stapte uit bed. Ze voelde zich volkomen op haar gemak bij het naakt zijn. Hoewel ze veel op hem aan kon merken, had Korum wel wonderen gedaan voor haar zelfbeeld en zelfvertrouwen. Omdat hij haar keer op keer vertelde hoe mooi hij haar vond, maakte ze zich niet meer druk over haar magere lijf, haar pluizige haar en haar bleke huid. Het zou een zegen zijn geweest om hem om haar heen te hebben gehad in haar onzekere puberjaren.

Nee, toch niet. Geen enkele puber zou onderworpen moeten zijn aan iemand die zo overweldigend was.

Ze pakte de jurk aan en trok hem aan, waarbij ze ervoor zorgde dat de laag uitgesneden kant op haar rug zat. 'Wat vind je ervan?' vroeg ze en ze draaide even een rondje.

Hij glimlachte met een warme gloed in zijn ogen. 'Staat je geweldig.'

Er zat nu een bobbel in zijn broek, en Mia glimlachte tevreden. Ondanks alles was het fijn om te weten dat ze dit effect op hem had, dat zijn verlangen even groot was als het hare. Hierin waren ze tenminste gelijk.

Nieuwsgierig naar hoe de jurk eruitzag, liep Mia naar de spiegel aan de andere kant van de slaapkamer.

Korum had gelijk: de jurk was heel mooi. Hij leek op de jurken waarin ze de vrouwelijke Kadebam had gezien: de jurk had een prachtige ivoortint met een roze gloed en viel perfect om haar lichaam. Haar rug en schouders waren grotendeels ontbloot, terwijl de voorkant van haar lichaam ingetogen bedekt was, met strategische plooien bij haar borsten om haar tepels te verbergen. De lengte was ook precies goed: de klokkende rok kwam tot ongeveer tien centimeter boven haar knieën.

Toen ze zich omdraaide, gaf hij haar een paar ivoorkleurige sandalen die gemaakt waren van ongewoon zacht materiaal. Mia trok ze aan. Ze pasten perfect en zaten verrassend lekker.

'Mooi, dank je wel,' zei ze. Ineens dacht ze aan één laatste, cruciaal kledingstuk, en ze vroeg: 'En ondergoed?'

'Dat dragen wij niet echt,' zei Korum. 'Ik kan het wel voor je maken als je erop staat, maar je zou ook kunnen proberen hoe het is met alleen deze kleding.'

Geen ondergoed? 'Wat als de jurk omhoogkruipt of iets dergelijks?'

'Dat zal niet gebeuren. Het is intelligent materiaal, ontworpen om zich precies naar je lichaam te vormen. Als je een bepaalde kant op beweegt of buigt, beweegt het met je mee, zodat je altijd bedekt bent.'

Dat was handig. Mia dacht aan de vele *nipple slips* en andere gênante momenten voor de sterren die voorkomen hadden kunnen worden met K-kleding. 'Oké, dan ben ik er klaar voor, denk ik,' zei ze. 'Ik moet alleen nog even naar de wc.'

'Goed,' zei Korum met een glimlach. 'Ik zie je in de woonkamer.'

Hij gaf nog een vlugge kus op haar voorhoofd en liep de kamer uit.

~

'Je hebt het hier mooi ingericht. Heel eenentwintigste-eeuws Amerikaans.'

Korums vriend was zojuist binnengekomen en hij liep rond met een glimlach. Hij was een centimeter of vijf kleiner dan Korum en had een net zo krachtige lichaamsbouw, evenals de getinte huidskleur die typerend was voor de K. Zijn gezicht was echter ronder en zijn jukbeenderen waren geprononceerder, waardoor hij Mia deed denken aan iemand van Aziatische afkomst.

'Tja, je weet dat ik goede smaak heb,' zei Korum, en hij stond op van de bank waarop hij samen met Mia zat om de bezoeker welkom te heten. Hij stapte op hem af en raakte heel licht zijn schouder aan met zijn handpalm, en de andere K deed hetzelfde bij Korum.

Mia vroeg zich af of dit de K-variant van handen schudden was.

Korum draaide zich naar haar toe en zei: 'Mia, dit is mijn vriend Saret. Saret, dit is Mia, mijn charl.'

Saret glimlachte en zijn bruine ogen twinkelden. Hij leek het oprecht fijn te vinden om haar te ontmoeten. 'Hallo, Mia. Welkom in ons Center. Ik hoop dat het je tot nu toe bevalt.'

Mia stond op en glimlachte terug. Het was vreemd om een andere K te ontmoeten. Op een paar vluchtige ontmoetingen met Korums collega's na was haar minnaar de enige Krinar met wie ze tot nu toe contact had gehad.

'Het bevalt me heel goed, dank je wel.'

Moest ze haar hand naar hem uitsteken? Of dat ene doen wat Korum net had gedaan? Terwijl het bij haar opkwam, verwierp ze dat idee al. Ze had geen idee wat de K voor regels hadden omtrent fysiek contact, en ze wilde niet per ongeluk iets aanstootgevends doen.

'Heb je al gelegenheid gehad om Lenkarda te bekijken? Korum zei dat je pas vanmorgen bent aangekomen.'

Mia schudde spijtig haar hoofd. 'Nee, ik heb nog niets gezien. Ik ben bang dat ik het merendeel van de dag heb geslapen.' Hoe laat was het nu überhaupt? Door de transparante wanden van het huis heen zag ze dat het buiten donker was. Het moest wel laat in de avond zijn, of misschien zelfs midden in de nacht.

'Ze had een jetlag en was erg moe van alles wat er was gebeurd,' legde Korum uit, en hij liep naar haar toe en sloeg bezitterig een arm om haar heen. Hij trok haar op de bank naast hem, en Saret nam plaats in een van de zachte leunstoelen tegenover hen.

'Natuurlijk,' zei Saret. 'Ik begrijp het helemaal. Het moet wel een hele schok voor je zijn geweest om op deze manier achter de waarheid te komen.'

Mia keek hem verrast aan. Hoeveel wist hij? Had Korum hem alles verteld, ook over haar rol in het Verzet en de aanval op hun Centers? Ze had geen idee hoe haar daden door de Krinar beoordeeld werden.

Zou ze op de een of andere manier gestraft worden voor haar hulp aan het Verzet?

'Het fijne is dat dat achter de rug is,' zei Korum, en hij nam een van Mia's handen in de zijne en wreef erover met zijn duim. Hij draaide zich naar haar toe en zei: 'Je hoeft je over al deze dingen geen zorgen meer te maken.'

'Nou,' zei Saret met een spijtige blik op zijn knappe gezicht, 'ik ben bang dat er nog wel één ding is wat Mia moet doen.'

Korums gezichtsuitdrukking werd donker. 'Ik heb ze dat al geweigerd. Ze heeft genoeg meegemaakt.'

Saret zuchtte. 'Er ligt een officieel verzoek van de Verenigde Naties…'

'De Verenigde Naties kan de rambam krijgen. Na dit fiasco staan ze niet in hun recht om ons iets te verzoeken. Ze mogen al van geluk spreken dat we het ze niet betaald hebben gezet…'

'Dat kan best zijn, maar de Raad vindt het belangrijk dat we ze deze gunst verlenen.'

Mia luisterde met een wee gevoel in haar maag naar hun discussie. De Verenigde Naties? De Raad? Wat had dit alles met haar te maken?

'De Raad kan ook de rambam krijgen,' zei Korum op onverzettelijke toon. 'Er is geen enkele reden om hieraan tegemoet te komen, en dat weten ze. Ze is mijn charl. Zij kunnen me niet vertellen wat ik moet doen.'

'Ze is niet alleen jouw charl, Korum, dat weet je best. Ze is een van de getuigen in wat de belangrijkste rechtszaak in tienduizend jaar tijd belooft te worden, om nog maar niet te spreken van de menselijke rechtspraak...'

Mia werd misselijk nu ze begon te begrijpen waar dit gesprek heen ging. 'Sorry,' zei ze zachtjes, 'maar wat wordt er precies van mij gevraagd?'

'Dat doet er niet toe,' zei Korum onaangedaan. 'Ze kunnen je nergens toe dwingen als ik het niet toesta.'

Saret zuchtte opnieuw. 'Luister, de Raad wil ook haar verklaring. Het zou echt het beste zijn als je haar dat gewoon laat doen...'

Mia staarde naar hen en begon kwaad te worden. Ze praatten over haar alsof ze een kind was, of een huisdier. Wat ze ook van haar wilden, het zou haar beslissing moeten zijn, en niet die van Korum.

'Ze kan dit op het moment niet gebruiken,' zei Korum. 'Er ligt al genoeg bewijs, en ik ben niet van plan haar nog meer stress te bezorgen...'

'Sorry,' zei Mia koeltjes, 'maar vertel me eerst eens waar dit in godsnaam over gaat.'

Saret lachte, duidelijk van zijn à propos, en Korum keek haar bestraffend aan.

'Ik denk dat jouw charl meer lef heeft dan je haar toeschrijft,' zei Saret grinnikend tegen Korum. Hij wendde zich tot Mia en lichtte toe: 'De verraders die we mede dankzij jou in de kraag hebben gevat – de Kadebam, zoals je vrienden van het Verzet hen noemden – worden berecht volgens onze wetgeving. Hoewel een juridisch proces bij ons anders is dan je gewend bent, is het ook bij ons zo dat we alle beschikbare bewijslast meenemen, evenals getuigenverklaringen. Aangezien jij nauw betrokken was, kan jouw verklaring een rol spelen in de strafmaat.'

'Willen jullie dat ik als getuige optreed in een Krinarproces?' vroeg Mia ongelovig.

'Ja, dat klopt, en we hebben ook een officieel verzoek ontvangen van de ambassadeur van de Verenigde Naties die jouw verklaring wil horen...'

'Ze doet het niet, Saret. Laat het rusten. Je kunt teruggaan naar Arus en hem meedelen dat het niet doorgaat.'

'Weet je zeker dat je het zo wilt spelen, Korum? We zijn nog maar een heel klein stukje verwijderd van de goedkeuring, en dit zal niet in ons voordeel werken.'

'Daar ben ik me van bewust,' zei Korum. 'Ik ben bereid dat risico te nemen. Het zal niet de eerste keer zijn dat ze pissig op me worden.'

Saret zag er gefrustreerd uit. 'Goed dan, maar ik denk dat je een grote fout maakt. Het enige wat ze hoeft te doen is daarheen gaan en haar verhaal vertellen...'

'Je weet net zo goed als ik dat zodra zij daar verschijnt, de Beschermer haar zal fileren. Ik wil haar dat niet aandoen. En ik wil ook niet dat ze op dit moment in de buurt komt van de VN – dat is veel te gevaarlijk. Daarbij zou het ertoe kunnen leiden dat mensenmedia het verhaal op het spoor komen, en Mia kan het niet gebruiken dat de hele wereld haar verklaring bij de Verenigde Naties ziet. Haar familie weet nog van niks.'

Haar woede zakte en Mia gaf een dankbaar kneepje in Korums hand. Ze vond zijn beschermingsdrang iets moois. Zelf kon ze ook moeilijk bepalen wat haar het minst aansprak – het idee dat ze voor een Krinarrechtbank moest verschijnen, of dat ze haar verklaring zou afleggen bij de VN en dus ten overstaan van de hele wereld.

'Arus heeft gezegd dat ze iets anders voor haar kunnen organiseren. De verklaring bij de VN kan achter gesloten deuren plaatsvinden, zodat de media er niets van vernemen. En de Raad heeft ermee ingestemd dat ze een opname van Mia's verklaring kunnen gebruiken voor het proces.'

'Zeg maar tegen Arus dat hij zelf contact met mij kan opnemen als hij dit zo graag wil,' zei Korum zachtjes en met boos toegeknepen ogen. 'Ze is mijn charl. Als hij wil dat ze iets doet, moet hij het heel, heel lief aan me vragen. Als Mia er dan ook nog mee instemt, zal ik het misschien overwegen.'

Saret glimlachte wrang. 'Goed. Ik vind het toch al niks om als tussenpersoon te fungeren. Jij en Arus moeten er samen maar uitkomen. Mij is gevraagd een boodschap over te brengen, daar houdt mijn verantwoordelijkheid op.'

Korum knikte. 'Duidelijk.'

Zijn gezichtsuitdrukking was nog steeds hard. Mia ging wat verzitten. Ze voelde zich niet prettig bij de rol die zij onbedoeld had gespeeld in dit meningsverschil. Ze moest nodig wat meer te weten zien te komen over dit proces en wat het allemaal betekende, maar ze wilde niet nog meer vragen stellen waar Saret bij was. In een poging de spanning wat te doorbreken, vroeg ze voorzichtig: 'Hoe kennen jullie elkaar?'

Saret glimlachte naar haar; hij had door wat ze probeerde te doen. 'We kennen elkaar al sinds we klein waren.'

Mia's ogen werden groot. Als ze tegelijk jong waren geweest, dan was Saret net als Korum duizenden jaren oud. 'Zaten jullie samen op school?' vroeg ze gefascineerd.

Korum schudde zijn hoofd en zijn lippen krulden zich een beetje. 'Nee, dat niet. We waren jeugdvrienden. Onze kinderen krijgen een ander soort onderwijs dan mensen – we hebben geen scholen zoals jullie.'

'O? Hoe leren jullie kinderen dan?'

Saret grijnsde naar haar. Hij leek haar nieuwsgierigheid wel leuk te vinden. 'Het meeste gaat spelenderwijs. We laten ze vaardigheden ontwikkelen door middel van sociale interactie met anderen, of dat nu kinderen zijn of volwassenen. Later in hun leven lopen ze meerdere stages met als doel om hun probleemoplossend vermogen en kritisch denkvermogen te vermeerderen.'

Mia keek hem vol fascinatie aan. 'Maar hoe leren ze dan dingen zoals wiskunde, geschiedenis en lezen en schrijven?'

Met een wegwerpgebaar van zijn hand zei Saret: 'O, die dingen zijn makkelijk. Ik weet niet of Korum je hierover al heeft verteld...'

'Nee,' zei Korum. 'Mia was pas net wakker toen je hier aankwam. Het enige waarover ik haar heb kunnen vertellen, is het taalimplantaat.'

'Ah, mooi zo.' Saret klonk opgetogen. 'Zou je dat vanavond willen krijgen, Mia?'

Mia aarzelde. Als Korum haar de waarheid vertelde, zou het nogal dom zijn om deze kans te laten schieten. 'Kun je me alsjeblieft nog eens uitleggen wat dit implantaat precies is en wat het doet?' vroeg ze aan Saret.

Korum zuchtte. Hij zag er vermoeid uit. 'Ja, Saret, vertel Mia eens precies wat het implantaat is. Het lijkt erop dat ze mijn uitleg niet vertrouwt.'

'Neem je me dat kwalijk?' vroeg ze aan hem, en ze probeerde er niet al te bitter bij te klinken.

Sarets wenkbrauwen gingen omhoog en hij grijnsde weer. 'Nog wat onopgeloste ruzies, begrijp ik.'

Korum keek hem waarschuwend aan en Sarets grijns verdween meteen. 'Geen punt,' zei hij snel. 'Ik weet niet precies wat Korum jou heeft verteld, Mia, maar het taalimplantaat is een heel eenvoudig apparaatje dat veel Krinar krijgen zodra ze volwassen worden – zodra ons brein volgroeid is. Het is een microscopisch kleine computer, gemaakt van een speciaal biologisch materiaal, die in feite fungeert als hoog geavanceerde vertaalmachine. Wat hij doet, is data converteren van de ene vorm naar de andere – gedachten naar taal en vice versa. Hij is actief in slechts één deel van het brein en heeft geen negatieve bijeffecten.'

'Zijn er weleens storingen?' vroeg Mia. 'Of kan er iets anders mee gebeuren?'

'Zoals wat?' Saret keek verbaasd. 'Deze technologie bestaat al meer dan tienduizend jaar, dus hij is allang geperfectioneerd. Er is geen sprake van storingen.'

'Kan het implantaat me iets laten denken wat ik niet wil? Of kan het mijn gedachten ergens naartoe sturen?' Nu ze dit hardop zei, hoorde Mia zelf hoe belachelijk het klonk.

Saret schudde glimlachend zijn hoofd. 'Nee, zo zit het niet in elkaar. Het is een heel simpel apparaatje. Waar jij het over hebt, is veel geavanceerdere wetenschap. Hersenspoeling en gedachten lezen zijn nog maar in de theoretische fase.'

'Maar het is dus wel in theorie mogelijk,' zei Mia vol verbazing. De psychologiestudent in haar watertandde bij de gedachte dat ze ook maar een piepkleine glimp zou opvangen van wat de Krinar allemaal wisten over het brein. Nu ze niet meer zo zenuwachtig was, zag Mia in de K tegenover haar een grote bron van informatie met betrekking tot haar vakgebied.

Saret knikte. 'In theorie wel, ja. In de praktijk nog niet.'

Ze deed haar mond open om nog een vraag te stellen, maar Korum verhinderde dat. Met een geamuseerde gezichtsuitdrukking om haar ongebreidelde belangstelling vroeg hij: 'Heb je nu een beter gevoel over het implantaat?'

Daar dacht Mia even over na. In hoeverre kon ze hem vertrouwen? Korum had al bewezen dat hij een meester was in manipulatie, en ze had geen idee hoe ze Saret moest inschatten. Maar aan de andere kant was het waar wat Korum had gezegd: ze hadden haar toestemming niet nodig om iets in haar hoofd te implanteren. Het feit dat ze de keus kreeg, trok haar uiteindelijk over de streep.

'Ik denk van wel,' zei ze langzaam.

'Goed dan. Saret, als je zo vriendelijk wilt zijn?'

'Eh, wacht even,' zei Mia, en haar hart begon sneller te slaan. 'Bedoel je dat ik het nu meteen kan krijgen? Moet ik niet onder narcose of zo?'

Saret glimlachte. 'Nee hoor. Het is heel simpel en je zult het niet eens voelen.'

'Oké…'

Korum stond op, met Mia's hand nog altijd in de zijne. Saret stond ook op en stapte naar hen toe. 'Mag ik?' vroeg hij aan Korum, en hij stak zijn hand uit naar Mia.

Korum knikte en Saret stak zijn rechterhand uit om Mia's haar achter haar linkeroor te stoppen. Ze huiverde even onder de aanraking van deze onbekende. Haar nagels drukten in Korums handpalm en ze moest de neiging onderdrukken om terug te deinzen. Hoewel ze haar hadden verzekerd dat het geen pijn zou doen, kon ze die primaire reactie niet helpen.

'Klaar.' Saret stapte achteruit.

'Wat, echt?' Mia knipperde geschokt met haar ogen.

'Ja. Je hebt nu het implantaat. Geef het een minuutje de tijd om te synchroniseren met de zenuwbanen van je brein en dan kunnen we het uittesten.'

'Maar hoe dan? Waar is het naar binnen gegaan?'

'Via je huid,' legde Korum glimlachend uit. 'Je hebt het niet gevoeld, hè?'

'Nee, ik voelde helemaal niks.' Hielden ze haar nou voor de gek?

Saret moest lachen om haar reactie. 'Goed zo, want dat hoorde je ook niet te voelen. Het apparaatje zelf heeft een pijnstillende werking, dus het kleine sneetje in de dunne huid achter je oor dat het moest maken, is pijnloos gegaan.'

Mia tilde haar linkerhand naar haar hoofd om te voelen of er een wondje achter haar oor zat, maar ze voelde niks.

'Voel je je nu anders, Mia? Zijn er gedachten in je hoofd die je niet hoort te hebben?' vroeg Korum met een spottende schittering in zijn ogen.

Ze schudde haar hoofd en fronste naar hem. Dat hij haar onwetendheid zo belachelijk maakte, stelde ze niet op prijs.

En toen stokte haar adem in haar keel.

Korum had zojuist Krinar tegen haar gesproken – en zij had hem verstaan.

'Wacht eens even,' zei ze, en de woorden kwam op een vreemde en onbekende manier uit haar mond. Toch wist ze precies wat ze betekenden, en haar aangezichtsspieren konden de klanken moeiteloos produceren. 'Je sprak Krinar tegen me!'

Korum glimlachte. 'Net als jij. Hoe voelt dat?'

Mia knipperde met haar ogen. Het voelde raar, maar het ging moeiteloos. 'Best oké,' zei ze, weer in het Krinar. 'Ik begrijp alleen niet hoe het werkt. Wat als ik iets in het Engels wil zeggen?'

'Als je Engels wilt spreken, moet je "Engels" denken,' lichtte Saret toe. 'Dan wissel je van taal. Op dit moment reageert je brein vanzelf in het Krinar omdat wij jou in die taal aanspreken. Je moet actief denken dat je Engels wilt spreken, als je dat wilt doen terwijl er Krinar tegen je wordt gesproken. Maar als je gewend raakt aan het implantaat, zal switchen tussen talen automatisch gaan en geen extra gedachte meer vereisen. Eigenlijk is het net zoiets als wanneer je meerdere talen spreekt. Je kent vast wel mensen die dat kunnen. Nu kun jij hetzelfde, alleen dan beter.'

Mia luisterde naar zijn uitleg, en nu pas drong het echt tot haar door. 'Wauw,' zei ze zachtjes. 'Dus ik kan echt elke taal spreken? Zomaar ineens?'

Ze wilde opspringen en een vreugdedansje doen. Ze weerhield zichzelf daarvan omdat ze tegenover Korums vriend niet een dom kind wilde lijken, maar het was zo ongelofelijk geweldig. Ze was altijd goed geweest in talen, op highschool had ze Spaans en Frans gehad, maar ze had beide talen nooit vloeiend onder de knie gekregen. En nu kon ze ineens elke taal spreken die ze maar wilde? Haar eerdere terughoudendheid was verdwenen; ze kon nu alleen nog maar denken aan de geweldige mogelijkheden.

'Zomaar ineens,' bevestigde Korum, en hij keek haar glimlachend aan. Saret knikte ook.

Het kostte haar veel moeite om haar waardigheid te behouden – Mia moest een enorme grijns onderdrukken. 'Dank je wel,' zei ze tegen Saret. 'Ik ben er heel erg blij mee.'

'Graag gedaan, Mia. Hopelijk tot gauw.' Saret raakte even Korums schouder aan en ging toen weg, waarbij de muur rechts van hen openging om hem door te laten.

HOOFDSTUK DRIE

Toen Saret eenmaal weg was, kon Mia haar opwinding niet meer verbergen. Ze verging zowat van het enthousiasme dat haar van binnenuit vervulde, en ze wist dat ze op dit moment aan het grijnzen was als een idioot. Maar het kon haar niks meer schelen. Haar opwinding was te groot om te onderdrukken.

Ze was nu een polyglot!

Ze stelde zich voor dat ze Kantonees sprak en de woorden kwamen meteen tot haar. Ze deed haar mond open en hoorde de harde klankentaal eruit komen toen ze tegen Korum zei: 'Ik kan het gewoon niet geloven.' Daarna schakelde ze over op Russisch en ging ze verder: 'Ik kan niet geloven dat ik dit kan!' En toen in het Duits, terwijl ze bijna door het plafond ging van enthousiasme: 'O mijn god, ik spreek ze allemaal!'

Korum lachte naar haar terug en zijn gezicht gloeide van genoegen. Hij liet haar hand los en bracht zijn hand naar haar gezicht en legde hem tegen haar wang. 'Ik ben blij dat je het zo geweldig vindt,' zei hij en hij keek naar haar. 'Ik wil je zoveel dingen laten zien, liefste…'

Mia keek naar hem op en haar enthousiasme over haar nieuwe vaardigheid ging over in iets anders. Hij was zo mooi, en zijn warme gezichtsuitdrukking liet haar hart aanzwellen. 'Korum,' zei ze zachtjes, 'ik…'

Ze wist niet wat ze kon zeggen om haar gevoelens duidelijk te maken. Er stond nog steeds zoveel tussen hen in, maar op dit moment kon ze zich niet druk maken over hoe hun relatie was begonnen, over alle leugens en verraad over en weer. Op dit moment wist ze alleen maar dat ze van hem hield en dat ze niets liever wilde dan bij hem zijn.

Ze bracht haar hand naar zijn nek en trok zijn gezicht voorzichtig naar haar toe. Staand op haar tenen kuste ze hem op de mond. Haar lippen waren zacht en onzeker tegen de zijne. Ze was het niet gewend om de eerste stap te zetten – hij was in hun relatie meestal degene die aanstuurde op seks – en ze voelde de plotselinge spanning die in zijn lijf ontstond onder haar aanraking.

Hij beantwoordde haar kus vurig en gretig, en ineens tilde hij haar op en bracht haar ergens naartoe. De bestemming bleek de slaapkamer te zijn, waar ze op bed belandden. Zijn krachtige lichaam bedekte het hare en drukte haar met zijn gewicht in de matras. Mia's handen trokken wild aan zijn shirt om het van zijn lijf af te rukken, want ze verlangde naar zijn naakte huid op de hare. Het voelde alsof ze brandde van verlangen. Haar huid was extreem gevoelig en de kledingbarrière tussen hen was simpelweg ondraaglijk. Ze wilde meer, dus ze kuste hem heviger, pakte zijn onderlip tussen haar tanden en beet er zachtjes in.

Korum zoog zijn adem naar binnen en ze voelde hoe hij zich terugtrok. Voor ze met haar ogen kon knipperen zat hij overeind op het bed en trok hij vliegensvlug zijn shirt en broek uit, zodat ze zijn grote erectie zag. De aanblik van zijn naakte lichaam was prachtig. Een en al spieren onder een gladde, goudkleurige huid, en op zijn borstkas precies de juiste hoeveelheid donkere haartjes. Ze keek er een kort moment naar tot hij zich weer over haar heen boog, haar jurk van haar lijf rukte en haar zo open en bloot voor hem liet liggen.

Hij kroop boven op haar en kuste haar weer, nog heviger dit keer, en hij liet zijn hand naar beneden gaan over haar lichaam tot aan het plekje tussen haar benen. Mia kreunde in zijn mond en drukte haar heupen omhoog naar zijn hand. Zijn vingers gleden langs haar lippen totdat hij er een bij haar naar binnen liet glijden, heel diep, en haar spieren zich aanspanden van het plotselinge genot. 'Je bent zo heerlijk nat,' mompelde hij, terwijl hij haar eerst met één en al snel met twee vingers penetreerde, haar oprekte, haar klaarmaakte voor zijn komst. Mia schreeuwde het uit en gooide haar hoofd achterover. Ze voelde de vochtige hitte van zijn lippen in haar hals, waar hij het gevoelige plekje likte en er zachtjes in beet.

Er was ook nog iets anders. Een vreemde, maar prettige sensatie die ze ergens in haar achterhoofd registreerde. Het was een soort warmte die aanvoelde als masserende vingers die over de achterkant van haar lijf gleden, die haar schouders streelden en liefkoosden, haar ruggengraat volgden, heel lichte druk uitoefenden op haar billen en de achterkant van haar heupen.

Het bed, realiseerde ze zich ergens heel ver weg. Dit moest wel het intelligente bed zijn. Meteen daarna vergat ze het omdat ze te veel opging in wat Korum deed om ook nog maar ergens anders aandacht voor te hebben. Zijn vingers hadden een ritme gevonden – twee keer oppervlakkig, een keer diep – en zijn duim wreef gekmakende cirkeltjes rondom haar clitoris. Ze drukte haar nagels in zijn rug. Haar lichaam trilde van behoefte. Eindelijk, eindelijk drukte hij zijn duim rechtstreeks op haar clit en kwam alles los. Ze lag stuiptrekkend in zijn armen terwijl het genot door haar lijf golfde, tot haar tenen aan toe.

Na de laatste naschok deed Mia haar ogen open om hem aan te kijken. Hij keek haar aan met zoveel brandend verlangen in zijn ogen dat haar adem stokte in haar keel en haar maag zich weer samentrok van verlangen aan haar kant. Zijn vingers zaten nog in haar en hij trok ze er langzaam uit, waarbij ze beefde van genot.

Hij bracht zijn hand naar zijn lippen en likte langzaam zijn vingers af om haar smaak goed te proeven. Mia staarde onafgebroken naar hem. Het lukte haar niet om weg te kijken, zelfs niet toen ze zijn knie tussen haar benen voelde en de hardheid van zijn pik tegen haar gevoelige lippen drukte.

Terwijl hij in haar ogen bleef kijken begon hij zich naar binnen te drukken, en Mia hapte naar adem. Hoewel ze een paar uur geleden nog seks hadden gehad en hij haar met zijn vingers had voorbereid, had haar lichaam een moment nodig om zich naar hem te voegen, om zich op te rekken om de pik heen die haar zo genadeloos penetreerde. Het had iets ontzettend intiems om zo met hem samen te zijn, met zijn naakte huid tegen haar borsten en zijn schacht in haar, terwijl ze elkaar aankeken. Het was alsof hij meer wilde veroveren en bezitten dan alleen haar lichaam, bedacht Mia vaag, alsof hij meer wilde dan alleen seks.

Nog steeds naar haar kijkend, begon hij zijn heupen te bewegen. Hij ging eerst langzaam en allengs steeds sneller, waarbij elke beweging de druk die zich in haar had opgebouwd verder opvoerde. Mia gaf zich kreunend en met haar ogen dicht over aan het gevoel, waarbij iedere stoot tot diep in haar buik doordrong. Korum bracht zijn hoofd naar beneden en ze voelde zijn warme adem tegen haar oor toen hij zijn tong erlangs liet glijden, waardoor ze weer huiverde. Daarna pakte hij het ritme weer op. Zijn heupen duwden zich nu met zoveel kracht in haar dat ze diep in de matras werd gedrukt en nauwelijks de kans kreeg om adem te halen tussen de stoten door.

Haar lichaam spande zich aan en Mia schreeuwde het uit toen ze weer werd meegevoerd in een orgasme. De spieren in haar binnenste trokken strak om hem heen. Naarmate haar pulseren afnam, voelde ze juist zijn pik in haar opzwellen en hij kwam met een rauwe kreet klaar, zich tegen haar aan duwend tot de stuiptrekkingen waren weggeëbd.

Mia lag zwaar ademend bij te komen met zijn lichaam drukkend op het hare. Hij had dat blijkbaar door, want hij rolde zich van haar af en trok haar tegen zich aan in een lepeltje-lepeltje-omhelzing. Zijn hand ging naar haar borst en zo hield hij haar gewoon vast, dicht tegen hem aan gedrukt. Haar galopperende hartslag vertraagde en ze voelde zich loom, ontspannen en ongelofelijk tevreden.

'Ben je moe?' fluisterde Korum in haar haar. Hij streelde met zijn duim zachtjes over haar tepel, die daardoor hard werd in zijn handpalm.

'Nee,' fluisterde ze terug. Het voelde weliswaar alsof alle spieren in haar lijf in pap waren veranderd, maar moe was ze niet, want ze had eerder zo lang geslapen. 'Hoe laat is het eigenlijk?'

'Ongeveer elf uur 's avonds.'

'Heb ik de hele dag geslapen?' Geen wonder dat ze zo fit was.

'Je moet wel uitgeput zijn geweest,' mompelde hij, en hij tilde zijn hand op om haar haar te verplaatsen. Haar krullen kietelden waarschijnlijk zijn gezicht, besefte Mia met enig plezier.

'Dus Saret komt zo laat nog bij mensen langs?' vroeg ze. Haar gedachten gingen terug naar haar nieuwe, geweldige vermogen. Er verscheen een enorme grijns op haar gezicht toen ze eraan dacht hoe ze haar familie en vrienden ermee zou verbazen. Ze zouden zó jaloers zijn.

'Dit is niet echt laat voor ons,' zei Korum. Hij draaide haar om in zijn armen zodat ze hem aankeek. 'Wij slapen niet op dezelfde manier als mensen. Ieder tijdstip voor één uur 's nachts en na vijf uur 's morgens is normaal als het gaat om werken en afspreken.'

Mia knipperde met haar ogen en haar grijns nam af. Het was natuurlijk logisch, maar dit was alweer iets waardoor zij een outsider zou zijn. Als ze zou proberen zich aan hun 'normale' tijden te conformeren, zou ze al heel snel omvallen vanwege slaapgebrek.

'Je zult je wel stierlijk hebben verveeld in New York,' zei ze zachtjes. 'Ik sliep de hele tijd en er is verder ook maar weinig te beleven in de kleine uurtjes.'

Hij glimlachte en schudde zijn hoofd. 'Nee hoor. Meestal ging ik werken als jij zo lief lag te slapen in mijn bed.'

'Wat voor werk? De ontwerpen?' vroeg Mia nieuwsgierig. Er was nog zoveel wat ze niet over hem wist, over hoe hij zijn dagen – en nachten – inrichtte als hij niet bij haar was. Het was verhelderend geweest om te zien hoe hij vandaag met Saret was. Zo had ze een glimp opgevangen van wie Korum was buiten hun relatie. Daar wilde ze meer van weten.

'Ja, ik werk vaak aan de ontwerpen. Het is mijn passie, het is wat ik het liefst doe,' zei hij bereidwillig, en hij keek haar aan met een warme blik in zijn ogen. 'Ik heb ook een bedrijf te runnen, waar ik veel tijd aan besteed. Er werken een paar zeer getalenteerde ontwerpers voor me, zowel hier als op Krina, en er is altijd wel iets wat mijn aandacht vereist...'

'Heb je werknemers op Krina?' vroeg Mia verrast. 'Hoe communiceer je dan met hen, hoe kun je op die afstand leiding geven?'

'We hebben een communicatietechnologie die sneller is dan het licht,' legde Korum uit, 'dus het maakt niet zoveel verschil of je wilt communiceren met Krina of met China. Ik kan ze natuurlijk niet zo makkelijk in levenden lijve ontmoeten, maar we hebben iets wat lijkt op jullie virtual reality zodat we vergaderingen kunnen beleggen die aardig in de buurt komen van direct contact. Jij hebt daar iets van gezien dankzij die virtuele kaart...'

Mia knikte en keek hem aandachtig aan. Ze had het idee dat er maar weinig mensen op de hoogte waren van de dingen die hij haar nu vertelde.

'Die kaart is een basic versie van de technologie. Wat we gebruiken voor interplanetaire vergaderingen is veel geavanceerder.'

'Heb jij dat ook ontworpen? Die virtual reality, bedoel ik?' vroeg Mia. Ze was benieuwd hoe ver zijn technologische inzicht reikte.

'Een van de nieuwste versies, ja. De basis van die technologie bestaat al heel lang, veel langer dan ikzelf en mijn bedrijf.'

Plotseling knorde Mia's maag. Ze werd rood van schaamte, en hij grinnikte en gaf haar een tissue om zich schoon te vegen.

'Je zult wel trek hebben nadat je de hele dag hebt

geslapen. Zullen we gaan eten en daar ons gesprek voortzetten?'

'Klinkt goed,' zei Mia, die zich nu realiseerde dat ze inderdaad honger had.

Hij stond op en trok haar van het bed. Voor ze er ook maar om kon vragen, gaf hij haar een gloednieuwe outfit die hij in een paar seconden tijd had gemaakt. Het was weer een jurk, die sterk leek op de jurk die nu aan flarden gescheurd op het bed lag, maar dan lichtgeel. Mia trok hem aan en genoot van het gevoel van het zachte materiaal op haar huid. Korum trok de korte broek en het shirt aan dat hij eerder ook aan had gehad. Zijn kleding had hun seks wonderbaarlijk genoeg overleefd.

'Ben je zover?' vroeg hij, en Mia knikte. Hij pakte haar hand en nam haar mee naar de keuken.

Net als de woonkamer en slaapkamer leek ook de keuken heel erg op die in zijn appartement in TriBeCa. Nog meer bewijs dat Korum het haar hier graag naar de zin wilde maken, dacht Mia. Ze liep naar een van de stoelen toe, ging zitten en keek verwachtingsvol naar Korum. Hij kon geweldig goed koken – zijn passie voor dingen maken gold ook voor eten – en zelfs zijn simpelste gerechten waren smakelijker dan alles wat Mia zelf bij elkaar kon kokkerellen.

'Waar heb je zin in?' vroeg hij, en hij liep naar de koelkast.

Mia haalde haar schouders op omdat ze niet wist

wat ze daarop moest zeggen. 'Geen idee. Wat heb je zoal?'

Hij glimlachte. 'Zo'n beetje alles. Wil je voedsel van Krina proberen of zou je voor nu liever iets bekends willen?'

Haar ogen werden groot. 'Heb je hier eten van Krina?'

'Het is niet geïmporteerd van Krina. Het groeit hier, in Lenkarda en in onze andere Centers. Maar we hebben de zaden wel meegebracht van onze planeet.'

'Dat zou ik graag willen proberen,' zei Mia oprecht. Ze was een avontuurlijke eter die ervan hield om nieuwe dingen te proeven. Dankzij haar Poolse afkomst was Mia opgegroeid met eten dat geen deel uitmaakte van het standaard Amerikaanse dieet, en zo was ze heel open-minded geworden als het ging om andere keukens.

Korum grijnsde. Hij leek te genieten van haar enthousiasme. Hij pakte een paar dingen uit de koelkast, sneed de vreemd uitziende planten en wortels in stukjes en deed alles in een pan om te koken.

'Hoe kook je hier normaal gesproken?' vroeg ze hem terwijl ze gefascineerd keek naar wat hij aan het doen was. 'Ik kan me niet voorstellen dat je al deze apparaten gebruikt...'

'Klopt, die gebruiken we niet. Eigenlijk koken we helemaal niet,' zei Korum, en hij pakte een rode bladgroente die een beetje leek op radicchio. 'Ik zei toch al dat onze huizen intelligente technologie bevatten?'

Mia knikte.

'Nou, een van de functies die ze hebben is dat ze ons altijd voorzien van voedsel en dat ze het klaarmaken zoals we het willen.'

Ze hapte naar adem, niet in staat haar opwinding te verbergen. 'Serieus? Je huis maakt eten voor je klaar wanneer je maar wilt?'

Hij glimlachte geamuseerd om haar reactie. 'Ik snap wel dat jou dat aanspreekt.' Mia kon absoluut niet koken, een feit waar haar moeder vaak over klaagde, maar ze hield wel heel erg van eten.

'Aanspreekt? Ik vind het geweldig!' Waarom zou iemand ooit nog koken als ze het hun huis konden laten doen?

'Het is best handig,' zei hij schouderophalend. 'Het bespaart in elk geval een hoop tijd. Maar soms wil ik toch graag iets zelf klaarmaken. De recepten in de database van het huis verfijnen.'

'Heb je op die manier zo goed leren koken? Door te spelen met die recepten?'

Korum knikte. Zijn handen masseerden de rode bladgroente op zo'n manier dat er een oranje substantie uit de bladeren kwam. 'Ja, zo ongeveer. Koken is pas sinds kort een hobby van me. Ik ben me er pas in gaan verdiepen sinds ik naar de aarde ben gekomen. En pas in de afgelopen paar maanden heb ik geleerd hoe ik menselijke apparatuur kan gebruiken in plaats van alleen maar de recepten te veranderen die het huis voor me klaarmaakt.'

Mia staarde haar minnaar ongelovig aan. Hij had

een intelligent huis dat alles kon maken wat hij maar wilde, en in plaats daarvan verspilde hij zijn tijd aan het uitvogelen van de oven. Sneed hij zelf groenten in plaats van de geavanceerde technologie te gebruiken. Ze zou dat wel nooit van hem begrijpen, dacht ze bij zichzelf. Niet dat het haar uitmaakte, natuurlijk. Juist dankzij deze vreemde hobby had zij in New York zo vaak heerlijk gegeten.

Hij was klaar met hèt uitknijpen van de rode bladeren, dus hij waste zijn handen en pakte een lange, gele plant die een beetje op een courgette leek, met een glanzende schil. In hoog tempo sneed hij de groente in stukjes en die gooide hij in een schaal, waar de rode bladeren nu zwommen in de oranje vloeistof. Daarna sprenkelde hij een groenig poeder over het hele gerecht. Hij zette de schaal midden op de tafel, schepte een paar lepels vol van de kleurrijke salade op Mia's bord en schepte zijn eigen bord nog voller. Het bestek dat hij gebruikte was vreemdsoortig. Het leken een soort grilltangen die aan de ene kant plat en aan de andere kant gekromd waren.

'Tast toe,' zei hij, en hij keek verwachtingsvol naar haar.

Naast Mia's bord lag een kleinere versie van hetzelfde bestek. Ze imiteerde hem door met haar tangen een paar bladeren vast te pakken, en ze nam een hap. De smaakexplosie op haar tong was een perfecte combinatie van zoet, zout en een beetje pittig. 'O mijn god, dit is superlekker. Wat is het?' vroeg ze zodra ze had doorgeslikt. Haar mond tintelde zowat van de veelheid aan sensaties.

Hij glimlachte. 'Het is een traditioneel gerecht uit Rolert, het deel van Krina waar mijn familie vandaan komt. Het is heel makkelijk klaar te maken, zoals je hebt gezien, maar de truc is om de *shari* – die rode plant – goed uit te persen zodat alle smaken en voedingsstoffen vrijkomen.'

Mia luisterde naar hem terwijl ze de rest van haar eten opschrokte. Zodra ze klaar was, pakte ze meteen nog meer. Hij grijnsde en nam zelf de laatste hap van zijn bord.

'Dat was heerlijk. Dank je wel,' zei Mia toen de salade helemaal op was.

'Ik ben blij dat je het zo lekker vond,' zei Korum. Hij ruimde de gebruikte borden en bestek op. In plaats van ze in de vaatwasser te doen, hield hij ze simpelweg in de buurt van een muur. Er verscheen een opening waar hij ze in plaatste. En zo was de vieze vaat opeens weg.

Bij het zien van Mia's verbaasde gezichtsuitdrukking legde Korum uit: 'Ik hou niet van afwassen, dus ik gebruik wel wat van onze technologie om dat voor me op te lossen.'

'Dus de vaatwasser staat hier alleen maar voor de sier?'

'Min of meer, ja. Je kunt hem gebruiken als je wilt, maar je hebt wel gezien wat ik net deed, toch?'

Mia knikte.

'Jij kunt hetzelfde doen als je hier in je eentje bent. Of je laat de vaat gewoon op de tafel staan, dan gaat het huis er na een paar minuten vanzelf mee aan de slag.' Hij liep terug naar de tafel, ging tegenover haar zitten en glimlachte. 'Het hoofdgerecht is over een paar minuten klaar.'

'Ik kan niet wachten,' zei Mia, en ze glimlachte naar hem terug.

Tot nu toe was het een fantastische ervaring om in Lenkarda te zijn, en ze voelde een golf van geluk over zich heen spoelen terwijl ze naar Korums prachtige gezicht staarde. Het was moeilijk te geloven dat ze nog maar vanmorgen had gedacht dat hij naar Krina zou worden gedeporteerd en dat ze nu in zijn huis in Costa Rica zat, met hem te praten in de Krinar-taal en te genieten van het eten dat hij voor haar had klaargemaakt.

Terwijl haar gedachten teruggingen naar wat er was gebeurd, verdween haar glimlach. Ze had hem vandaag voorgoed kunnen verliezen, besefte ze weer. Als Korum gelijk had over de intenties van de Kadebam, had hij wel vermoord kunnen worden als het Verzet in zijn opzet was geslaagd. Een vreselijke kilte trok door haar aderen bij die gedachte.

Het was niet gebeurd, zei ze tegen zichzelf, en ze probeerde zich weer te richten op het hier en nu, maar haar gedachten bleven toch wegdrijven. Hoewel de rebellen hadden gefaald, was het een feit dat zij had meegewerkt aan de aanval op de K-kolonies. En nu wilden ze dat zij een verklaring aflegde, herinnerde ze zich. Er trok een rilling over haar ruggengraat. Ze wilden dat ze ten overstaan van hun Raad en van de

VN vertelde over haar betrokkenheid. Korum leek te denken dat hij de macht had om haar tegen de Raad in bescherming te nemen, maar ze begreep niet hoe zoiets werkte.

'Wat is er aan de hand?' vroeg Korum, die kennelijk niet begreep waarom ze ineens zo bedachtzaam keek.

Mia ademde diep in. 'Kunnen we het hebben over wat er vanmorgen is gebeurd?' vroeg ze voorzichtig. 'En over wat er nu gaande is?'

Zijn gezichtsuitdrukking werd wat koeler en de glimlach verdween. 'Waarom?' vroeg hij. 'Het is voorbij. Ik wil graag vooruitkijken, Mia.'

Ze staarde hem aan. 'Maar...'

'Maar wat?' vroeg hij zachtjes en met toegeknepen ogen. 'Wil je echt opnieuw bespreken hoe je me hebt verraden? Hoe je me bijna de dood in hebt gejaagd? Ik ben bereid om er zand over te gooien, want ik weet dat je bang en in de war was, maar het zou echt beter zijn als je het er niet de hele tijd over hebt, liefste.'

Mia ademde scherp in en probeerde haar woede te onderdrukken. 'Ik heb alleen maar gedaan wat mij het beste leek,' zei ze vlak. 'En jij wist al die tijd wat er gaande was en hebt me gebruikt. Nu lijkt het erop dat jullie Raad me ook wil gebruiken, dus het spijt me als ik nog niet helemaal klaar ben om dit achter me te laten.'

'De Raad heeft niks over jou te zeggen, Mia,' zei Korum, en hij keek haar aan met een onleesbare blik in zijn amberkleurige ogen. 'Zij kunnen je niet vertellen wat je moet doen.'

'Waarom niet?' vroeg Mia, en haar hart begon sneller te slaan. 'Omdat ik jouw charl ben?'

'Precies.'

Ze keek hem gefrustreerd aan. 'Wat betekent dat dan, dat ik jouw charl ben?'

Hij keek haar aan met een uitgestreken gezicht. 'Het betekent dat je van mij bent en dat zij niets over je te zeggen hebben.'

Voor Mia nog iets anders kon zeggen, stond hij op en liep naar de pan op het vuur. Hij tilde de deksel op en roerde. Een onbekende, maar aangename geur verspreidde zich door de keuken. 'Bijna klaar,' zei hij, en hij kwam terug naar de tafel.

De twee seconden respijt hadden Mia geholpen om zichzelf weer bij elkaar te rapen. 'Korum,' zei ze zachtjes, 'ik moet het precies begrijpen. Jij en ik… Het voelt alsof ik meedoe aan een soort spel waarvan ik de regels niet ken. Wat is een charl precies in jullie wereld?'

Hij zuchtte. 'Ik heb je al uitgelegd dat het een term is voor de mensen met wie we een relatie hebben.'

'Waarom heeft jullie Raad dan niets te zeggen over charls? Het is jullie overheid, toch?'

'Ja, precies,' zei Korum als antwoord op haar tweede vraag. 'De Raad is onze regering.'

'En jij maakt daar deel van uit?' Mia herinnerde zich dat John zoiets had gezegd.

'Als ik daarvoor kies. Ik ben niet zo dol op politiek, maar je kunt er niet altijd onderuit.'

'Hoe kun je daarvoor kiezen?' vroeg Mia, en ze

staarde hem verbijsterd aan. 'Ben je officieel verkozen, of werkt dat op Krina anders?'

'Heel anders.' Korum stond op en liep weer naar het fornuis. 'We hebben geen democratie zoals jullie die kennen. Wie er in de Raad mag, wordt bepaald op basis van de algehele rangorde van de maatschappij.'

Mia's wenkbrauwen gingen omhoog. 'Hoe bedoel je? Hebben jullie een soort kastensysteem?'

Hij schudde zijn hoofd. 'Nee, het heeft niet te maken met je afkomst. Onze rang wordt in de loop van de tijd bepaald. Je kunt vooral opklimmen dankzij wat je bereikt en hoeveel je betekent voor de maatschappij. Onze overheid is een soort oligarchie, maar dan gebaseerd op een meritocratie.'

Dit was fascinerend en enigszins intimiderend. Korum had blijkbaar heel veel betekend voor de K-samenleving, als hij zoveel invloed had.

'Hoe groot is de Raad?' vroeg Mia, terwijl ze toekeek hoe hij de stoofpot voor hen in twee kommen schepte. Dit eten zag er niet zo exotisch uit als de sharisalade, hoewel ze iets paars zag tussen de roodbruine groentes.

'Op dit moment zijn er vijftien Raadsleden. Het aantal fluctueert – het zijn er weleens drieëntwintig geweest en ook weleens zeven. Ongeveer een derde van ons leeft hier op aarde en de anderen zijn nog op Krina.'

Hij liep met de kommen naar de tafel, ging zitten en schoof er een naar haar toe. 'Eet smakelijk,' zei hij. 'Ik ben benieuwd of je dit ook lekker vindt.'

Mia parkeerde haar vragen even en nam een grote hap van de stoofpot. Tot haar verrassing had die een rijke en hartige smaak, alsof er iets van vlees in zat. 'Is dit allemaal plantaardig?' vroeg ze, en Korum knikte. Hij keek met een glimlach naar hoe ze at. Zijn gezichtsuitdrukking was weer warm en vriendelijk.

Ze nam nog een hap. De textuur was zacht en een beetje zompig, een beetje zoals aardappels, maar het had een totaal andere smaak. De subtiele zeewierachtige smaak deed haar denken aan Japans eten, alleen dan met veel meer nuance. Na de tweede hap kon Mia niet meer ophouden. Haar smaakpapillen wilden meer van deze rijke smaak. Ze schrokte de rest van het eten in razend tempo naar binnen. 'Dit is superlekker,' mompelde ze tussen twee happen door, en Korum knikte terwijl hij zijn eigen portie opat.

Na het eten herhaalde hij het trucje met de vuile vaat, die hij naar de muur bracht zodat het huis het kon opknappen. Mia keek aandachtig naar hem om op te slaan wat hij precies deed. Het leek niet zo ingewikkeld. Hun technologie werkte nog intuïtiever dan de nieuwste iPads. Ze hoopte dat ze zich zou herinneren hoe het moest als ze ooit zelf de vaat moest doen.

'Dank je wel. Dat was heerlijk,' zei ze toen Korum klaar was.

'Graag gedaan,' reageerde hij nonchalant, en hij ging weer aan tafel zitten. Zijn gezicht zag er geamuseerd en licht spottend uit, alsof hij al kon uittekenen wat ze nu ging zeggen.

Mia's temperament begon weer terug te keren en ze besloot hem te geven wat hij van haar verwachtte. 'Waarom valt een charl niet onder jurisdictie van de Raad?' vroeg ze koppig.

'Omdat het altijd zo is geweest, Mia,' zei hij zachtjes. 'Omdat mensen alleen worden toegelaten in onze samenleving onder de voorwaarde dat ze tot een van ons toebehoren. De enige uitzondering op deze regel zijn gevallen zoals Dana, die ervoor kiezen hun oude leven achter te laten om genotsverschaffers te worden op Krina. Dus vandaar, liefste, kan de Raad niet rechtstreeks met jou in contact komen. Ze moeten het via mij spelen omdat jij volgens de Krinar-wet van mij bent.'

Mia hapte naar lucht, maar er leek te weinig zuurstof in de kamer te zijn. 'Dus ik had gelijk,' zei ze zachtjes. 'Het Verzet heeft niet tegen me gelogen; jij hebt tegen me gelogen.'

Hij leunde naar haar toe en zijn ogen kregen een diepere goudkleur. 'Ze hebben wel tegen je gelogen. Een charl is geen genotsslaaf of wat het ook is dat ze je hebben verteld. Het is heel zeldzaam om een charl te hebben, en als we er een hebben, is het een waarachtige en liefdevolle relatie.'

'Hoe kan het een waarachtige en liefdevolle relatie zijn als de twee partners in jullie maatschappij niet als gelijken worden gezien?' vroeg ze bitter.

Hij lachte en zag er oprecht geamuseerd uit. 'Zulke relaties zijn overal om je heen, Mia. Kijk maar eens naar je eigen samenleving. Wil je mij vertellen dat jullie niet geven om jullie kinderen, jullie pubers, zelfs jullie huisdieren? Om nog maar te zwijgen over het feit dat jullie zogenaamd moderne samenleving nog maar heel recent gelijke rechten voor vrouwen heeft ingevoerd, en dat een heel groot deel van de aarde dat nog steeds niet heeft…'

'Ben ik voor jou niet meer dan een huisdier?' Haar maag kneep samen in afwachting van zijn antwoord.

Hij schudde zijn hoofd en keek haar aan. 'Nee, Mia. Je bent geen huisdier. Je bent een eenentwintigjarige mensenvrouw die nog een paar stappen moet zetten op haar weg naar echte volwassenheid. Ik wou dat ik je alleen kon laten zodat je iemand kon ontmoeten zoals die mooie jongen uit de club…'

Hij had het over Peter, realiseerde Mia zich verrast.

'… maar dat gaat niet.'

Korum stond op, liep om de tafel heen en ging op een stoel naast haar zitten. Hij tilde zijn hand omhoog en streelde zachtjes over Mia's wang terwijl zij naar hem keek. Ze kon haar ogen niet van de gouden gloed in zijn ogen afhouden. 'Je zit onder mijn huid,' zei hij zachtjes, 'en nu wil ik je meer dan ik ooit voor mogelijk had gehouden. Ik weet dat je nog heel veel niet weet over mij, en over je nieuwe thuis hier, maar ik zal mijn best doen om het je zo makkelijk mogelijk te maken zodat de aanpassing goed verloopt. Maar je moet wel ophouden je zoveel zorgen te maken en je moet je niet telkens tegen mij keren. We kunnen iets heel moois met elkaar hebben, Mia, als je het maar een kans geeft.'

*D*ie nacht – haar eerste nacht in Lenkarda – had Mia vreemde en verontrustende dromen. Ze vloog weer ergens naartoe, maar nu zat ze gedurende de hele reis op Korums schoot. Haar lichaam voelde ongewoon zwaar en krachteloos aan, en ze kon zich niet bewegen. Ze kon alleen maar hulpeloos in zijn armen liggen toen hij haar ergens naartoe tilde na de landing. In haar droom bracht hij haar naar een vreemd, wit gebouw waar alles leek te zweven en de muren om de haverklap desintegreerden. Plotseling lag ze op een van die zwevende objecten en het voelde ontzettend comfortabel, alsof het gemaakt was van haar lichaam zelf. Er was een gedimd licht dat alles in een prettige gloed zette en een beeldschone vrouw praatte zachtjes tegen haar terwijl ze haar gezicht teder aanraakte met haar elegante handen. Mia droomde dat ze zelf ook iets tegen deze vrouw zei, dat ze haar vertelde hoe mooi ze was, en de vrouw lachte en zei tegen Korum dat zijn charl allercharmantst was.

Daarna was er alleen nog maar donker en was Mia de rest van de nacht in een diepe slaap, waarbij de droom uit haar geheugen wegsijpelde.

Zodra ze de volgende morgen wakker werd, sprongen haar hersenen meteen weer aan en kwam het gesprek van gisteren terug in haar hoofd. Ze kreunde en verborg haar gezicht in het kussen. Het bed begon meteen met een zachte massage om haar plotseling gespannen spieren te ontlasten.

Mia zuchtte vergenoegd en liet het bed zijn gang gaan terwijl zij daar lag na te denken over Korum en hun relatie.

Na zijn toespraakje gisteravond had hij haar naar de slaapkamer gebracht en een paar uur lang laten zien hoe goed het wel niet tussen hen kon zijn. Ze voelde nog steeds van alles gebeuren tussen haar benen als ze dacht aan alles wat hij had gedaan, de vele manieren waarop hij het haar had laten uitschreeuwen van wezenloos genot.

Ze begreep nog steeds niet wat Korum van haar wilde. Dacht hij nou echt dat ze zomaar in alles mee zou gaan? Voor zover ze nu begreep, was een charl in de Krinar-maatschappij niet heel anders dan een slaaf. Hun wetgeving schreef voor dat zij Korums bezit was, dat hij de volledige zeggenschap over haar had. Hoe kon dat leiden tot een waarlijke en liefdevolle relatie? Hij had alle macht, hij kon alles met haar doen wat hij wilde en er zou niemand ingrijpen.

En zelfs áls ze een dergelijke verhouding zou accepteren, waren er nog zoveel andere dingen die een goede relatie in de weg stonden. Zoals hij al had gezegd, was zij een eenentwintigjarig mensenmeisje dat pas net kwam kijken in de wereld. In vergelijking met een K die al duizenden jaren leefde, was ze onvolwassen en zo groen als gras. Hoe kon hij haar ooit als iets anders beschouwen dan naïef en onwetend? Zijn soort beschikte over veel geavanceerdere wetenschap en technologie, en Korum zelf had door de eeuwen van zijn bestaan heen ook ongelofelijk veel kennis opgedaan. Hoe kon een mens daar ook maar bij in de buurt komen, met een levensduur van tachtig à negentig jaar? Niet dat hij haar überhaupt nog zou willen als ze ouder werd. Hoe sterk de aantrekkingskracht op dit moment ook was, hij zou zeker zijn interesse verliezen zodra ze rimpels en grijze haren kreeg – en misschien zelfs al eerder.

Ze sloot haar ogen bij die moeilijke gedachte en probeerde ergens anders aan te denken. Deze deprimerende overpeinzingen brachten haar nergens.

Een positiever ding was dat ze zich fysiek topfit voelde. Ondanks de dromen die ze zich vagelijk herinnerde, moest ze geweldig hebben geslapen, want ze had bakken energie en haar lichaam was perfect hersteld, dus er was geen sprake van de rauwheid die ze anders voelde na hun lange sekssessies. Korum had vast weer dat genezingsapparaatje gebruikt.

Het was moeilijk te geloven dat het nog maar zaterdag was. Was het nog maar een week geleden dat ze zo naarstig aan haar essays werkte? Door alles wat er de afgelopen dagen gebeurd was, leek het wel een heel leven geleden.

Maandag zou ze officieel beginnen met haar stage in Orlando, als begeleider op een kamp voor kinderen met een lastige thuissituatie. In plaats daarvan… Nou ja, Mia had eigenlijk geen idee wat ze in plaats daarvan zou gaan doen. Ze had sowieso geen idee wat de toekomst voor haar in petto had. Haar leven had zo'n onverwachte wending genomen dat het onmogelijk was om nog iets te plannen.

Ze zou maandag officieel ook uit haar kamer in New York moeten trekken, herinnerde ze zich ineens met een wee gevoel in haar maag. Ze had een paar maanden geleden al geregeld dat ze voor de zomerperiode een onderhuurder had en dat meisje, Rita, zou er begin volgende week intrekken. Maar omdat Mia zo plotseling uit New York was vertrokken, waren al haar spullen daar nog.

Ze sprong uit bed en trok een sprintje naar de kleine tafel waarop haar tas stond. Die had ze meegenomen uit New York, en er zat iets extreem waardevols in: haar telefoon. Ze moest zo snel mogelijk Jessie bellen. Haar huisgenootje maakte zich waarschijnlijk al zorgen omdat ze sinds gisteren niets van Mia had gehoord, en ze zou zeker weten in paniek raken als ze al Mia's spullen nog in haar kamer aantrof op het moment dat Rita voor de deur stond. Jessie zou nooit van Mia verwachten dat ze zo onverantwoordelijk was om haar onderhuurder te vergeten.

Terwijl ze naar haar telefoon greep, hield Mia haar adem in en deed ze een schietgebedje dat ze hier bereik zou hebben. Maar natuurlijk was dat ijdele hoop. Er waren geen streepjes. Dat had ze ook kunnen verwachten. Ze was niet alleen in het buitenland, maar ook nog in een K-Center, waar de technologie vermoedelijk alle mobiele zendmasten blokkeerde.

Ze zuchtte, trok een badjas aan en poetste haar tanden voor ze op zoek ging naar Korum. Als ze Jessie dit weekend niet zou bereiken, zou het haar niet verbazen als er maandag een politieagent op de stoep stond bij Korums appartement in TriBeCa.

Mia kwam de woonkamer binnen en zag Korum op de bank zitten met zijn ogen dicht. Ze bleef verbaasd stilstaan en keek naar hem. Sliep hij? Ze aarzelde om hem te storen en bleef gewoon staan om deze zeldzame kans te benutten haar aliengeliefde te bekijken zonder dat hij het doorhad.

Met zijn ogen dicht was de gebronsde perfectie van zijn gezicht nog opvallender. Zijn hoge jukbeenderen sloten aan bij de krachtige neus en sterke kaaklijn, waardoor zijn gezicht alles bij elkaar even mannelijk als adembenemend was. Zijn donkere, dikke wenkbrauwen liepen in rechte lijnen boven zijn ogen en zijn wimpers leken ongelofelijk lang, nu ze als waaiers boven zijn wangen lagen uitgespreid. Zijn haar was gegroeid sinds ze hem een maand geleden had leren kennen – hij had het waarschijnlijk te druk gehad met Kadebam opsporen om naar de kapper te gaan, dacht Mia wrang – en begon over zijn oren te groeien.

Alsof hij haar blik op hem voelde, deed hij zijn ogen open. Hij glimlachte toen hij haar zag staan. 'Kom,' mompelde hij, en hij klopte naast hem op de bank. 'Hoe gaat het met je?'

Mia bloosde een beetje. 'Prima,' zei ze.

Hij bleef haar aankijken met een mysterieuze gezichtsuitdrukking, bijna alsof hij haar om een bepaalde reden bestudeerde. Omdat ze niet precies wist hoe het ervoor stond tussen hen na het gesprek van gisteren, liep Mia voorzichtig op hem af. Want hoewel ze het grootste deel van gisteravond kronkelend van genot in zijn armen had gelegen, was er nog heel veel onuitgesproken tussen hen. Op een meter afstand bleef ze staan en ze vroeg: 'Sliep je? Sorry als ik je stoorde…'

'Nee, ik sliep niet.' Haar aanname leek hem te verbazen. 'Ik was zaken aan het regelen.'

'Virtueel?' gokte Mia, en Korum knikte. Hij klopte weer op de bank.

Mia stapte dichterbij en hij stak zijn hand naar haar uit om haar op zijn schoot te trekken. Met zijn hand in haar donkere krullen trok hij haar hoofd naar hem toe en kuste haar. Zijn lippen waren heet en veeleisend, zijn tong streelde de hare totdat ze alles vergat behalve het ongelofelijke gevoel dat hij bij haar teweegbracht. Ze kon nauwelijks meer ademhalen. In plaats daarvan kreunde Mia terwijl ze als was werd in zijn armen, haar binnenste zich vulde met vloeibaar vuur, ondanks het feit dat ze uitgewrongen zou moeten zijn na de intensiteit van gisteravond.

Korum was kennelijk tevreden met haar reactie. Hij hief zijn hoofd op en keek naar haar met een halve glimlach. Haar haar liet hij los, maar hij bleef haar stevig vasthouden. 'Luister, Mia,' zei hij zachtjes. 'Het doet er niet toe wat voor etiket er op onze relatie wordt geplakt. Dat verandert niets tussen ons.'

Mia bevochtigde haar lippen. Die voelden opgezwollen na zijn kus. 'Je hebt gelijk. Het verandert niets,' zei ze instemmend. Dat ze meer wist over haar positie in de K-samenleving zorgde er niet voor dat ze zich minder tot hem aangetrokken voelde. Haar lichaam maalde er niet om dat ze, als charl, geen zeggenschap had over haar eigen leven.

Korum glimlachte, stond op en zette haar neer. 'Ik moet over ongeveer een halfuur weg voor de rechtszitting. Zou je vanaf hier willen meekijken?'

Mia's ogen werden groot. 'Bedoel je op tv?'

'Via virtual reality,' zei hij. 'Ik wil je niet meenemen, want ik wil niet het risico lopen dat de Raad je onder druk zal zetten om te getuigen.'

'Wat zou er gebeuren als ik dat wel deed? Een verklaring afleggen, bedoel ik?' Ze was ineens benieuwd waarom Korum zo vastberaden was om haar ervan te weerhouden. Natuurlijk stond ze zelf ook niet te springen om voor de Raad van de Krinar te verschijnen, maar hij leek er onevenredig bezorgd over.

'De verraders zullen een Beschermer hebben,' legde Korum uit. 'Dat is te vergelijken met een advocaat zoals je die kent, maar toch net anders. De Beschermer gelooft oprecht dat de gedaagde onschuldig is. Vaak is het een familielid of een vriend. Wanneer je als Beschermer optreedt, zet je alles op het spel: je reputatie, je plaats in de samenleving. Als het je niet lukt om te bewijzen dat degene die je in bescherming neemt onschuldig is, word je bijna net zo zwaar gestraft.'

'Heeft iedereen een Beschermer?' vroeg Mia terwijl ze probeerde dit vreemde systeem te bevatten.

Korum schudde zijn hoofd. 'Nee. Maar deze verraders helaas wel. Een van de verraders, Rafor, is de zoon van Loris, een van de oudste Raadsleden. Loris heeft het op zich genomen om in dit geval zelf als Beschermer op te treden. Hij is een van de meest meedogenloze individuen die ik ken. Hij zou zich door niets of niemand laten weerhouden als het gaat om de bescherming van zijn zoon. O ja, en hij haat me. Als ik jou daar laat optreden als getuige, zal hij alles doen wat in zijn macht ligt om het te laten lijken alsof je een irrationeel, hysterisch mens bent dat ik heb gemanipuleerd voor mijn eigen doeleinden. Hij zal je publiekelijk vernederen, ten overstaan van iedereen laten instorten, en ik sta dat niet toe.'

Mia slikte. Ze begon het te begrijpen. 'Zijn er geen regels met betrekking tot het soort vragen dat de getuige gesteld kan worden?'

'Nee,' zei Korum. 'Als er zoveel op het spel staat, is alles toegestaan. Het enige wat een Beschermer niet mag, is jou fysiek geweld aandoen. Maar er zijn geen regels die hem ervan weerhouden om je verbaal kapot te maken. En geloof me: Loris is daar heel goed in.'

'Ik snap het,' zei Mia langzaam. Er ontstond een knoop in haar maag bij de gedachte dat ze het zou moeten opnemen tegen een meedogenloos Raadslid dat alles op alles zou zetten om zijn zoon te beschermen.

'Maar maak je geen zorgen,' zei Korum. 'Het gaat niet gebeuren. Op z'n hoogst krijgen ze een opname van jouw getuigenverklaring. En dan nog alleen als Arus er echt om smeekt.'

'Wie is Arus?' Mia herinnerde zich dat die naam eerder was genoemd, toen Saret hier was.

'Een ander Raadslid. Hij is ook onze ambassadeur voor de menselijke regeringen.'

'Mag je hem ook niet erg?' raadde Mia.

Korums lippen vormden een grimmige, humorloze glimlach. 'Laten we het erop houden dat we de nodige meningsverschillen hebben gehad.' De blik in zijn ogen was koel en afstandelijk. Mia huiverde een beetje en was blij dat die blik niet voor haar bedoeld was.

'Ik snap het,' zei ze weer. Dat was niet echt het geval, maar het leek haar beter om dit onderwerp verder te laten rusten. Ze ademde diep in en herinnerde zich weer waarom ze naar hem toe was gekomen. 'Eh, Korum, ik wilde je iets vragen...'

Zijn gezichtsuitdrukking werd wat milder. 'Zeg het maar.'

Mia keek hem hulpbehoevend aan. 'Ik moet Jessie bellen. Mijn telefoon heeft hier geen bereik...'

Zijn wenkbrauwen gingen omhoog. 'Je huisgenootje bellen? Waarom?'

'Omdat ze zich zorgen zal maken als ze over een paar dagen nog niets van me heeft gehoord,' legde Mia uit, 'en omdat ik haar om een grote gunst moet vragen. Al mijn spullen staan nog in mijn kamer en het meisje dat die gaat onderhuren, komt maandag. Ik had gisteren al alles ingepakt moeten hebben en er weg moeten zijn, maar...'

'Maar nu ben je hier,' zei Korum. Hij begreep het meteen. 'Oké, je kunt Jessie bellen en haar laten weten wat er aan de hand is. Misschien kan zij je spullen voor je inpakken. Zo ja, dan kan ik mijn chauffeur erheen sturen om ze op te halen en naar mijn appartement in New York te brengen.'

'Dat zou geweldig zijn. Dank je wel,' zei Mia met een opgeluchte glimlach. 'Als ik ook nog snel mijn ouders zou mogen bellen, zou dat helemaal fantastisch zijn.'

Hij glimlachte naar haar. 'Geen probleem. Ik zou hun alleen níét vertellen waar je bent.'

'Nee, zeker niet,' zei Mia onmiddellijk. Ze probeerde zich voor te stellen hoe haar ouders zouden reageren als ze vertelde dat ze in een alienkolonie in Costa Rica was. Het was geen goed idee. Vooruitdenkend vroeg ze: 'En als ik naar Florida ga? Wat moet ik dan tegen ze zeggen?'

Korum haalde zijn schouders op. 'Tegen die tijd kun je denk ik wel de waarheid vertellen. Dan ben ik bij je, dus dan kunnen ze mij alle vragen stellen die ze maar hebben. Ze zullen zich er waarschijnlijk van willen verzekeren dat je veilig bent.'

Mia's mond zakte open. 'Ga je mee naar mijn ouders?'

'Natuurlijk. Waarom niet?'

'Eh...' Mia kon wel honderd redenen bedenken. Ze ging voor de eerste die bij haar opkwam. 'Nou, ik weet niet hoe ze zullen reageren, weet je, op wat je bent...'

Hij keek geamuseerd. 'Een Krinar? Daar moeten ze dan maar aan wennen als ze contact met je willen houden.'

Mia staarde hem aan. 'Hoe bedoel je, als ze contact met me willen houden?'

'Ik bedoel, Mia,' zei hij zachtjes, 'dat jij nu met mij bent, en je familie moet dat maar accepteren.' Bij het zien van haar nerveuze gezichtsuitdrukking voegde hij eraan toe: 'Maak je geen zorgen, ik zal vriendelijk tegen ze zijn. Ik weet dat ze om je geven, dus ik zal mijn best doen om ze gerust te stellen.'

EEN PAAR MINUTEN LATER – Mia was nog niet bekomen van de schokkende gedachte dat haar ouders haar aliengeliefde zouden ontmoeten – gaf Korum haar een dun zilveren armbandje dat op een horloge leek.

'Dit heb ik voor jou gemaakt,' zei hij, en hij deed het om haar linkerpols. 'Het is jouw persoonlijke computer hier in Lenkarda. Je kunt het gebruiken om contact te leggen met menselijke telefoons en computers, en je kunt ermee videobellen met je familie. Ik heb al je contacten er al in gezet...'

Mia keek verrast naar het mooie sieraad om haar arm. Het zag er stijlvol uit. Ze herinnerde zich vaag dat ze ooit op tv had gezien dat K dergelijke sieraden droegen. 'Hoe werkt het?' vroeg ze, want ze zag geen knopjes.

'Het reageert op spraakcommando's. Dat is voor jou op dit moment de makkelijkste manier om onze technologie te bedienen.'

'Dus het begrijpt me als ik de instructies gewoon uitspreek?'

Korum knikte. 'Het zal je perfect begrijpen, welke taal je ook spreekt. Ik heb het speciaal voor jou ontworpen.'

Mia knipperde met haar ogen. Ze wist het niet zeker, maar ze had het vermoeden dat Korum een van de weinige K was die zoiets konden, een uniek stukje technologie maken voor zijn charl. 'Dank je wel,' zei ze dankbaar. 'Dan ga ik nu Jessie bellen.'

Ze had behoefte aan wat privacy, dus ging ze naar de slaapkamer. Zodra ze op bed zat, bracht ze haar pols wat dichter naar haar mond en zei ze tegen de armband: 'Bel Jessie, alsjeblieft.' Twee seconden later hoorde ze een kiestoon.

'Hallo?' Dat was Jessies stem die uit het kleine apparaatje om Mia's pols kwam. Anders dan Mia gewend was van speakers in telefoons, hoorde ze Jessies stem nu kraakhelder, alsof ze naast haar in de kamer stond.

In de hoop dat Jessie haar net zo goed kon verstaan, zei Mia: 'Hé Jessie, hoe gaat het? Ik ben het, Mia.'

'Mia? Waar bel jij vandaan?' Jessie klonk verbaasd. 'Je belt met een privénummer.'

'Ja, eh, ik eh… Ik ben op het moment niet in de stad…'

'Wat? Waar ben je dan?'

'Eh… in Costa Rica.'

'Wát?!' Jessies uitroep was oorverdovend hard.

Mia wreef over haar oren. 'Ja, het was nogal ongepland, maar niks aan de hand. Ik ben hier met Korum en…'

'O mijn god, wat doe je in hemelsnaam in Costa Rica? Heeft die klootzak je mee daarheen gesleurd? Want als dat zo is…'

'Nee, Jessie, er is niks aan de hand! Ik wilde je gewoon even bellen om je te laten weten waar ik ben…'

'Mia, wat doe je in Costa Rica?' Jessie klonk een heel klein pietsje kalmer, alhoewel Mia nog steeds de paniekerige ondertoon in de stem van haar huisgenoot kon horen. 'En waar in Costa Rica ben je precies?'

Ze pauzeerde even om na te denken over de beste

manier om alles uit te leggen. 'Nou, ik ben in Lenkarda. Dat is het K-Center hier in Costa Rica...'

'O mijn god, Mia, heeft hij je mee daarheen genomen? Is hij erachter gekomen?' Jessies stem klonk nu doodsbang. 'Weet hij van... je-weet-wel?'

Mia zuchtte. 'Ja. Hij wist het al die tijd al. Geen zorgen, het is nu in orde...'

'Hoe bedoel je, hij wist het al die tijd al?'

'Luister, Jessie, ik wil nu niet het hele verhaal vertellen, maar geloof me als ik zeg dat ik niet in gevaar ben, oké?' Mia praatte snel, want ze besefte dat ze waarschijnlijk maar een paar minuten had voordat Jessie iets doms zou doen – zoals weer contact opnemen met het Verzet. 'We hebben alles uitgepraat. Het bleek te gaan om een misverstand van mijn kant. Nu is het weer in orde. Ik blijf hier deze zomer. Over een paar weken gaan we naar Florida om mijn ouders op te zoeken, en daarna kom ik terug naar New York voor het nieuwe collegejaar. Je hoeft je echt nergens zorgen over te maken, beloofd.'

Het was een paar seconden stil voordat Jessie zachtjes zei: 'Ik snap het gewoon niet, Mia. Wil je me nu vertellen dat de alien die je bespioneerde je heeft meegenomen naar een K-Center en dat desondanks alles in orde is?'

Mia ademde diep in. 'Het ís in orde. Echt waar. Het was een foute beslissing van me om bij het Verzet betrokken te raken. Korum heeft alles uitgelegd. Ik begreep de situatie eerder gewoon niet...'

'En nu wel dus? Hoe weet je of je hem kunt geloven?'

'Ik moet hem wel vertrouwen, Jessie. Hij heeft op dit moment geen enkele reden om tegen me te liegen.' Dat hoopte ze tenminste maar.

'Heeft hij je toestemming gegeven om mij te bellen?'

Mia glimlachte. 'Ja, anders zou ik het niet hebben gekund. Dus zo zie je maar: het is niet wat je denkt.' Ze kon de radertjes in Jessies hoofd bijna horen draaien.

'Oké, dus je meent serieus dat je in een K-Center bent en dat het helemaal prima met je gaat. Je gaat terugkomen voor het nieuwe studiejaar en alles?'

'Absoluut,' zei Mia, opgelucht dat Jessie bijdraaide. 'Het enige wat er is gebeurd, is dat mijn zomerplan is omgegooid van Florida naar Costa Rica.'

'En je stage in Orlando dan?'

'Dat is nog niet helemaal afgehandeld,' gaf Mia onwillig toe. 'Ik moet ze bellen en laten weten dat ik niet meer in staat zal zijn te komen.'

'Dus je gaat in de zomer voor je laatste studiejaar geen stage lopen? Dat is een domme carrièrekeuze, Mia.'

'Ja, weet ik,' zei ze. Ze had het echt niet nodig dat Jessie haar daaraan herinnerde. 'Misschien kan ik iets krijgen voor tijdens het studiejaar als ik contact opneem met het stagebureau van de uni. Ik vogel het wel uit. Maar ik ga binnenkort sowieso voor een paar dagen naar Florida, dus dat is fijn.'

'Samen met hem?'

'Ja.' Mia grinnikte bij de gedachte aan wat ze haar huisgenootje nu kon meedelen. 'Hij wil mijn ouders ontmoeten.'

'Wát? Je maakt een grapje.'

Mia lachte. 'Echt, hè.'

'Wil hij met je trouwen of zo?' Jessie klonk precies zo ongelovig als Mia zich ook nog steeds voelde.

'Nee, natuurlijk niet,' zei Mia. Die gedachte liet haar hersens even vastlopen. 'Ik denk dat hij gewoon aardig wil doen. Of zo. Ik heb geen idee of het in de K-cultuur iets betekent om de ouders te ontmoeten. En ach, hij is toch veel ouder dan zij, dus het is niet alsof hij geïntimideerd zal raken...'

'Wauw, Mia,' zei Jessie langzaam. 'Ik weet niet wat ik moet zeggen...'

'Je hoeft niets te zeggen. Ik weet dat het allemaal te gek voor woorden is, maar het gaat goed met me. Ik belde je eigenlijk om je om een gigantische gunst te vragen...'

'Laat me raden,' zei Jessie droogjes. 'Rita komt hier maandag naartoe verhuizen en je kamer ligt nog vol met al die geweldige nieuwe kleding van je.'

'Ja, precies.' Mia voorzag haar stem van een smekende toon. 'Jessie, als je dit voor me doet, zal ik je zo dankbaar zijn...'

Ze hoorde Jessie zuchten. 'Natuurlijk doe ik dit voor je. Maar waar moet ik alles laten? In een opslag?'

'Nee, Korums chauffeur in New York komt de spullen ophalen en naar zijn appartement brengen.'

'Ah,' zei Jessie. Ze klonk aarzelend. 'Betekent dit dat je officieel bij hem intrekt?'

'Nee, natuurlijk niet! Het is alleen maar voor de zomermaanden, in plaats van een opslag, snap je.'

'Ik weet het niet, Mia.' Jessie klonk weer bezorgd. 'Op de een of andere manier zie ik je hier niet terugkomen...'

'Jessie...' Mia wist niet wat ze moest zeggen. Ze kon niets beloven, want er was nog zoveel onzeker. Zou Korum willen dat ze bij hem in TriBeCa kwam wonen zodra ze teruggingen naar New York? En zou dat een slecht idee zijn? Ze kende hem op dit moment nog maar een maand, en ze kon zich geen beeld vormen bij hoe hun relatie er over twee maanden uit zou zien.

'Het is al goed, je hoeft niets te zeggen,' zei Jessie met een gemaakt opgewekte stem. 'We kunnen toch niet voorgoed huisgenoten blijven. Dit zou vroeg of laat gebeurd zijn. Oké, het gebeurt onder nogal vreemde omstandigheden, maar zijn penthouse is vast veel mooier dan ons kakkerlakkengebouw.'

'Jessie, alsjeblieft... Het is nog te vroeg om hierover te speculeren.'

'Ik weet het niet,' zei Jessie op plagerige toon. 'Jullie hebben de vaart er behoorlijk in, als hij nu al meegaat naar je ouders en alles.'

Mia lachte en schudde berispend haar hoofd, ook al kon haar huisgenootje dat niet zien. 'Kom nou, nu doe je gewoon belachelijk.'

Ze praatten nog wat, waarbij Jessie informeerde

naar hoe Mia het tot nu toe had gehad in Lenkarda. Mia vertelde haar over het eten en schepte op over de slimme technologie, waarbij ze vooral tot in detail inging op het bed. Zoals verwacht gaf Jessie toe dat er ontegenzeggelijk voordelen zaten aan een relatie met een K. Ze was ook heel erg onder de indruk van Mia's plotselinge taalvaardigheid.

'Kun je me echt verstaan?' vroeg ze in het Mandarijn, een taal die zij kende omdat ze de dochter was van Chinese immigranten.

'Ja, Jessie, ik kan je echt verstaan. Ongelofelijk hè?' antwoordde Mia in dezelfde taal, en ze moest opnieuw over haar oren wrijven omdat Jessie het uitgilde van verrukking.

Nadat ze Jessie had beloofd dat ze over een paar dagen weer zou bellen, zei Mia tegen het apparaatje dat het de verbinding mocht verbreken.

Nu waren haar ouders aan de beurt.

Haar moeder vond het fijn om van haar te horen, ook al leek ze zich zorgen te maken over het feit dat Mia niet met haar normale telefoonnummer belde.

'Geen zorgen, mam,' verklaarde Mia. 'Mijn telefoon is ermee opgehouden, dus ik heb nu een tijdelijk toestel, maar ik heb nog niet helemaal door hoe alles werkt.' Dat was grotendeels waar. Haar telefoon deed het hier in het K-Center inderdaad niet en ze had Korums apparaatje nog niet helemaal uitgevogeld.

'Goed dan, liefje,' zei haar moeder. 'Vergeet niet ons af en toe te bellen of een berichtje te sturen.'

'Zal ik zeker doen,' beloofde Mia. 'Ik ben de komende paar dagen druk met het vrijwilligersproject, maar ik bel jullie sowieso woensdag.'

'Hoe gaat het daar eigenlijk mee?' vroeg haar moeder licht geïrriteerd. Mia had haar ouders verteld dat ze een paar weken langer in New York bleef om een docent van haar te assisteren die een speciaal programma had opgezet voor highschooljongeren met een achterstand. Haar moeder was natuurlijk niet blij geweest dat ze haar jongste dochter pas veel later zou zien dan verwacht.

'Het is te gek,' loog Mia. 'Ik leer heel veel, en het zal geweldig staan op mijn cv.' Ze kromp ineen omdat ze zo tegen haar ouders moest liegen, maar ze kon hun niet de waarheid vertellen. Nog niet. Korum had gelijk: het zou het beste zijn als ze hem persoonlijk ontmoetten en met hem konden praten zodat hij hun zorgen kon verlichten. Als Mia hun nu vertelde waar ze was, zouden haar ouders niet weten waar ze het zoeken moesten.

Ze probeerde het gesprek een andere kant op te sturen door te vragen: 'Hoe gaat het met papa? Heeft hij nog last gehad van hoofdpijn?'

'Ja, een paar dagen terug,' zei haar moeder zuchtend. 'Niet heel erg heftig, gelukkig.'

'Zeg tegen hem dat hij niet zo moet stressen en dat hij wat minder moet computeren. En regelmatig een wandeling maken. Oké?'

'Natuurlijk, liefje. We doen ons best.'

'Pas goed op jezelf, oké?'

Dat beloofde haar moeder. Daarna praatten ze nog wat totdat Mia het gesprek beëindigde en op zoek ging naar Korum voordat hij naar de rechtszaak moest.

Hij had aangeboden dat ze de zaak op afstand kon volgen, en ze was van plan dat aanbod aan te nemen.

HOOFDSTUK VIJF

Zonder aarzelen liep Mia de grote, witte koepel binnen. Een deel van de muur desintegreerde zodat ze erdoor kon. Korum had haar verzekerd dat niemand haar kon zien, horen of voelen in deze versie van zijn virtuele wereld. Ze kon het proces van heel dichtbij meemaken zonder stress en zonder ongewenste ontmoetingen met de Beschermer. Er waren ook interactieve varianten van virtual reality, had hij verteld, maar die waren ongeschikt voor deze situatie. Hijzelf zou in levenden lijve bij het proces zijn. Dat was zijn verantwoordelijkheid als Raadslid en als een van de hoofdaanklagers in deze zaak.

Bij het binnengaan van de koepel viel Mia's mond open van verbazing. Het krioelde hier van de Krinar, zowel mannen als vrouwen, allemaal gekleed in de lichtgekleurde kleding die ze zo graag droegen. Het was een overweldigend gezicht. Duizenden lange, beeldschone aliens met een goudkleurige huid bevolkten het gebouw van de vloer tot aan het plafond. De toeschouwers – Mia nam althans aan dat het dat waren – waren letterlijk boven op elkaar gestapeld met behulp van zwevende stoelen die Mia begon te herkennen als typisch voor Lenkarda. De stoelen waren in cirkels om het midden van de koepel heen geplaatst en elke cirkel zweefde meteen boven de vorige. Het was mooi gedaan, realiseerde Mia zich. Een soort arena, maar dan met zwevende stoelen.

In het midden van de koepel stonden vijftien tafels waarvan een derde bezet was door Krinar. De rest was leeg.

Mia liep voorzichtig naar het midden. Ze probeerde te voorkomen dat ze tegen iemand op zou botsen, maar het was onvermijdelijk. Het was hier simpelweg te druk. De aanwezigen konden haar weliswaar niet voelen, maar Mia voelde hen wel als ze een elleboog in haar zij kreeg of als iemand op haar voet ging staan. Ze had geen idee hoe deze hele virtual-realityshit werkte, maar het was een vervelende en nogal pijnlijke aangelegenheid om het onzichtbare meisje in een menigte te zijn. Eindelijk slaagde ze erin om het midden van de koepel te bereiken, waar een grote cirkel helemaal leeg was.

Veilig staand in dat gebied keek Mia vol verwondering om zich heen.

Van binnenuit gezien waren de muren van de koepel transparant. Helder zonlicht viel van alle kanten naar binnen en reflecteerde op de witte stoelen en de lichte kleding van de Krinar. Hun outfits waren niet hetzelfde als de losjes vallende kleding die ze eerder had gezien. Wat ze nu aanhadden leek minder casual, met voor mannen zowel als vrouwen meer strakke lijnen en meer pasvorm. De meeste K hadden donker haar en donkere ogen, hoewel ze er hier en daar een zag met lichter bruin en kastanjekleurig haar. In dit gezelschap had Korum een gemiddelde lengte, realiseerde Mia zich toen ze zag hoe lang de aliens om haar heen waren. Iemand als zij – één meter zestig lang en rond de vijfenveertig kilo – zou hier als een kabouter worden gezien.

Ze keek naar de tafels en zag dat Korum achter een ervan zat. Grijnzend bij de gedachte dat zij hem kon bekijken terwijl hij haar niet kon zien, liep Mia naar hem toe. Hij leek naar iets in zijn handpalm te kijken, waarschijnlijk de computer die daar was ingebouwd, en besteedde geen aandacht aan haar virtuele aanwezigheid. Met een enorme grijns stapte Mia van achteren op hem af en ze raakte hem aan. Ze liet haar handen over zijn brede rug glijden. Natuurlijk kwam er geen reactie van hem, en Mia lachte hardop bij het denken aan de vele mogelijkheden die ze nu had. Ze kon nu alles bij hem doen wat ze wilde en hij zou niks doorhebben.

Om die theorie te testen, likte ze zijn nek. Er kwam opnieuw geen reactie van hem, maar zij kon de mild zoute smaak van zijn huid proeven en de bekende warme geur van zijn lichaam ruiken. Zoals te verwachten viel, raakte ze opgewonden en ze drukte zichzelf tegen hem aan, waarbij ze haar borsten over het zachte materiaal van zijn ivoorkleurige overhemd liet gaan. Ze waren omringd door duizenden toeschouwers, maar het maakte niet uit, want geen van hen wist wat ze aan het doen was – ook Korum zelf niet.

Nog steeds met die enorme grijns beet Mia in zijn nek en ze reikte naar zijn kruis om door zijn kleren heen dat deel van hem te strelen. Ze voelde zich ontzettend ondeugend, alsof ze iets deed wat niet mocht, ook al wist ze dat het hele gebeuren in feite alleen maar plaatshad in haar hoofd. Maar voor ze nog verder kon gaan, viel het publiek ineens stil. Mia trok zich terug omdat ze begreep dat het proces ging beginnen.

Het speelkwartier was voorbij.

De tafel waar Korum achter zat was zo laag dat Mia erbovenop kon gaan zitten, dus dat deed ze. Ze zorgde dat ze lekker zat. Dit leek haar een goede plek om het ontvouwende drama te aanschouwen.

Ze nam haar directe omgeving aandachtig in zich op en concludeerde dat de andere tafels bezet waren door andere Raadsleden. Een derde was hier in levenden lijve, en de rest van de plaatsen – de lege – waren nu gevuld met hologrammen van mannelijke en vrouwelijke Krinar. Ze nam aan dat de hologrammen waren voor degenen die hier niet zelf konden zijn, misschien omdat ze op Krina waren. Tegenover hen zag ze Saret zitten, maar wie de overige Krinar waren, wist ze niet. In totaal telde ze vijftien van deze tafels rondom de lege cirkel, maar er waren er slechts veertien bezet. De vijftiende was waarschijnlijk van de Beschermer, dacht Mia. Het leek haar logisch dat hij in dit proces niet zou oordelen, aangezien zijn zoon een van degenen was die berecht werden.

Er klonk een soort bel door de koepel en het publiek werd volkomen stil. Plotseling verdween de vloer in het midden van de cirkel en kwamen er zeven grote zilveren cilinders naar boven zweven.

De vloer kwam terug en de cilinders landden erop. Mia keek met ingehouden adem toe hoe de zijkanten van de cilinders verdwenen zodat alleen nog de ronde boven- en onderkanten overbleven. In de cilinders zag ze de Kadebam, de zeven K die alles op het spel hadden gezet om een betere toekomst voor de mens te helpen verwezenlijken.

Of, zoals Korum het had uitgelegd: die hadden geprobeerd zelf de macht over de aarde in handen te krijgen.

DE KADEBAM STONDEN DAAR, ieder in hun eigen cirkel, met verbitterde en rebelse gezichten. Ze hadden zilveren banden om hun nek – de banden waarvan Mia had gezien dat ze bij hen om werden gedaan toen ze waren gevangengenomen. Dit was waarschijnlijk de K-versie van handboeien. Er waren vijf mannen en twee vrouwen, allemaal lang en oogverblindend mooi zoals bij hun soort gebruikelijk was.

Mia was nieuwsgierig naar Korums reactie, dus ze

keek over haar schouder. Ze deinsde bijna achteruit bij de ijzig minachtende blik in zijn ogen terwijl hij naar de verraders keek. Ze zag de gevaarlijke gele vlekken in zijn ogen en zijn mond vormde een strakke, vlakke lijn.

Hij haatte en verachtte de Kadebam echt om wat ze hadden gedaan, besefte Mia huiverend. Opnieuw vroeg ze zich af hoe het mogelijk was dat hij háár had vergeven.

De ruimte was nog altijd in doodse stilte gehuld. Er werd niet gejoeld of boe geroepen, zoals op zich te verwachten viel bij een zo grote menigte. Dit was het belangrijkste proces in de afgelopen tienduizend jaar, had Saret gezegd, en Mia zag dat terug in de mineurstemming onder de toeschouwers.

Opnieuw verdween een deel van de vloer. Er kwam nog een Krinar-man tevoorschijn. Hij zat op een brede, zwevende zetel. Zodra de vloer terug was, stond hij op. Anders dan alle andere aanwezige Krinar, droeg deze man zwarte kleding. Dit moest de Beschermer zijn.

Er klonk opnieuw een bel door het gebouw en alle Raadsleden stonden op achter hun tafel. Een van hen stapte naar voren en liep op de nieuwkomer af. Het Raadslid raakte de schouder van de in het zwart geklede man aan en zei: 'Welkom, Loris.'

De Beschermer glimlachte en beantwoordde de schouderaanraking. 'Dank je, Arus.' Daarna wendde hij zich tot de rest van de Raad om hen met een aantal korte knikjes te begroeten.

Dus dit waren Korums tegenstanders, dacht Mia. Ze bekeek hen met veel interesse. Loris' haar was gitzwart en zijn ogen hadden de kleur van onyx. Hij deed haar denken aan een havik, met zijn scherpe, aantrekkelijke gelaatstrekken en een gezichtsuitdrukking die de indruk gaf van een jager. Arus daarentegen zag er veel toegankelijker uit. Hij had een olijfkleurige huid, zwart haar en donkerbruine ogen, zoals velen van zijn soort, en er zat een oprechtheid in zijn glimlach waardoor Mia de indruk kreeg dat hij misschien best oké was.

Na het begroetingsritueel liep Arus terug naar zijn stoel. Loris bleef staan waar hij stond.

Mia hoorde gestommel achter haar. Ze draaide zich om en zag dat Korum was opgestaan. Hij liep met langzame en weloverwogen stappen om de tafel heen en naar het midden van de ruimte. Met een koele glimlach naar Loris vroeg hij: 'Is de Beschermer klaar voor de presentatie van de bewijslast?'

Loris knikte met nauwelijks onderdrukte haat op zijn gezicht. Het leek erop dat Korum niet had overdreven toen hij zei dat Loris hem verachtte.

Met een polsbeweging liet Korum een 3D-afbeelding verschijnen die in de lucht zweefde waar iedereen hem kon zien.

'Mijn mede-aardbewoners en alle kijkers van Krina,' zei Korum, en zijn stem echode door de koepel, 'ik wil jullie bewijs laten zien van een misdaad die afschuwelijker is dan we in honderdduizend jaar tijd hebben meegemaakt. Een misdaad waarin een handvol verraders die niet blij waren met hun rang niet schroomden om vijftigduizend anderen de dood in te sturen, in een wanhopige poging om de macht te grijpen. Deze verraders, de zeven individuen die u hier nu ziet, waren er niet op uit onze soort en onze samenleving vooruit te helpen. Nee, ze wilden simpelweg de macht, en het maakte ze niet uit wat ze moesten doen om die in handen te krijgen. Ze logen, hebben onze soort verraden, hebben mensen gemanipuleerd die openstonden voor hun loze beloftes... en ze zouden ieder van u hebben vermoord in hun queeste om deze planeet te gaan regeren, om door goedgelovige mensen aanbeden te worden als hun redders...'

'Dat is een leugen,' onderbrak Loris hem met opeengeklemde kaken. Er verschenen rode vlekken onder zijn donkere huid. Mia kon bijna voelen hoeveel moeite het hem kostte om zich in bedwang te houden. 'Je hebt ze in de val gelokt...'

'Het is nog niet uw beurt om te spreken, Beschermer,' zei Korum met een minachtende glimlach om zijn lippen. 'Het is mijn beurt om de bewijslast te presenteren.' Hij maakte weer een kleine handbeweging en de 3D-afbeelding begon te spelen.

De scène kwam Mia bekend voor. Hier was ze gisteren nog virtueel bij geweest. Terwijl de opname speelde, zag ze weer de oude hut waar de verraders zich hadden verscholen tijdens de aanval van het Verzet. Ze hoorde hun communicatie met de mysterieuze menselijke generaal. Ze aanschouwde hoe de troepen van het Verzet probeerden Lenkarda binnen te stormen met hun K-wapens en herbeleefde hun nederlaag. Hoewel ze dit voor de tweede keer zag en nu wist dat de meeste mensentroepen het hadden overleefd, was ze misselijk tegen de tijd dat de beelden stopten.

Met nog een beweging van Korums hand begon de volgende opname te spelen. Dit was een telefoongesprek tussen een van de Kadebam en enkele Verzetsleiders. Ze hadden het duidelijk over hun plannen voorafgaand aan de aanval. En er was nog meer: 3D-video's van Verzetsbijeenkomsten waar ze hadden gesproken over de Kadebam, besprekingen tussen menselijke hoogwaardigheidsbekleders over een potentiële bevrijding van de aarde, en zelfs een video waarin John Mia vertelde over de gewijzigde plannen en haar uitlegde hoe ze Korums ontwerpen kon ontfutselen.

Bij het zien van al deze beelden realiseerde Mia zich opnieuw hoe vergaand Korum haar had gemanipuleerd. Terwijl zij had gedacht dat ze hem bespioneerde, had hij al haar bewegingen gevolgd. Ze had nooit een kans gehad om het Verzet te helpen – ze was altijd zijn marionet geweest. Haar maag draaide zich om bij die gedachte.

Tegen de tijd dat alle video's waren afgespeeld, waren ze vier uur verder. 'En dat, medebewoners van de aarde en mede-Krinar, is de reden waarom ik voorstel dat deze verraders de zwaarst mogelijke straf krijgen opgelegd: volledige zuivering.'

Er ging een gemurmel door de menigte en Mia voelde de schok die dit teweegbracht bij sommige toeschouwers. Wat 'volledige zuivering' ook betekende, het kwam duidelijk niet vaak voor.

De Kadebam zagen er ook geschokt uit, en Mia zag de angst op de gezichten van een paar van hen. Welke straf ze ook hadden verwacht, het was in elk geval niet deze.

De Beschermer stapte naar voren. Net als Korum had hij vier uur lang in de cirkel staan kijken naar de beelden. Zijn zwarte ogen schoten vuur. 'Dat is ondenkbaar en dat weet je best,' zei hij knarsetandend. 'Zelfs als ze schuldig zijn, is wat jij voorstelt belachelijk.'

'Geef je dan toe dat ze schuldig zijn?' vroeg Korum op gevaarlijk zachte toon.

Loris zette zijn wenkbrauwen in een boze stand. 'Zeker niet. Je weet dat ze niets verkeerds hebben gedaan…'

'Laten we dat oordeel aan de Raad en de Ouderlingen overlaten, goed?' reageerde Korum. Hij keek Loris aan met een spottende blik. 'Morgen mag jij je presentatie geven. Ik ben heel benieuwd hoe je denkt te gaan bewijzen dat deze verraders onschuldig zijn.'

'O, dat zul je wel zien,' zei Loris, en hij keek hem aan met onverbloemde haat. 'Jij en alle anderen.'

Na die woorden klonk er weer een bel. Voor vandaag was de zitting gesloten.

~

DE KRINAR ADEMDE DIEP IN, blij dat de eerste dag van

het proces erop zat. Het was precies gegaan zoals verwacht.

Korum had de ultieme straf geëist voor degenen die hij als verraders beschouwde. Als de K geen voorzorgsmaatregelen had genomen, was hij de achtste gedaagde geweest over wie de Raad zou besluiten.

Hij had net op tijd afstand genomen van de Kadebam. Nu zou niemand vermoeden dat hij betrokken was bij de aanval op de Centers.

Daar had hij wel voor gezorgd.

HOOFDSTUK ZES

Ze had honger en was mentaal uitgeput na de lange hoorzitting. Mia verliet de virtual reality door tegen haar armband te zeggen dat ze terug naar huis wilde. Ze had vanmorgen licht ontbeten met een mango-avocadosmoothie en nu ging ze bijna van haar stokje van de honger. Toen ze haar ogen opendeed, kon ze opstaan van de bank waarop ze al die tijd had gezeten, om op zoek te gaan naar eten.

Ze liep naar de koelkast, trok die open en staarde naar de verschillende groenten die erin lagen. Sommige kende ze – ze zag een paar tomaten en paprika's – maar andere waren haar volkomen vreemd. Mia wilde dat Korum hier was zodat hij een van zijn heerlijke, vullende brouwsels voor haar kon maken. Maar aangezien hij in levenden lijve bij het proces was geweest, nam ze aan dat het nog wel even kon duren voor hij terug was.

Ineens had ze een idee. Korum had gezegd dat het

een van de functies van het huis was dat het eten kon klaarmaken. Zou het dat voor haar ook doen?

'Hé, huis,' zei Mia voorzichtig – ze voelde zich nogal idioot. 'Kun je alsjeblieft iets te eten voor me klaarmaken?'

Het duurde even, maar toen klonk er ineens een zangerige vrouwenstem die vroeg: 'Waar heb je trek in, Mia?'

Ze maakte haast een sprongetje van opwinding. 'O mijn god, je praat! Dat is geweldig! Eh… Ik wil wat Korum gisteren voor me heeft gemaakt, vooral als het een beetje snel kan.'

'Natuurlijk, Mia,' zei de vrouwenstem op zachte toon. 'De sharisalade is over twee minuten klaar en de kalfanistoofpot zes minuten later.'

Grijnzend van verwondering liep Mia naar de spoelbak om haar handen te wassen. Tegen de tijd dat ze daarmee klaar was en aan tafel zat, ging een deel van de muur open en kwam er een diep bord met de salade uit tevoorschijn. Het zweefde langzaam naar de tafel.

Mia keek geschokt met open mond toe hoe de salade keurig voor haar belandde. Het was de perfecte portie voor haar. Het tangachtige bestek zat erbij. Ze kon meteen aanvallen.

'Dank je,' zei ze, en ze keek om zich heen of ze kon zien waar de stem vandaan was gekomen. Zat er een computer ingebouwd in het plafond?

'Graag gedaan, Mia,' zei de vrouwenstem. 'Eet smakelijk. Het volgende gerecht is over een paar minuten klaar.'

Alweer grijnzend nam Mia de eerste hap. Tot nu toe vond ze de Krinar-technologie het einde. Het was alles waar mensen over hadden gefantaseerd in sciencefiction, maar nu was het echt. Dit alles had een haast magische kant die Mia te gek vond. Ze vond het vooral fijn hoe makkelijk alles te bedienen was. Logische spraakcommando's, simpele handbewegingen – alles werkte zo intuïtief.

Zodra ze haar salade op had, kwam de stoofpot die ze gisteren had gegeten naar de tafel toe zweven. Mia at hem met smaak op. Haar moeheid van daarnet verdween nu haar bloedsuikerspiegel weer normaal werd. Het eten was net zo lekker als gisteren, en Mia vroeg zich opnieuw af waarom Korum de moeite nam om te koken als zijn huis voorzien was van zo'n gave technologie.

Uiteindelijk zat ze vol. Ze ruimde af door haar gebruikte vaat naar de muur te brengen, die meteen openging, net als bij Korum. Daarna liep ze naar de woonkamer.

Dit leek haar wel een goed moment om de kampleider in Orlando te bellen om hem te laten weten dat ze maandag niet zou komen opdagen.

Een uur later kwam Korum thuis. Op dat punt zat Mia zich al te vervelen.

Ze had de kampleider gesproken en uitgelegd dat ze door onvoorziene omstandigheden deze zomer niet naar Florida kon komen. Hij was teleurgesteld geweest, maar had opvallend veel begrip getoond. Dat was een grote opluchting. Na dat telefoontje had ze het huis verder verkend en zelfs geprobeerd ermee te praten, maar de zangerige vrouwenstem leek niet te porren voor een gewoon gesprek. Ze had wel gevraagd of Mia het warm en behaaglijk genoeg vond (dat vond ze) en of ze iets te eten of te drinken wilde (wat niet het geval was), maar daarmee hield hun conversatie op. Ook leken er geen boeken te zijn of iets anders waarmee ze zich kon vermaken.

Mia zuchtte, ging op de bank in de woonkamer zitten en keek naar het groen buiten. Ze wilde dat ze dapper genoeg was om naar buiten te gaan, maar het idee dat ze zou kunnen verdwalen in een Costa Ricaans oerwoud vond ze niet echt aantrekkelijk. Ze keek naar het armbandachtige apparaat om haar pols en vroeg zich af of het zou fungeren als een echte computer, waarmee ze op het internet kon. Even overwoog ze het te proberen, maar toen besloot ze toch maar te wachten op Korum zodat hij de functionaliteiten aan haar kon uitleggen.

Eindelijk kwam hij dus binnen. Hij zag er gespannen en vermoeid uit. Mia gokte dat er achter de schermen nog meer politiek was bedreven nadat de zitting officieel was gesloten. Toch glimlachte hij toen hij haar zag zitten.

'Hoi,' zei ze. Ze was belachelijk blij om hem te zien. Ondanks alles wat er tussen hen was gebeurd, ondanks het feit dat ze hem bijna angstaanjagend wreed had gezien tegenover zijn opponenten, kon ze niet voorkomen dat er een warm gevoel door haar lichaam trok in zijn nabijheid.

Zijn glimlach werd breder. Hij liep naar haar toe om bij haar op de bank te gaan zitten, gaf haar een zachte kus en trok haar naar zich toe voor een knuffel. Mia beantwoordde de omhelzing met enige verbazing en mompelde tegen zijn shirt aan: 'Gaat het wel? Is er iets gebeurd?'

Hij schudde zijn hoofd en hield haar alleen maar vast, met zijn neus in haar haar gedrukt om haar geur op te snuiven. 'Nee,' mompelde hij, 'het is nu allemaal goed.'

Zo hield hij haar nog een paar seconden vast voor hij losliet en haar aankeek. 'Ik hoop dat je iets hebt gegeten? Ik heb het huis geprogrammeerd zodat het reageert op jouw spraak, zodat je je zou kunnen redden hier.'

Mia glimlachte. 'Ja, het is me gelukt. Dank je wel.'

'Goed,' zei hij zachtjes. 'Ik wil graag dat je je hier thuis voelt.'

Mia knikte langzaam. 'Het begint te komen. Maar ik wilde je iets vragen…'

'Natuurlijk,' zei hij meteen. 'Wat is er?'

'Ik verveel me,' flapte ze eruit. 'Ik heb niks te doen als jij er niet bent. Thuis heb ik mijn studie, werk, vrienden, boeken, tv…'

'Ah, ik begrijp het,' zei Korum glimlachend. 'Ik heb je nog niet alles laten zien wat je computertje kan doen. Vertel het maar dat je iets wilt lezen.'

'Oké,' zei Mia, en ze keek aarzelend naar haar armband, 'ik wil graag iets lezen…'

Bijna meteen ging een van de muren open en zag ze een verborgen deel erachter, een soort plank. Terwijl ze toekeek, zweefde er een ding naar haar toe dat leek op een dik vel papier.

'Hoe kan het dat alles hier zweeft?' vroeg Mia verbaasd. Ze pakte het ding uit de lucht. 'Borden, stoelen, nu dit ook weer…'

'Het werkt ongeveer hetzelfde als de schilden die we gebruiken om onze nederzettingen te beschermen,' legde Korum uit. 'Een soort zwaartekrachttechnologie, maar dan op veel kleinere schaal toegepast.'

'Aha,' zei Mia, alsof ze ook maar iets begreep van wat hij zei. Ze had absoluut geen verstand van technologie. Ze keek naar het vel in haar handen en zag dat het gemaakt was van een plasticachtig materiaal.

'Hier kun je jezelf mee vermaken,' zei hij terwijl hij naast haar ging zitten. 'Het lijkt een beetje op jullie tabletcomputers. Je kunt er ieder boek mee lezen dat ooit is geschreven, zowel door mensen als door Krinar, en je kunt er alle films op kijken. Dit apparaat heeft ook spraakbesturing, dus je kunt gewoon zeggen wat je wilt zien of lezen.'

'Kan ik het gebruiken om meer te weten te komen over de Krinar? Geschiedenisboeken lezen of zoiets?' vroeg Mia. Ze keek vol enthousiasme naar het apparaat.

'Natuurlijk. Wat je maar wilt.'

Ze grijnsde. 'Dat is geweldig. Dank je wel!'

Hij glimlachte naar haar terug. 'Geen dank. Ik wil niet dat je je hier verveelt.'

Opeens bedacht Mia iets. 'Wacht eens. Je zegt dat het werkt met spraakbesturing, maar ik heb jou nooit spraakcommando's zien of horen gebruiken. Hoe bedien jíj de technologie?'

'Ik heb een heel krachtige computer die me in staat stelt om alles te bedienen met een bepaalde manier van denken,' legde Korum uit. Hij hield zijn hand omhoog. 'Het is een soort hoog geavanceerde hersencomputerinterface. Ik gebruik ook weleens handgebaren, maar dat is een ingesleten gewoonte.'

Mia staarde hem aan. 'Dus je bedient elektronica met je gedachten?'

'Krinar-elektronica, ja. Menselijke technologie is daar niet voor ontworpen.'

'En de anderen? Doen die het ook zo?'

Korum knikte. 'Veelal wel, ja. Sommigen geven nog altijd de voorkeur aan de oude manier van spraakcommando's en handgebaren, maar de meesten zijn overgestapt. Het overgrote deel van onze technologie is toegerust voor beide bedieningsmethoden, want kinderen en jongeren gebruiken alleen de oude manier.'

'Waarom?' vroeg Mia. Ze keek hem gefascineerd aan.

'Omdat hun hersenen nog niet volledig ontwikkeld en gevormd zijn, en omdat het een leerproces is om breincomputerinterfaces te gaan gebruiken. Dat is ook de reden waarom ik voor jou nu alles instel op spraakbesturing. Voor een beginner is dat makkelijker. Als je onze technologie en samenleving beter gaat begrijpen, kan ik je instellen op de nieuwe interface.'

Mia's ogen werden groot. Hij zou haar de kans geven om Krinar-technologie te besturen met haar gedachten? De mogelijkheden waren schier eindeloos. 'Dat klinkt...'

'Als een beetje te veel voor dit moment?' gokte Korum, en Mia knikte.

'Daarom dus nu eerst maar spraakbesturing,' zei hij. 'Jullie samenleving is ver genoeg ontwikkeld om een dergelijke interface te begrijpen, en het werkt heel intuïtief.'

'Dus nu ben ik een Krinar-kind?' vroeg Mia schertsend.

Zijn lippen vormden een glimlach. 'Als je Krinar was, zou je gezien je leeftijd als een adolescent beschouwd worden.'

'Ah.' Mia fronste haar wenkbrauwen een beetje. 'Op welke leeftijd worden jullie volwassen?'

'Fysiek krijgen wij ons volwassen uiterlijk op ongeveer dezelfde leeftijd als mensen, aan het eind van onze tienerjaren of begin twintig. Maar pas op een leeftijd van een paar honderd jaar oud is een Krinar volwassen genoeg om een volledig functionerend onderdeel van onze samenleving te zijn. Dat kan alleen iets eerder als je een buitengewone bijdrage levert aan de maatschappij.'

Om de een of andere reden vond ze dat geen fijn

idee. Mia begreep niet van zichzelf waarom ze ermee zat dat ze haar hele leven geen volledig functionerend lid van de Krinar-maatschappij zou worden. Zo zouden ze een mens toch nooit beschouwen. En trouwens, ze had geen idee hoelang haar relatie met Korum zou standhouden. Toch zat het haar ergens dwars dat de K haar nooit zouden zien als meer dan een kind.

Ze wilde dat onderwerp laten rusten, dus vroeg ze: 'Is het proces naar verwachting verlopen?'

Korum haalde zijn schouders op. 'Zo ongeveer. Loris probeert de zaak te verdraaien om het te laten lijken alsof ik alles uit mijn duim heb gezogen. Maar er is te veel bewijs voor hun verraad, dus ik denk niet dat ze nog te redden zijn.'

'Wat betekent "volledige zuivering"?' vroeg Mia. Ze was te nieuwsgierig. 'Iedereen leek in shock toen je ermee kwam.'

'Het is onze zwaarste straf voor criminelen,' zei Korum. Hij kneep zijn ogen ietwat tot spleetjes. 'Die wordt gegeven als een individu een groot gevaar vormt voor de samenleving. Dat is bij deze verraders duidelijk het geval.'

'Oké... maar wat houdt het in?'

'Dat kan Saret je beter uitleggen,' zei Korum. 'De exacte uitvoering ervan is zijn expertisegebied. Maar in feite komt het erop neer dat wat het ook is waardoor ze zo zijn gaan handelen, dat die karaktereigenschap wordt uitgeroeid.'

Mia's ogen werden groot. 'Hoe?'

Korum zuchtte. 'Zoals ik al zei, is het niet mijn expertisegebied. Voor zover ik als leek weet, worden er heel veel herinneringen uitgewist en wordt er een nieuwe persoonlijkheid voor ze gemaakt. Dit wordt alleen gedaan als er geen andere optie is, want het is een heel ingrijpend proces in de hersenen. Naderhand zijn de betrokkenen niet meer dezelfde. Wat in dit geval natuurlijk de bedoeling is.'

'Herinneren ze zich dan niet meer wie ze zijn?' Dat klonk Mia afschuwelijk in de oren.

'Ze zullen zich misschien nog wel deeltjes herinneren, dus het is geen volledig schone lei, maar de kern van hun persoonlijkheid – die ertoe leidde dat ze de misdaad begingen – zal verdwenen zijn.'

Ze slikte. 'Dat klinkt nogal heftig…'

Hij kneep zijn ogen weer tot spleetjes. 'Het is beter dan wat jullie soort met criminelen doet. Wij hebben tenminste geen doodstraf.'

'Nee?' Mia begreep van zichzelf niet zo goed waarom haar dat verbaasde. Misschien had het te maken met het algemene beeld van de K als een gewelddadige soort, dat bestond sinds de bloedige gevechten van de Great Panic.

'Nee, Mia, inderdaad,' zei hij met enig genoegen. 'We zijn niet de monsters waar jullie ons voor houden.'

'Ik heb ook nooit beweerd dat dat voor jullie allemaal geldt,' bracht ze daartegen in, en hij moest lachen.

'Nee, alleen voor mij, hè?'

Ze sloeg haar ogen neer, want ze kon de spot in zijn

blik niet verdragen. 'Ik vind je geen monster,' zei ze zachtjes. 'Maar ik vind het wel verkeerd dat jij me als jouw bezit behandelt alleen maar omdat ik een mens ben. Ik ben een persoon, met gevoelens en verlangens, en ik had een leven voordat jij me uit het park plukte…'

'En nu niet meer?' vroeg Korum. Hij tilde haar kin op zodat ze hem wel moest aankijken. Ze zag de diep gouden gloed om zijn irissen en bevochtigde zenuwachtig haar droge lippen. 'Vind je dat ik je mishandel? Weerhoud ik jou ervan om het fascinerende leven te leiden dat je eerder had?'

'Ik vond mijn vroegere leven leuk,' zei Mia ontoegeeflijk. 'Het was precies wat ik wilde. Jou leek het misschien saai, maar ik was er gelukkig mee…'

'Waar was je gelukkig mee?' vroeg hij. 'Dag en nacht studeren? Je in veel te wijde kleren hullen omdat je bang was om echt te leven? Op eenentwintigjarige leeftijd nog steeds maagd zijn?'

Mia werd rood van woede en schaamte. 'Ja,' zei ze op bittere toon. 'Ik was gelukkig met mijn familie en vrienden, ik was gelukkig in New York, ik was gelukkig met mijn studie, ik was gelukkig met de stage die ik voor deze zomer gepland had staan…'

Zijn blik werd donkerder. 'Ik heb al beloofd dat je binnenkort je familie kunt zien,' zei hij. Zijn stem klonk gevaarlijk vlak. 'En ik heb beloofd dat ik je terug naar New York breng voor het nieuwe studiejaar begint. Vertrouw je me niet op mijn woord?'

Mia ademde diep in en probeerde zichzelf onder controle te krijgen. Het was vast niet de slimste zet van haar om in haar positie met hem in discussie te gaan, maar ze kon het niet helpen. Er was een duveltje in haar ontwaakt dat zich niet terug in zijn doosje liet stoppen. 'Je hebt al eerder tegen me gelogen,' zei ze, en het lukte haar niet om haar afschuw uit haar stem te weren.

'O, echt?' zei hij. Zijn stem droop van het sarcasme. 'Heb ík gelogen tegen jóú?'

Ze slikte weer. 'Je hebt me gemanipuleerd om te doen wat jij wilde,' zei ze koppig. 'Ik wilde er helemaal niks mee te maken hebben. Het enige wat ik wilde, was rust aan mijn hoofd…'

Hij keek haar aan met een ondoorgrondelijke gezichtsuitdrukking. 'Geldt dat nu nog steeds?' vroeg hij zachtjes. 'Wil je nu nog steeds alleen maar rust aan je hoofd?'

Mia staarde hem aan. Ze was even van haar à propos. Haar mond ging open, maar er kwamen geen woorden uit.

'En niet tegen me liegen, Mia,' voegde hij er zachtjes aan toe. 'Ik zie het als je liegt.'

Ze knipperde verwoed met haar ogen om een tranenvloed tegen te houden. Met die ene simpele vraag had hij haar verdedigingsmuur afgebroken, al haar zwaktes voor hem blootgelegd. Ze wilde niet dat hij wist hoe diep haar gevoelens voor hem gingen. Ze wilde niet dat haar emoties zichtbaar voor hem waren zodat hij ermee kon spelen. Hoe idioot was ze wel niet, dat ze met iemand als hij wilde zijn? Dat ze hem intens haatte en liefhad tegelijkertijd?

Zijn lippen vormden een klein glimlachje. 'Aha.' Hij leunde naar haar toe en kuste haar zachtjes op de mond. Zijn lippen voelden vreemd zacht op de hare.

'Ik zal kijken of ik een stage voor je kan regelen,' zei hij, en hij stond op. 'Ik zal je ook voorstellen aan een paar andere mensenmeisjes hier in het Center. Misschien kun je nieuwe vriendinnen maken.'

Mia keek hem geschokt aan, maar hij glimlachte slechts en liep zijn kantoor binnen, haar alleen achterlatend om te verwerken wat er zojuist allemaal was gebeurd.

HOOFDSTUK ZEVEN

*D*rie uur later lag Mia op bed. Ze ging helemaal op in het verhaal van de vroege evolutie van de Krinar toen Korum binnenkwam.

'We gaan over een halfuur bij iemand eten,' zei hij, 'dus je kunt je misschien even klaar gaan maken.'

Mia keek verbaasd naar hem op. 'Bij wie dan?'

'Arman, een kennis van me,' zei Korum. Hij ging naast haar op bed zitten en legde een hand op haar been. 'Ik heb hem over jou verteld en toen nodigde hij ons uit bij hem thuis. Hij heeft ook een charl, een Costa Ricaans meisje. Ze zijn al een paar jaar samen. Zij kijkt ernaar uit om je te ontmoeten.'

Mia lachte. Ze had er ineens heel veel zin in. 'Ik heb ook zin om haar te ontmoeten!' Ze kon niet wachten om te praten met een ander meisje in dezelfde positie als zij, zodat ze meer te weten kon komen over de K uit het perspectief van een vrouw die hen ook van dichtbij kende – en al veel langer.

Korum glimlachte terug. 'Dat dacht ik al. Hoe bevalt het lezen je?'

'Het is fascinerend,' zei ze eerlijk. 'Ik had geen idee dat jullie ook afstammen van een aapachtige soort.'

Hij knikte. 'Ja, klopt. Er zijn veel overeenkomsten tussen onze evolutie en die van jullie. Het enige verschil is dat er uiteindelijk twee verschillende soorten zijn overgebleven op Krina: wijzelf en de *lonar*. Dat zijn de primaten waarover ik je eerder al heb verteld. Wij waren groter, sterker, sneller, hadden een betere levensverwachting en waren intelligenter dan de lonar, maar we zaten aan ze vast omdat we hun bloed nodig hadden om te overleven.'

Mia staarde hem aan. Ze had dit zojuist ook allemaal gelezen, en ze kon de beelden van de vroege Krinar niet uit haar hoofd zetten. Het boek had heel gedetailleerd verteld over de manier waarop de prehistorische K op hun prooi joegen. Een mannelijke Krinar bewaakte zijn territorium, waarin een paar lonar leefden, en vocht tegen andere K om de bloedvoorraad voor hemzelf en zijn partner veilig te stellen. Zodra een lonar zich in het 'territorium' van een K begaf, was hij ten dode opgeschreven, want hij werd constant leeggezogen, waardoor hij nooit meer echt op krachten kon komen. Daarbij was het leven als prooi traumatiserend. De soort stierf langzaamaan uit en de Krinar moesten zich aanpassen, zich op een andere manier gaan voeden.

Op dat tijdstip in de geschiedenis waren de Krinar nog altijd een primitieve soort, niet veel meer dan jager-verzamelaars. Maar de snelle teruggang van de lonarpopulatie leidde ertoe dat de K moesten evolueren voorbij hun territoriale wortels. Ze moesten leren samenwerken om wat er nog resteerde van hun noodzakelijke bloedvoorraad veilig te stellen. De daaropvolgende honderdduizend jaar waren een tijd van grote vooruitgang voor de Krinar op technologisch, medisch, cultureel en kunstzinnig gebied. In plaats van te jagen op de lonar, gingen ze ze melken. Ze zorgden dat de leefomstandigheden voor de lonar optimaal waren zodat de soort zich kon reproduceren, en deden hun best om zich alleen nog te voeden met de lonar die te oud waren om zich nog voort te planten.

Dankzij die inspanningen werd de teruggang van de lonarpopulatie tijdelijk stilgezet en maakte de Krinar-samenleving een geweldige groei door. Ondanks hun lage geboortecijfer nam het bevolkingsaantal toe, want er kwamen minder K om in bloedige gevechten om hun territorium te bewaken. Innovatie werd steeds hoger gewaardeerd en niet lang daarna konden de K ruimtereizen ondernemen. Het werd de eerste Gouden Eeuw in de geschiedenis van de Krinar: een periode waarin veel wetenschappelijke vooruitgang werd geboekt en waarin de verschillende Krinar-volken en -regio's relatief vredig naast elkaar leefden.

'Ik ben net bij het begin van de plaag,' zei Mia. Die had blijkbaar het einde betekend van de eerste Gouden Eeuw. Vrijwel de gehele lonarpopulatie was uitgeroeid en de Krinar-samenleving was vervallen in paniek en bloedige opschudding.

Korum glimlachte. 'Je bent al best ver. Wat vind je er tot nu toe van?'

'Het is heel interessant,' zei Mia oprecht. Het was ook een beetje angstaanjagend hoe onbehouwen ze in het verleden waren geweest, maar dat wilde ze hem niet zeggen. Ze probeerde zich Korum voor te stellen als een van de primitieve Krinar die joegen op een prooi. Het was verrassend makkelijk om dat voor zich te zien, daar hoefde ze weinig moeite voor te doen. Ze zag nog steeds heel veel jagerskarakteristieken bij zijn soort, van de manier waarop ze zich bewogen tot de bezitterige trekjes die Korum vertoonde als het om haar ging.

'Je kunt later verder lezen,' zei hij. Hij streelde afwezig over haar dijbeen. Zoals altijd ging er een prettig gevoel door haar heen bij zijn aanraking. 'We moeten niet te laat komen voor het eten. Dat zou een grove belediging zijn.'

'Natuurlijk,' zei Mia, en ze stond meteen op. Het laatste wat ze wilde was iemand tegen de haren in strijken. 'Moet ik iets moois aantrekken?' Ze was aan het relaxen geweest in de spijkerbroek en het T-shirt die ze had aangehad toen ze gisteren aankwam in Lenkarda. Het huis had die al gewassen, want ze had ze fris en opgevouwen aangetroffen op de kast in de slaapkamer.

Korum was haar al twee stappen voor, zo bleek. Hij deed de deur van de inloopkast al open. 'Ik heb een garderobe voor je gemaakt,' zei hij, 'dus je hoeft niet meer voor elke nieuwe outfit bij me aan te kloppen. Kom maar, dan kun je het zien.'

Nieuwsgierig liep Mia erheen om een kijkje te nemen. Haar mond viel zowat open van verbazing. De kast zat vol met prachtige lichtgekleurde jurken, schoenen variërend van sandalen tot laarzen, en allerlei accessoires. 'Heb jij dit allemaal gemaakt?'

Korum knikte. 'Ik heb Leeta gevraagd of ze me al haar modeontwerpen wilde sturen. Naast haar baan in mijn bedrijf doet ze wat met kledingontwerp.'

Leeta was een verre nicht van Korum die Mia een paar keer kort had ontmoet in New York. Ze liep niet bepaald over van warmte en vriendelijkheid, vond Mia, maar haar kleding was wel heel mooi.

'O, dus je bent geen modekenner?' Mia deed alsof dat een shock voor haar was door grote ogen op te zetten. Hij had desondanks geen seconde langer dan nodig gewacht om haar hele garderobe in New York te laten vervangen.

Hij lachte. 'Verre van. Maar ik weet wel wanneer kleding flatteert en wanneer niet,' zei hij, waarmee hij natuurlijk doelde op haar gewoonte om lelijke maar comfortabele kleding te dragen als zij het voor het zeggen had.

Mia moest een kinderachtige neiging onderdrukken om haar tong naar hem uit te steken. 'Oké dan,' mompelde ze.

'Vanavond kun je dit aantrekken,' zei Korum. Hij trok een delicaat ogende lichtroze jurk uit de kast.

Mia trok hem aan. Ze genoot van de lust in Korums ogen terwijl ze zich voor zijn neus omkleedde. Ze liep naar de spiegel om naar zichzelf te kijken. Zoals alle Krinar-kleding tot nu toe paste ook deze jurk haar perfect. Hij viel tot vlak boven haar knieën en ze hoefde er geen beha onder te dragen. Dit was een mouwloze jurk en ook haar rug was bloot. Toch waren haar schouders bedekt door de brede banden met franje eraan en de vierkante halslijn aan de voorkant was verrassend keurig. De kleur van de jurk stond haar prachtig; haar bleke wangen leken er een rozige gloed door te krijgen.

'Het is me opgevallen dat jullie helemaal geen felle of donkere kleuren dragen,' zei Mia nu ze daar weer aan dacht. 'Jullie lijken in het algemeen de voorkeur te geven aan lichte tinten. Is daar een bijzondere reden voor?'

Korum glimlachte en keek haar warm aan. 'Ja. Felle en donkere kleuren worden in onze cultuur van oudsher geassocieerd met geweld en vergelding. We hebben ze daarom liever niet in ons dagelijks leven. Natuurlijk dragen we weleens mensenkleren als we uit onze Centers gaan en ons onder de mensen begeven, en dan vinden we het niet zo erg. Sommigen van ons vinden het zelfs leuk om zich te kleden in kleren die we hier of op Krina nooit zouden dragen, zoals de felrode jurk die Leeta aanhad in New York. Als ze die zou aantrekken onder de Krinar, zou iedereen denken dat ze gek was geworden en broedde op een soort vendetta.'

Er viel een puzzelstukje op zijn plek bij Mia. 'Is dat de reden waarom de Beschermer tijdens de zitting in het zwart gekleed was? Omdat hij op oorlogspad is?'

'Precies,' zei Korum. 'Hij laat ermee zien dat hij vindt dat hem onrecht is aangedaan en dat hij op wraak uit is.'

'Hoe wil hij wraak nemen?' vroeg Mia. Korum haalde zijn schouders op; blijkbaar had hij nu geen zin om het over politiek te hebben. Omdat ze niet veel tijd hadden, besloot Mia het te laten gaan en zich nu in plaats daarvan te richten op hun eetafspraak.

'Hier, deze schoenen kun je aantrekken,' zei Korum. Hij gaf haar een paar ivoorkleurige enkellaarsjes. Zoals alle K-schoeisel hadden ook deze laarsjes een platte zool. Blijkbaar waren hoge hakken niet zo populair onder de K-vrouwen als onder mensenvrouwen.

Mia trok de laarsjes aan, die zich onmiddellijk naar haar voeten vormden en heerlijk zaten. Daarna probeerde ze met haar vingers haar haar enigszins in bedwang te krijgen. Nadat ze uren op bed had gelegen, was er niets mee te beginnen. Haar lange krullen zaten in de war en stonden alle kanten op. Na een paar minuten gaf ze het op. Het was toch hopeloos. Zelfs met Korums wondershampoo zou haar haar nooit zo steil en glanzend worden als ze wilde.

'Het ziet er prachtig uit, Mia. Laat het zo,' zei Korum, die geamuseerd toekeek.

Mia glimlachte naar hem. Dit was een van de dingen die ze opmerkelijk vond aan hem: hij leek haar haar echt mooi te vinden. Hij raakte het regelmatig aan en speelde graag met haar krullen. Aangezien ze nooit een K met krullen had gezien, nam ze aan dat hij het gewoon mooi vond omdat het iets nieuws was voor hem. 'Oké, dan ben ik er klaar voor, denk ik...'

'Nog één ding,' zei Korum. Hij kwam achter haar staan en deed haar een ongewoon schitterende ketting om. Zijn warme vingers streken over haar hals. Het was een bedrieglijk eenvoudig ontwerp, gewoon een traanvormige hanger aan een dunne ketting, maar door het glanzende materiaal was hij onbeschrijflijk mooi. Het leek alsof alle kleuren van de regenboog om haar hals hingen, om het hardst schreeuwend om de aandacht.

'Wauw,' verzuchtte Mia. Ze raakte de hanger bewonderend aan. 'Wat is dit?'

'Een echte glinstersteenketting,' zei Korum. 'Glinstersteen komt alleen voor in het deel van Krina waar ik vandaan kom. Deze zit al vele generaties in mijn familie. Hij is bijna een miljoen jaar oud.'

Mia draaide zich om om hem geschokt aan te staren. 'En ik mag hem dragen? Wat als ik hem verlies of beschadig?'

'Dat zal heus niet gebeuren,' zei Korum met een geruststellende glimlach. Toen bood hij haar zijn arm en vroeg hij: 'Zullen we gaan?'

Sprakeloos stak Mia haar arm door de zijne en ze liep met hem naar buiten – met een miljoen jaar oud Krinar-erfstuk dat schitterde om haar hals.

~

Vijf minuten later stonden ze voor een crèmekleurig huis dat heel erg leek op dat van Korum. De tocht naar de andere kant van de nederzetting duurde nog minder dan een minuut in het kleine vliegtuigje dat Korum speciaal voor dat doeleinde had gemaakt.

Terwijl ze eropaf liepen, ging een deel van de buitenwand van het huis voor hen open, en ze konden naar binnen.

Een lange, slanke Krinar-man stond in het midden van de ruimte. Hij was gehuld in de gebruikelijke lichtgekleurde kleding. Zijn haar had de lichtste kleur bruin die Mia ooit bij een K had gezien, bijna zandkleurig, en zijn hazelnootkleurige ogen hadden een groenige ondertoon die hem in combinatie met zijn goudkleurige huid een exotisch uiterlijk gaf. Er lag een brede en uitnodigende glimlach op zijn smalle, gladde gezicht.

De man liep naar Korum toe en raakte met zijn geopende handpalm diens schouder aan. 'Korum, het is een eer je hier te mogen ontvangen,' zei hij. Zijn manier van doen was eerbiedig en Mia realiseerde zich dat het voor hem waarschijnlijk een big deal was dat er een Raadslid in zijn huis was.

Korum glimlachte terug en beantwoordde het gebaar. 'Het is ook heel fijn om jou te zien, Arman. Dank je wel voor de uitnodiging.'

Terwijl de twee K elkaar begroetten, keek Mia nieuwsgierig om zich heen. Dit was na de locatie van het proces de eerste plek waar ze kwam die volledig

Krinar was, en ze was gefascineerd door de bijna zenachtige esthetiek. Er was helemaal geen rommel. Er leek zelfs geen meubilair te zijn op twee grote, zwevende planken na. Mia gokte dat die bedoeld waren om op te zitten. De buitenmuren waren transparant en het interieur had een prachtige crèmekleur.

'En jij bent zeker Mia,' zei Arman, die zich naar haar toe draaide om haar aan te spreken.

Mia glimlachte naar hem. 'Ja, hallo. Leuk om je te ontmoeten.'

Tot haar verbazing besefte Mia dat ze deze K mocht. Hij had een vriendelijke blik in zijn ogen en zijn aardige manier van spreken stelde haar op haar gemak.

'Het is ook heel leuk om jou te ontmoeten,' zei Arman, en zijn glimlach werd breder. 'Maria kijkt er al naar uit om je te leren kennen sinds we gisteren hoorden dat je hier was.'

Op dat moment kwam er een mensenmeisje de kamer in. Ze was gekleed in een prachtige halterjurk die haar slanke rondingen perfect accentueerde. Maria was opvallend mooi. Ze leek op de jonge Jennifer Lopez.

Met een enorme glimlach liep Maria naar Mia toe en ze gaf haar een warme omhelzing, waarbij ze haar lippen tegen Mia's linkerwang drukte. Er prikkelde een exotisch parfum in Mia's neus. Enigszins van haar stuk gebracht beantwoordde Mia onhandig de omhelzing.

'Lieverd, hoe gaat het met je?' vroeg ze in het Spaans, en ze nam wat afstand om Mia aan te kijken.

'Ik ben Maria. Wat is het geweldig om je te zien! En wat een prachtige ketting! Heeft Korum je al rondgeleid? Arm ding, je zult wel overweldigd zijn! Ik herinner me nog dat ik in het begin niet eens wist hoe ik de wc moest gebruiken!'

Mia knipperde met haar ogen, overweldigd door Maria's enthousiasme. Ze was net een tornado, die alles wat op haar pad kwam meesleurde. 'Het gaat goed, dank je,' antwoordde Mia in het Spaans. Ze vond haar taalvaardigheid nog steeds helemaal fantastisch. 'Ik heb nog niet veel van het Center gezien, want ik ben hier pas gisteren aangekomen.'

'O, ben je nog niet naar het strand geweest? Het is daar zo mooi, je zou echt moeten gaan!' Maria wendde zich tot Korum om haar wenkbrauwen naar hem te fronsen.

Korum lachte. 'Hint begrepen. Ik zal Mia morgen het strand laten zien.'

'Maria!' riep Arman uit. 'Wees eens aardig tegen onze gasten!'

'Ik doe altijd aardig,' zei Maria grinnikend. 'Daarom vind je me toch zo lief.' Ze ging op haar tenen staan en gaf Arman een kus op zijn wang. Mia zag dat hij bijna meteen bezweek. Hij kon Maria's charme niet weerstaan.

Met een grote grijns op zijn gezicht keek Arman weer naar Mia en Korum. 'Ze is onverbeterlijk,' zei hij, met zoveel vreugde in zijn stem dat Mia hem met open mond aankeek. 'Laat haar maar en volg mij. Het eten staat klaar.'

Ze volgden Arman een andere kamer in. In het midden van de ruimte was opnieuw een grote, zwevende plank. Deze was ovaalvormig. Eromheen zweefden vier stoelen. Mia snapte nog steeds niet echt waarom alle K-meubels zweefden. Op de grote plank waarvan Mia begreep dat die als tafel diende, stonden ongeveer twintig verschillende gerechten, variërend van tropische vruchten en groenten die ze kende tot exotisch uitziende salades, dips en stoofpotachtige brouwsels.

Ze ging op een van de stoelen zitten, voelde hoe die zich naar haar lichaam vormde en glimlachte. Alle K-uitvindingen leken te zijn gericht op maximaal gemak en comfort.

Het etentje vloog om. De lichte conversatie en leuke verhalen gingen vooral over de Costa Ricaanse flora en fauna. Mia hoorde dat Arman een kunstenaar was en dat hij naar de aarde was gekomen om de menselijke kunst en cultuur te bestuderen. Hij had Maria kort na aankomst ontmoet. Haar familie waren oorspronkelijk landeigenaars in het gebied waar de K hun Center hadden gebouwd, en Arman was een van de Krinar die ervoor moesten zorgen dat de mensen die plaats moesten maken daarvoor werden gecompenseerd. Het leek erop dat het liefde op het eerste gezicht was geweest.

'Meteen toen ik hem zag, wist ik dat ik hem wilde,' zei Maria met een schittering in haar donkere ogen. 'Het maakte me niks uit dat hij geen mens was en dat iedereen bang voor hem was. Ik wist dat hij niet zo slecht kon zijn als ze zeiden. Daar was hij veel te aardig voor.' Ze nam zijn hand in de hare en gaf er een kneepje in, waarop Arman reageerde met een glimlach die wel radioactief leek zo stralend.

Kijkend naar de twee geliefden voelde Mia een vreemde druk op haar borst die wel wat leek weg te hebben van jaloezie. Ze leken oprecht verliefd, ondanks de hobbels die Mia altijd als onoverkomelijk had beschouwd. En Maria was veel te gelukkig voor iemand die in de Krinar-samenleving maar zo weinig rechten had. Het leek erop dat haar status van charl niet veel uitmaakte in haar relatie met Arman. Integendeel. Haar K-geliefde leek het fijn te vinden dat zij in veel dingen de leiding nam. Zijn gemoedelijke karakter werd perfect aangevuld door haar levendige persoonlijkheid.

Tegen het eind van het etentje was Mia veel van haar zorgen vergeten en genoot ze gewoon van het gezelschap van dit leuke stel. Ze waren lief en teder naar elkaar toe, en Maria leek zich niet geïntimideerd te voelen door de twee K aan de eettafel. Ze gaf Korum zelfs opnieuw een standje omdat hij Mia geen goede rondleiding had gegeven door het Center, en Korum bood lachend zijn excuses aan. Alles hieraan voelde als een normale dubbeldate, met als enige verschil dat twee deelnemers uit een ander universum kwamen.

Na afloop nam Mia met enige tegenzin afscheid van hen en ze liep met Korum naar buiten. Ondertussen liet ze door haar hoofd gaan wat ze allemaal had gezien. Haar hart vulde zich met hoop op iets waarvan ze rationeel wist dat het onmogelijk was.

DE KRINAR SPEELDE STEEDS OPNIEUW DE OPNAME MET DE RESULTATEN VAN ZIJN MEEST RECENTE EXPERIMENT AF.

Alles leek te werken zoals hij had gehoopt. Binnenkort zou hij kunnen overgaan tot de volgende stap in zijn plan. Het was jammer dat de Kadebam hadden gefaald, maar uiteindelijk was dat slechts een kleine tegenvaller.

Nu wilde hij weer kijken naar zijn tegenstander... en die lieve, kleine charl van hem.

Om de een of andere reden vond hij die opnames bijzonder interessant.

HOOFDSTUK ACHT

Tijdens de korte terugreis kon Mia niet anders dan denken aan het andere stel. Een mens en een K, zo gelukkig met elkaar, dat leek in te druisen tegen alles wat het Verzet haar had verteld en alles wat ze had gehoord over de rol van een charl in de Krinar-maatschappij. Hoe kregen ze dat voor elkaar? En maakte Maria zich geen zorgen dat ze uiteindelijk Arman zou verliezen, als zij verouderde en haar schoonheid verloor terwijl hij hetzelfde bleef?

Natuurlijk was Arman heel anders dan Korum. Het was moeilijk te geloven dat hij tot dezelfde jagerssoort behoorde. Hij leek veel te lief en vriendelijk om een K te zijn. Mia kon zich niet voorstellen dat hij Maria tegen haar wil vasthield. Eerder nog leek het alsof het Maria was die hun relatie had geïnitieerd. Er waren blijkbaar evenveel verschillende types onder de K als onder mensen.

En Mia was erin geslaagd degene te ontmoeten die

prima had gepast in de primitieve Krinar-oerwouden van miljarden jaren geleden.

Korum zou een goede jager zijn geweest, vond ze, met zijn combinatie van meedogenloosheid en pienterheid. Zijn ambitieuze aard had hem naar de top van de moderne Krinar-hiërarchie geleid en ze twijfelde er niet aan dat hij succesvol zou zijn in elke mogelijke omgeving. Zo was hij nu eenmaal. Hij wist precies wat hij wilde, en hij aarzelde niet om het na te jagen.

En op dit moment wilde hij haar.

Mia zuchtte en keek naar de grond toen ze landden op de open plaats naast Korums huis. Het schip maakte een zachte landing en een van de wanden verdween meteen om hen erdoor te laten.

Ze stond op, stapte uit het vliegtuig en volgde Korum naar het huis. 'Is het ver naar het strand?' vroeg ze, denkend aan wat Maria had gezegd.

'Nee, op loopafstand,' zei Korum toen ze het huis binnengingen. 'Ik zal je morgen laten zien waar het is, als je dat leuk vindt. Dan hoef je niet de hele tijd in huis te blijven als ik er niet ben. Ga alleen niet zonder mij de oceaan in. Er kunnen hoge golven zijn en het getij is onvoorspelbaar.'

'Ik kan goed zwemmen,' zei Mia. 'Je hoeft je om mij geen zorgen te maken.'

'Dat doet er niet toe.' Korum bleef staan en keek haar streng aan. 'Of je belooft me dat je niet in je eentje het water in gaat, of je gaat helemaal niet zonder mij naar het strand.'

Mia rolde in gedachten met haar ogen. De dictator stak weer de kop op. 'Oké dan. Ik zal niet in mijn eentje het water in gaan.' Ze was opgegroeid in Florida, dus ze wist precies waar ze op moest letten als het ging om muistromen en woeste golven. Ze was niet bang voor de oceaan. Maar goed, ze wilde niet dat Korum haar zou weerhouden van naar het strand gaan, dus ze besloot niet verder in discussie te gaan.

'Goed dan.' Hij klonk tevredengesteld. 'Ik zal je er morgenochtend mee naartoe nemen.'

'En het proces dan?'

'Dat begint pas om elf uur. Als je voor die tijd wakker bent, kunnen we naar het strand wandelen en kan ik je wat andere dingen hier in de buurt laten zien. Later zal ik je dan nog een uitgebreidere rondleiding geven.'

'Klinkt goed. Dank je wel,' zei Mia. 'Kan ik morgen weer naar het proces kijken? Het was fascinerend...'

Hij glimlachte naar haar. 'Natuurlijk. Loris zal zijn presentatie geven. Het belooft inderdaad heel interessant te worden.'

'Waarom haat hij je zo?' vroeg Mia. Ze wilde graag meer weten over Krinar-politiek. 'Hadden jullie al meningsverschillen voordat zijn zoon werd aangeklaagd?'

Korums lippen trokken een beetje. 'Meningsverschillen, ja, zo zou je het kunnen uitdrukken. Hij had een paar honderd jaar geleden een bedrijf dat concurreerde met dat van mij. Zijn ontwerpen waren inferieur, dus uiteindelijk moest hij ermee stoppen. Zijn zoon Rafor werkte destijds als een van de hoofdontwerpers voor hem, en hij heeft een vrije val gemaakt in de sociale hiërarchie toen het bedrijf ophield te bestaan. Loris had nog andere bedrijven en zat ook toen al flink in de politiek, dus zijn stand bleef grotendeels intact en is later weer volledig hersteld. Die van zijn zoon daarentegen niet.'

Dus Rafor was de Kadebam met de achtergrond als ontwerper, degene die het Verzet had voorzien van K-gadgets. Nu snapte ze het. Zijn ontwerpen waren nooit zo goed geweest als die van Korum. Geen wonder dat het Verzet had gefaald.

'Haat Loris jou om die reden? Omdat Rafor zijn plek in de maatschappij is kwijtgeraakt?' Mia begreep nog niet helemaal hoe het werkte met rangen en standen, maar ze begreep wel dat het voor de Krinar heel belangrijk was.

'Ja,' zei Korum. 'Hij haat het dat zijn zoon niet goed genoeg was als ontwerper en hij geeft mij er de schuld van dat Rafor daarna nooit meer iets zinvols heeft gedaan met zijn leven. Nu blijkt dat Rafor ook nog een zielige verrader is...'

'Neemt hij jou ook dat kwalijk?' gokte Mia, en ze keek met een frons naar Korum. 'Is dat de reden waarom hij uit is op wraak?'

Korum knikte. In zijn ogen schitterde iets van voorpret. 'Inderdaad.'

'Zit je daar niet mee?' vroeg Mia. Ze wilde haar geliefde echt beter leren begrijpen. Hij leek bijna te genieten van hoe Loris hem haatte. 'Dat iemand je zo erg haat, bedoel ik?'

'Waarom zou ik daarmee zitten?' Die gedachte leek hij amusant te vinden. 'Hij is niet de eerste en hij zal ook zeker niet de laatste zijn.'

Mia staarde hem aan. 'Maakt het je niet uit of mensen je aardig vinden? Of ze je vrienden of je vijanden zijn?'

Korum lachte. 'Nee, schatje, waarom zou ik me daar druk over maken? Als iemand mijn vijand wil zijn, is dat zijn keus. En die zal hij uiteindelijk bezuren.'

'Aha,' zei Mia. Er viel weer een puzzelstukje van Korum op zijn plek voor haar. Ze wist dat er ook zulke types waren onder de mensen, types die zoveel zelfvertrouwen hadden – of arrogantie, zo kon je het ook bekijken – dat ze niet zoals de meeste anderen hun best deden om aardig te worden gevonden. Haar geliefde leek zo iemand te zijn. Sterker nog, het leek erop dat hij gedijde bij conflicten. Ze vroeg zich af of dit iets typisch voor K was of dat het simpelweg een deel was van Korums persoonlijkheid.

Voordat Mia dat helemaal kon analyseren, stapte Korum dichterbij en tilde hij zijn hand op om haar haar uit haar gezicht te strijken. 'Genoeg over politiek,' zei hij, en hij nam haar gezicht in een van zijn grote, warme handen. Zijn ogen begonnen te glinsteren met de gouden gloed die ze kende. 'Ik kan wel iets leukers bedenken voor dit moment.'

Mia's hartslag nam onmiddellijk toe en de spieren in haar onderbuik trokken zich samen in reactie op zijn aanraking en de onmiskenbare seks waar hij met zijn stem op aanstuurde. Een typische pavlovreactie, zei de psychologiestudent in haar. Haar lichaam was inmiddels volledig geconditioneerd om op deze manier op hem te reageren, om het genot te verlangen dat alleen hij haar kon geven. Het gebrek aan controle over haar eigen lichaam zat Mia in meerdere opzichten dwars. Ze had daardoor nog minder het gevoel dat ze de baas was over haar eigen leven, haar eigen keuzes.

Hij boog zich naar haar toe, sloeg een arm om haar rug en de andere onder haar knieën en tilde haar moeiteloos op. Mia deed haar ogen dicht en legde haar gezicht tegen zijn schouder terwijl hij haar naar de slaapkamer tilde.

Zoals hij al eerder had gezegd, maakte het niet uit wat er voor etiketje op hun relatie zat. Niet als het om het fysieke aspect ervan ging, tenminste.

Zodra ze in de slaapkamer waren, legde hij haar op bed en ging even overeind staan. Ze keek gebiologeerd toe terwijl hij een kleine, witte stip op zijn rechterslaap zette.

'Wat is dat?' vroeg ze behoedzaam toen hij zich weer naar haar toe boog.

'Dat zul je wel zien,' zei hij geheimzinnig en met een stoute blik in zijn amberkleurige ogen. Toen raakte hij ook haar slaap aan. Geschrokken schoot Mia's hand omhoog. Ze voelde iets naar binnen dringen. Hij had haar ook zo'n stip gegeven.

Zenuwachtig deed Mia haar mond open om hem weer te vragen wat het was, maar toen kuste hij haar en verdwenen alle rationele gedachten uit haar hoofd. Hij vouwde zijn hand over haar rechterborst en kneedde die, waarbij hij zijn duim licht over haar tepel liet gaan, en Mia voelde een hete golf door haar lichaam gaan. Zijn andere hand legde hij in haar haar en hij hield haar hoofd vast terwijl hij met zijn tong haar mond binnendrong. Ze proefde het verlangen in zijn kus en vroeg zich vagelijk af waar die begeerte zo ineens vandaan kwam.

Plotseling voelde ze niet meer de zachtheid van het bed onder haar en schetterde er harde muziek in haar oren. De pulserende beat trilde door haar botten. Ze hapte van schrik naar adem en duwde Korum van haar af. Hij liet haar los en keek met een beangstigende mengeling van verrukking en brandend verlangen naar haar terwijl ze overeind ging zitten en paniekerig om zich heen keek.

Ze zaten op de bodem van wat een grote metalen kooi leek. Om hen heen zag Mia allemaal lichamen die langs elkaar schuurden en tegen elkaar aan duwden. Vol verbazing realiseerde ze zich dat ze aan het dansen waren. De flikkerende lichten boven hen zetten alles in een blauwe en paarse gloed, waardoor het nog onwerkelijker werd.

'Waar zijn we?' schreeuwde ze. Ze sprong op en keek verbaasd en beangstigd naar Korum. Had hij hen ergens heen laten teleporteren, of was dit een soort vreemde, nieuwe virtuele wereld?

Hij lachte en stond in een vloeiende beweging op. 'Kom,' zei hij, en hij trok haar naar zich toe.

Boos en verward probeerde Mia te weigeren, maar dat lukte natuurlijk niet. Binnen een paar seconden had hij haar tegen zijn lichaam gedrukt en ze voelde zijn erectie tegen haar buik.

'Ik heb vandaag iets interessants ontdekt,' zei Korum zachtjes. Zijn stem kwam op de een of andere manier boven de muziek uit. Zijn ogen waren bijna geel in het stroboscopische licht van de dansvloer. 'Mijn lieve kleine charl vindt het leuk om me aan te raken in de openbare ruimte, als ze denkt dat er niemand kijkt. Als ze denkt dat ik het niet kan voelen.'

Mia slikte bij de herinnering aan wat ze had gedaan voor het proces begon. Ze had met Korum gespeeld, omdat ze er zeker van was dat niemand het zou merken... en toch wist hij het. Was hij boos op haar? Was hij van plan haar te straffen?

'Waar zijn we?' vroeg ze, en ze keek voorzichtig naar hem op. 'Waarom heb je me hier mee naartoe genomen?'

'We zijn in de meest exclusieve nachtclub van Beverly Hills,' zei Korum. 'En ik ga jou precies geven wat je wilt.'

Mia's maag draaide zich om met een vreemde mix van angst en opwinding. 'Korum, alsjeblieft, ik denk niet...'

Voor ze die zin kon afmaken, pakte hij haar bij haar

kont en tilde haar op. Hij drukte haar rug tegen de zijkant van de kooi, spreidde haar benen en drukte zijn heupen ertussen. Mia hapte weer naar adem toen ze voelde hoe zijn pik tegen haar aan duwde door de dunne barrière van hun kleding heen. Zijn mond bedekte opnieuw de hare en hij kuste haar zo diep en hongerig dat ze bijna geen adem kreeg.

Hij was van plan om haar in het openbaar te neuken, realiseerde Mia zich in een deel van haar brein dat nog een soort van functioneerde. Die gedachte joeg haar schrik aan en wond haar tegelijkertijd verschrikkelijk op. Dit kon niet echt zijn, dacht ze wanhopig, dit zou hij haar toch niet aandoen… of wel?

Ze probeerde zich onder zijn lippen vandaan te wurmen en drukte haar nagels in zijn schouders, maar hij liet haar niet gaan. Hij beet op haar onderlip tot ze geen andere keus meer had dan toegeven. Het geluid van haar eigen hartslag was bijna harder dan de pompende muziek om hen heen, terwijl ze alles op alles zette om iets van helderheid te bewaren in deze volstrekt krankzinnige situatie.

Korum hield haar met één arm omhoog en gebruikte zijn andere hand om de onderkant van haar jurk omhoog te trekken, zodat een groot deel van haar onderlichaam ontbloot werd. Mia jammerde het uit van paniek en maakte met haar nagels krassen in zijn schouders toen hij ook zijn pik bevrijdde. Ze voelde de botte kracht waarmee hij hem tegen haar gevoelige opening drukte, en toen begon hij zich naar binnen te duwen, volstrekt negerend dat haar spieren zich aanspanden in een poging hem de toegang te ontzeggen.

Het ging allemaal zo snel dat Mia het nauwelijks kon verwerken. De flitsende lichten en dreunende muziek versterkten haar gevoel van desoriëntatie. Ze had het ondraaglijk heet; haar lichaam brandde door een vreemde combinatie van overweldigende schaamte en koortsachtig verlangen terwijl zijn pik steeds dieper in haar drong. Haar strakke schede rekte zich met tegenzin op om zijn brede schacht heen. Omdat ze niets anders had waarop ze kon steunen dan zijn arm, kon ze niets doen om te voorkomen dat hij haar steeds dieper penetreerde. Hij voelde té groot in haar, met hoe zijn eikel tegen haar baarmoeder bonkte. Heel even dreigde het echt pijn te gaan doen, maar toen paste haar lichaam zich aan door zachter te worden, als het ware om hem heen te smelten. Het ongemak verdween en nu was er alleen nog maar een brandende behoefte. Ondertussen bleef hij haar verwoed kussen, bleef hij zijn tong net zo meedogenloos bij haar naar binnen duwen als zijn pik.

Overweldigd door wat er allemaal gebeurde, lukte het Mia niet meer om ook maar één gedachte te vormen. Ze kon alleen nog maar voelen toen hij zijn heupen begon te bewegen, waarbij de kracht van zijn stoten haar tegen de wand van de kooi drukte. De metalen spijlen drukten tegen de zachte huid van haar blote rug, de pulserende beat van de muziek leek binnen in haar door te dreunen en het lawaai van de dansende menigte verwerd tot een duizelingwekkend gezoem in haar oren. Het werd even zwart voor haar ogen omdat ze geen lucht kreeg door hoe hij haar zoende, maar toen liet hij haar mond los en kon ze op adem komen. Het gevoel dat ze ging flauwvallen nam af en ze was weer terug bij semi-bewustzijn.

Ze zoog verwoed lucht naar binnen en deed haar ogen dicht om te proberen te doen alsof dit allemaal niet gebeurde, alsof hij haar niet echt aan het neuken was in een kooi midden in een nachtclub. Het kon niet echt zijn, niets van dit alles. Ze kon niet echt het metaal in haar rug voelen duwen, kon niet de menigte horen joelen en meezingen met de keiharde muziek. Maar het onophoudelijke stoten van zijn pik in haar kon niets anders zijn dan dat, en de vochtige hitte van zijn lippen die over haar hals gleden was ook onmiskenbaar.

Een golf van schaamte rolde weer door haar heen en droeg op de een of andere manier bij aan de hevige spanning die zich in haar opbouwde. Hij bouwde het tempo op, zijn heupen beukten tegen haar aan, en elke spier in haar lijf leek tegelijkertijd samen te trekken van een genot zo groot dat het bijna ondraaglijk was... en toen kon ze alleen nog schreeuwen omdat een orgasme over haar heen sloeg met de kracht van een vloedgolf. De spieren in haar binnenste knepen zich meerdere keren samen om zijn pik en lieten weer los.

Zodra het orgasme wegebde, hing Mia als een lappenpop in Korums armen, met haar gezicht tegen zijn hals gedrukt. Ze voelde hem ook schokken, hoorde zijn schorre gegrom terwijl zijn schacht in haar pulseerde en schokte om zijn zaad in warme stralen los te laten.

Nu het voorbij was, voelde ze alleen nog maar enorme schaamte. Boze tranen sprongen in haar ogen en ontsnapten uit haar ooghoeken. Ze wilde niet om zich heen kijken, naar de mensen die ongetwijfeld belangstellend toekeken.

Er kwamen nog meer tranen. Zijn nek werd er nat van. Mia wilde verdwijnen, doen alsof dit allemaal een nare droom was, maar er was geen ontsnappen aan de naakte gevoelens. Zijn zachter wordende schacht zat nog altijd in haar en ze voelde de kooi in haar rug duwen. Net toen ze dacht dat ze het niet langer trok, mompelde hij in haar oor: 'We zijn hier niet echt, schatje. Dat weet je toch wel?'

'Wat?' Mia schoot achteruit en staarde hem geschokt en ongelovig aan. Ze hoorde de hypnotiserende beat van de nieuwste dancehit, voelde hem in haar, en nu zei hij dat dit alleen in haar hoofd bestond?

Zijn lippen vormden een glimlachje. 'Dacht je dat het echt was?'

'Laat me los,' zei ze zachtjes. Er schoot withete woede door haar heen. 'Laat me nu meteen los.'

Hij luisterde voor de verandering eens naar haar en zette haar neer, terwijl hij zich langzaam uit haar liet glijden. Het duurde even voor haar bibberende benen haar konden dragen en tot die tijd ondersteunde hij haar. Hij keek naar haar met een licht geamuseerde gezichtsuitdrukking. De jurk viel weer op zijn plek en ze was weer bedekt.

Zodra ze op haar eigen benen kon staan, duwde Mia tegen Korums borst. Hij zette een stap achteruit om haar wat ruimte te geven. Ze wilde zelf zien of hij de waarheid had verteld, dus draaide ze langzaam een rondje om te kijken naar de dansende mensen buiten de kooi.

Niemand keek naar hen. Helemaal niemand. De muziek bleef dreunen, de dansers bleven tegen elkaar aan schuren, en niemand besteedde aandacht aan hen. *Dit was niet echt.* Het speelde zich af in een virtuele wereld, net als bij het proces. Toch?

Ze wendde zich weer tot Korum en vroeg op vlakke toon: 'Hebben we wel echt seks gehad, of was dit een mindfuck?'

In plaats van haar vraag te beantwoorden, bracht Korum zijn hand naar zijn slaap en drukte erop. De club verdween, de werkelijkheid verdraaide en versprong, en Mia stond weer op de vloer in de slaapkamer. Hij stond er ook, minder dan een halve meter bij haar vandaan, met zijn korte broek open en zijn nu slappe lid deels in het zicht.

Ze knipperde om het waas voor haar ogen weg te krijgen en inventariseerde haar eigen toestand. Haar lippen voelden opgezwollen en een beetje beurs aan, zoals ze gewend was na de seks, en ze voelde zijn vochtige zaad langs haar been glijden.

Dus de seks was wel degelijk echt geweest.

Mia kon voor zichzelf niet echt bepalen of dat de hele situatie nou beter maakte of juist slechter. Nu de adrenaline was uitgewerkt, merkte ze dat ze een beetje rilde. Ze had het koud, ook al was de temperatuur hier aangenaam.

'Ik moet douchen,' zei ze zonder hem aan te kijken.

'Mia,' zei hij zachtjes, en hij sloeg zijn hand om haar bovenarm terwijl ze langs hem heen probeerde te lopen. 'Je gaat me toch niet vertellen dat je het niet fijn vond?'

'Natuurlijk vond ik het niet fijn!' Tranen welden op in haar ogen terwijl ze herbeleefde hoe intens vernederd en tegen haar zin opgewonden ze zich had gevoeld. Ze probeerde haar arm los te rukken. Zinloos, natuurlijk. Hij leek het niet eens te merken.

'Liegbeest,' zei Korum. Ze hoorde hoe geamuseerd hij klonk. 'Ik voelde heel goed hoe vreselijk je het vond toen je klaarkwam, toen je poesje zich om me heen samentrok met alles wat je in je had.'

Mia voelde haar wangen felrood worden. 'Ik ga nu douchen,' herhaalde ze. Ze wilde alleen maar weg.

'Goed,' zei hij. 'Ik ga met je mee.' Voor ze kon tegensputteren, tilde hij haar weer op en droeg hij haar de badkamer in. Naast de jacuzzi plantte hij haar weer op de grond.

'Ik wilde in mijn eentje gaan,' zei ze opstandig terwijl hij haar jurk naar beneden trok zodat ze naakt tegenover hem stond, op de ketting om haar hals en de zachte laarsjes aan haar voeten na. Ze raakte de ketting aan om de sluiting te vinden en maakte hem voorzichtig los, waarna ze hem op de rand van de jacuzzi legde. Ze was niet van plan om te gaan douchen met een miljoen jaar oud aliensieraad om haar hals.

Hij glimlachte naar haar en kleedde zich uit. 'Waarom zou je dat willen?'

'Omdat ik jou op dit moment niet om me heen hoef,' zei ze plompverloren. Dat was nog een behoorlijk understatement. Eigenlijk wilde ze hem iets aandoen. Die glimlach van zijn mooie gezicht slaan, of zoiets.

'En dat allemaal omdat ik jou heb gegeven waar je zelf niet om durfde te vragen?' vroeg hij met schuin gehouden hoofd.

'Ik wilde het niet,' zei ze fel. 'En het feit dat ik klaarkwam, heeft er niks mee te maken. Ik ben meer dan mijn fysieke reacties…'

'Natuurlijk,' zei Korum. Hij liep naar haar toe en hurkte voor haar neer om haar laarsjes uit te trekken. Mia keek boos op hem neer en moest een belachelijke drang onderdrukken om zijn donkere, prachtige haar te strelen. Hij stond in een vloeiende beweging weer op en keek op haar neer met een klein glimlachje. 'Als je je echt heel ongemakkelijk of beangstigd had gevoeld, zou ik onmiddellijk zijn opgehouden en je mee terug hierheen hebben genomen. Ik voelde je opwinding, het genot omdat je iets verbodens deed. Daarom speelde jij vandaag met me in de virtuele wereld: omdat je er onder dat verlegen uiterlijk van geniet om een beetje stout te zijn…'

Mia had daar niks zinnigs op te zeggen, dus ze keek omlaag en liep naar de douche. Hij stapte er ook onder en stelde de stralen zo in dat ze er allebei onder stonden. Daarna kneep hij wat van die lekker ruikende shampoo in zijn hand en zeepte haar haar ermee in. Zijn sterke vingers masseerden haar hoofdhuid tot de spanning verdween.

Zodra haar haar schoon en zacht was, ging hij verder met haar lichaam. Hij waste elke centimeter ervan met tedere aandacht tot ze al haar woede kwijt was en alleen nog maar genoot van zijn vaardige aanrakingen. Net toen ze dacht dat hij klaar was, knielde hij voor haar neer en gaf hij haar met zijn mond nog een orgasme; zijn lippen en tong waren zacht en lief voor haar gevoelige plekjes.

Volkomen ontspannen en ongelofelijk slaperig voelde Mia hoe hij haar afdroogde en naar het bed tilde. Zodra haar hoofd het kussen raakte, kukelde ze in slaap. Ze had niet eens meer door dat ze in zijn warme omhelzing lag.

HOOFDSTUK NEGEN

*D*e volgende ochtend, toen Mia wakker werd, zat de herinnering aan de virtuele sekspartij nog vers in haar geheugen.

Ze kon nog steeds niet geloven dat Korum dit had gedaan. Hij had haar echt laten geloven dat hij haar in het openbaar neukte. Ze kon ook niet geloven dat zij daar zo op had gereageerd, ondanks haar gevoelens van schaamte en vernedering. Zelfs nu nog voelde ze hoe ze nat werd bij de herinnering. Ze vervloekte de invloed die hij op haar had. Hij leek haar seksuele behoeften veel beter te kennen dan zijzelf, en hij schroomde niet om haar grens op te zoeken. Ze wilde boos op hem blijven, echt waar. Maar als ze eerlijk was tegen zichzelf, moest ze toegeven dat ze op een bepaalde manier had genoten van de ervaring. Het was ongelofelijk opwindend geweest om zo in het openbaar seks te hebben. Zeker nu ze wist dat er geen reden was voor schaamte, aangezien niemand hen in werkelijkheid had gezien.

Ze rekte zich uit, gaapte en herinnerde zich het stranduitje. Meteen sprong ze uit bed. Ze trok haar badjas aan, poetste haar tanden en spatte wat water in haar gezicht voor ze op zoek ging naar Korum.

Tot haar verbazing was hij nergens te bekennen. Voordat ze zich kon afvragen waar hij precies uithing, hoorde ze iets in de woonkamer. Ze liep de keuken uit om te kijken wat het was, en inderdaad, daar kwam Korum binnen door een opening in een van de muren.

Mia hapte naar adem van schrik toen ze hem zag.

Normaal gesproken zag Korum er smetteloos uit, maar nu leek het alsof hij net in de modder had gerold. Zijn kleding was smerig en kapotgescheurd. En zaten er nou… bloedsporen op zijn armen en gezicht?

Korum zag haar staan en lachte vluchtig naar haar. Zijn tanden waren oogverblindend wit in zijn modderige gezicht. 'Jij bent ook vroeg wakker. Ik hoopte dat je nog zou slapen zodat ik even kon douchen en je me niet zo zou hoeven zien.'

Eindelijk had ze haar spraakvermogen terug. 'Wat is er gebeurd? Gaat het wel met je?'

Hij lachte en zijn ogen glinsterden van opwinding. 'Ja, gaat prima. Ik was even weg voor *defrebs*. Dat is een sport die ik beoefen.'

'O…' Mia ademde opgelucht uit. 'Is dat een balsport?'

'Meer een soort martial arts,' zei hij, en hij liep naar de badkamer.

Mia volgde hem nieuwsgierig. Ze keek hoe hij zijn vieze kleren uittrok en op de grond liet vallen om zijn perfecte lichaam te onthullen. Hij rook heerlijk zweterig en zijn goudkleurige huid glom van het zweet. Korum zag eruit als een soldaat die net van het strijdveld kwam. Ze zag nu dat het inderdaad schrammen en bloed op zijn armen en benen waren.

'Doe je dat om in shape te blijven, martial arts?' vroeg ze. Ze zat op de rand van de jacuzzi terwijl hij de douche aanzette en die afstelde. De vieze kleren waren al weg, opgenomen door een van de muren, en de vloer was weer leeg. Nog zo'n handigheidje van het huis, dacht Mia.

'Ja, zo ongeveer,' zei hij, en hij stapte onder de straal. Zijn stem werd gedempt door het stromende water, dus ze kwam wat dichterbij om hem beter te kunnen verstaan. 'We sporten niet echt zoals moderne mensen dat doen, in een sportschoolachtige omgeving of door middel van één specifieke fysieke activiteit. In plaats daarvan beoefenen we doorgaans een sport. Defrebs is heel populair omdat het buiten de Arena hetgeen is dat het meest lijkt op vechten...'

'Arena?'

'Ah, zover ben je nog niet gekomen met lezen.' Hij pauzeerde even, zeepte zijn haar in en spoelde de shampoo er weer uit voordat hij verderging. 'De Arena is de plek waar onze burgers ruzies beslechten waar ze anders niet uitkomen. Als ik bijvoorbeeld van mening ben dat iemand mij iets onvergeeflijks heeft aangedaan, kan ik hem uitnodigen om naar de Arena te komen. Hij zou die uitdaging moeten accepteren of anders een groot deel van zijn stand verliezen.'

Mia keek verrast naar het wazig geworden glas van de douchecel. 'Wat doe je dan in de Arena? Vechten?'

'Precies. Er zijn geen wapens toegestaan, maar verder kan alles. Het doel is om te winnen, om je vijand te overmeesteren terwijl iedereen toekijkt…'

Mia lachte vol ongeloof. 'Zoals de gladiatoren in het oude Rome?'

'Nou, waar denk je dat de Romeinen hun inspiratie vandaan haalden?'

'Serieus?'

Korum zette de douche uit en deed de deur open. Hij pakte een handdoek van een rek. 'Zeker weten. Dezelfde groep wetenschappers waarover ik je eerder heb verteld, degenen die aan de wieg stonden van veel van jullie Griekse en Romeinse mythen, zijn ook hiervoor verantwoordelijk. Een paar van hen misten dat stukje van het leven op Krina, dus hebben ze langzaamaan de traditie ingevoerd in de Romeinse cultuur. Later is dat een eigen leven gaan leiden. Het verbaasde ons eerlijk gezegd nogal hoelang de gladiatorengevechten in zwang bleven.'

Mia kon haar oren bijna niet geloven. 'Bestaan deze gevechten nog steeds in de moderne tijd?'

'Jazeker,' zei hij. Zijn ogen stonden helder met gouden ondertonen. 'Het is een manier waarop wij bepaalde… behoeften bevredigen die anders een vredige en welvarende maatschappij in de weg zouden staan.'

Behoeften? Ze knipperde met haar ogen en keek hem schuchter aan terwijl hij zich afdroogde. Dus de Krinar hadden inderdaad nog steeds de gewelddadige neigingen waarover ze had gelezen. Geen wonder dat er zoveel geruchten de ronde deden over hun brute daden gedurende de Great Panic…

Voordat ze daarover verder kon nadenken, kwam hij naar haar toe en tilde haar op bij haar middel. Geschrokken pakte Mia zijn schouders vast terwijl hij haar mond met de zijne bedekte en haar kuste met nauwelijks ingehouden agressie. Het sporten had hem duidelijk opgewonden, en ze voelde zijn pik hard worden tegen haar been, door de dikke stof van haar badjas heen. Haar eigen reactie volgde meteen – haar binnenste spieren trokken samen van verlangen en haar tepels werden strakke puntjes.

Hij voelde haar opwinding, gromde diep in zijn keel en drukte haar tegen de muur. Zijn handen trokken aan de ceintuur die haar badjas bij elkaar hield. Hij boog zijn rechterbeen en zette haar erbovenop, zodat haar blote kutje over zijn been gleed, en Mia kreunde in zijn mond omdat de druk op haar clitoris haar opwinding nog verder opvoerde. Zijn hand bewoog naar beneden, pakte haar dijbeen en opende haar nog meer, en toen stootte hij zonder verdere inleiding bij haar naar binnen.

Mia schreeuwde het uit bij de kracht waarmee hij binnenkwam. Hoe opgewonden ze ook was, hij was alsnog te groot om makkelijk naar binnen te glijden. Het voelde alsof haar gevoelige binnenste werd opgerekt tot aan het punt waarop het pijn deed. Hij pauzeerde even om haar te laten wennen en daarna begon hij langzaam te pompen, waarbij hij nog steeds haar benen wijd hield zodat zij geen enkele controle had over de seks. Zijn grote eikel raakte bij iedere stoot haar G-plek en omdat haar benen zo wijd waren, drukten zijn heupen telkens weer tegen haar clitoris, waardoor de druk steeds hoger opliep.

Uiteindelijk kwam ze schreeuwend klaar. Haar lichaam schokte in zijn armen. Hij kon geen weerstand bieden aan het ritmische pulseren van haar binnenste spieren en kwam ook klaar, hard kreunend in haar oor.

Mia hing hijgend in zijn omhelzing totdat hij haar voorzichtig naar de grond liet zakken, langzaam uit haar gleed en haar een tissue gaf.

Haar knieën knikten een beetje en hij hield haar overeind, terwijl hij naar haar keek met een licht verbaasde uitdrukking op zijn mooie gezicht. 'Geloof het of niet, maar dit was niet mijn bedoeling,' zei Korum met een glimlachje van zelfspot om zijn lippen. 'Ik weet niet hoe het mogelijk is dat ik geen enkele zelfbeheersing lijk te hebben als jij in de buurt komt. Het voelt alsof ik bij iedere kans die ik krijg in je moet gaan...'

Terwijl haar kutje nog steeds naschokte van haar orgasme, bevochtigde Mia haar lippen en ze haalde haar schouders een stukje op. Ze voelde zich absurd gevleid door wat hij zei. 'Geen probleem... Ik geniet er zelf ook van.'

'O, echt waar?' zei hij plagerig. Er verscheen een

grote grijns op zijn gezicht. 'Geniet je ervan? Dat had ik nooit gedacht...'

Mia fronste haar wenkbrauwen naar hem en maakte zichzelf schoon met de tissue. 'Je hebt me wel een uitje naar het strand beloofd,' hielp ze hem herinneren. Ze wilde het liever niet meer over seks hebben. De hevigheid van haar eigen lichamelijke reactie op hem – en haar gevoelens voor hem in het algemeen – gaf haar nog altijd een ongemakkelijk gevoel. Waarom was ze niet voor een minder ingewikkeld iemand gevallen? Waarom moest het deze moeilijke, compromisloze man met zijn dominante karakter zijn? Zelfs met Arman zou een relatie veel makkelijker zijn. Met iemand als hij zou ze tenminste meer het gevoel hebben dat ze de controle had, in plaats van constant uit het lood geslagen te worden.

'Dat moet nog wel lukken,' zei Korum. Hij maakte snel een outfit voor zichzelf met behulp van nanotechnologie en trok die aan. 'Ik maak even een ontbijtje voor je klaar en dan gaan we.'

'Oké,' zei Mia. 'Ik spring vlug onder de douche, je ziet me zo verschijnen.'

Zeven minuten later liep Mia de keuken binnen. Ze zag Korum iets groens klaarmaken met een gewone blender.

'Wat is dat?' vroeg ze, kijkend naar het vreemde brouwsel.

Korum glimlachte en zijn blik werd zachter toen hij haar zag. 'Ah, ik hoopte al dat je snel zou zijn.' Hij zette twee stappen naar haar toe, drukte een kusje op haar voorhoofd en richtte zich weer op zijn taak. 'Dit is een smoothie van mango, banaan, spinazie en *bowit*, een zoete noot die van Krina komt. Heb je trek?'

'Altijd,' gaf Mia met een schaapachtige glimlach toe. De smoothie klonk veelbelovend. 'Hebben we nog tijd om te zwemmen voor de zitting begint?'

'Zeker weten,' zei hij, en hij zette de blender aan. Mia sloeg haar handen over haar oren vanwege het lawaai, dat gelukkig maar tien seconden aanhield. Zodra het weer stil was, voegde hij eraan toe: 'We hebben ongeveer twee uur de tijd, dat is denk ik genoeg om je wat interessante plekken te laten zien hier in de buurt en om te zwemmen.'

'Dat zou fantastisch zijn,' zei Mia. Ze popelde om de omgeving te verkennen. 'De muren kwamen gisteren nogal op me af...'

'Natuurlijk,' zei hij. Hij goot de groene shake in een grote, doorzichtige beker en gaf die aan haar. 'Ik wil niet dat je je zo voelt. Hier, proef eens. Ik denk dat het lekker is.'

Mia nam een slok van de dikke smoothie en haar smaakpapillen maakten een dansje toen ze de zoete, rijke smaak proefde. Het was niet te vergelijken met iets wat ze ooit eerder had geproefd. Onder de bekende fruitsmaken proefde ze een vleugje chocola, room, en nog iets anders wat ze niet kon thuisbrengen. 'Wow.'

Ze slikte door en likte langs haar lippen. 'Wat dat bogeval ook is, het is heerlijk.'

Korum glimlachte, blij met haar reactie. 'Ja, het is ook mijn favoriet. De bowitplant is pas na vijf jaar volgroeid, dus dit is de eerste keer dat we hier op aarde deze noten hebben geoogst. Ze zijn erg smaakvol en passen bij veel verschillende gerechten.'

'Mag ik dit meenemen?' vroeg Mia. Ze wilde geen tijd verspillen. 'Dan kan ik me nu vlug aankleden en kunnen we gaan...'

'Ja, waarom niet.' Korum schonk voor zichzelf ook een beker vol. 'Ik zal je onze badkleding laten zien.'

Hij liep de keuken uit en naar de slaapkamer, ondertussen drinkend van zijn smoothie. Mia volgde hem. Ze was benieuwd hoe een K-badpak eruit zou zien.

Bij binnenkomst van de kamer zette Korum zijn beker op het dressoir en hij liep naar de kledingkast. Daar haalde hij een piepklein stukje witte stof uit dat hij op bed legde. 'Dit dragen onze vrouwen doorgaans.'

Mia staarde ernaar. 'Eh… Ik geloof niet dat mij dat gaat passen.' Misschien zou het een geschikt badpak zijn voor de chihuahua van haar ouders, maar daar hield het ook wel mee op.

Hij lachte. 'Het is stretchstof. Trek maar aan.'

Ze was nog steeds niet helemaal overtuigd, maar goed. Mia zette haar smoothie neer, liep naar het bed toe, pakte het kledingstuk op en bestudeerde het aandachtig.

'Je moet het over je hoofd heen aantrekken,' zei Korum. 'Trek je badjas maar uit, dan laat ik het je zien.'

'Oké,' zei Mia. Ze maakte de badjas los en liet hem op het bed vallen. Eronder had ze niets aan, en ze voelde zijn brandende blik over haar lichaam gaan. Zodra zijn ogen terug waren bij haar gezicht, waren ze bijna puur goudkleurig. Mia's ademhaling versnelde en ze voelde haar tepels hard worden. Haar lichaam reageerde op zijn behoefte.

Ze hoorde hem diep inademen alsof hij haar geur wilde opsnuiven en toen zei hij hees: 'Kijk, zo trek je dit aan.' Hij rekte het bandana-achtige ding in zijn handen en deed het over haar hoofd. Toen het eenmaal om haar heupen zat, liet hij het los. Zijn vingers streken langs haar buik en ze kreeg het weer heel warm vanbinnen.

Met haar lippen een stukje van elkaar staarde Mia hem aan. Ze kon niet geloven dat ze hem zo snel alweer zo erg wilde.

'Kijk niet zo naar me,' zei hij. Zijn stem klonk ruw. 'Ik heb je beloofd dat we vanmorgen een uitstapje gaan maken en dat gaan we dus ook doen.'

Mia werd rood. 'Natuurlijk.' Dit sloeg nergens op. Hij maakte een nymfomane van haar. Het kon niet gezond zijn om iemand de godganse tijd te willen.

In een poging zichzelf af te leiden, keek ze naar het stukje stof dat om haar lichaam zat. Tot haar verbazing was het zodanig uitgerekt dat het haar hele bovenlijf bedekte. Het was een ongebruikelijk, maar geschikt badpak. De stof liep ook tussen haar benen door om haar schaamstreek en een deel van haar billen te bedekken, en aan de zijkanten via haar ribbenkast naar haar borsten om haar tepels aan het oog te onttrekken. Zoals alle K-kleding vormde ook het badpak zich perfect naar haar lichaam en leek het goed op z'n plek te blijven, ook al waren er geen bandjes of andere hulpmiddelen om het omhoog te houden.

Het totaalplaatje was erg sexy, realiseerde Mia zich, en haar wangen werden rood bij de gedachte dat ze zo het huis uit zou gaan. 'Is dit alles wat ik ga dragen?' vroeg ze, en ze keek op naar Korum.

Hij schudde zijn hoofd. 'Nee, je kunt dit eroverheen aantrekken,' zei hij. Hij gaf haar iets wat leek op een witte koker. 'Dit kun je uittrekken als we bij het strand zijn.'

Mia wurmde zich in de koker en liep naar de spiegel om te kijken. Het zag eruit als een simpele, strakke kokerjurk gemaakt van dunne stof. Helemaal niet zo anders dan wat je zou kunnen aantrekken naar het strand in Florida.

'Trek deze laarzen er maar bij aan,' zei Korum. Hij gaf haar een paar kniehoge laarzen. 'Aangezien we gaan lopen en jij niet zo dol bent op insecten, denk ik dat dit een goede keuze is voor je.'

Ze wilde inderdaad haar blootstelling aan Costa Ricaans kruipend ongedierte minimaliseren, dus trok Mia de laarzen aan. Na nog een laatste blik in de spiegel pakte ze haar smoothie van het dressoir. 'Ik ben er klaar voor.'

'Laten we dan maar gaan.' Korum pakte zijn eigen beker en leidde haar het huis uit, de groene jungle in.

DE EERSTE PLEK DIE KORUM HAAR LIET ZIEN WAS EEN PRACHTIGE GROT MET TWEE MIDDELGROTE WATERVALLEN. Het water viel ongeveer zeven meter naar beneden in een klein, ondiep bassin en liep vanaf daar naar een riviertje. Naast de rivier stonden een paar grote rotsen en het gras zag er zacht en groen uit. Een plek die uitnodigde om te relaxen en wat te lezen, vond Mia, en ze probeerde te onthouden waar de grot lag.

Na de watervallen liepen ze verder naar een volgende, grotere rivier: de monding naar de oceaan. Volgens Korum was dit een perfecte plek om de lokale fauna te bezichtigen, waaronder verschillende soorten vogels en brulapen. 'Dat klinkt leuk,' zei Mia, waarop hij beloofde haar een dezer dagen mee te nemen op een boottochtje.

Door de riviermonding te volgen naar het westen, kwamen ze uiteindelijk op het strand. Zoals Korum al had gewaarschuwd waren de golven die op de kust kapotsloegen behoorlijk groot. In de verte zag Mia een paar anderen – waarschijnlijk Krinar – die ook naar de oceaan waren gekomen, maar verder was het om hen heen volstrekt verlaten.

'We hebben nog maar een halfuur,' zei Korum. 'Dan moet ik naar het proces.'

'Goed,' zei Mia grijnzend. 'Even snel zwemmen dan?' Zonder op zijn reactie te wachten, trok ze haar laarzen uit, wurmde ze zich uit de kokerjurk en rende ze naar de oceaan.

Hij haalde haar onmiddellijk bij en tilde haar op in zijn armen voordat ze ook maar een teen in het water kon steken. 'Hebbes,' zei hij. De blik in zijn ogen was warm en vrolijk.

Mia lachte. Haar hart voelde lichter dan het in weken had gedaan. Met haar armen om zijn nek zei ze tegen hem: 'Oké, maar dat betekent dat je mee het water in moet. En ik wil geen gezeur horen over dat het te koud is.'

'Een uitdaging?' zei hij, en hij trok een wenkbrauw naar haar op. 'We zullen nog wel zien wie er als eerste gaat klagen...' Met haar in zijn armen liep hij doelgericht op de golven af.

Ze gilde het uit van het lachen bij de plotselinge onderdompeling in het koude water en hield haar adem in toen er een grote golf over hen heen sloeg. Ze voelde hoe sterk de stroming was en besefte dat Korum waarschijnlijk gelijk had, dat het te gevaarlijk was om hier in haar eentje te zwemmen. Met hem erbij voelde ze zich echter volkomen veilig. Hij kon duidelijk het zuigende water met gemak weerstaan. De oceaan was geen partij voor zijn Krinar-kracht.

De golf trok zich terug en Mia wreef met een hand over haar ogen om het zoute water eruit te krijgen. Toen ze ze weer opendeed, keek Korum met een vreemde glimlach naar haar.

'Wat?' vroeg ze, een beetje zelfbewust.

'Niks,' mompelde hij. Hij glimlachte nog steeds. 'Je

ziet er gewoon heel leuk uit op deze manier. Met je haar en je wimpers helemaal nat. Dat doet me denken aan de dag dat je zo natregende in New York.'

'Je bedoelt toen ik je helemaal onder nieste?' vroeg Mia wrang. De herinnering bracht nog steeds het schaamrood op haar kaken.

Hij knikte. 'Je was het schattigste wat ik in lange tijd had gezien. Die druipende krullen en grote, blauwe ogen… Ik kon me maar net inhouden om je niet meteen te kussen.'

Mia keek hem ongelovig aan. 'Echt? Ik dacht dat ik er vreselijk uitzag, als een natte hond.'

Korum lachte. 'Meer als een nat poesje, als je het toch met een dier wilt vergelijken. Of een natte *fregu*. Dat is een schattig, fluffig dier dat we op Krina hebben.'

'Zijn er hier ook van die fregu?' vroeg Mia. Het leek haar ineens te gek om aliendieren te zien. 'In Lenkarda bedoel ik…'

Hij schudde zijn hoofd. 'Nee, je kunt fregu niet als huisdier houden, en we halen wilde dieren niet uit hun natuurlijke habitat. Eigenlijk houden we sowieso geen huisdieren.'

Dat verbaasde Mia. 'Kennen jullie dat concept niet?'

Op dat moment kwam er weer een golf en Korum tilde haar hoger op, zodat ze haar hoofd boven water kon houden. 'Nee, inderdaad,' bevestigde hij toen de golf voorbij was. 'De mens heeft het idee van huisdieren bedacht.'

'Echt? Dat had ik nooit gedacht. Mijn ouders

hebben een hond,' zei Mia. 'Een chihuahua. Heel schattig.'

'Weet ik,' zei Korum. 'Ik heb er beelden van gezien.'

Op de een of andere manier schokte dat haar niet. 'Natuurlijk,' zei ze, en ze zuchtte. Ze wist dat ze van slag zou moeten zijn door de ontdekking dat hij de privacy van haar familie had geschonden, maar in plaats daarvan voelde ze zich er vreemd kalm onder. Haar geliefde had overduidelijk geen flauw benul van grenzen, en Mia had even geen zin in een discussie. Ze wilde het fijne moment niet verstoren. Toch kon ze het niet laten om te vragen: 'Is er iets wat je nog níét weet over mij of mijn familie?'

'Waarschijnlijk maar weinig,' gaf hij meteen toe. 'Je familie fascineert me.'

'Waarom?' vroeg Mia verbaasd. 'We zijn een heel normale Amerikaanse familie…'

'Omdat jíj me fascineert,' zei Korum. Hij keek haar aan met een onleesbare amberkleurige blik. 'Ik wil beter leren begrijpen wie jij bent en waar je vandaan komt.'

Mia staarde hem aan. 'Aha,' mompelde ze, ook al snapte ze er maar weinig van waarom iemand als hij – een briljante K die zo hoog in aanzien stond in hun samenleving – interesse zou hebben in een gewoon mensenmeisje.

Plotseling grijnsde hij naar haar en verdampte de vreemde spanning. 'Laat je me nog zien hoe goed je kunt zwemmen?' stelde hij speels voor, en hij liet haar los.

Mia grijnsde terug. Ze voelde zich bijna ondraaglijk gelukkig. 'Kijk en leer,' zei ze stoer, en ze zwom met grote slagen de oceaan in, ervan verzekerd dat het zelfs nog veel veiliger was om hier te zwemmen met Korum in de buurt dan in een pierenbadje met een badmeester op de rand.

～

DE KRINAR KEEK HOE ZIJN VIJAND PLEZIER MAAKTE IN HET WATER MET ZIJN CHARL.

In eerste instantie had hij niet echt begrepen wat er zo bijzonder was aan dit meisje. Het leek hem een heel gewoon type. Leuk om te zien, maar niets echt speciaals. Maar hoe langer hij naar haar keek, hoe meer hij zag dat haar gezicht prachtige lijnen had en dat haar huid een beeldschone roomkleur had. Haar lichaam was klein en tenger, maar ze had rondingen op de juiste plekken, en de manier waarop ze zich bewoog was heel sensueel, net als de manier waarop ze haar hoofd schuin hield als ze praatte.

Tot zijn grote schok realiseerde de K zich dat hij zijn vingers in haar dikke krullen wilde begraven en dat hij haar geur wilde inademen. Hij wilde haar hals likken en het warme bloed in haar aderen voelen stromen door haar zachte huid heen. Dat was het mooiste aan seks met mensenvrouwen: de wetenschap dat het paradijs te bereiken was met slechts één hapje.

Het verlangen verraste hem. Dit was niet zijn plan. Hij had gedacht dat hij boven zulke onzin stond, boven zulke primitieve driften. Tegenwoordig liet hij zich bijna nooit meer verleiden. Die afleiding kon hij niet gebruiken. Er stond te veel op het spel om alles weg te gooien voor een beetje fysiek genot.

Met een enorme krachtsinspanning onderdrukte hij de fantasie en richtte hij zich op de taak waar hij voor stond.

HOOFDSTUK TIEN

*N*a het zwemmen bracht Korum haar terug naar huis, nam een snelle douche en was binnen twee minuten als een wervelwind weer de deur uit. Mia keek vermaakt toe toen hij een korte pauze nam om een vlugge kus op haar voorhoofd te drukken en daarna praktisch naar buiten vloog.

Zodra hij weg was, nam ze zelf ook een douche en ze snackte wat mango en walnoten om energie te hebben voor misschien wel weer een lange presentatie. Daarna deed ze de armband om die Korum haar gisteren had gegeven en nam ze comfortabel plaats op de bank. De show kon beginnen.

Ook de tweede dag van het proces begon met het bekende belgeluid.

Net als gisteren liep Mia door de menigte heen naar Korums tafel, waar ze op ging zitten. Dit keer weerhield ze zich ervan zijn virtuele lichaam ook maar met een vinger aan te raken. Haar wangen werden nog verhit bij de herinnering aan wat hij gisteravond had gedaan in reactie op haar gevoos tijdens de zitting.

Er waren vandaag minder begroetingen en inleidingen. Nadat de gedaagden en de Beschermer in de ruimte waren verschenen, werd het publiek stil. Iedereen keek met grote interesse toe terwijl het proces verderging.

Net als de vorige keer was Loris volledig in het zwart gekleed. Zijn gezichtsuitdrukking was benepen en gespannen, en in de blik die hij in Korums richting wierp zat zoveel woede en verbittering dat Mia onwillekeurig huiverde. Na een paar seconden leek het erop dat hij zichzelf onder controle had en verzachtten zijn trekken tot hij er met een onbewogen gezicht bij stond.

Hij stapte naar voren en sprak de toeschouwers toe met een luide, klinkende stem. 'Geachte aardbewoners en mede-Krinar! Jullie hebben het bewijs gezien voor een vreselijke misdaad, een misdaad zo verschrikkelijk dat het nauwelijks te geloven is. Als jullie zouden geloven wat jullie gisteren hebben aanschouwd, zouden jullie zonder twijfel zeggen dat deze gedaagden – mijn zoon incluis – schuldig zijn. Maar vraag jezelf eens af: is dit plausibel? Hoe kan het zijn dat zeven jongelingen zonder geschiedenis van sociaal afwijkend gedraag plots samenspannen om met geweld vijftigduizend Krinar van de aarde te deporteren, en ons allen in gevaar te brengen? Ook mĳ in gevaar te brengen? Hoe zouden ze dit ingewikkelde, snode plan kunnen bekokstoven, waarbij ze mensen voorzien van

Krinar-wapens en -technologie? En met welke reden? Om de mensen te helpen? Klinkt dat iemand hier logisch in de oren?'

Het publiek was doodstil. Mia hield haar adem in. Ze kon haar blik niet losrukken van de in het zwart geklede man die zo imposant in het midden van de ruimte stond.

'Nou, mij klonk het niet logisch in de oren. Ik ken mijn zoon en ik weet dat hij niet perfect is, maar hij is geen potentiële massamoordenaar. Daarom moest ik mezelf wel opwerpen om de rol van Beschermer op me te nemen. Dit proces is een farce. Het is een nauwkeurig beraamde aanval op deze jongelingen, en ik kan niet anders dan ze verdedigen...'

Mia draaide zich een kort moment om om naar Korum te kijken. Ze was benieuwd naar zijn reactie op dit alles. Zijn gezichtsuitdrukking was kalm geamuseerd; hij volgde het proces belangstellend.

'Ik heb uitgebreid gepraat met Rafor en met al zijn vrienden. Hun verhalen komen niet met elkaar overeen,' ging Loris verder. 'Om eerlijk te zijn, komen ze verward op me over. Zo verward dat ze zich helemaal niets herinneren wat ook maar in de buurt komt van hetgeen waarvan ze beschuldigd worden. Zo verward dat ze zich nauwelijks herinneren wat er het afgelopen jaar in het algemeen is gebeurd. Ik weet wat velen van jullie nu denken. Als ze schuldig zouden zijn, zou veinzen dat ze zich niets herinneren een slimme manier zijn om de rechtsgang te vertragen, door twijfel te zaaien over de waarde van de beschuldigingen. Dat dacht ik in eerste instantie ook… en daarom heb ik een geheugenscan laten doen door de meest vooraanstaande breinexperts die hier op aarde zijn. Vier verschillende breinlaboratoria hebben onderzoek gedaan – in Arizona, Thailand, Fiji en Hawaii – en de resultaten laten geen twijfel. Er is bij alle zeven gedaagden gerommeld met hun herinneringen.'

Een geschokt gemompel ging door het publiek. Mia zag dat de Raadsleden verbaasd keken. Ze keek nog een keer achterom en zag dat er nu een kleine, bijna onwaarneembare frons op Korums gezicht was verschenen. Hij leek er niets van te begrijpen.

'Zoals de meesten van jullie wel weten, zijn er niet veel die het vermogen hebben om zoiets te doen. Ik geloof dat er nog geen dertig individuen op deze planeet zijn die zich bezighouden met breinmanipulatie. Maar ik moet denken aan één zeer gewaardeerd Raadslid…'

Na die laatste zin begon het geroezemoes weer. Saret stond langzaam op achter zijn tafel. 'Beschuldig je míj ergens van?' vroeg hij op ongelovige toon.

'Ja, Saret,' zei Loris. Mia kon de nauwelijks onderdrukte woede in zijn stem weer horen. 'Ik beschuldig jou en je vriend Korum ervan dat je hebt gerommeld met het geheugen van mijn zoon en de anderen. Ik beschuldig jullie ervan dat jullie hun brein hebben beïnvloed met het doel om jullie eigen politieke agenda door te voeren. Ik beschuldig Korum ervan dat hij alles in scène heeft gezet, tot de aanval op de kolonies aan toe, met als enige doel mij te vernietigen en de machtsbalans in de Raad te verstoren, om zijn eigen onstuitbare ambitie te bevredigen. En ik beschuldig jou, Saret, ervan dat je hem hebt geholpen door mijn zoon en deze andere jongelingen die hier vandaag voor je staan mentaal te verkrachten!'

De menigte barstte uit in een kakofonie van gediscussieer en geschokte uitroepen, en Mia draaide zich weer om om naar Korum te kijken. Ze had geen idee wat ze van Loris' verklaring moest vinden. Kon er een kern van waarheid in zitten?

Korum zat er ogenschijnlijk kalm bij. Ze kon van zijn gezicht niets aflezen. Alleen de lichtgele streepjes rond zijn pupillen lieten zien dat er vanbinnen bij hem iets gebeurde. Hij stond langzaam op en liep naar het midden van de ruimte, waar de Beschermer stond.

'Heel knap gespeeld, Loris,' zei Korum op een lichte, spottende toon. 'Erg creatief bedacht. Ik moet zeggen dat ik totaal niet had verwacht dat je deze kant op zou gaan – al begrijp ik nu wel de keuze. Je dacht twee vliegen in één klap te slaan. Maar natuurlijk zijn er nog steeds de opnames, om nog maar te zwijgen over de getuigen, die duidelijk maken dat jouw zoon en zijn kompanen met hun volle verstand te werk zijn gegaan, zonder enig spoor van mentale verwarring...'

'Die opnames stellen niks voor,' onderbrak Loris hem. Op zijn gezicht was nauwelijks onderdrukte woede te zien. 'We weten allemaal dat iemand met jouw technologisch inzicht zoiets moeiteloos kan maken...'

'Ik zal de opnames met liefde aan de experts

overdragen voor nader onderzoek,' zei Korum, en hij haalde nonchalant zijn schouders op. 'Jij mag zelfs een aantal experts aanwijzen – zolang ze maar voor de resultaten durven in te staan. En vanzelfsprekend hebben de andere Raadsleden de getuigen al gehoord. Raadsleden, was er ook maar iemand onder de getuigen die tegensprak wat er op de opnames te zien is?'

Arus ging staan. Mia moest even slikken van de zenuwen terwijl ze toekeek hoe alweer een van Korums opponenten naar het midden van de ruimte liep. Wat als hij zich aan Loris' kant schaarde? Zou Korum dan in de problemen komen? Ze kon de gedachte niet verdragen dat hem iets zou overkomen naar aanleiding van deze beschuldigingen.

'Ik zal spreken namens de Raad,' zei Arus met een diepe, beheerste stem. Opnieuw was er iets aan zijn open, oprechte blik waardoor Mia geneigd was hem te vertrouwen, hem aardig te vinden. Heel handig voor een politicus, besefte ze – vooral voor een ambassadeur.

'Hoe graag ik ook mijn steun zou betuigen aan Loris in zijn poging om zijn zoon te beschermen,' zei hij, 'er is geen enkele twijfel over het feit dat alle getuigen die we tot nog toe hebben gehoord – van menselijke Verzetsleden tot de soldaten die deel uitmaakten van het operationele team – ongeveer hetzelfde verhaal hebben verteld. En helaas, Loris, ondersteunt het verhaal de opnames.' Er leek oprechte spijt in Arus' stem te liggen terwijl hij dit zei.

'Getuigen kunnen omgekocht worden...'

Arus schudde zijn hoofd. 'Niet zoveel. We hebben meer dan vijftig verklaringen van zeer uiteenlopende individuen, zowel mens als Krinar. Het spijt me, Loris, maar het zijn er simpelweg te veel.'

'Hoe verklaar je dan het geheugenverlies?' vroeg Loris bitter. Hij keek vol afkeer naar Arus.

'Dat kan ik niet verklaren,' gaf Arus toe. 'De Raad zal dat verder moeten onderzoeken...'

'Ik wil wel een gokje wagen,' zei Korum, en Mia voelde zowat het verwachtingsvolle rumoer in de menigte. 'Er is een verdedigingsstrategie die vaak wordt gebruikt door mensen in ontwikkelde landen. Het komt erop neer dat je probeert te bewijzen dat de gedaagde van lotje getikt is, mentaal niet capabel om berecht te worden. Want als ze geestesziek worden bevonden, kunnen ze niet verantwoordelijk worden gehouden voor hun daden. In plaats van een straf krijgen ze dan een psychiatrische behandeling opgelegd. De Beschermer is zich ervan bewust dat het bewijs leidt tot de schuld van de gedaagden. Natuurlijk kan hij niet verklaren dat zijn zoon geestesziek is en dus niet wist wat hij deed. Nee, dat zou onmogelijk zijn. Maar wat hij wél kan doen, is zeggen dat er met het geheugen van zijn zoon is gerommeld, dat zijn herinneringen met brute kracht zijn uitgewist. Maar het feit is dat er hier maar één iemand is die er baat bij zou hebben als Rafor en de andere verraders hun geheugen kwijt zijn, en ik ben het niet, net zomin als Saret.'

'Beschuldig je mij ervan dat ik de hersenen van mijn eigen zoon heb aangetast?' vroeg Loris ongelovig. Mia zag dat zijn handen zich tot vuisten balden.

'Anders dan jij uit ik geen beschuldigingen zonder bewijs,' zei Korum. Hij wierp hem een koele glimlach toe. 'Ik geef alleen maar een mogelijke verklaring.'

Het geroezemoes nam toe in volume. Mia was benieuwd hoe Saret op dit alles reageerde, dus ze draaide zich naar zijn tafel. Hij bekeek met een verdwaasde trek op zijn gezicht wat er gaande was, alsof hij niet helemaal kon geloven dat hij hierin was verzeild geraakt. Mia had met hem te doen. Ze wist niet veel van Krinar-politiek, maar Korums vriend leek haar niet iemand die het fijn vond om in het heetst van de strijd verzeild te raken.

Haar geliefde daarentegen was duidelijk in zijn element. Korum genoot van de radeloze woede van zijn tegenstander.

'Op dit punt zijn alle gokjes en beschuldigingen van nul en generlei waarde,' zei Arus, en het publiek viel weer stil. 'De Raad zal alle testuitslagen van de laboratoria onder de loep moeten nemen voor we in die richting verder kunnen gaan. In de tussentijd zullen we de verklaringen laten zien van de getuigen die meer licht op de zaak kunnen werpen.' Met een klein handgebaar riep hij een 3D-beeld op, net als Korum gisteren had gedaan.

Nog meer opnames, realiseerde Mia zich. Ze zuchtte toen ze doorhad dat het proces vandaag waarschijnlijk nog langer zou duren. Als ze getuigenverklaringen lieten zien, zou het makkelijk tot in de avond kunnen duren.

Ze ging nog wat gemakkelijker zitten op Korums tafel en bereidde zich voor op een lange en mogelijk saaie dag.

~

DE KRINAR KEEK TEVREDEN NAAR DE OPNAMES.

Het had allemaal zo goed uitgepakt, precies zoals hij had gehoopt. Niemand zou de waarheid weten totdat het te laat was om er nog iets mee te doen.

Hij was blij dat hij de vooruitziende blik had gehad om het geheugen van de Kadebam te wissen. Nu zouden ze nooit kunnen verklaren dat hij de aanstichter was van hun rebelse daden.

Hij was veilig, en het leek erop dat hij zijn plan in alle rust ten uitvoer zou kunnen brengen.

Vooral als hij erin slaagde niet te denken aan een bepaald mensenmeisje.

HOOFDSTUK ELF

Na ongeveer vijf uur lang opnames bekijken, had Mia er genoeg van. Ze verliet de virtuele rechtbank, stond op van de bank en ging naar de keuken om iets te eten te halen. Het was echt doodvermoeiend om zo lang aandachtig te blijven kijken. Ze had geen idee hoe Korum en de andere K dat volhielden.

Net als eerder voorzag het huis haar van een heerlijke maaltijd. Mia was in een avontuurlijke bui, dus ze vroeg om het populairste Krinar-gerecht – zolang het maar geschikt was voor menselijke consumptie. Toen het eten een paar minuten later klaarstond, kreunde ze haast van de honger. Ze watertandde bij de aanlokkelijke geur. Het was weer een stoofpot, met een rijke, zoutige smaak die vaag deed denken aan lams- of kalfsvlees. Natuurlijk had ze beide lekkernijen al meer dan vijf jaar niet gegeten, dus ze kon het zich ook verbeelden. Zoals alle K-gerechten die ze tot nu toe had geproefd, was ook deze stoofpot geheel plantaardig.

Het was nog licht buiten toen Mia klaar was met eten, dus ze besloot er even op uit te gaan. Ze trok een paar laarzen en een simpele, ivoorkleurige jurk aan, zei tegen het huis dat ze naar buiten wilde en glimlachte tevreden toen de muur voor haar openging net zoals hij altijd deed voor Korum. Ze pakte het tabletachtige apparaat dat Korum haar gisteren had gegeven en haalde een handdoek uit de badkamer voor ze naar de waterval liep. Ze keek ernaar uit om een paar uur te lezen en meer te weten te komen over de vroege geschiedenis van de Krinar.

Bij aankomst op haar bestemming zag Mia een mooi stukje gras waar geen mierenhopen in de buurt leken te zijn. Daar spreidde ze haar handdoek uit. Ze ging er op haar buik op liggen en dompelde zich onder in de dramatische gebeurtenissen aan het einde van de eerste Gouden Eeuw van de Krinar.

'Hallo? Mia?' Een onbekende stem die naar haar riep, trok Mia uit het verhaal.

Verschrikt keek ze op. Ze zag op een paar meter afstand een jonge mensenvrouw staan, gekleed in Krinar-kleding en met een enigszins Midden-Oosters uiterlijk: grote bruine ogen, golvend zwart haar en een gladde olijfkleurige huid.

'Hoi,' zei Mia. Ze ging overeind zitten en keek naar de bezoeker. Op het eerste oog leek de vrouw – meer een meisje, eigenlijk – achter in haar tienerjaren of begin twintig, maar er was iets statigs aan de manier waarop ze zich bewoog, waardoor Mia dacht dat ze misschien toch ouder was. Hoewel ze niet zo uitgesproken mooi was als Maria, had ze een stille, bijna stralende schoonheid in haar hartvormige gezicht. Ook had ze een lang en slank lichaam. Weer een charl, besefte Mia.

'Ik ben Delia,' zei het meisje met een vriendelijke glimlach. Ze sprak Krinar. 'Maria heeft me verteld dat ze jou gisteren heeft ontmoet. Ik wilde even langskomen en je welkom heten in Lenkarda.'

'Leuk je te ontmoeten, Delia,' zie Mia. Ze glimlachte net zo vriendelijk. 'Hoe wist je waar ik precies was?'

'Ik ben naar Korums huis gegaan, maar daar was niemand,' lichtte Delia toe. 'Toen besloot ik maar de mooie route naar huis te nemen en ineens zag ik jou hier zitten lezen. Ik hoop dat je het niet erg vindt – het is niet mijn bedoeling je te storen…'

'Nee, zeker niet!' zei Mia. 'Ik ben heel blij dat je bent langsgekomen. Ga zitten.' Ze gebaarde naar de andere kant van de handdoek en ging zelf wat opzij om ruimte te maken. Delia glimlachte en kwam bij haar zitten. Ze liet zichzelf elegant op de handdoek zakken.

'Woon je al lang in Lenkarda?' informeerde Mia. Ze keek het andere meisje nieuwsgierig aan.

'Ik ben hier al sinds het Center werd opgericht,' zei Delia. 'Je zou kunnen zeggen dat ik een van de oorspronkelijke bewoners ben.'

Mia's ogen werden groot. Dit meisje was al bijna

vijf jaar een charl? Dan had ze haar Krinar meteen na K-Day ontmoet. 'Dat is ongelofelijk,' zei ze eerlijk tegen Delia. 'Hoe bevalt het je hier?'

Delia haalde haar schouders op. 'Het is anders dan ik gewend was. Ik geef de voorkeur aan ons oude huis, om eerlijk te zijn, maar Arus moest hierheen…'

'Arus?' Bedoelde ze misschien die Arus die ook in de rechtszaal was?

'Ja,' beaamde Delia. 'Ken je die naam al?'

'Ja,' zei Mia voorzichtig. Ze wist niet precies hoeveel ze kon zeggen tegen iemand die blijkbaar de charl was van Korums tegenstander. 'Hij zit in de Raad, toch?'

Delia knikte. 'Ja, en hij heeft ook de leiding over de contacten met menselijke overheden.'

'O ja, dat is waar ook,' zei Mia. Ze wilde erachter zien te komen hoeveel dit meisje wist van de kennelijke spanning tussen hun geliefden.

Alsof ze haar gedachten kon lezen, wierp Delia haar een geruststellende blik toe. 'Je hoeft je geen zorgen te maken, Mia,' zei ze. 'Hoewel onze *cheren* hun politieke onenigheden hebben, ben ik hier niet als Arus' vertegenwoordiger of zoiets. Ik dacht gewoon dat alles hier misschien een beetje overweldigend voor je zou kunnen zijn en dat je het fijn zou vinden om met iemand te praten…'

Mia glimlachte schaapachtig naar haar. 'Het spijt me, ik wilde niet impliceren…'

Delia glimlachte naar haar terug. 'Dat deed je ook niet. Maak je geen zorgen. Ik wilde gewoon een mogelijk misverstand uit de weg ruimen en je geruststellen.'

'Hoelang zijn Arus en jij dan al samen?' vroeg Mia, want ze wilde graag van onderwerp veranderen. 'En noem je hem zo, je cheren?'

'Ja,' zei Delia. 'Cheren is het woord dat een charl aan zijn of haar geliefde geeft.'

'Aha.' Nu had ze een Krinar-woord voor wat Korum van haar was. 'Wanneer heb je hem ontmoet? Was het vlak na hun aankomst?'

'Ik heb hem heel lang geleden ontmoet.' Delia wierp haar een kalme glimlach toe. 'En jij? Ben je al lang samen met Korum?'

Mia schudde haar hoofd. 'Nee, helemaal niet. Ik heb hem ongeveer een maand geleden ontmoet in New York, in Central Park.'

'Toen je deelnam aan het Verzet?' vroeg Delia, en ze staarde haar aan met die grote, diepbruine ogen.

Mia moest blozen. Iedereen in Lenkarda leek op de hoogte te zijn van haar betrokkenheid bij de aanval op de kolonies. 'Nee,' zei ze. 'Ik heb de Verzetsstrijders pas later ontmoet.'

'Dus eerst werd je Korums charl en dáárna ging je bij het Verzet?' Die volgorde leek Delia met stomheid te slaan.

Mia zuchtte. 'Ze benaderden me vlak nadat ik hem had ontmoet, en ik stemde ermee in om ze te helpen. Ik dacht op dat moment dat ik het juiste deed.'

'Ik snap het,' zei Delia. Ze nam haar aandachtig op.

'Ik neem aan dat Korum niet de makkelijkste cheren is, of wel?'

Mia's wangen werden nog roder. 'Ik weet niet precies wat je bedoelt,' zei ze. Ze keek Delia aan met een lichte frons.

'Het spijt me.' Delia zag er oprecht uit. 'Het was niet mijn bedoeling jullie relatie te analyseren. Je lijkt me alleen zo jong en kwetsbaar...'

'Ik kan niet heel veel jonger zijn dan jij,' zei Mia, een tikje beledigd door de aantijging.

Delia lachte en schudde berouwvol haar hoofd. 'Het spijt me, Mia. Ik stak weer mijn neus in zaken die me niet aangaan, hè? Ik bedoel het niet beledigend... Ik wil alleen maar zeggen dat ik weet hoe moeilijk het in het begin kan zijn om met een van hen te zijn. En dan heeft jouw cheren ook nog de reputatie dat hij behoorlijk meedogenloos is. Ik denk dat ik gewoon even zeker wilde weten dat het goed met je gaat...'

'Het gaat prima,' zei Mia. Ze fronste weer naar Delia. Ze had er geen behoefte aan om van dit meisje te horen wat Korum voor reputatie had. Ze wist allang hoe meedogenloos haar geliefde kon zijn.

'Natuurlijk,' zei Delia vriendelijk. 'Je ziet er ook goed uit.'

'Hoe heb je Arus eigenlijk ontmoet?' vroeg Mia om de koers van het gesprek te wijzigen.

Delia glimlachte. 'Dat is een lang verhaal. Als je wilt, kan ik het je wel een keer vertellen.' Ze stond op en zei: 'Arus heeft me net laten weten dat het proces erop zit voor vandaag en dat hij naar huis komt. Ik moet maar weer die kant op. Het was heel leuk om je te ontmoeten, Mia. Ik hoop dat we elkaar snel weer zien.'

Mia knikte en stond ook op. 'Dank je wel. Het was ook heel leuk om jou te ontmoeten. Ik denk dat ik nu ook maar terug moet.'

'Geen slecht idee,' zei Delia, nog steeds glimlachend. 'Ik denk wel dat Korum zich zal afvragen waar je bent.'

Mia maakte een wegwerpgebaar met haar hand. 'O, dat weet hij wel. Ik ben beschenen.'

'Vanzelfsprekend,' zei Delia. Heel even was er iets op haar prachtige, serene gezicht te zien dat leek op medelijden. Voordat Mia daarover kon nadenken, ging Delia verder: 'Maria organiseert over ongeveer drie weken een klein feestje op het strand. Een soort picknick. Ze is dan jarig. Ze zei tegen mij dat als ik je vandaag zag, ik je moest uitnodigen. De meeste charls uit Lenkarda zullen erbij zijn. Het kan een goede gelegenheid voor je zijn om wat meer van ons te ontmoeten en vriendinnen te maken...'

Een charlstrandfeestje? Er verscheen een brede glimlach op Mia's gezicht. Ze had er nu al zin in. 'Ik zal er zeker zijn,' beloofde ze.

'Te gek,' zei Delia, en ze glimlachte weer. 'Dan zien we je daar.' Vervolgens bracht ze haar hand naar Mia's gezicht en streek ze licht met haar knokkels over haar wang, een gebaar dat haast liefkozend leek. Verrast voelde Mia aan haar wang. Delia liep alweer weg; haar elegante gedaante verdween tussen de bomen.

~

MIA GING HET HUIS BINNEN EN HOORDE VANUIT DE KEUKEN RITMISCHE, bonkende geluiden komen. Ze ging poolshoogte nemen en zag dat Korum daar al was. Hij sneed groenten voor het avondeten. Haar maag rammelde en ze besefte dat ze best wel trek had.

Toen hij haar zag binnenkomen, keek Korum op van waar hij mee bezig was en wierp hij haar een langzame glimlach toe die haar warm maakte vanbinnen. 'Ah, hallo daar. Ik vroeg me al af of ik het oerwoud moest gaan uitkammen. Je bent toch niet verdwaald geraakt?'

'Nee,' zei Mia grijnzend. 'Ik heb een andere charl ontmoet. Een meisje dat Delia heet. Ze heeft me uitgenodigd voor een strandfeestje!'

'Delia? De charl van Arus?'

Mia knikte enthousiast. 'Ken je haar?'

'Niet zo goed,' zei Korum. 'Ik heb haar in de loop van de jaren een paar keer ontmoet.' Hij leek niet heel erg blij te zijn met deze ontwikkeling. Zijn gezichtsuitdrukking bekoelde.

'Mag je haar niet?' vroeg Mia. Haar opgetogenheid nam meteen wat af. 'Of is het alleen omdat ze met Arus is?'

Korum haalde zijn schouders op. 'Ik heb niets tegen haar,' zei hij. 'Waar hebben jullie het over gehad? En wat voor strandfeestje is dat?'

'Maria viert haar verjaardag daar. Ze nodigt alle charls die in Lenkarda wonen uit,' zei Mia. 'Verder hebben we niet zoveel gepraat. Delia vertelde dat ze al heel lang samen is met Arus. Ik denk dat ze hem heeft ontmoet vlak nadat jullie hier kwamen. Ze was over het geheel genomen gewoon aardig. O, en ik heb een nieuw woord van haar geleerd: cheren.'

Korum glimlachte en Mia dacht opluchting bij hem te zien. 'Ja, zo kun je mij noemen.'

'Wat betekent het precies? Is er een mensenwoord dat ermee te vergelijken is?'

'Nee,' zei Korum. 'Net zomin als voor charl. Het zijn unieke termen in de Krinar-taal.'

'Ik begrijp het,' zei Mia. Ze liep naar de tafel en ging eraan zitten. 'Nou, dat strandfeest is dus over drie weken. Het is wel goed als ik ga, toch?'

'Natuurlijk,' zei hij. Hij keek op en wierp haar een warme glimlach toe. 'Je moet zeker gaan als je wilt. Dan kun je wat mensen leren kennen. Ik vind Maria heel aardig en ik kreeg gisteren ook de indruk dat ze jou graag mag.'

'Ik vond haar ook aardig,' zei Mia. Ze glimlachte bij het vooruitzicht Armans charl weer te zien. 'Ze is precies een Latijns-Amerikaanse vrouw zoals je ze vaak ziet in de Amerikaanse media: heel erg mooi en sociaal. Trouwens, ik ben vandaag vergeten aan Delia te vragen waar ze vandaan komt. Weet jij dat?'

'Griekenland, geloof ik,' zei Korum. Hij deed gesneden groenten in een grote kom en sprenkelde er wat bruinachtig poeder overheen. Daarna mengde hij alles vlug door elkaar, zette hij de salade op tafel en schepte hij hun borden vol.

Mia had haar portie snel op. Met een vol gevoel leunde ze achterover tegen haar stoelleuning. Zoals alles wat Korum maakte, was ook dit verrukkelijk geweest. De bekende smaak van tomaat en komkommer ging goed samen met de exotische planten van Krina. Het vulde ook verrassend goed, als je bedacht dat er alleen groenten in zaten. 'Dank je wel,' zei Mia. 'Dat was heerlijk.'

'Graag gedaan. Ik ben blij dat je het lekker vond.'

'Ik heb vandaag nog wat meer gelezen over jullie geschiedenis,' zei Mia. Ze keek hoe hij in een vloeiende beweging opstond van de tafel en de vuile vaat naar de muur bracht, waar die uiteraard weer meteen in verdween.

'En wat vond je ervan?' Hij kwam terug naar de tafel met een bord aardbeien.

'Ik vond het best wel heftig,' zei Mia eerlijk. 'Het is ongelofelijk dat jullie samenleving de plaag heeft overleefd die de primaten bijna heeft uitgeroeid. Ik denk niet dat de mens zou hebben voortbestaan als tachtig procent van onze voedselvoorziening binnen een paar maanden tijd zou verdwijnen.'

'We hebben het ook maar ternauwernood overleefd,' zei Korum. Hij beet in een aardbei en likte het rode sap van zijn onderlip. Mia onderdrukte een plotse neiging om het sap zelf van hem af te willen likken. 'Meer dan de helft van onze bevolking vond in die tijd de dood in gevechten en oorlogen, en velen stierven door het gebrek aan hemoglobine. Als de synthetische bloedvervanger niet op tijd zou zijn ontdekt, waren we allemaal ten onder gegaan. Zelfs met hoe het nu is gegaan hebben we al een klap gekregen waarvan we miljoenen jaren moesten herstellen, om terug te komen op het punt waar we waren voordat die plaag bijna alle lonar uitroeide.'

Mia knikte. Daar had ze ook over gelezen. De nasleep van de plaag was vreselijk geweest. Diep vanbinnen waren de Krinar een gewelddadige soort, en toen hun overleving onder druk stond, was die gewelddadige aard naar de oppervlakte gekomen. Regio's vochten tegen elkaar, Centers vielen nabijgelegen andere Centers aan, en iedereen probeerde de paar overgebleven lonar te pakken te krijgen om zichzelf en hun familieleden te voorzien. Zelfs toen het synthetische alternatief er al was, waren de bloedige conflicten doorgegaan. De grote aantallen doden die waren gevolgd op de plaag hadden diepe wonden gemaakt in de psyche van veel K. Bijna iedere familie had wel iemand verloren – een kind, een ouder, een neef, een vriend – en de vergeldingsdrang werd een onderdeel van het dagelijks leven.

'Hoe zijn jullie daaroverheen gekomen? Al die oorlogen en vendetta's? Het is niet niks waar jullie zijn gekomen.' De glimp die ze had gezien van het Krinar-bestaan in Lenkarda leek niet te stroken met de geschiedenis die ze zojuist had leren kennen.

'Dat was niet makkelijk,' zei Korum. 'Het duurde lang voor de herinneringen aan die tijd waren vervaagd. Uiteindelijk hebben we wetten ingesteld die geweld en vendetta's scherp veroordelen. Nu is iemand uitdagen in de Arena de enige sociaal en gerechtelijk acceptabele manier om wraak te nemen en conflicten te beslechten waar je anders niet uitkomt.'

Mia keek hem nieuwsgierig aan. 'Heb jij ook iemand bevochten in de Arena?'

'Een paar keer.' Hij leek geen zin te hebben om daar verder op in te gaan. In plaats daarvan stond hij op van de tafel en vroeg hij: 'Wat denk je van een avondwandeling op het strand?'

Ze knipperde verbaasd met haar ogen. 'Eh, leuk. Wordt het niet snel donker?'

'Ik heb vrij goed nachtzicht. De maan schijnt ook. Je hoeft nergens bang voor te zijn.'

'Oké, graag dan.' Als ze niet werd opgevreten door muggen, kon dit heel fijn worden.

KORUM PAKTE HAAR HAND EN NAM HAAR MEE NAAR BUITEN. De zon was net onder en er was nog een oranje gloed te zien achter de bomen, die als donkere silhouetten afstaken tegen de heldere lucht. De temperatuur daalde iets nu de hitte van overdag verdampte, en Mia kon tjirpende insecten en ritselende bladeren horen in de warme, tropische bries. Een paar meter verderop schoot een grote leguaan een rots af en het gebladerte in, waarschijnlijk geschrokken omdat zij eraan kwamen.

'Hoe is de rest van het proces vandaag verlopen?' vroeg Mia. 'Ik ben na iets van vijf uur gestopt met kijken naar getuigenverklaringen.'

'Er was weinig aan,' zei Korum, en hij glimlachte naar haar. 'Je hebt er niet echt iets aan gemist.'

'Denk je dat iemand Loris geloofde toen hij al die beschuldigingen jegens jou uitte?'

'Sommigen vast wel.' Dat leek hem niet heel veel zorgen te baren. 'Maar hij heeft geen bewijs om zijn aantijgingen te staven.'

'Arus leek aan jouw kant te staan,' zei Mia. Ze stapte voorzichtig om een gevallen boom heen. Het werd met de minuut donkerder en het was nog best een eindje naar het strand.

'Hij heeft geen andere keus,' legde Korum uit. 'Hij moet wel aan de kant van het bewijs staan.'

'Waarom mag je hem niet?' vroeg Mia, en ze keek naar hem op. 'Arus lijkt me geen slechte man…'

'Dat is hij ook niet,' gaf Korum toe. 'Alleen heeft hij niet altijd scherp waar het om draait. Hij mist weleens het grotere plaatje.'

'En jij niet?'

Korums grijns werd breder. 'Meestal niet.'

De volgende paar minuten liepen ze in prettige stilte. Mia concentreerde zich op waar ze liep en Korum leek in gedachten verzonken. Er was iets heel vredigs aan dit moment, van de zachte gloed van de schemering tot het zachte ruisen van de oceaan in de verte.

Voor het eerst realiseerde Mia zich ten volle hoe stormachtig haar relatie met Korum tot nu toe was geweest. In veel opzichten was het een rollercoaster, met heel veel passie, drama en opwinding, maar er waren weinig momenten zoals dit, momenten die ze met hem kon doorbrengen zonder dat haar hartslag anderhalve kilometer per minuut ging door seksuele opwinding of door heftige emoties. Als ze vroeger had gefantaseerd over een vriendje, had ze zich altijd dit voorgesteld: lange wandelingen maken, prettig stil zijn in elkaars nabijheid. Op dit moment kon ze zodoende doen alsof Korum precies dat voor haar was: een vriendje, een gewone menselijke geliefde die ze zonder zorgen aan haar ouders kon voorstellen, iemand met wie ze een toekomst kon hebben…

Plotseling raakte haar voet een rots en struikelde ze. Voor ze ook maar een kreetje kon slaken, had Korum haar al opgevangen en in zijn armen opgetild.

'Gaat het?' vroeg hij. Hij keek haar bezorgd aan.

Als antwoord sloeg Mia haar armen om zijn nek en legde ze haar hoofd op zijn schouder. Ze voelde zich ongewoon behoeftig. 'Ja, het gaat wel. Ik ben gewoon onhandig.'

'Je bent niet onhandig,' zei Korum. 'Je ziet gewoon niet zo goed in het donker.'

'Dat is waar,' zei Mia. Ze snoof de warme geur van de huid in zijn hals op. Het voelde vreemd prettig om zo teder te worden vastgehouden door zijn krachtige armen. Ze besefte dat hij haar niet langer angst aanjoeg, tenminste niet acuut. Het was raar om te bedenken dat ze nog maar een paar dagen geleden had gedacht dat hij haar zou kunnen vermoorden omdat ze het Verzet had geholpen.

Hij liep nog een paar minuten met haar in zijn

armen en toen waren ze bij het strand. Daar zette hij haar voorzichtig neer, maar hij liet zijn handen om haar middel liggen. 'Heb je zin om te zwemmen?' vroeg hij. Mia zag in het zachte licht van de bijna volle maan een sensuele glimlach om zijn lippen.

'Ik heb geen badpak aan,' zei ze, en ze keek naar hem op. De nachtlucht koelde ook wat af. Het was perfect weer voor een wandeling, maar nat en koud worden leek haar minder fijn.

'Er is hier niemand,' zei hij. 'Behalve ik. En ik heb je wel vaker naakt gezien.'

Om de een of andere reden haalde hij daarmee Mia uit haar kalme tevredenheid. Haar onderbuik spande zich aan van opwinding en haar tepels werden hard. Ze had het opeens ook een stuk warmer, alsof de zon op haar huid brandde. Ze keek naar hem op en vroeg: 'Wat als er iemand komt?'

'Dat zal niet gebeuren,' beloofde Korum. 'Ik heb vanavond dit deel van het strand speciaal voor ons gereserveerd.'

Meende hij dat nou? Ze wist niet dat dat kon. Maar natuurlijk: als iemand het kon doen, was het Korum. Hij was een Raadslid, dus hij had waarschijnlijk privileges in Lenkarda.

Blijkbaar duurde het hem te lang voor ze reageerde, dus nam Korum zelf het heft in handen. Hij zette een paar stappen achteruit, trok zijn kleren en sandalen uit en liet alles in het zand liggen. Mia's ademhaling versnelde. Zijn lange, krachtig gespierde lichaam was nu helemaal naakt, en in het maanlicht zag ze dat hij een erectie had.

'Trek je kleren uit,' beval hij zachtjes. 'Ik wil je naakt, en wel nu meteen.'

Mia staarde hem aan en likte haar plotseling droge lippen. Ze voelde de zachte stof van haar jurk langs haar harde tepels gaan en voelde dat het vochtig werd tussen haar benen. Haar hele lichaam leek te reageren – haar hart bonsde harder en het bloed stroomde sneller door haar aderen. Ineens kwamen de herinneringen aan de bizarre – maar ongelofelijk erotische – ervaring van gisteravond weer terug en ze moest nerveus slikken bij de vraag of hij van plan was haar weer een les te leren of weer een fantasie te vervullen waarvan ze niet eens wist dat ze die had.

Hij zei niets. Hij stond daar gewoon te wachten, terwijl hij haar verwachtingsvol aankeek. Mia vroeg zich af hoe goed hij precies kon zien in het donker. Ze kon in het weinige licht zijn gezichtsuitdrukking niet zien, dus ze had geen idee wat hij op dit moment dacht.

Met enigszins trillende handen trok ze haar laarzen uit. Het zand voelde koel aan onder haar blote voeten nu het niet langer de warmte van de zon vasthield.

'En nu de jurk,' zei Korum. Zijn stem klonk ruig, waardoor ze de indruk kreeg dat zijn geduld bijna op was.

Mia gehoorzaamde. Ze trok de jurk over haar hoofd uit en gooide hem in het zand. Nu was ook zij helemaal naakt. Ze bibberde in de oceaanwind.

Hij stapte naar haar toe en stak zijn hand uit om

haar schouders te pakken en haar naar zich toe te trekken. 'Je bent zo mooi,' fluisterde hij, en hij boog zich naar haar toe voor een kus. Zijn handen lieten haar schouders los en verplaatsten zich naar haar billen. Hij tilde haar op totdat ze zijn harde pik in haar buik voelde drukken.

Zijn mond overrompelde de hare, met de zachte warmte van zijn lippen en de begerige druk van zijn tong die haar binnendrong. Alles in haar werd week, alsof ze smolt, en ze kreunde licht en sloeg haar armen om zijn nek. Zijn handen pakten haar kont nog steviger vast, knepen even in haar billen. Daarna liet hij haar op de grond zakken, boven op hun kleren. Zijn rechterhand gleed over haar lichaam en duwde haar benen uit elkaar. Met zijn vingers verkende hij op gekmakend tedere manier haar gevoelige plekjes. Mia kreunde en duwde haar heupen naar hem toe omdat ze meer wilde. Hij voldeed aan dat onuitgesproken verzoek door een lange vinger bij haar naar binnen te duwen en haar G-spot te vinden. De spanning in haar buik die ze zo goed kende, kwam weer opzetten, en ze draaide met haar heupen, want ze had nog maar een heel klein beetje méér nodig… en toen ging ze met een kleine jammerkreet over het randje. De spieren in haar binnenste pulseerden van het orgasme.

Terwijl ze als een lappenpop lag na te genieten, voelde ze hoe hij met zijn handen haar benen verder spreidde. Zijn opwinding wreef langs haar bovenbenen; zijn eikel ongelofelijk zacht en warm. Hij drukte tegen haar opening en Mia hield haar adem in in afwachting van zijn binnenkomst. Haar lichaam wilde alleen maar meer van het genot dat ze zojuist had gekregen.

'Zeg dat je me wilt,' fluisterde hij, en er lag iets vreemds in zijn stem, een donkere toon die ze niet eerder had gehoord.

'Dat weet je toch wel,' zei ze zachtjes. Ze zou doodgaan als ze hem niet nu meteen kreeg, zo voelde het. Haar huid was te strak, te gevoelig, alsof ze het verlangen dat haar van binnenuit verschroeide niet kwijt kon.

'Hoe erg?' vroeg hij. 'Hoe erg wil je me?'

'Heel erg,' gaf Mia toe. Ze staarde naar hem omhoog terwijl de spieren rond haar bekken aanspanden en haar clitoris gonsde van verlangen. Wat wilde hij van haar? Kon hij niet zien hoezeer haar lichaam naar hem verlangde?

Hij bracht zijn gezicht omlaag en kuste haar weer, terwijl zijn pik naar voren duwde en haar in één krachtige stoot binnendrong. Mia schreeuwde het uit tegen zijn lippen, want ze zat ineens tot de rand toe vol. Voordat ze helemaal gewend was aan het gevoel begon hij al te bewegen, stotend en terugtrekkend met zijn heupen, in een hard ritme dat doordreunde in haar binnenste op een manier waardoor ze zijn vreemde gedrag in één keer vergat. Ze hoorde haar eigen kreetjes, ook al slaakte ze die onbewust, en zijn ruige aanpak droeg op de een of andere manier bij aan de opbouw van het heerlijke gevoel in haar...

En toen stopte hij, een paar seconden voordat ze

zou zijn klaargekomen. Mia kreunde gefrustreerd en wriemelde onder hem. Ze kon haar lichaam niet onder controle krijgen. 'Korum, alsjeblieft…'

'Alsjeblieft wat?' mompelde hij, en hij liet zich uit haar glijden. Met zijn hand tussen hun lichamen oefende hij met een paar vingers een lichte druk uit op haar clitoris, zodat ze op dat randje tussen genot en pijn bleef balanceren. 'Alsjeblieft wat?'

'Neuk me alsjeblieft,' fluisterde ze. Ze kwam bijna niet uit haar woorden van verlangen. Hij duwde harder tegen haar aan en Mia kermde het uit. De knoop van spanning in haar werd nog strakker aangetrokken.

'Zeg dat je van me houdt,' beval hij, en Mia verstijfde. Die woorden bereikten haar door het waas heen en heel even werd ze uit de sensuele mist getrokken.

'Zeg het, Mia,' zei hij scherp, en hij liet zijn vinger in haar glijden en ging weer naar het plekje dat haar altijd gek maakte. Hij oefende er ritmische druk op uit tot ze het haast uitschreeuwde van frustratie en haar lichaam in zijn armen wriemelde en draaide.

Zonder er nog bij na te denken, schreeuwde ze: 'Ja! Alsjeblieft, Korum… ja!'

'Wat "ja"?' Hij was meedogenloos, hij gaf geen millimeter toe.

'Ik hou van je,' jankte ze. Ze wist dat ze hier later spijt van zou krijgen, maar ze kon het niet helpen. 'Korum, alsjeblieft… Ik hou van je!'

Hij haalde zijn vingers uit haar en ze voelde zijn pik weer bij haar naar binnen duwen, en ze schokte van opluchting toen hij het stoten weer oppakte, tot heel diep in haar, waar het zojuist nog afschuwelijk leeg voelde. Op hetzelfde moment pakte hij haar haar vast met één hand en trok hij haar hoofd naar hem toe, en Mia voelde de warmte van zijn mond in haar hals en de korte, scherpe pijn die betekende dat hij haar had gebeten. Vrijwel meteen werd haar wereld een waas van sensaties en raasde het langverwachte orgasme door haar heen, met zoveel kracht dat ze een paar seconden out ging. Ze had bijna niet eens door dat hij een minuut later ook klaarkwam, met een harde schreeuw.

De rest van de avond ging grotendeels op dezelfde manier voorbij. Hij nam haar steeds opnieuw en opnieuw in een door haar bloed gevoede razernij, totdat ze niet meer kon. Ze was schor van het schreeuwen en haar lichaam was uitgewrongen van de oneindige hoeveelheid orgasmes. Niets hiervan leek echt. Haar zintuigen waren ondraaglijk verscherpt door het stofje in zijn speeksel en haar hoofd was helemaal leeg. Het enige wat ze nog kon registreren, was de extreme extase van zijn aanrakingen.

Uiteindelijk viel Mia flauw in zijn armen. De golven sloegen een paar meter verderop tegen de kust en de maan bescheen hun verstrengelde lichamen.

HOOFDSTUK TWAALF

De volgende morgen toen Mia haar ogen opendeed, staarde ze naar het plafond terwijl de herinneringen aan gisteravond haar hersenen overspoelden.

Ze had gezegd dat ze van hem hield, besefte ze met een knoop in haar maag. Ze was zo idioot geweest om hem haar laatste beetje zelfbeschermingsmuur te laten afbreken, waardoor nu haar hart en ziel blootlagen. Nu kon hij spelen met haar gevoelens zoals hij dat ook kon met haar lichaam. En waarom? Waarom had hij haar dit aangedaan? Was het nog niet genoeg voor hem dat hij de volledige controle had over haar leven? Moest hij haar ook op emotioneel niveau bezitten, haar laatste beetje privacy afnemen?

Ze zou het vandaag kunnen ontkennen. Ze zou kunnen zeggen dat hij haar had gedwongen die woorden te zeggen – en dat zou waar zijn. Maar toch zou hij weten dat ze loog als ze probeerde haar onwillige bekentenis terug te nemen.

Grommend begroef Mia haar hoofd in het kussen. Ze wilde dat ze nog langer kon slapen. Het laatste wat ze wilde, was hem vandaag zien.

Ongeveer een minuut later lukte het haar zichzelf te overtuigen op te staan en te gaan douchen. Tot haar verbazing zat er geen zand op haar lijf. Korum had haar nadat ze waren thuisgekomen waarschijnlijk gewassen – gisteravond, of ergens in de loop van deze ochtend. Daar herinnerde ze zich niets van. Ze was ook verbaasd dat ze helemaal niet rauw aanvoelde na de seksmarathon. In New York moest Korum vaak zijn geneesapparaatje gebruiken na een avond als deze. Dat had hij waarschijnlijk ook gedaan terwijl ze sliep, dacht Mia.

Ze ging onder de warme douche staan, deed haar ogen dicht en probeerde aan iets anders te denken dan hoe ze Korum vandaag onder ogen zou moeten komen.

Dat bleek onmogelijk te zijn. Haar gedachten bleven maar afdwalen naar wat ze tegen hem zou zeggen als ze hem zag, hoe hij zou doen, of hij zijn gebruikelijke spottende zelf zou zijn… Ze wilde niets liever dan dat ze een paar dagen weg kon gaan, gewoon naar haar eigen appartement – maar dat was natuurlijk geen optie.

Mia stapte onder de douche vandaan, droogde zich af en trok de badjas aan. Zich mentaal voorbereidend op een mogelijke ontmoeting liep ze naar de woonkamer. Tot haar opluchting was Korum daar niet.

Hij was bij het proces, vermoedde ze. Ze keek hoe laat het was en schrok toen ze zag dat het al drie uur 's middags was.

Ze schuifelde de keuken in, vroeg om een schaaltje fruit voor het ontbijt en nam dat mee naar de woonkamer. Het was waarschijnlijk te laat om de virtuele wereld van het proces nog binnen te gaan. Als het begonnen was op hetzelfde tijdstip als gisteren, zouden de presentaties over een paar uur afgelopen zijn. In plaats daarvan krulde Mia zich op op de bank en probeerde ze haar gedachten af te leiden door de nieuwste thriller van Dan Brown te lezen.

MIA KEEK OP VAN HET BOEK OM TE ZIEN HOE LAAT HET WAS. Bijna vijf uur. Haar maag rammelde en ze herinnerde zich dat ze vandaag nauwelijks iets had gegeten. Ook was ze nog steeds gekleed in haar badjas en pantoffels.

Ze stond op, liep naar de badkamer en trok een mooie wit-roze jurk aan en een paar platte sandalen met bandjes. Hoe laat Korum precies klaar zou zijn met de zitting wist ze niet, maar gisteren was hij al vroeg in de avond terug en stond hij eten voor haar klaar te maken toen ze terugkwam van het gesprekje met Delia. Om de een of andere reden wilde ze er niet slonzig uitzien als hij thuiskwam vanavond, ook al begreep ze van zichzelf niet waarom haar dat wat kon schelen. Heel even overwoog ze naar buiten te gaan voor een wandeling in de hoop dat ze hem zo nog wat langer kon ontwijken, maar toen besloot ze niet zo laf te doen. Ver zou ze toch niet komen, en waar ze ook heen ging, hij zou haar er snel vinden. De trackers in haar handen hielden hem altijd op de hoogte van haar locatie. Het was beter om hem gewoon maar zo snel mogelijk onder ogen te komen.

Ongeveer een uur later kwam hij thuis.

Omdat ze hem hoorde binnenkomen, keek Mia op van haar boek, en haar hart miste een slag toen ze hem zag. Hij zag er simpelweg adembenemend uit in de nette kleren die hij had aangetrokken voor de rechtszaak. Zijn bronzen huid contrasteerde geweldig met de witte kleur van zijn overhemd, en de strakke pasvorm accentueerde zijn krachtige mannenlichaam. De blik in zijn amberkleurige ogen was verrassend warm. Die deed totaal niet vermoeden dat hij haar gisteravond had gemarteld om haar domme gevoelens uit te spreken.

Terwijl Mia bedachtzaam naar hem keek, liep hij op haar af en tilde haar van de bank om haar een kusje te geven.

'Ik heb een verrassing voor je,' zei hij, en hij zette haar voorzichtig weer neer. Zijn handen bleven om haar middel liggen.

'Een verrassing?' vroeg Mia verrast.

Korum knikte en glimlachte naar haar. 'We gaan uit eten met Saret en een van zijn assistenten.'

'Oké...' zei Mia met een lichte frons. 'Dat klinkt leuk. Maar wat is de verrassing?'

Zijn glimlach werd breder. 'De reden waarom we

met hen gaan eten, is omdat ze meer willen weten over jouw kennis van en ervaring binnen de psychologie. Ze willen weten of je van nut kunt zijn in Sarets laboratorium en zo ja, in welke functie.'

'Wat bedoel je?' Mia kon haar oren nauwelijks geloven. 'Wat heeft Sarets lab ermee te maken?'

'Nou, je bent altijd zo gefocust op je studie en carrière,' zei Korum, 'dus ik wilde niet dat je door hier te zijn stagneert in je ontwikkeling. Eerder kreeg ik de indruk dat je interesse had in Sarets vakgebied, en zover ik kan zien, komt jouw studierichting daarbij in de buurt. Een van zijn assistenten heeft onlangs ontslag genomen, dus er is een vacature in zijn lab. Vanzelfsprekend zijn er al ongeveer tien sollicitanten, maar ik heb hem overgehaald om jou een paar maanden de kans te geven. Dit is natuurlijk een geweldige kans voor jou, maar andersom denk ik ook dat jij hem unieke inzichten kunt geven, gezien jouw achtergrond...'

'Heeft hij ermee ingestemd om mij aan te nemen? Een mens?' vroeg Mia ongelovig. Haar hart bonsde bijna haar borstkas uit.

'Ja,' zei Korum. 'Hij staat nog bij me in het krijt, en hij zei dat hij je graag mag.'

'Dus als ik het goed begrijp, kan ik in een K-laboratorium gaan werken, samen met jullie meest vooraanstaande breinexpert?' vroeg Mia langzaam. Hij moest het even bevestigen, gewoon voor het geval dat. Ze hyperventileerde zowat van opwinding. Dit was een ongelofelijke, onbestaanbare kans. Hoeveel mensen kregen er zo'n kans, om vanuit hun eigen perspectief de psyche van de Krinar te bestuderen? Talloze wetenschappers zouden hun ziel aan de duivel verkopen om op dit moment in haar schoenen te staan. Mia wilde op en neer springen en hardop lachen, en ze wist dat er een enorme grijns op har gezicht te zien was.

'Alleen als je interesse hebt natuurlijk,' zei hij, maar aan de schittering in zijn ogen zag ze dat hij precies wist hoeveel dit voor haar betekende.

'Áls ik interesse heb? Korum, ik weet niet hoe ik je kan bedanken,' zei Mia oprecht. 'Dit is inderdaad een geweldige kans voor me! Dank je wel, dank je wel, dank je wel!'

Hij glimlachte en leek trots op zichzelf. 'Graag gedaan. Ik ben blij dat het idee je aanspreekt. En hoe je me kunt bedanken…' In zijn ogen verscheen weer die gouden gloed, en hij ging op de bank zitten en trok haar naast hem. 'Een kus zou ik fijn vinden,' zei hij zachtjes.

Mia's grijns verdween en ze voelde dat ze gespannen werd. De herinnering aan gisteravond was terug. Heel even was ze door de geweldige kans waarmee hij thuiskwam vergeten wat hij had gedaan, wat hij haar had gedwongen te zeggen. Nu zat het weer voor in haar hoofd. Ging hij doen alsof het niet gebeurd was? In dat geval zou ze met liefde dat spel meespelen.

Ze keek hem aan, vlocht haar vingers door zijn haar en trok zijn hoofd naar zich toe. Zijn haar voelde dik en zacht aan in haar handen en zijn lippen waren zacht en warm toen ze de hare erop drukte. Hij smaakte verrukkelijk, naar een soort exotisch fruit en naar hemzelf, en ze kuste hem met alle passie en opwinding die ze op dit moment in zich had. Toen ze eindelijk stopte ging zijn ademhaling wat sneller, en Mia voelde haar tepels hard worden onder haar jurk.

'Mmm, dat was nog eens een dankjewel,' mompelde hij, en hij keek met een lieve glimlach naar haar. 'Misschien moet ik vaker een stage voor je regelen.'

'Dat is niet zonder gevaar,' zei Mia. 'Ik denk dat ik het té geweldig zou vinden. Dit is serieus meer dan ik ooit had durven dromen. Nogmaals bedankt.'

'Graag gedaan,' zei hij. Hij genoot zichtbaar van haar reactie. 'Ben je nu klaar om te gaan? Het etentje begint over vijftien minuten en we moeten wel op tijd zijn.'

Mia stond op en draaide een rondje voor hem. 'Kan ik er zo naartoe, of moet ik iets anders aantrekken?'

'Dit is perfect. Nog wat sieraden erbij en je bent er klaar voor.'

Ze gingen een paar minuten later weg, nadat Mia haar miljoen jaar oude glinstersteenketting had omgedaan. Korum had het kleine vliegtuig dat hen naar het dinertje zou brengen al vervaardigd en Mia klom erin door de verdwijnende muur heen, waarna ze lekker ging zitten op een van de zwevende planken. Ze begon al gewend te raken aan dit vervoermiddel.

'Hebben we afgesproken bij een restaurant?' vroeg ze. Ze was benieuwd of er zoiets was in Lenkarda. Tot nu toe was de enige plek buiten Korums huis waar ze had gegeten bij Arman thuis geweest.

Korum knikte. 'Zoiets. Het heet de Food Hall en we hebben een zitje gereserveerd. Het lijkt heel erg op een restaurant zoals mensen het kennen, maar er is geen bedienend personeel. Wat wel hetzelfde is, is dat het eten daar exclusiever is dan je normaal gesproken thuis eet, met exotischere ingrediënten.'

'Spreken K vaak af bij de Food Hall, net zoals wij naar een restaurant gaan om mensen te ontmoeten?'

'Precies,' zei Korum. 'Het is een populaire plek voor zakelijke afspraken en dergelijke. Ook wel voor dates, al willen de meesten in dat geval iets meer privacy.'

'Waarom?' vroeg Mia terwijl het vliegtuigje geluidloos opsteeg.

'Seks in het openbaar wordt als onheus beschouwd,' legde Korum uit, en hij keek haar met een grijns aan. 'En dates lopen vaak uit op seks.'

Mia voelde haar gezicht warm worden. 'Aha. Vaker dan bij mensen?'

'Ik denk het wel, al heb ik geen hard bewijs voor dat vermoeden. Onze samenleving is een stuk vrijer in die dingen. Iedereen behalve getrouwde stellen gebruikt een vorm van anticonceptie, dus we hoeven ons geen zorgen te maken over ongewenste zwangerschappen.

En wij Krinar kennen geen soa's. Dus niets staat ons genot in de weg.'

Mia voelde zich ineens extreem en irrationeel jaloers toen ze zich voorstelde hoe Korum genot beleefde met de een of andere Krinar-vrouw. Hij had haar verteld dat zij de enige was in zijn leven sinds ze elkaar hadden ontmoet, en ze geloofde hem. Hij had geen reden om daarover te liegen. Toch kon ze de beelden van Korum, innig verstrengeld met een beeldschone K-vrouw, niet uit haar hoofd zetten.

Voor ze hem nog meer vragen kon stellen, maakte het vliegtuig een zachte landing voor een groot, wit gebouw. Het had dezelfde vorm als Korums huis, een uitgerekte kubus met afgeronde hoeken, alleen was het veel groter.

Korum stapte als eerste uit en stak zijn hand naar haar uit. Mia pakte zijn hand stevig vast. Dit was haar eerste uitstapje in de publieke ruimte in Lenkarda. Ze voelde zich zowel opgewonden als nerveus over het ontmoeten van andere Krinar. Ze hoopte vooral dat ze op Saret en zijn assistent niet als een idioot zou overkomen. Had ze maar de gelegenheid gehad om wat aantekeningen door te nemen van colleges, voor het geval ze haar zouden uithoren over wat ze tot nu toe had opgestoken van haar studie psychologie.

Met haar hand in de zijne leidde Korum haar naar het gebouw. Toen ze aankwamen, verdween de muur om hen binnen te laten, en ze kwamen in een grote hal met dichte wanden en een transparant plafond. Er kwam niemand naar hen toe om ze te begroeten, maar er liepen wel wat andere K rond, zowel mannen als vrouwen, gekleed in nette of casual kleding.

Bij hun binnenkomst draaiden enkele tientallen hoofden zich naar hen toe. Mia pakte Korums hand nog harder vast. Ze schrok ervan dat ze ineens in het middelpunt van de belangstelling stond. Korum daarentegen liet op geen enkele manier merken dat hij doorhad dat hij werd aangestaard. Hij liep op zijn gemak door de hal. Mia probeerde zijn coole air te kopiëren door recht vooruit te kijken en vooral niet te staren naar de prachtige Krinar die openlijk – en vrij onbeleefd, vond ze – naar haar en haar geliefde keken.

Net voordat het erop leek dat ze het einde van de hal bereikt hadden, ging de muur aan hun rechterhand open. Korum leidde haar naar het gat. Erachter bleek een kleine privéruimte te zijn waar Saret en een andere mannelijke Krinar al op hen wachtten.

Toen ze binnenliepen, stond Saret op van zijn zwevende stoel en stapte hij op Korum af. Hij begroette hem met een hand op zijn schouder. Haar geliefde beantwoordde het gebaar met een glimlachje.

'Wat fijn dat jullie hier zijn,' zei Saret. Hij keek hen beiden aan. 'Mia, is dit je eerste keer in de Food Hall?'

Mia knikte. Ze was een beetje zenuwachtig. Als alles volgens plan verliep, was deze K binnenkort haar baas. 'Klopt. Ik ben nog niet op heel veel plekken geweest.'

'Logisch,' zei Saret. 'Je cheren is heel druk met het proces, zoals voor velen van ons geldt. Korum, heb jij Adam al eens ontmoet?'

'Dat genoegen heb ik nog niet gehad,' zei Korum. Hij wendde zich tot de andere Krinar. 'Maar ik heb veel over deze jongeman gehoord.'

Adam stond op en stak tot Mia's verbazing zijn hand uit – een menselijk gebaar. 'Ik heb ook veel over jou gehoord,' zei hij. Zijn stem klonk diep en vloeiend, en door de manier waarop hij sommige woorden in het Krinar uitsprak, kreeg ze de indruk dat het niet zijn moedertaal was.

Korum glimlachte licht, stak zijn hand uit en schudde die van Adam. 'Ik zie dat je je onze begroeting nog niet eigen hebt gemaakt.'

De andere K haalde zijn schouders op. 'Ik ben inmiddels bekend met de gebruiken, maar ze voelen nog steeds niet natuurlijk voor me. Aangezien je zo lang in New York hebt gewoond, dacht ik dat je het niet zo erg zou vinden.' Toen draaide hij zich naar Mia, glimlachte warm naar haar en zei: 'Ik ben Adam Moore. En jij moet Mia Stalis zijn, het meisje waarover ik zoveel heb gehoord.'

Mia knipperde met haar ogen. Had ze het zich nou verbeeld, of had deze K zich zojuist voorgesteld met een voor- en achternaam die verdacht veel op die van een mens leken? 'Ja, hoi,' zei ze, en ze glimlachte naar hem terug. Korum had hem een jongeman genoemd. Ze vroeg zich af hoe oud hij in werkelijkheid was. Uiterlijk leek hij van ongeveer dezelfde leeftijd als Korum en Saret.

'Adam heeft een heel ongebruikelijke achtergrond,' zei Saret, die kennelijk doorhad dat ze er niets van snapte. 'Kom, ga zitten. We kunnen tijdens het eten verder praten.'

'Goed idee,' zei Korum. Hij trok twee zwevende stoelen naar hen toe. Mia nam op een ervan plaats en liet de plank zich naar haar lichaam vormen, en Korum deed hetzelfde. De stoelen zweefden wat dichter naar die van de andere twee Krinar toe, die ook weer waren gaan zitten. Nu zaten ze met z'n vieren in een cirkel om een kleine, zwevende tafel heen. Een nadere blik leerde Mia dat de tafel meet een soort tablet was. Er was een menukaart op te zien, geschreven in het Krinar en met afbeeldingen van allerlei soorten heerlijke gerechten. Het menu, begreep ze.

'Wij hebben al besteld,' vertelde Saret. 'Jullie kunnen nu je keuze maken.'

'Wil je dat ik voor je bestel?' vroeg Korum aan Mia. Zijn lippen vormden een glimlach en er verschenen kuiltjes in zijn wangen.

'Is goed,' zei Mia. Die taak liet ze graag aan hem over. Ook al kon ze dankzij haar taalimplantaat Krinar lezen, ze had van veel ingrediënten geen idee wat het was.

Korum zwaaide met zijn handpalm boven de tafel. 'Oké, ik heb nu voor ons allebei besteld. Het eten staat als het goed is over een paar minuten klaar.'

Mia bedankte hem en richtte zich weer tot de andere K, naar wie ze glimlachte.

Saret glimlachte naar haar terug. Zijn bruine ogen twinkelden. 'Hoe vind je het, je eerste paar dagen in Lenkarda?'

'Het is hier prachtig,' zei ze. 'Het strand is heel mooi. Ik ben opgegroeid in Florida, dus als ik in New York ben, mis ik dat heel erg. Ik bedoel, er is daar wel een oceaan en alles, maar het is niet hetzelfde.'

'Te vies en vervuild, zeker?' zei Saret.

'Inderdaad nogal vies,' gaf Mia toe. 'En heel druk. Zelfs in de zomer zijn de stranden in de buurt van de stad niet geweldig. En natuurlijk is het het grootste deel van het jaar geen optimaal strandweer…'

'Ga je weleens naar Jersey Shore of de Hamptons?' vroeg Adam. 'De stranden daar zijn veel mooier.'

'Nee, daarvoor ben ik nog niet in de gelegenheid geweest,' zei Mia. 'Ik heb geen auto. En ach, ik ben meestal toch niet in New York in de zomer. Tijdens het studiejaar is het alleen in september goed genoeg weer om naar het strand te gaan, en ik heb vaak te veel te doen om een heel weekend weg te gaan. Hoezo, ben jij daar wel geweest?'

'Ik ben opgegroeid in Manhattan,' zei Adam. 'Dus ik ben met mijn familie best vaak in Jersey Shore en de Hamptons geweest.'

Mia's ogen werden groot van verbazing. 'Je familie?'

Adam knikte. 'Ik ben als baby geadopteerd door mensen. Ze hadden geen idee wat ik was, natuurlijk, en ikzelf net zomin, tot aan K-Day.'

'Echt waar?' Mia staarde vol fascinatie naar hem. Hij zag eruit als een echte K, met zijn donkerbruine haar, goudkleurige huid en hazelnootkleurige ogen. Hij bewoog zich ook precies zoals zij, met de haast katachtige gratie die je vaak zag bij jagers. Natuurlijk was er vóór K-Day niemand geweest die wist dat de Krinar bestonden, dus dan was het wel logisch dat hij voor een mens werd aangezien. 'Je hebt dus pas kortgeleden ontdekt dat je een K bent?'

'Ik wist natuurlijk al wel dat ik anders was,' zei Adam schouderophalend. 'Maar ik had geen idee dat ik van een andere planeet kwam.'

'Hoe kan het dat niemand dat heeft gemerkt? Ik bedoel, je moet wel veel sterker en sneller zijn geweest dan andere kinderen... En hoe zit het met bloedonderzoek en inentingen?'

'Het was niet makkelijk,' gaf Adam meteen toe. 'Mijn ouders zijn geweldige mensen. Ze hadden al heel snel door dat ik geen gewoon kind uit Roemenië was, en ze hebben alles op alles gezet om me te beschermen.'

'Maar hoe heeft dit überhaupt kunnen gebeuren?' Mia deed echt haar best om deze bizarre situatie te bevatten. 'Hoe ben je als baby op de aarde terechtgekomen, en nog wel ver voor K-Day?'

'Lang verhaal,' zei Adam. Hij zag er ineens koeltjes uit, en veel gevaarlijker. Op deze manier kon Mia zich heel makkelijk voorstellen dat hij over een paar honderd jaar in Korums voetsporen zou treden. 'En niet echt geschikt voor tijdens een etentje.'

'Natuurlijk,' zei Mia vlug. Ze had duidelijk een gevoelig punt geraakt. 'Het was niet mijn bedoeling om mijn neus in zaken te steken die...'

'Geen zorgen,' zei Adam. Hij glimlachte weer. 'Ik weet dat het heel vreemd is en ik neem het je niet kwalijk dat je nieuwsgierig bent.'

Op dat moment verscheen hun eten. De borden kwamen uit de muur aan Mia's linkerhand en zweefden naar de tafel, die onmiddellijk het formaat kreeg van een normale tafel. Mia's gerecht leek een mengsel van een vreemd paarsachtig graan en een hoop groene en oranje stukken van groenten die ze niet herkende. Dat alles was opgemaakt in de vorm van bloemen en krullen, waardoor het geheel meer leek op een kunstwerk dan op eten.

Korum had zo te zien hetzelfde besteld. Zodra Mia een hap had genomen van het eten, kreunde ze bijna van genot. Haar smaakpapillen waren in de hemel beland door de heerlijke combinatie van zoete, zoute en scherpe smaken. Een paar minuten lang aten ze allemaal in complete stilte.

Saret was als eerste klaar. Hij duwde zijn bord van zich af en het zweefde meteen weg. Hij kwam terug op het eerdere onderwerp van gesprek door tegen Mia te zeggen: 'Zoals je je wel kunt voorstellen, is Adam nog steeds bezig om onze manier van leven te leren kennen. Op een bepaalde manier hebben jullie veel met elkaar gemeen. Daarom heb ik Adam meegenomen om jou te ontmoeten. Op zijn jonge leeftijd is hij al een van mijn meest veelbelovende assistenten, en dat heeft deels te maken met het unieke perspectief dat hij meebrengt vanuit zijn achtergrond. Ik zou normaal gesproken geen twintiger aannemen – in onze samenleving kom je dan net kijken – maar Adam is veel volwassener dan de gemiddelde Krinar van die leeftijd.'

Mia knikte. Haar handpalmen begonnen zweterig te worden. Nu kwamen ze in de buurt van de reden waarom ze hier met elkaar zaten. Ze duwde haar bord aan de kant om zich beter te kunnen concentreren op wat Saret zei.

'Korum heeft me verteld dat je een grote interesse hebt in hoofdzaken. Dat je er zelfs je studierichting van hebt gemaakt. Klopt dat?' vroeg hij, en hij keek haar vol verwachting aan.

'Ik studeer psychologie aan NYU,' beaamde Mia. 'Zover ik heb begrepen is dat wat minder breed dan jouw specialisme, maar ik wil heel graag leren over alles wat met het brein te maken heeft.'

'Hoeveel weet je al? Wat hebben ze je tot nu toe geleerd bij NYU?'

Mia merkte dat ze overging op haar 'sollicitatiemodus', waarbij haar zenuwen zich op de een of andere manier vertaalden in helderder denken en spreken. Ze putte uit alles wat ze zich herinnerde en vertelde Saret over haar introductiecolleges psychologie, maar ook over de gevorderde, specialistische vakken die ze onlangs was gaan volgen. Ze vertelde over het essay dat ze pas had geschreven voor kinderpsychologie en over haar stage vorig jaar in een ziekenhuis in Daytona Beach, als hulpverlener voor slachtoffers van huiselijk geweld. Ze vertelde ook over haar plan om haar master te halen en een coach te worden voor jongeren.

Saret en Adam luisterden allebei aandachtig, en Saret knikte zo nu en dan als ze vertelde over de inhoud van haar colleges. Korum keek in stilte toe. Hij leek het prettig te vinden om te luisteren naar hoe ze geanimeerd vertelde over haar studie.

Na ongeveer een halfuur had Saret genoeg gehoord. 'Dank je, Mia. Dit is precies wat ik wilde weten. Je komt heel gepassioneerd over als het gaat om je... studie, en ik denk dat je een waardevolle aanvulling kunt zijn op mijn team. Kun je morgen beginnen?'

Mia sprong bijna op van verrukking, maar wist zich op het laatste moment te beheersen en glimlachte alleen maar breeduit naar Saret. 'Zeker weten! Hoe laat zal ik er zijn?' Toen pas dacht ze eraan dat ze het misschien even moest checken met de K die haar leven bepaalde, dus ze keek vlug naar Korum. Hij knikte glimlachend en Mia's grijns werd nog breder.

'Kun je er om negen uur 's morgens zijn?' vroeg Saret. 'Ik weet dat jullie meer slaap nodig hebben dan wij, maar ik geloof dat dat een normale begintijd is voor mensen...'

'Absoluut,' zei Mia gretig. 'Ik kan er ook vroeger zijn, op jullie normale tijd...'

Vanuit haar ooghoek zag ze dat Korum zijn hoofd schudde naar Saret.

'Nee, dat hoeft niet,' zei Saret. 'Het gaat niet om urgente zaken en ik denk dat we meer aan je hebben als je goed uitgerust bent. Kom maar gewoon om negen uur, oké?'

Mia knikte. Ze was dolgelukkig. 'Goed! Ik kan niet wachten!'

Adam glimlachte om haar enthousiasme. 'Het is

hard werken,' waarschuwde hij, 'maar dan leer je ook heel veel. Ik werk al twee jaar in dit lab en ik leer nog steeds elke dag vijftig nieuwe dingen.'

Mia grijnsde weer. Ze was te opgewonden om zich echt geïntimideerd te voelen. 'Dat is goed, ik hou ervan om dingen te leren.' Ze wendde zich tot Saret en zei op oprechte toon: 'Dank je wel voor deze kans. Ik zal mijn best doen om je van nut te zijn.'

'Vanzelfsprekend,' zei Saret glimlachend. 'Ik kijk ernaar uit om je morgen te zien.' Hij stond op en raakte Korums schouder weer even aan voor hij wegliep.

Adam kopieerde zijn baas door op te staan en Korums hand te schudden voor hij wegging. Mia merkte op dat hij haar zijn hand om de een of andere reden niet aanbood, ook al kon het niet anders of hij wist dat het enigszins onbeschoft was om haar zo te negeren. Ze gokte dat het een soort taboe was om vrouwen aan te raken – of misschien alleen de charl van een andere K – en dat dat te maken had met de territoriale aard van de K. Aangezien zelfs Adam zich aan dit gebruik hield, moest er wel een goede reden voor zijn.

Uiteindelijk bleven Mia en Korum alleen achter.

Haar geliefde stond op en glimlachte warm naar haar. 'Je hebt het heel goed gedaan. Ik kon merken dat Saret onder de indruk was. Ik ben heel trots op je.'

Mia glimlachte breeduit en stond ook op. Zijn woorden vervulden haar met een gloedvol gevoel. 'Dank je wel. En nogmaals bedankt dat je dit mogelijk hebt gemaakt.'

'Geen punt,' zei Korum. Hij trok haar dichter naar zich toe en begroef zijn hand in haar haar. Terwijl hij haar dicht tegen zich aan gedrukt hield en haar gezicht naar hem optilde, zei hij zachtjes: 'Zeg nu nog eens dat je van me houdt.'

Mia versteende. Ze staarde naar hem en haar euforie maakte plaats voor een tergend besef van kwetsbaarheid. Hij was dus helemaal niet van plan om te doen alsof er gisteravond niks gebeurd was.

Ze bevochtigde haar lippen. 'Korum, ik...' Ze probeerde naar beneden te kijken, weg te kijken, maar met de manier waarop hij haar vasthield, was dat onmogelijk.

'Zeg het, Mia.' Zijn ogen werden dieper goudkleurig. 'Ik wil het je nog een keer horen zeggen.'

Ze wilde hem dat wanhopig graag weigeren, hem vertellen dat ze gisteren niet bij haar volle verstand was geweest, maar het lukte haar simpelweg niet om die woorden te vormen.

Want ze hield wél van hem. Zo erg dat het pijn deed, zo erg dat ze niet helder kon denken vanwege de krachtige emoties die haar borstkas vervulden. Op een bepaald punt ergens in de afgelopen weken was hij veranderd van een afstandelijke en gevaarlijke vreemde in iemand zonder wie ze zich haar leven niet meer kon voorstelen. En hoewel ze het verlies van haar vrijheid vreselijk vond, genoot ze van de talloze lieve, kleine gebaren die hij haar dagelijks gaf, en van de manier waarop ze zich zo ontzettend levend voelde dankzij hem...

Hij had gelijk: voor ze hem ontmoette, was ze slechts gewoon tevreden geweest met haar leven. Ze had een prima, grotendeels gelukkig leventje geleid. Maar ze had niet echt gelééfd.

'Zeg het, schatje,' drong hij zachtjes aan. Zijn hand gleed uit haar haar en pakte teder haar wang vast. 'Zeg het...'

'Ja. Ik hou van je,' fluisterde ze, en ze staarde naar hem terwijl ze zich afvroeg wat hij nu zou zeggen, of hij haar bekentenis tegen haar zou gebruiken.

Maar hij glimlachte slechts en boog zich naar haar toe voor een kus. Zijn prachtige lippen raakten de hare zo liefdevol dat haar hart samentrok in haar borstkas. 'Ben je blij dat je hier een stageplaats hebt?' vroeg hij mompelend. Hij tilde zijn hoofd op en keek haar aan met een warme gloed in zijn goudkleurige ogen.

Mia knikte. 'Natuurlijk,' zei ze zachtjes. 'Dat weet je.'

'Fijn. Ik wil graag dat je hier gelukkig bent,' zei hij zachtjes. Hij stapte achteruit en liet haar los. En toen pakte hij haar hand en leidde hij haar de privéruimte uit en de hal in.

~

EEN PAAR MINUTEN LATER WAREN ZE WEER THUIS. Gedurende de korte vlucht had Mia haar blik op de transparante vloer gehouden, ook al kon ze het landschap niet echt waarnemen omdat haar hoofd zo vol zat met alles wat er vanavond was gebeurd. Op een vreemde manier voelde het haast bevrijdend om zich zo voor Korum open te stellen, om hem te laten weten wat ze echt voelde. Nu hoefde ze niet meer constant op haar hoede te zijn, bang dat hij zou doorhebben dat ze voor hem was gevallen. Ze hoefde zich geen zorgen te maken dat hij haar zou plagen dat ze een dom meisje was dat seks verwarde met gevoelens.

Hij had haar helemaal niet geplaagd. Anders dan ze had verwacht, leek hij haar emoties heel serieus te nemen. Hij had haar tenslotte praktisch gedwongen om toe te geven dat ze van hem hield. Andersom had hij niet gezegd dat hij van haar hield, maar dat had ze ook niet echt van hem verwacht. Hij had in het verleden gezegd dat hij om haar gaf en dat geloofde ze. Maar liefde? Kon iemand als Korum echt verliefd worden op een mens? Arman leek van Maria te houden, maar hun relatie was heel anders dan die van Mia en Korum.

Nee, ze wist niet of Korum ooit van haar zou kunnen houden, en ze wilde zichzelf niet gek maken met die gedachte. Niet nu, niet nu ze zich zo gelukkig voelde en zo uitkeek naar het beginnen met haar stage.

Ze stapten uit het vliegtuigje en Korum liet het in een oogwenk verdwijnen door met een klein gebaar de nanomachines aan het werk te zetten. Mia keek naar hem en het voelde alsof haar hart uit haar borstkas zou barsten omdat ze haar gevoelens niet meer binnen kon houden. Iedere beweging van zijn lange, gespierde lichaam toonde zijn geweldige kracht, zijn Krinar-jagersbloed overduidelijk zichtbaar in de manier waarop hij daar stond. Hij was zo totaal anders dan iedere man met wie ze zichzelf ooit had voorgesteld – en in veel opzichten zo'n mismatch – maar toch was hij de enige man die haar ooit zulke gevoelens had gegeven.

Zodra het vaartuig verdwenen was, weer opgegaan in de atomen waaruit het gemaakt was, tilde Korum haar op en droeg hij haar het huis binnen. Hij liep meteen door naar de slaapkamer. Mia klampte zich aan hem vast. Ze verlangde wanhopig naar fysiek contact, naar het ongelofelijke genot dat alleen hij haar kon geven.

Ze gingen de slaapkamer binnen en Korum legde haar zachtjes op het bed. Terwijl ze daar lag, keek Mia toe hoe hij zijn overhemd uitdeed, zodat zijn krachtig gevormde borst en gespierde buik tevoorschijn kwamen. Daarna volgde zijn broek en toen was hij helemaal naakt. Zijn grote pik was al hard en zijn ballen hingen zwaar tussen zijn benen. Zijn lichaam was het summum van mannelijke schoonheid, dacht Mia ergens achter in haar hoofd. Haar eigen lichaam reageerde op wat ze zag door vrijwel meteen ook opgewonden te raken.

Voor ze de kans kreeg om hem helemaal in zich op te nemen, klom hij boven op haar en deed hij haar jurk omhoog om haar intieme delen aan zijn brandende blik te onderwerpen. Zonder enig voorspel spreidde hij haar benen. Hij bleef een paar seconden stil, kennelijk gebiologeerd door wat hij zag.

Haar hele lichaam werd rood van schaamte en Mia probeerde haar benen bij elkaar te duwen, want ze voelde zich veel te naakt. Maar hij liet het niet toe – hij bepaalde hoelang hij wilde kijken. Uiteindelijk hief hij zijn hoofd op en mompelde hij: 'Je hebt het mooiste poesje dat ik ooit heb gezien. Heb ik je dat wel eerder verteld?'

Mia schudde haar hoofd. Ze kreeg het nog warmer.

'Het is waar,' zei hij zachtjes. 'Al die prachtige lijnen en een kleine, delicate clitoris. Het is net een bloem.' Voor Mia iets kon zeggen, bracht hij zijn hoofd naar het kutje dat hij zo bewonderde en vouwde hij het met zijn vingers voorzichtig open. Zijn tong vond meteen de gevoelige zone rondom haar clitoris.

Geschrokken door het plotselinge heerlijke gevoel kreunde Mia het uit en ze drukte zich tegen zijn mond. Haar lichaam spande zich aan vanwege deze sensatie, die zo intens was dat ze het haast niet aankon. Haar handen vonden hun weg naar zijn haar en pakten het vast, om hem te dwingen een sneller ritme aan te nemen dat haar tot een onmiddellijke ontlading zou brengen. Maar Korum weigerde zich te laten aansporen tot haast. Zijn tong ging verder met de gekmakend lichte bewegingen rondom haar knopje, waardoor ze op het randje bleef hangen. Net toen Mia dacht dat ze echt gek zou worden, duwde hij eindelijk zijn platte tong op haar clit en bewoog hij hem op en neer met precies genoeg druk om haar schreeuwend te laten klaarkomen. Haar hele lichaam schokte van de kracht van het orgasme.

Hijgend en verzwakt lag ze daar terwijl hij keek naar hoe haar kutje pulseerde van het orgasme. Zijn belangstelling was blijkbaar nog niet verdwenen. Zodra ze enigszins was bijgekomen, wilde hij weer op haar klimmen, maar Mia fluisterde: 'Wacht.'

Ze trilde nog steeds een beetje van wat ze net had meegemaakt, maar ze ging overeind zitten en glimlachte uitdagend naar Korum terwijl ze met haar linkerhand zijn ballen streelde. 'Het is wel zo eerlijk als ik nu ook mag,' zei ze zachtjes. 'Ga maar lekker liggen.'

Zijn ogen werden dieper goudkleurig en Mia voelde zijn ballen aanspannen in haar hand. Het wond hem op, besefte ze, als ze het initiatief nam.

'Mag ik ook staan?' vroeg hij in plaats daarvan. Mia knikte, want dat vond ze een nog beter idee. Ze ging op haar knieën op het bed zitten, strekte haar armen uit en liet haar handen over zijn borstkas glijden. De harde spieren onder zijn zachte huid voelden geweldig. Zijn lichaam was warm en stevig. Ze zou haast geloven dat hij een vleesgeworden standbeeld was van de een of andere Griekse of Romeinse god.

Ze bewoog haar rechterhand verder naar beneden, over de strakgespannen spieren van zijn buik, en volgde het spoor van kleine haartjes naar zijn geslacht. Met haar vingers om zijn schacht geslagen, voelde Mia hoe hij nog harder werd. Ze straalde hem zachtjes, genietend van het fluweelzachte gevoel van zijn huid, en hij kreunde en deed zijn ogen dicht. Zijn gezichtstuitdrukking leek bijna gepijnigd.

Gesterkt door deze aanmoediging drukte Mia haar lippen op zijn borstkas en maakte ze een spoor van kusjes naar beneden. Ze knielde langzaam tot haar mond vlak boven zijn pik zweefde. Hij hield zijn adem in vol verwachting en Mia glimlachte en liet haar tong heel licht over zijn gevoelige eikel gaan. Hij siste tussen zijn tanden en duwde zijn heupen naar voren. Zijn handen begroeven zich in haar haar en hij trok haar gezicht dichter naar zijn geslacht, tot Mia geen andere keus meer had dan haar mond open te doen en hem binnen te laten.

Bij het gevoel van haar lippen die zich om zijn pik sloten, trilde hij, en ze proefde de licht zoute smaak van zijn voorvocht. De spieren in haar vagina spanden zich aan omdat er ook een rilling van genot door haar heen ging.

Zijn genot wond haar op, realiseerde Mia zich. Ze vond het effect dat ze op hem had geweldig. Deze kans kreeg ze bijna nooit, om hem in haar mond te nemen en te laten komen, want hij was altijd zo gericht op háár genot, op háár het laten uitschreeuwen in zijn armen.

Ze liet zijn ballen in haar linkerhand rusten en sloeg haar rechterhand om de onderkant van zijn pik. Zo begon ze langzaam en ritmisch te bewegen, waarbij ze hem met iedere haal dieper in haar mond nam. Natuurlijk kon ze niet zijn hele pik kwijt, maar dat leek hij niet erg te vinden. Zijn vingers trokken bijna pijnlijk aan haar haar.

Toen voelde ze hem nog verder opzwellen. Hij werd onmogelijk lang en dik, en ineens spoot er een warme, zoutige vloeistof in haar mond terwijl hij met een harde kreet klaarkwam, zijn hoofd achterover geslagen van genot.

Na een minuutje lieten Korums vingers langzaam haar haar los en liet hij zijn zachter wordende schacht uit haar mond glijden. Hij keek naar beneden en glimlachte naar haar. 'Dat was ongelofelijk lekker,' zei hij. Mia staarde naar hem omhoog, likte langzaam langs haar lippen en proefde het laatste beetje zaad dat daar was terechtgekomen. Ze wist niet waarom ze het zo opwindend vond om hem te laten genieten, maar dat was wel zo. Ze was weer helemaal opgewonden alsof het heerlijke orgasme dat zij had gehad dagen geleden was in plaats van een paar minuten.

Korum klom op bed, trok haar naar zich toe en deed over haar hoofd haar jurk uit. Bij het zien van haar naakte lichaam reageerde zijn pik weer. Mia's buik trok zich samen van verwachting terwijl hij haar dichterbij trok en haar mond overrompelde met een kus.

En toen nam hij haar. Hij bezat haar lichaam net zoals hij nu haar hart en ziel bezat.

HOOFDSTUK DERTIEN

In de daaropvolgende tien dagen ontwikkelde Mia een routine. Haar dagen waren vrijwel geheel gevuld met haar stage bij Sarets lab, terwijl ze haar avonden en vaak ook nachten besteedde aan Korum.

De stage bij het lab was inderdaad zowel fysiek als mentaal uitputtend, en Mia leerde er in een paar dagen tijd meer dan ze in drie jaar studeren had geleerd. Saret accepteerde niet dat ze sommige dingen niet wist en hij had ook geen geduld met het feit dat ze als mens bepaalde taken langzamer uitvoerde dan zijn andere assistenten. Al op de eerste dag koppelde hij haar aan Adam en gaf hij hun drie opdrachten, waarvan de interessantste was dat ze moesten onderzoeken hoe ze de kennisoverdracht op Krinar-kinderen konden verbeteren. Mia had al begrepen dat kennisoverdracht de manier was waarop de K hun jongelingen dingen leerden – wat ze deden was in feite de kennis in hun groeiende brein prenten, zodat ze niet meer hoefden te stampen en oefenen om dingen zoals lezen, schrijven, wiskunde en geschiedenis onder de knie te krijgen.

Na een wervelwindkennismaking met de hoog geavanceerde technologie die er in het lab gebruikt werd, zei Saret tegen Adam dat hij Mia moest vertellen welk onderzoek ze tot nu toe hadden gedaan en dat hij haar de daarbij behorende opnames en lezingen moest laten zien. Tegen de tijd dat Mia op haar eerste dag klaar was, was het al tien uur 's avonds en was ze doodop. Korum was woest geweest op Saret, maar haar nieuwe baas had zich verrassend onwelwillend betoond: Mia moest net zo hard werken als de andere leerlingen, of de stage was meteen voorbij. Na een heftige discussie tussen de twee K, waarbij Korum een aantal nauwelijks verholen dreigementen had geuit, had Saret met tegenzin gezegd dat Mia op de meeste avonden om zeven uur naar huis mocht – behalve als ze midden in een belangrijke simulatie zaten. Dan moest ze tot middernacht blijven, net als de rest van de medewerkers. Mia had gezegd dat zij het niet erg vond omdat ze graag dingen wilde leren en tot zo laat wilde blijven als nodig, maar Korum wilde daar niets van horen. 'Je bent een mens en je bent mijn charl. Ik sta niet toe dat je jezelf zo uitput,' zei hij op vlakke toon.

Dus zo was haar daginvulling bepaald.

Om bij te blijven met de enorme hoeveelheid informatie die dagelijks haar kant op kwam, zette Mia een aantal werkgerelateerde opnames op de dunne tablet die Korum haar had gegeven. De tablet bleek waterproof te zijn, dus Mia kon multitasken door video's te bekijken tijdens het douchen. Korum was niet zo blij geweest toen hij daarachter kwam. Hij mompelde bozig dat ze nog meer tijd besteedde aan deze stage dan destijds in New York aan haar studie. Maar hij weerhield haar er niet van. Integendeel: hij zorgde voor een comfortabel plekje waar ze kon zitten in zijn kantoor, zodat ze naast hem kon studeren terwijl hij in de avond aan zijn designs werkte.

Adam bleek een onmisbare samenwerkingspartner te zijn in het lab en Mia besefte al snel dat Saret haar een grote gunst had verleend door hen samen aan projecten te laten werken. De jonge K – hij was pas achtentwintig jaar, wist ze nu – was superslim, en hij kon heel goed samenwerken met een mens. Als tiener had hij kennelijk een fortuin vergaard in de aandelenhandel en zo had hij voor zijn adoptiefamilie een trustfonds in het leven geroepen, zodat ze verzekerd waren van genoeg geld om een leuk leven te leiden. Hij had ook een paar patenten op microchips waar Intel en Apple geld voor boden en hij hoopte over een paar jaar stage te lopen bij Korums bedrijf. Tot haar verbazing had hij een mensenmeisje als vriendin (hij weigerde haar zijn charl te noemen). Toen Mia probeerde daar meer over los te krijgen van hem, omdat ze een fascinerend verhaal vermoedde, weigerde hij verder te vertellen. Hij beloofde wel dat Mia haar op een dag mocht ontmoeten en daarmee moest ze het nu dan maar doen.

De eerste paar dagen was Mia zo overweldigd dat

ze het liefst wilde janken. Haar hersens deden pijn van de enorme hoeveelheid leerwerk die ze iedere dag gedaan probeerde te krijgen. Om haar te helpen, stelde Adam voor dat ze wat noodzakelijke informatie naar haar brein overbrachten zoals bij een Krinar-kind. Mia was eerst niet erg happig op dat idee, maar nadat ze een tijdje had geworsteld met simpele dataverzameling met behulp van de complexe machines in het lab, ging ze schoorvoetend akkoord. Saret vond het geweldig dat hij een levend testsubject had, ook al was ze kind noch Krinar. Hij vroeg Korum om toestemming om de nieuwe kennisoverdrachtmethode op haar uit te proberen. Nadat hij zowel Saret als Adam had uitgehoord over de veiligheid en de mogelijke bijwerkingen van die methode, had haar cheren ermee ingestemd. Hij zei tegen Mia dat hij hoopte dat het zou helpen in deze lastige beginperiode van haar stage. Vervolgens zat Mia het grootste deel van het weekend in de overdrachtruimte, waar haar hersenen in hoog tempo alle informatie absorbeerden die Saret bruikbaar achtte voor zijn assistent.

Tegen de tijd dat Mia de ruimte verliet op zondagavond voelde ze zich duizelig en misselijk, maar ze wist genoeg over neurobiologie om in aanmerking te komen voor een promotie op het onderwerp. Ze kon ook in theorie een hersenoperatie uitvoeren, zeker als het bij een Krinar was – maar ze had niet het idee dat zij dat echt met veel plezier zou doen. Ook had ze, in elk geval in theorie, door hoe alle apparaten in Sarets laboratorium werkten, en ze was veel beter op de hoogte van Krinar-technologie in het algemeen.

Na de kennisoverdracht ging er een heel nieuwe wereld open voor Mia. Haar tweede week in Sarets lab was beduidend minder stressvol dan de eerste. In plaats van zich de hele tijd een kluns te voelen, wist ze nu hoe ze alle basistaken die Saret van zijn assistenten verwachtte kon uitvoeren, en zelfs sommige meer geavanceerde taken. De drie andere leerling-medewerkers in het laboratorium, die eerst besmuikt hadden gelachen om haar komst, begonnen haar meer als gelijkwaardig te behandelen. Ze lieten haar gebruikmaken van hun gereedschappen en machines. Nog steeds waren ze terughoudend in het contact met haar, alsof ze niet goed wisten wat ze aan moesten met een mens in hun midden, maar Mia liet zich daar niet door van de wijs brengen. Er waren meer dan genoeg Krinar geweest die hier wilden werken en zij was hier alleen omdat Korum haar naar binnen had gepraat. Het was logisch dat de anderen vonden dat zij deze kans niet echt verdiende. Mia nam zich voor om te bewijzen dat ze het waard was.

Nu ze een goede basiskennis had dankzij de informatie die in haar brein was geplaatst, leerde ze nog sneller, en ze was zelfs in staat om Adam wat ideeën aan te dragen over mogelijke verbeteringen in de kennisoverdrachtmethode. Hij had de meeste zelf ook al eens bedacht, natuurlijk, maar hij vertelde Saret wel over Mia's vooruitgang. Haar baas zei dat ze een natuurlijke aanleg leek te hebben voor zijn vakgebied.

Die lovende woorden had ze nooit verwacht van een Krinar.

Ze vond het werken in het lab zo te gek dat ze zich afvroeg waarom de vorige assistent ermee was opgehouden.

'Dat weet ik niet precies,' zei Adam. 'Saur was gewoon van de ene op de andere dag verdwenen. Hij zei tegen Saret dat hij ermee ophield en de dag erna kwam hij niet meer. Hij was altijd al een beetje raar, een einzelgänger. Niemand hier kon echt hoogte van hem krijgen. Maar hij was heel intelligent. Hij deed veel met breinmanipulatie, het ingewikkeldste onderdeel van wat wij hier doen. Niemand heeft hem meer gezien sinds hij is vertrokken. Ik denk niet dat hij nog in Lenkarda is.'

Wat haar thuisfront betrof: haar relatie met Korum was heel erg veranderd. Na haar eerste, onwillige liefdesverklaring voelde het alsof ze niets meer te verbergen had, en nu sprak ze die woorden vaak en met gemak uit. Korum leek die nieuwe situatie heerlijk te vinden. Hij vroeg vaak of ze wilde zeggen hoeveel ze van hem hield, en hij keek altijd met een warme gloed in zijn ogen naar haar. Bij tijd en wijle dacht ze dat hij op z'n minst een klein beetje van haar hield, maar ze wilde het niet vragen omdat ze bang was dat ze daarmee de fragiele vrede die er tussen hen was, zou verstoren. In plaats daarvan besloot ze, voor het eerst ooit, in het moment te leven en niet terug te verlangen naar het verleden of te piekeren over de toekomst.

Korums dagen waren gevuld met het proces en de

politieke rompslomp die dat met zich meebracht. Vaak vertelde hij haar daarover tijdens het eten. De Raad had een onderzoek naar het zogenaamde geheugenverlies van de Kadebam verordonneerd, en verscheidene breinexperts, onder wie Saret, moesten getuigen over de geldigheid van de resultaten. Het begon erop te lijken dat het geheugenverlies inderdaad echt was. De uiteindelijke uitspraak van de Raad werd uitgesteld totdat men erachter was wat er precies was gebeurd en wie er achter deze vreemde loop van zaken zat. Korum vermoedde nog steeds dat Loris de schuldige was, maar hij had niet genoeg bewijs om de rest van de Raad te overtuigen. Zodoende kregen de Kadebam respijt terwijl het onderzoek liep.

Korum maakte elke avond eten voor hen klaar, waarbij hij haar steeds nieuwe soorten exotisch voedsel van Krina liet proeven. Daarna gingen ze een stukje lopen op het strand of zaten ze in zijn kantoor in stilte allebei te werken. Wanneer Mia haar gedachten liet gaan over haar leven in Lenkarda, werd ze iedere keer weer getroffen door hoe anders het was dan ze had verwacht toen ze hierheen kwam. Ze voelde zich niet Korums huisdier, maar werd elke morgen wakker met het gevoel dat ze een belangrijke bijdrage kon leveren, waardoor ze zin had in de dag die voor haar lag en uitkeek naar alles wat ze in het lab zou leren. De avonden in het gezelschap van haar geliefde waren aangenaam en haar nachten waren gevuld met gepassioneerde seks.

Korum was onverzadigbaar in bed, en Mia

realiseerde zich dat hij zich in New York had ingehouden. Zijn verlangen naar haar leek onbegrensd. Hij neukte haar vaak tot ze bekaf was en letterlijk flauwviel in zijn armen. Verrassend genoeg leek haar lichaam eraan gewend te zijn geraakt. Mia hoefde niet meer bang te zijn dat ze wakker werd met een rauw gevoel vanbinnen of met stramme spieren. Zelfs als hij haar bloed nam, herstelde ze daar opmerkelijk makkelijk van.

Hij begon ook virtual reality in hun seksleven te brengen. Nu hadden ze ten minste een paar keer per week seks op allerlei openbare en verborgen plaatsen, variërend van het podium tijdens een Beyoncé-concert tot de top van de Mount Everest (waar het veel te koud was naar Mia's smaak). Na die eerste keer in de club pushte hij haar niet meer heel ver over haar grens, alhoewel ze vermoedde dat hij nog maar net begonnen was en nog veel meer plannen had.

Soms verwonderde ze zich over haar eigen schijnbaar onvermoeibare energie. Hoewel ze zeker sneller moe werd dan haar Krinar-collega's in Sarets lab, lukte het haar om meer dan tien uur per dag te werken en daarna nog een paar uur met Korum door te brengen, waarvan ten minste een paar in bed – of waar ze ook waren op het moment dat hij zin kreeg. Ze zou constant moe en lusteloos moeten zijn, maar ze voelde zich kiplekker. Dat schreef ze toe aan de frisse Costa Ricaanse lucht en de energie die ze kreeg van haar nieuwe baan.

Ze belde Jessie na een week op om haar te vertellen hoe blij ze was.

'Echt waar, Mia? Ben je gelukkig daar?' vroeg Jessie ongelovig. 'Na alles wat hij je heeft aangedaan?'

'Het is nu anders,' legde Mia uit. 'Het was niet nodig om in het begin zo bang voor hem te zijn. Ik denk dat hij echt om me geeft...'

'Een bloeddorstige alien die je zo goed als ontvoerd heeft? Lijd je aan een soort Stockholmsyndroom?'

Mia lachte. 'Hé, ik ben hier degene die psychologie studeert. En nee, ik denk het niet...' Ze ging niet in op alle details van haar verbeterde relatie met Korum – dat voelde nog steeds te kwetsbaar en privé – maar ze vertelde Jessie wel over haar stage en de gave nieuwe dingen die ze leerde.

'O mijn god, Mia, je bent een K-expert als je terugkomt,' zei Jessie jaloers. 'Oké, je hebt gelijk. Hij mishandelt je niet echt...'

'Nee, verre van,' zei Mia oprecht. 'Ik denk dat ik gelukkiger ben dan ik ooit in mijn leven ben geweest.'

'Maar je komt wel terug naar New York, toch?' vroeg Jessie bezorgd. 'Je gaat toch niet besluiten daar te blijven?'

'Nee, natuurlijk niet,' zei Mia. 'Ik moet mijn studie afmaken en alles...' Toch was de gedachte aan teruggaan lang niet zo aantrekkelijk meer als een paar dagen geleden.

Ze belde haar ouders ook een paar keer om te vertellen dat het goed met haar ging en dat ze vrijdag naar huis zou komen, bijna twee weken later dan oorspronkelijk gepland. Korum had met Saret geregeld dat ze vrij kon krijgen omdat ze haar familie moest bezoeken. Haar baas was niet al te blij dat hij Mia een week moest missen, maar hij ging akkoord, vooral toen ze had beloofd dat ze in contact zou blijven met Adam zodat ze op de hoogte was van de ontwikkelingen in hun projecten.

'Welke vlucht neem je?' vroeg haar moeder. 'Dan kunnen we je ophalen van het vliegveld.'

Mia kromp ineen en was blij dat haar moeder dat niet kon zien. Ze had geen idee hoe ze naar Florida zou reizen, en ze had het zo druk gehad met haar werk dat ze vergeten was Korum ernaar te vragen.

'Ik sta op de reservelijst voor een vlucht in de vroege ochtend,' loog Mia. Ze vond het helemaal niet relaxed dat ze haar ouders alweer een leugen moest voorschotelen. 'Maar het kan ook de middag worden, dus ik weet het op dit moment niet zeker. Maak je geen zorgen. De docent heeft een huurauto voor me geregeld, dus ik hoef niet opgehaald te worden van het vliegveld.'

'Oké, liefje,' zei haar moeder. Ze klonk verbaasd. 'Als je het zeker weet... Wij vinden het echt geen moeite. Vlieg je op Orlando of Jacksonville?'

'Orlando,' zei Mia. Het klonk overtuigend genoeg.

~

Op DONDERDAGAVOND, vlak voor hun vertrek naar Florida, gingen ze naar een feestje. Korums nicht Leeta was zevenenveertig jaar samen met haar partner, wat in de Krinar-cultuur een mijlpaal was. Voor aardse begrippen waren ze ook al bijna vijftig jaar samen, want Krina deed langer over een baan om de zon dan de aarde.

Het was Mia's eerste grote samenkomst in Lenkarda.

'Wij kennen geen huwelijken en bruiloften zoals mensen,' zei Korum terwijl hij toekeek hoe ze een prachtige jurk aantrok die hij voor haar had gemaakt. 'Als een stel een permanente verbintenis wil aangaan, sluiten ze een mondelinge overeenkomst die officieel wordt gemaakt met een opname. Op dat moment heeft verder niemand er iets mee te maken. Er is geen feest of zoiets, en hun verbintenis wordt niet als permanent beschouwd tot ze ten minste zevenenveertig jaar samen zijn.'

'Waarom zevenenveertig?' vroeg Mia nieuwsgierig. Ze liet haar voeten in glittersandalen glijden die pasten bij het glanzende materiaal van haar jurk. De jurk zelf sloot strak om haar lichaam, zodat haar vormen goed uitkwamen. Het was ook weer een sexy model, met een blote rug. Om haar nek droeg ze Korums prachtige ketting en ze had een zilverkleurig netje in haar haar waardoor al haar krullen werden benadrukt. Ze had er nog nooit zo mooi uitgezien, en ze was dankbaar dat Leeta de tijd had genomen om haar een opname te sturen met instructies voor wat ze moest aantrekken. Korum had haar dat blijkbaar gevraagd omdat hij wilde dat Mia zich op haar gemak voelde tijdens haar eerste grote feest in Lenkarda.

'Omdat het voor ons een bijzonder getal is. Het is een tamelijk hoog priemgetal, en er hebben meerdere grote historische gebeurtenissen op Krina plaatsgevonden in jaren die eindigden op zevenenveertig. Daarbij is het lang genoeg zodat een koppel weet of ze elkaar op de lange termijn gelukkig kunnen maken of niet. Voor de Viering van Zevenenveertig is het relatief gemakkelijk om de verbintenis te verbreken, maar het feest dat wij vanavond bijwonen verandert dat. Na dat moment is een scheiding reden voor een grote terugval in de sociale hiërarchie. Natuurlijk is dat anders als een van de echtelieden is vreemdgegaan of iets anders heeft gedaan waardoor de verbintenis wordt verbroken. Dan is dat degene die de grootste klap krijgt, terwijl de onschuldige partij veel minder te verduren krijgt.'

'Zijn echtscheidingen dan zeldzaam onder de Krinar?'

Korum knikte en stond in een vloeiende beweging op van het bed waarop hij had liggen chillen. Hij droeg zelf een nauwsluitende witte broek met kniehoge grijze laarzen en een mouwloos wit overhemd dat gemaakt was van dik materiaal met reliëf. Dit was kennelijk de standaard Krinar-outfit voor dergelijke vieringen, en hij zag er oogverblindend uit.

'Klopt, scheidingen – of verbroken verbintenissen – komen weinig voor. Maar permanente verbintenissen komen zelf ook al weinig voor. Weinig Krinar vinden degene met wie ze eeuwen of zelfs millennia samen willen zijn, en sommigen gaan om andere redenen geen verbintenis aan. Dus de Viering van Zevenenveertig is heel groots en er zullen veel bezoekers zijn. We kunnen niet te laat komen.'

'Natuurlijk,' zei Mia. Ze liep achter hem aan naar de slaapkamerdeur.

Ze verlieten het huis door de verdwijnende muur en stapten in het vliegtuigje dat Korum had klaarstaan voor hun reis. Het feest werd gehouden in Lenkarda, maar niet op loopafstand. In de afgelopen twee weken was Mia erachter gekomen dat de Krinar op twee manieren reisden: te voet of met kleine vliegtuigjes. Er waren geen auto's of andersoortig wegvervoer.

Mia ging zitten op de slimme stoel en genoot van het comfort. Hoewel het al tien uur 's avonds was en het een lange dag was geweest in het lab, was ze heel enthousiast over het idee van naar een feest gaan. Ze tikte met haar voet op de vloer en keek hoe het vaartuig opsteeg en hen vliegensvlug naar het centrum van de nederzetting bracht.

Een minuut later landden ze voor een groot gebouw dat Mia niet eerder had gezien. Het stond niet op de grond, maar zweefde een paar meter boven de boomtoppen in de lucht. Een lang wandelpad liep van een van de muren naar de grond, als een soort brug.

'Dat is de Celebration Hall,' zei Korum terwijl ze het vliegtuigje verlieten en het wandelpad op liepen naar het imposante gebouw. Het leek ongeveer twintig verdiepingen hoog en zo groot als een heel New Yorks *block*. Mia was verbaasd dat ze het niet op de virtuele kaart van Lenkarda had opgemerkt.

'Staat dit gebouw er altijd?' vroeg ze. Ze zag andere vliegtuigjes om hen heen landen en honderden Krinar uitstappen.

'Nee,' zei Korum. Hij leidde haar naar het gebouw en negeerde alle starende blikken. 'Het is speciaal voor dit doel gebouwd en zal na vandaag weer worden ontbonden. Er is op Krina een veel grotere Celebration Hall die wel permanent is, maar we zijn hier op aarde met te weinig om zo'n groot gebouw altijd te laten staan. De Viering van Zevenenveertig is een van de weinige gelegenheden waarbij de volledige Krinar-bevolking op aarde samenkomt. Velen zullen vanaf Krina virtueel meekijken.'

De volledige Krinar-bevolking op aarde? Alle vijftigduizend? Mia had niet beseft hoe groot dit evenement was. Zenuwachtig en opgetogen pakte ze Korums arm vast terwijl ze naar binnen liepen.

Het lawaai binnen was oorverdovend. Het leek erop dat er al duizenden aanwezigen waren, en Mia kon niet anders dan met open mond kijken naar de beeldschone wezens om haar heen. De vrouwen waren gekleed in glanzende jurken met lichte kleuren, een beetje zoals Mia zelf ook aanhad, en de outfits van de mannen leken op die van Korum. Zelfs de kleinste Krinar-vrouwen waren iets van tien centimeter langer dan Mia, waardoor ze wilde dat ze hoge hakken had aangetrokken. Het gebouw zelf was prachtig gedecoreerd met bloemen en glans. De wanden waren niet transparant zoals gebruikelijk bij Krinar-gebouwen, maar leken een soort spiegels, waardoor de toch al zo enorme hal nog groter leek.

Net als bij de Food Hall staarden de Krinar om hen heen naar Mia en Korum. Mia vroeg zich af of dat was omdat ze nog niet zoveel mensen hadden gezien – dat leek haar sterk, gezien het feit dat ze allemaal op aarde woonden – of omdat ze verbaasd waren Korum met een charl te zien. Ze nam aan dat dat het was. Waarschijnlijk was het ongebruikelijk om een Raadslid met een mensenmeisje aan zijn zijde te zien.

Terwijl ze zich een weg door de menigte baanden, sloeg Korum een bezitterige hand om haar rug en trok haar dichter naar zich toe. Mia had de afgelopen twee weken ontdekt dat het een serieuze overtreding was als een Krinar-man de vrouw van een ander aanraakte, of ze nu zijn partner was of zijn charl. Dat stamde nog uit hun territoriale begintijd. De Krinar waren heel ruimdenkend als het ging om seks en Krinar-vrouwen hadden dezelfde rechten en vrijheden als mannen. Maar zodra ze een verbintenis aangingen, mochten andere mannen de vrouwen niet meer aanraken zonder expliciete toestemming van de cheren of de vrouw zelf. In sommige gevallen kon een overtreding van die regel zelfs leiden tot een uitdaging in de Arena.

Korum was heel strikt als het om deze regel ging. Toen hij haar na de tweede dag bij het lab ophaalde en zag dat Adam zich naar haar toe boog om haar te helpen bij een machine, was hij bijna de pan uit geflipt. Mia was onder de indruk geweest van Adams kalme reactie. In plaats van zijn verontschuldigingen aan te bieden naar aanleiding van Korums woede, had de jonge Krinar kalm uitgelegd dat hij Mia hielp bij het werk en dat hij haar met geen vinger had aangeraakt. Gelukkig had Korum niet meer gedaan dan hem uitfoeteren. Mia had niet graag willen meemaken dat die twee met elkaar op de vuist gingen. Toch was Adam na die dag overdreven voorzichtig als het op haar aankwam. Hij zorgde dat er altijd minstens een halve meter tussen hen in was. Het laatste wat hij wilde was een jaloerse cheren op zijn dak, had hij lachend gezegd.

Dus nu hield Korum haar dicht bij zich terwijl ze naar het midden van de gigantische ruimte liepen. God verhoede dat er nog een man langs haar arm zou strijken, dacht Mia geïrriteerd.

Terwijl ze dichterbij kwamen, zag Mia dat er in het midden van de ruimte een zwevend podium was waar een koppel op stond. Ze herkende het donkerrode haar van Korums nicht, wier viering dit was. Dat was een ongebruikelijke haarkleur voor een Krinar, en Mia vroeg zich af of het geverfd was. Leeta's man was ook prachtig om te zien. Hij was lang, gespierd en had de typische donkere Krinar-kleur. Ze waren allebei gekleed in ongewone, lichtgroene, mantelachtige gewaden. Ze stonden stil tegenover elkaar.

Om het podium heen waren honderden zwevende planken in cirkels opgesteld. Korum leidde haar naar de voorste rij. Omdat hij familie was én een Raadslid, zat hij op de eerste rang.

Mia keek om zich heen en zag een paar rijen achter

hen iemand die ze kende. Ze stak haar arm op en zwaaide naar Delia. Toen Arus' charl terug zwaaide, glimlachte ze. Korum draaide zich om om te zien waar ze naar keek, zag Arus en knikte koeltjes naar hem. Het andere Raadslid reageerde net zo. De politieke spanning tussen hen was overduidelijk niet verminderd sinds Mia hen had gezien tijdens het proces.

'Wat gaat er gebeuren?' vroeg Mia. Ondertussen keek ze toe hoe nog meer Krinar het gebouw binnenkwamen. Misschien waren het er nog geen vijftigduizend, maar het waren er al behoorlijk veel.

'Over een paar minuten zullen ze samensmelten en daarna wordt er de hele avond gedanst,' zei Korum met een goddeloze gloed in zijn ogen.

Die blik betekende doorgaans dat hij iets van plan was. 'Hoe bedoel je, samensmelten?' vroeg Mia huiverig. Haar gedachten gingen in een vreemde en ongepaste richting.

Zijn lippen vormden een glimlach waardoor het kuiltje in zijn linkerwang verscheen. 'Precies wat je denkt, liefste. Ze zullen ten overstaan van ons allen de liefde bedrijven en aldus hun verbintenis bezegelen zoals onze voorouders dat deden.'

'Gaan ze seks hebben op dit podium?'

Ze was waarschijnlijk rood geworden, want Korum barstte in lachen uit. 'Ja, schat. Maar maak je geen zorgen. De mantels die ze aanhebben, zijn zo ontworpen dat ze privacy hebben. Je tere zieltje zal er niet al te veel aanstoot aan hoeven nemen.'

'Ik heb geen teer zieltje,' beet Mia hem toe. Ze wist dat alle Krinar om hen heen hun gesprek waarschijnlijk konden volgen. Zoals de vampieren uit legendes hadden ook de K scherpere zintuigen dan de meeste mensen. Ze konden beter horen, zien en ruiken. Allemaal dankzij hun verleden als jagers.

'O nee?' plaagde hij, en hij streelde met zijn rechterhand haar wang. 'Ben je gewend aan orgies in het openbaar?'

Mia sloeg zijn hand weg en keek strak naar het koppel op het podium. Soms vond Korum het leuk om een spel met haar te spelen waarbij hij allerlei stoute dingen zei alleen maar om haar aan het blozen te krijgen. Mia was niet preuts, maar ze kon niets doen aan de evolutionair bepaalde reactie op haar huid. Dat leek hij wel leuk te vinden.

Op dat moment werd het donker in de hal en werd de menigte stil. Er werd een zacht licht op het podium gericht. Mia's wangen werden weer warm bij de gedachte aan wat er stond te gebeuren. In veel opzichten vond ze de Krinar-cultuur paradoxaal. Hun wetenschap en technologie waren zeer geavanceerd, maar sommige gebruiken – zoals de gevechten in de Arena en dit huwelijksritueel – waren haast barbaars.

Er klonk vreemde muziek door de ruimte, anders dan alles wat Mia ooit had gehoord. De melodie was beklemmend en doordringend en de beat was tegelijkertijd ritmisch en dissonant. Mia kronkelde in haar zetel. Dit was geen dansmuziek, maar het had iets vreemd sensueels, en sommige klanken leken bijna haar huid te strelen. Ze had geen idee welke instrumenten er werden bespeeld, maar ze moest toegeven dat het totaal prachtig klonk. Korum had haar wel eerder laten luisteren naar Krinar-muziek, en ze had die interessant gevonden, maar die muziek had in niets geleken op wat ze nu hoorde.

'Dit is de traditionele verbindingsmuziek,' fluisterde Korum. 'Het is een van onze oudste melodieën. Al bijna een miljard jaar oud.'

'Het is ongelofelijk,' fluisterde Mia terug. De haartjes in haar nek gingen overeind staan terwijl het tempo werd opgevoerd.

Het koppel – dat tot nu toe bewegingloos op het podium had gestaan – deed een stap naar elkaar toe. Ze staken hun armen omhoog en drukten hun handpalmen tegen elkaar. Hun mantels leken groter te worden en een koepel om hun lichamen heen te vormen, als een soort tent. Nu waren alleen hun hoofden nog te zien. Hun gezichten zagen er kalm uit, helemaal niet alsof ze op het punt stonden ten overstaan van vijftigduizend toeschouwers iets heel intiems te doen.

Terwijl de muziek doorging, begon Leeta's partner te praten. Zijn stem echode door de ruimte. 'Al zevenenveertig jaar ben je mijn maatje, mijn geliefde, mijn hele leven. Zonder jou is mijn toekomst zinloos. Jij bent de lucht in mijn longen, het water dat mij leven geeft, het eten dat mij kracht geeft. Jij bent een deel van mij en dat zul je altijd zijn.'

Hij stopte, en Mia moest de tranen uit haar ogen

wegknipperen. Hoewel het eenvoudige woorden waren, leken ze uit het hart te komen. Ze benijdde Leeta omdat ze iemand had die zo van haar hield.

Toen nam Leeta het woord. 'Je bent mijn maatje, mijn geliefde, mijn hele leven,' sprak ze plechtig. 'Zonder jou is mijn toekomst zinloos. Jij bent de lucht in mijn longen, het water dat mij leven geeft, het eten dat mij kracht geeft. Jij bent een deel van mij en dat zul je altijd zijn. Ik zal nog eens zevenenveertig jaar met je samenzijn, en dan nog zevenenveertig, en tot in de oneindigheid.'

Ze was even stil en toen zeiden ze tegelijk: 'Wij zijn verbonden.' Hun gelofte echode door het gebouw.

De muziek stopte een moment en ging toen weer aan, alleen was de beat nu dieper en seksueler. Tot haar verbazing merkte Mia dat ze er opgewonden van werd. Haar hartslag versnelde en de spieren in haar onderbuik spanden zich aan bij de vreemde, maar melodieuze tonen. Ze had nooit gedacht dat muziek zoiets kon doen.

En blijkbaar was ze niet de enige. De stemming onder de toeschouwers leek te veranderen en Mia kon ze plotselinge spanning in de atmosfeer voelen. Een warme mannenhand belandde op haar dij en streelde haar zachtjes, en Mia draaide haar hoofd naar Korum toe. Ze zag dat hij naar haar keek met de gloed die ze zo goed kende in zijn amberkleurige ogen. 'Nu komt het leuke deel,' zei hij, en Mia's wangen werden weer rood.

Ze wierp een heimelijke blik om zich heen en zag

dat de andere toeschouwers geïntrigeerd naar het podium keken.

Ondertussen kwam het koppel op het podium steeds dichter bij elkaar. Hoewel Mia hun lichamen niet kon zien, wist ze dat ze elkaar op dit moment aanraakten. Leeta had haar ogen dicht en ze leek te blozen onder haar lichtgouden huid. De ademhaling van haar partner werd zwaarder terwijl hij keek naar haar prachtige gezicht. Ze zoenden niet en er was geen zichtbaar fysiek contact, maar Mia's hart ging toch sneller slaan omdat ze wist wat ze aan het doen waren. Wat er op het podium gebeurde was ongelofelijk erotisch, juist nog meer doordat er zoveel aan de fantasie van de toeschouwers werd gelaten.

Mia ging er helemaal in op. Ze kon haar ogen niet van het podium afhouden.

EEN PAAR RIJEN VERDEROP KEEK DE KRINAR HOE KORUMS CHARL DE CEREMONIE GADESLOEG.

Haar gezichtje had een kleur gekregen en haar lippen stonden een stukje open. Hij zag haar tengere borstkas met elke ademhaling uitzetten en weer terugvallen, en zijn vingers jeukten om die jurk van haar lijf te rukken en die perfect ronde borsten met prachtig roze tepels voor hem te ontbloten.

Gedurende de afgelopen twee weken was zijn verlangen naar haar veranderd in een bijna ondraaglijke obsessie. Als hij er logisch over nadacht, wist hij wel dat het te maken had met het feit dat ze zijn vijand toebehoorde. Hij haatte Korum al een eeuwigheid, en het idee dat hij hem iets kon afnemen wat hij liefhad, had iets heel aanlokkelijks.

Maar het ging verder dan dat. Hij merkte dat hij constant aan haar dacht, fantaseerde over haar aanraken, haar proeven… Haar neuken zoals Korum had gedaan op het strand. Tot op de dag van vandaag had hij die scène niet tot het einde toe kunnen bekijken. Woede en bittere jaloezie joegen door zijn aderen bij het zien van zijn vijand die genoot van iets wat hij zo vreselijk graag voor zichzelf wilde.

Deze obsessie was gevaarlijk. Het lukte hem steeds minder goed om zichzelf onder controle te houden, en hij kon het zich op dit moment juist niet veroorloven om zijn ware gevoelens te tonen. Er stond te veel op het spel om alles te riskeren voor één mensenmeisje, hoe hevig hij ook verlangde naar haar heerlijke lichaam.

En trouwens, als zijn plan slaagde, zou ze toch van hem zijn.

Alles zou dan namelijk van hem zijn.

HOOFDSTUK VEERTIEN

Zodra het ritueel voorbij was, verscheen er rondom het podium een wand die het koppel aan het zicht onttrok en werd de muziek uitgezet.

Met brandende wangen stond Mia op van haar stoel, vlak nadat Korum dat ook al had gedaan. Wat ze zojuist had gezien was absoluut geen porno, en toch kon ze het genot op de gezichten van het koppel niet uit haar hoofd zetten. Hun lichamen waren niet te zien geweest, maar iedereen had kunnen zien wat ze voelden. Aan het einde had de muziek een crescendo bereikt en Mia had gevoeld dat de muziek hun liefdesspel zowel volgde als mogelijk maakte.

Nu stond iedereen. Ze keek op naar Korum en zag dat hij recht voor zich uit keek. Plotseling stampte hij met zijn voet op de grond, en toen nog een keer. Dat leek een soort signaal te zijn, want de zaal vulde zich met stampende voeten toen alle toeschouwers Korum nadeden. Eerst nog wat onzeker deed ook Mia mee. Ze dacht dat dit de K-variant van klappen was. Korum draaide zijn hoofd naar haar toe en glimlachte goedkeurend.

De spotlight op het podium ging uit en het zaallicht ging aan. Alle zittingen stegen op en zweefden weg, waardoor alleen nog een grote, lege ruimte overbleef.

Er werd andere muziek aangezet. Deze leek meer op wat Mia in Korums huis had gehoord. Het was een mix van een soort synthesizer met jankende ondertonen en een pulserende beat. Krinar-feestmuziek, nam Mia aan. Ze zag hoe iedereen door elkaar liep en er zich kleine groepjes vormden.

'Wat vond je ervan?' vroeg Korum. Hij legde zijn hand op haar schouder en keek haar glimlachend aan.

'Ik vond het prachtig,' zei Mia oprecht, en zijn glimlach werd breder.

'Wil je nog blijven dansen of ben je te moe?' vroeg hij.

'Ik wil graag blijven!' Hoe achterlijk moest ze wel niet zijn om haar eerste Krinar-dansfeest te missen?

'Nou, laten we dansen dan.'

Hij leidde haar een eind weg van het podium, naar een van de hoeken die blijkbaar een dansvloerfunctie hadden. Terwijl ze door de menigte liepen, stapten andere Krinar opzij om hen te laten passeren. Korum knikte een enkeling begroetend toe en stopte hier en daar even om hallo te zeggen en Mia aan een paar K voor te stellen. Iedereen die ze tegenkwamen leek Korum te bejegenen met een mengeling van eerbied en respect, en Mia realiseerde zich opnieuw hoeveel macht haar geliefde had in de K-maatschappij.

Toen ze een van de dansvloeren bereikt hadden, bleef Mia stilstaan en staren. Zo kon zij niet dansen. Onmogelijk.

De atletische souplesse van de dansers was ongelofelijk – en onmenselijk. Ze bewogen niet, nee, hun danspassen vloeiden in elkaar over. Het was spectaculair. Mia vroeg zich af hoe K-sporters of professionele dansers eruitzagen, als zoiets bestond tenminste.

Ze keek op naar Korum en zei met een wrange klank in haar stem: 'Ik denk dat ik maar vanaf de zijkant blijf kijken. Dit is te hoog gegrepen voor mij.'

'Maak je geen zorgen,' zei Korum. Hij glimlachte naar haar. 'Ik zal je leiden.'

Voor ze kon tegenstribbelen trok hij haar de dansvloer op, met zijn handen stevig om haar middel. Mia pakte verschrikt zijn schouders beet en klampte zich aan hem vast terwijl hij haar meevoerde in een serie bewegingen die haar volkomen wezensvreemd was.

Met Korum dansen was een ervaring die nergens mee te vergelijken was. Ze wist niet eens zeker of dit wel dansen genoemd kon worden. Het voelde meer als opgetild en meegesleurd worden door een tornado. Het daaropvolgende uur raakten haar voeten bijna niet meer de vloer terwijl hij haar rondzwierde in een onnavolgbare dans. Ze lachte en hijgde bij een paar extreme bewegingen en kon zich alleen maar stevig vasthouden terwijl de ruimte om haar heen tolde. Uiteindelijk had ze zoveel dorst en zo weinig adem dat Mia hem moest smeken om te stoppen.

'Dat was geweldig!' Ze kon de grijns niet van haar gezicht houden toen ze bij een van de zwevende tafels stonden met een assortiment interessant ogende vloeistoffen erop.

Korum grijnsde naar haar terug. 'Zie je wel dat je kunt dansen.' Hij vulde een ronde beker met een roze vloeistof en gaf die aan haar.

'Ik kan me aan jou vasthouden terwijl je me in de rondte draait,' zei Mia, en ze moest lachen nu ze eraan dacht hoe dat er waarschijnlijk had uitgezien. Ze had het gevoel gehad dat ze vloog, en het was heerlijk geweest. Ze nam de beker van hem aan, nam een slokje en dronk het daarna tot de bodem leeg.

'Lekker,' zei ze. 'Wat is het?' Het smaakte naar sap, maar met een koele, verfrissende nasmaak.

'Een soort fruitcocktail. Dit drinken we vaak bij feesten en andere evenementen.'

'Drinken jullie geen alcohol?'

'Jawel.' Korum wees naar de andere drankjes op de tafel. 'Maar dat is niet geschikt voor jou. Het alcoholpercentage is bedoeld om ons op te peppen, dus jij zou er waarschijnlijk knock-out van gaan. Hou het maar bij deze cocktail, oké?'

Mia deed alsof ze pruilde. Na het clubincident in New York leek Korum erop gebrand te zijn haar alcoholinname tot het minimum te beperken. Ze wilde niet écht een drankje dat sterk genoeg was om een K dronken te krijgen, maar ze vond het wel grappig dat Korum vond dat hij haar moest waarschuwen.

'Kijk me niet zo aan,' zei hij zachtjes. Zijn ogen waren gefixeerd op haar mond. 'Ik krijg er zin van om in die heerlijke onderlip van je te bijten.'

Verrast door de plotselinge verandering in Korums stemming bevochtigde Mia in een reflex haar lippen – en meteen toen ze hem scherp hoorde inademen, besefte ze haar fout.

'Oké, klaar nu,' zei hij zachtjes en een beetje hees. 'We gaan naar huis.'

En voor ze nog iets kon zeggen, duwde hij haar door de menigte heen naar de uitgang.

EENMAAL THUIS TROK HIJ METEEN HAAR KLEREN UIT. Mia stond daar verdwaasd in haar blootje te kijken hoe hij zichzelf ook uitkleedde. Hij was al hard, en in haar buik voelde ze een hitte opwellen bij de hongerige blik in zijn ogen.

'Je maakt me gek, weet je dat?' zei hij met een ruige stem. Hij stapte naar haar toe en tilde haar op zodat ze op de bank kon gaan staan. Op deze manier was ze iets langer dan hij, en ze vond het een leuke nieuwe ervaring om op hem neer te kijken.

'Ik doe helemaal niks,' wierp Mia tegen. Toen kreunde ze omdat hij zijn hete lippen in haar hals duwde en aan het gevoelige plekje daar knabbelde. Rillingen van genot schoten door haar lijf en haar ogen gingen dicht toen hij haar dichter naar zich toe trok, terwijl hij zijn grote handen over haar naakte rug liet glijden. Zijn lippen gingen van haar nek naar haar sleutelbeen en verder naar beneden, totdat zijn tong langzame rondjes trok om haar rechtertepel. Haar binnenste spieren trokken zich samen van het genot.

Hij tilde zijn hoofd op en keek naar haar omhoog met een brandende, amberkleurige blik. 'Je bestaat. Alleen al door adem te halen, zorg je dat ik naar je verlang. Alles aan jou trekt me aan – je smaak, je geur, de blik in je ogen als ik diep in je ben. Er gaat geen dag voorbij of ik wil je aanraken, je in mijn armen houden. Zelfs een paar uur zonder je is al te veel. En nog is het niet genoeg, Mia… Ik wil meer. Ik wil alles.'

Mia's adem stokte in haar keel terwijl ze hem aanstaarde. Zijn intensiteit was bijna beangstigend.

'Je hébt alles,' fluisterde ze. Ze pakte zijn brede schouders beet. 'Ik hou van je. Dat weet je toch…'

'Weet ik dat?' Zijn handen gleden naar beneden over haar rug en pakten haar billen vast. Hij trok haar dichter naar zich toe totdat haar onderlichaam tegen het zijne gedrukt was en de eikel van zijn harde pik tussen haar benen duwde.

'Natuurlijk…' Mia huiverde toen ze hem naar binnen voelde drukken.

'Zeg dat je van mij bent,' beval hij, en ze verwonderde zich over de duistere behoefte die ze op zijn gezicht zag. Zijn wangen waren rood en in zijn ogen schitterde een vreemde emotie.

Mia likte langs haar lippen. Tot nu toe was alleen zijn eikel bij haar binnen, en ze wilde wanhopig graag meer. 'Ik ben van jou,' zei ze zachtjes, en toen kreunde ze het onmiddellijk uit en gooide ze haar hoofd achterover omdat hij haar met één stoot geheel binnendrong.

'Precies,' fluisterde hij wild, 'je bent van mij. Je zult altijd van mij zijn.'

En de daaropvolgende paar uur twijfelde Mia daar geen moment aan.

⁓

'Hoe gaan we naar Florida? En kun je alsjeblieft wat meer mensenkleding voor me maken? Ik denk niet dat ik hier genoeg heb. En schoenen... Misschien moeten we wat van mijn nieuwe kleding uit New York ophalen?'

De volgende morgen stond Mia strak van de zenuwen en ijsbeerde ze door de keuken. Ze was te nerveus geweest om langer in bed te blijven dan tot zeven uur, ook al had ze maar een paar uur geslapen.

'Ik geloof dat ik je niet eens zo zenuwachtig heb gezien toen je me bespioneerde,' zei Korum geamuseerd. Hij sneed een papaja voor haar ontbijtsmoothie. Hij leek weer helemaal zijn normale zelf, blijkbaar was die rare bui van gisteravond voorbij.

Mia ademde diep in en ging op een van de stoelen zitten. 'Nee, maar serieus, ik heb niets om aan te trekken. Ik heb alleen die spijkerbroek en het T-shirt dat ik eerder aanhad...'

'Heb ik je ooit in de steek gelaten op dat vlak?'

Nee, dat had hij niet. Hij zorgde altijd voor alle praktische zaken en alles liep altijd op rolletjes.

'Oké, ik ben zenuwachtig,' gaf Mia toe. Ze bracht haar duim naar haar mond om op de nagel te bijten toen ze zich herinnerde dat ze die rotgewoonte allang had afgeleerd.

'Waarom? Je zou blij moeten zijn. Je gaat je familie zien. Is dat niet wat je wilde?'

'Ze zullen doorhebben dat ik tegen ze heb gelogen,' legde Mia ongeduldig uit, en ze keek Korum aan met een snap-je-dat-nou-niet-blik. 'Ze zullen ook flippen als ze jou ontmoeten...'

Hij zuchtte geïrriteerd. 'Ze gaan niet flippen. We hebben het hier al over gehad. Jij gaat ze eerst over mij vertellen en daarna doe ik mijn best om ze gerust te stellen met betrekking tot jouw welbevinden en veiligheid.'

Mia sprong op. Het lukte haar niet om stil te zitten. 'Weet ik, maar ik zie gewoon niet in hoe ze níét gaan flippen. Ik heb nog nooit een vriendje mee naar huis gebracht en hier kom ik dan ineens met een K. Ze hebben jullie soort niet eens ooit eerder ontmoet, alleen maar op tv gezien.'

'Nou, dat wordt dan een nieuwe ervaring voor ze.'

Korum was volstrekt onmogelijk als het om dit onderwerp ging. Hij vond dat haar ouders maar gewoon moesten wennen aan het feit dat hun dochter nu zijn charl was. Mia had de afgelopen tijd een paar keer geopperd dat ze in haar eentje naar Florida kon gaan, maar dat idee schoot hij meteen af. Veel te gevaarlijk, zei hij, en trouwens, hij kon haar niet een week lang missen. Toen Mia had gezegd dat ze elkaar alsnog elke avond konden zien omdat zijn supersnelle vliegtuig binnen een paar minuten de hele wereld over kon reizen, bracht hij ertegenin dat het alsnog niet veilig was. Niet alle Verzetsstrijders waren al gevangengenomen en daarom was het niet veilig voor haar om in haar eentje buiten Lenkarda te reizen.

Mia zuchtte gefrustreerd. 'Oké, goed dan. Dus we gaan erheen met hetzelfde vaartuig dat ons hier in Costa Rica heeft gebracht?' Korum knikte en ze ging verder: 'En waar ben je van plan te gaan landen? In de achtertuin van mijn ouders?'

Hij lachte. 'Nee, liefje. Daar zouden ze misschien wat al te veel van schrikken, en het zou ook een hoop aandacht trekken van omwonenden. We gaan landen op een speciaal deel van het vliegveld van Daytona Beach en daar zal ik een auto voor ons maken waarmee we naar het huis van je ouders rijden. Je aankomst zal heel menselijk en simpel zijn.'

'En dan? Blijf jij in de auto wachten terwijl ik het hele verhaal aan ze uitleg?'

'Ik breng jou erheen en ga zelf een stukje rijden in de omgeving. Je kunt mij bellen als je er klaar voor bent dat ik kom. Drink nu maar gewoon je smoothie en stop met stressen. Het komt goed,' zei Korum sussend en hij gaf haar de smoothie.

'Dank je,' zei Mia na een paar slokken van de smaakvolle smoothie. Ze begon zich ietwat beter te voelen. Misschien maakte ze zich inderdaad te veel zorgen. 'Wanneer gaan we vertrekken?'

Hij haalde zijn schouders op. 'Zodra je er klaar voor bent. We kunnen nu gaan als je wilt.'

'Nu meteen?' Haar zenuwen waren op volle kracht terug.

Korum keek geërgerd. 'Zodra je er klaar voor bent, zei ik. Drink je smoothie op, doe wat je moet doen, en dan gaan we.'

'Moet ik me niet ook aankleden?' vroeg Mia en ze keek hem nerveus aan. Ze had op dit moment alleen een badjas en sloffen aan.

'Ja, dat lijkt me een goed idee. In de kast hangt een outfit die ik speciaal voor vandaag voor je heb gemaakt,' zei Korum geduldig. 'Kom nu uit die paniekmodus en maak je klaar. Je familie wacht op je.'

BIJNA TRILLEND VAN DE ZENUWEN SPRINTTE MIA NAAR DE SLAAPKAMER EN ZE DEED DE KAST OPEN. Korum had een mooie, blauwe zomerjurk voor haar gemaakt en een zilverkleurig paar slippers. Er zaten geen merkjes aan de jurk of de schoenen. Hij had ze speciaal voor haar gemaakt. En ze waren perfect. De jurk had een diep uitgesneden hals zoals in alle modebladen te zien was en de slippers hadden precies genoeg glitter om 'casual glamorous' te zijn, of hoe de bladen die look ook noemden. Hij had ook ondergoed voor haar gemaakt: een sexy hipster en een bijpassende strapless beha. Korum had overal aan gedacht.

Ze trok haar nieuwe mensenkleding aan en bekeek zichzelf kritisch in de spiegel. Ze vroeg zich af hoe haar ouders haar zouden zien. Naar haar eigen niet geheel bescheiden mening zag ze er ongebruikelijk goed uit. Haar huid was gaaf en vrij van imperfecties – zelfs haar sproeten waren verdwenen, ondanks de brandende zon – en haar donkerbruine krullen waren zacht en glanzend. De kleur van haar jurk zorgde ervoor dat haar ogen beter uitkwamen, ze leken dieper blauw. Over het geheel genomen zag ze er precies zo uit als ze zich voelde: gezond en gelukkig. Hopelijk zou dat haar ouders geruststellen.

Ze liep de slaapkamer uit en vond Korum in zijn kantoor. Hij was bezig met een design. Ook hij had zich omgekleed: hij droeg nu een spijkerbroek en een witte polo die zijn krachtig gespierde lichaam perfect omspande. Aan zijn voeten droeg hij bruine mocassins die er zowel casual als stijlvol uitzagen.

'Ik ben er klaar voor,' zei Mia dapper, ook al voelde het alsof ze op weg was naar de guillotine in plaats van naar haar lieve ouders.

Toen hij haar zag, glimlachte Korum langzaam en er verschenen gouden vlekjes in zijn expressieve ogen. 'Kom eens hier,' zei hij zachtjes, en hij trok haar op schoot voor ze de kans kreeg om tegen te stribbelen.

Hij boog zich naar haar toe en zoende haar uitgebreid. Zijn tong ging haar mond in en zijn hand gleed onder haar jurk en drukte tegen haar bedekte kutje. Haar lichaam reageerde door meteen weer opgewonden te raken; haar tepels werden hard en ze werd vochtig om zich op hem voor te bereiden.

Ze haalde adem en kreunde: 'Wat doe je?' Zijn snode vingers zaten nu in haar broekje en ze voelde dat hij de omtrek van haar clitoris streelde. Ze kon niet stilzitten; ze wriemelde op zijn schoot terwijl ze de spanning voelde opbouwen. Ze kon niet geloven dat hij dit nu deed, zo kort na de seksmarathon van gisteravond.

'Ik zorg dat je wat minder gestrest bij je ouders aankomt,' mompelde hij, en ze hoorde het geluid van een rits die openging. Voor ze nog iets anders kon zeggen, trok hij haar ondergoed naar beneden en hij liet het om haar enkels bungelen. Toen trok hij de onderkant van haar jurk omhoog. Haar naakte onderlijf zat nu op zijn schoot en zijn harde pik drukte tegen haar billen.

'Korum, alsjeblieft... Ik weet niet of dit wel een goed idee is... Oeh!' bracht ze uit toen hij plotseling bij haar binnenkwam, zichzelf zonder terughoudendheid in haar stootte. Omdat haar voeten bij elkaar werden gehouden door haar slipje, kon ze haar benen niet verder spreiden om hem wat meer ruimte te geven. Hij voelde enorm in haar, zijn pik als een enorme fakkel die haar van binnenuit verschroeide.

'Sst,' fluisterde hij. Zijn vingers gingen weer naar haar clitoris. 'Ontspan gewoon. Goed zo...'

Mia kermde. Ze voelde zich zowel oncomfortabel opgevuld en ondraaglijk opgewonden terwijl hij in haar begon te bewegen. Zijn eikel drukte zachtjes tegen haar G-plek. Tegelijkertijd wreef hij met een gelijkmatige druk over haar clitoris.

Zonder vooraankondiging schoot er ineens een hevig orgasme door haar lichaam. Mia kreunde het uit en haar spieren klemden zich om de grote indringer heen aan. Ook Korum kreunde en zijn pik schokte in haar om zijn zaad in warme scheuten los te laten toen het ritmische knijpen van haar vagina hem over het randje hielp.

Als een lappenpop viel Mia tegen hem aan. Haar hele lichaam trilde nog steeds van de naschokken en ze hoorde zijn ademhaling langzaam weer normaliseren.

Ongeveer een minuut later stond hij op en zette haar neer. Hij gaf haar een tissue om de sporen van hun liefdesspel weg te vegen. 'Gaat het nu wat beter?' vroeg hij glimlachend.

Mia voelde zich inderdaad minder gespannen, maar nu maakte ze zich zorgen dat ze bij haar ouders zou aankomen met het uiterlijk en de geur van een nymfomane. Ze keek hem bestraffend aan terwijl ze zijn sperma van haar bovenbenen veegde. 'Nu moet ik douchen...'

'Goed.' Korum grijnsde. 'We springen snel onder de douche en dan gaan we. Vijf minuten lijkt me genoeg.' Hij tilde haar op en nam haar met onmenselijke snelheid mee naar de badkamer.

ZOALS HIJ HAD GEZEGD, waren ze binnen een paar minuten klaar en gingen ze weg. Het vliegtuigje waarmee Mia naar Costa Rica was gekomen stond al klaar naast het huis. Korum had de open plek naast zijn huis zo te zien iets groter gemaakt zodat het vaartuig daar kon staan en ze niet een paar minuten hoefden te lopen naar de plek waar ze twee weken geleden waren geland.

Ze ging naar binnen door een verdwijnende wand en keek naar de semi-transparante ivoorkleurige wanden en zwevende stoelen die ze nu al zo goed kende. Het schip zag er niet zo geavanceerd uit als het was, want er waren nergens elektronica of bedieningspanelen. Maar ze wist dat dit vaartuig hen binnen een paar minuten duizenden kilometers kon vervoeren zonder dat ze last zouden hebben van de snelheid.

Mia ging op een van de stoelen zitten en zuchtte toen ze die de vorm van haar lichaam voelde aannemen. Dit was een van de dingen die ze in Florida het meest zou missen: alle intelligente technologie die puur en alleen ontworpen leek te zijn om hun levens makkelijker en comfortabeler te maken. Ze nam zich voor om Korum te vragen zijn huis terug te veranderen naar hoe het was voor hij het had 'vermenselijkt' omwille van haar. Nu ze grotendeels gewend was aan de Krinar-technologie, was ze benieuwd hoe zijn huis er normaal gesproken uitzag.

En toen waren ze onderweg. Het vaartuig maakte geruisloos hoogte en bracht hen naar Florida, waar Mia's ouders nog altijd niets wisten van de verrassing die hun dochter voor hen in petto had.

De Krinar keek toe terwijl het schip opsteeg.

Ze waren weg. Zíj was weg.

Haar gisteravond met zijn vijand zien dansen was bijna ondraaglijk geweest. Híj wilde degene zijn die haar lichte lichaam tegen zich aan drukte, die haar mee naar huis nam. Hij had de uren daarna alleen maar gedacht aan hoe ze in Korums bed lag en een stille woede had zich in zijn maag genesteld. Misschien was het maar beter dat ze wegging. Dan zou hij de komende week niet zo afgeleid worden.

Ze had er gelukkig uitgezien, ze lachte toen Korum haar rondzwierde. Domme meid. Als ze nou eens wist hoe het echt zat.

Ze zou hem steunen als hij alles aan haar had uitgelegd. Ze zou hem begrijpen, dat wist hij zeker.

Ze zou willen dat de aarde werd gered.

HOOFDSTUK VIJFTIEN

'Kun je me hier alsjeblieft afzetten?' vroeg Mia aan Korum toen ze de straat van haar ouders binnenreden. 'Als je hun oprit gebruikt, zien ze misschien de auto.'

'Geen probleem,' zei hij, en hij liet de onbestaanbaar dure Ferrari Spider cabriolet een paar huizen van Mia's ouderlijk huis tot stilstand komen.

Waarom Korum ervoor had gekozen deze specifieke auto te maken, wist Mia niet. Ze herinnerde zich vagelijk dat Jessies broer er een paar maanden geleden niet over uitgepraat raakte – het model kostte kennelijk meer dan drie gemiddelde huizen bij elkaar opgeteld. Toen Mia had gezegd dat ze in een Toyota ook prima dit stukje konden rijden, had haar geliefde simpelweg zijn wenkbrauwen opgetrokken. 'Dit is een van de mooiste auto's die er zijn,' zei hij, 'en ik wil graag genieten van de ervaring van het rijden in een menselijk voertuig. Daarbij is dit het enige autoontwerp dat ik heb bewerkt zodat het is na te maken met behulp van onze nanotechnologie.'

En dat was dat. De kleine sportwagen had met meer dan honderdzestig kilometer per uur over de I-95 gezoefd, zodat ze in recordtijd in Ormond Beach waren. Het leek erop dat een van de voordelen van het reizen met een K was dat ze zich geen zorgen hoefden te maken over snelheidsbekeuringen. Elke politieagent die zo onfortuinlijk was om hen staande te houden, zou meteen op zijn schreden terugkeren zodra hij zag wie er achter het stuur zat.

'Goed, bel me maar als je wilt dat ik kom. En maak je geen zorgen,' zei Korum. Hij boog zich over haar heen om het portier voor haar open te maken en gaf een vlugge kus op haar lippen.

'Oké, goed.'

Mia stapte uit de auto en deed het portier dicht. Ze keek hoe hij wegreed. Toen ademde ze diep in en liep ze naar het huis van haar ouders.

De straat waar Mia was opgegroeid lag in een iets ouder deel van de stad. Het merendeel van de huizen hier was gebouwd in de jaren tachtig en negentig, voor de grote bouwspurt van de nieuwe eeuw. Sommige daken zagen er wat gedateerd uit en er waren er maar een paar met zonnepanelen, zoals je tegenwoordig veel meer zag. Over het algemeen hadden de huizen niet die luxueuze, nieuwe uitstraling die je zag in duurdere wijken in de buurt. Aan de andere kant was de omgeving veel mooier, want er stonden grote bomen die voor schaduw zorgden en de energierekening door airco verminderden.

Mia liep door de straat en ging op in de sfeer van deze plek die ze zo goed kende. Elk huis, elk bosje bracht een jeugdherinnering omhoog. Daar was het huis van haar vriendin Lauren, waar ze in warme zomers zo vaak in het zwembad had gelegen. En daar stonden de grote eiken waarin ze klommen, onvoorzichtig zoals alleen kinderen dat konden. Lauren was uiteindelijk gaan studeren in Michigan en Mia zag haar dezer dagen nog maar weinig, hoewel ze nog wel eens in de paar maanden belden of skypeten.

Zoals zoveel mensen waren Mia's ouders naar Florida verhuisd vanuit Brooklyn. Ze waren aangetrokken door het mooie weer en de betaalbare huizen. Van die beslissing hadden ze geen spijt gekregen. Ze hadden zich al snel aangepast aan het langzamere tempo van het leven hier. Marisa was destijds drie jaar oud geweest en in New York had het jonge ouderpaar niets groters kunnen betalen dan een studiootje. Daarom hadden ze hun plan gewijzigd en twee jaar lang zuinig geleefd zodat ze konden sparen – al die tijd waren ze niet uit eten gegaan, had haar moeder haar trots verteld – en uiteindelijk een aanbetaling konden doen voor een mooi huis met vier slaapkamers in een middenklassewijk in Ormond Beach.

Zodra ze het huis zag, aarzelde Mia even. Ze probeerde haar zenuwen onder controle te krijgen.

Omdat ze niet nog meer leugens wilde vertellen, had ze haar ouders niet gebeld om te melden hoe laat ze zou aankomen. Het leek haar makkelijker om gewoon te verschijnen en dan het hele verhaal te vertellen. Ze checkte haar telefoon en zag dat het nog maar negen uur 's morgens was. Dan waren haar ouders waarschijnlijk wel thuis.

Ze hief haar hand omhoog en drukte op de deurbel. Onmiddellijk werd de stilte doorbroken door een luid blaffende hond. Dat was Mocha, de chihuahua van haar ouders, die haar plicht deed door het bezoek aan te kondigen. Haar ouders hadden de hond genomen toen Mia ging studeren – om haar te vervangen, grapte haar vader altijd.

Twintig seconden later deed haar moeder de deur open. 'O mijn god, Mia!'

Voordat Mia iets kon zeggen, werd ze in een warme en vertrouwde omhelzing getrokken. Zoals altijd rook Ella Stalis naar citroenen en een Chanel-parfum.

Grijnzend beantwoordde Mia de knuffel voordat ze zich eruit losmaakte. 'Hoi, mama. Verrassing!'

'O liefje, we hadden geen idee dat je zo vroeg zou zijn! Waarom heb je ons niet gebeld? En waar is je auto?' Haar moeder keek over Mia's schouder en zag de lege oprit. 'En al je bagage?'

'Lang verhaal, mama. Is papa thuis? Ik moet jullie iets vertellen.'

Meteen verscheen er een bezorgde uitdrukking op haar moeders zachte, ronde gezicht. 'Mia, schatje, gaat het wel goed met je? Wat is er gebeurd? Kom gauw binnen...'

'Er is niets gebeurd, mama,' verzekerde Mia haar. Ze stapte de gang binnen die leidde naar de ruime woonkamer. Mocha rende alweer weg. De hond van haar ouders voelde zich niet op haar gemak bij vreemden en ze bleef Mia als zodanig beschouwen, ook al had ze haar al tientallen keren gezien. 'Alles is in orde. Ik heb jullie alleen iets interessants te vertellen. Is papa er?'

'Hij is in zijn kantoor,' zei haar moeder. Ze riep: 'Dan! Kom eens kijken wie hier is!'

Daniel Stalis kwam de woonkamer binnen, gekleed in een pyjamabroek en badjas. Bij het zien van Mia klaarde zijn gezicht op. 'Mia, liefje! Wat doe je hier zo vroeg al? Wanneer ben je geland?'

Mia stapte glimlachend op hem af en gaf hem een dikke knuffel. Ze snoof de vertrouwde geur van aftershave en tandpasta op. 'Hoi, papa. O, ik heb jullie zo gemist!'

Haar vader grinnikte en knuffelde haar terug. 'Ik vergeet altijd weer hoe klein je bent als ik je een tijd niet heb gezien. Serieus, liefje, je zou meer moeten eten.'

'Ik eet als een bootwerker, dat weet je best,' zei Mia grijnzend.

'Mia wil ons iets vertellen,' zei haar moeder, en Mia hoorde de bezorgdheid in haar stem.

Haar vader fronste. 'Gaat het goed? Heeft het iets te maken met die docent?'

'Ja en nee.' Mia wist niet zo goed waar ze moest beginnen. 'Zullen we even gaan zitten met een kopje thee? Het is nogal een lang verhaal.'

Haar moeder knikte langzaam. 'Natuurlijk. Ik zal meteen theezetten. Heb je ook honger? Heb je ontbeten? Ik kan aardappelpannenkoekjes maken...'

'Ik heb al gegeten, mama, dank je wel. Maar ik wil ze later graag.' Ze ging aan tafel zitten en wrong haar handen zenuwachtig in elkaar terwijl haar moeder water opzette. Haar vader ging ook zitten en hij keek in stilte naar zijn dochter terwijl de thee werd klaargemaakt. Zodra het water aan de kook was, stond Mia op om haar moeder te helpen de kopjes naar de tafel te brengen. Uiteindelijk zaten ze alle drie aan tafel met een kop hete groene thee voor hun neus.

'Goed, liefje. Vertel het nu maar,' zei haar moeder, die zich zichtbaar voorbereidde op het ergste.

'Oké,' zei Mia langzaam. 'Ik heb niet de volledige waarheid verteld over wat er de afgelopen weken in mijn leven is gebeurd. Er was geen docent, en ik ben niet in New York gebleven voor een vrijwilligersproject...'

Bij het zien van de verbaasde gezichten van haar ouders stoomde Mia door. 'De waarheid is dat ik iemand heb ontmoet...'

'Zie je nou wel, Ella! Ik zei toch dat Mia zich vreemd gedroeg.' Heel even keek haar vader zelfingenomen, maar haar moeder bleef haar bezorgd aanstaren.

Mia ademde diep in en ging verder. 'De reden

waarom ik jullie het nog niet heb verteld, is omdat het niet iemand is bij wie jullie meteen een goed gevoel zouden hebben, en ik wilde niet dat jullie je zorgen zouden maken...'

'Wie is het, Mia?' vroeg haar moeder streng. 'Een drugsdealer? Heeft hij een strafblad?'

'Nee, niets van dat alles!' Hoewel het misschien voor haar ouders nog makkelijker te accepteren zou zijn geweest als het zoiets was. 'Korum is een K.'

Heel even heerste er een doodse stilte aan tafel. Haar ouders zagen er vreselijk geschrokken uit, met stomheid geslagen.

Haar vader schraapte zijn keel. 'Een K? Als in: een alien?'

Mia knikte en nam een slokje van haar thee. 'Ik heb hem een paar weken geleden ontmoet in een park in Manhattan. Sindsdien zien we elkaar.'

Haar moeders kin trilde. 'Hoe bedoel je: zien we elkaar? Hoe zien jullie elkaar?'

'Ella, doe niet zo dwaas,' zei haar vader op verrassend kalme toon. 'Mia probeert ons duidelijk te maken dat ze een vriend heeft die een K is. Toch?'

Haar vader was heel goed in stresssituaties. 'Precies,' zei Mia. Er vormde zich een knoop in haar maag omdat haar moeders gezicht vertrok en er dikke tranen over haar wangen rolden. Ze voelde zich de slechtste dochter ter wereld en ze probeerde haar gerust te stellen. 'Zoals je kunt zien, gaat het heel goed met me. Ik weet hoe ze worden afgeschilderd in de media, maar de realiteit is heel anders. Hij is echt heel zorgzaam en hij maakt me gelukkig...'

'Zorgzaam? Hoe kan zo'n monster zorgzaam zijn? Mia, ze zeggen dat ze bloed drinken!' Haar moeder had het niet meer. Haar anders zo bleke gezicht werd rood en vlekkerig.

'Drinken ze bloed?' vroeg haar vader met een mild geïnteresseerde blik in zijn ogen.

'Alleen voor hun plezier en in kleine hoeveelheden,' zei Mia eerlijk. 'Het is gewoon iets wat ze prettig vinden, ze hebben het niet meer nodig zoals vroeger.'

Haar moeder begroef haar gezicht in haar handen. 'O mijn god, ik word misselijk.'

'Ella, hou op,' zei haar vader. Zijn stem kon onkarakteristiek ferm. 'Deze reactie is precies waar Mia bang voor was en de reden waarom ze het ons niet eerder heeft verteld.'

Mia glimlachte en de knoop in haar maag werd wat losser. 'Dank je wel, papa. Kijk, ik weet hoe dit allemaal klinkt, maar geloof me als ik zeg dat hij me heel goed behandelt en me heel gelukkig maakt...'

'Is hij de reden waarom je niet eerder naar huis kon komen?' vroeg haar vader, en haar moeder hief haar hoofd op om naar Mia te kijken met ogen waarin nog steeds de tranen glinsterden.

'Ja. We zijn naar Costa Rica gegaan zodra mijn tentamens achter de rug waren,' zei Mia. 'Ik heb daar een stageplaats gevonden in een laboratorium voor neurowetenschap en ik werk aan heel interessante projecten...'

'In Costa Rica?' Haar vader keek een moment alsof hij dat niet begreep en toen werden zijn ogen groot. 'Het K-Center in Costa Rica?'

Mia wierp hem een enorme grijns toe. 'Ja. Korum heeft daar een stage voor me geregeld. Ik werk samen met een van hun meest vooraanstaande breinexperts en je kunt je niet eens voorstellen hoeveel ik leer...'

'Je werkt in een K-Center in Costa Rica?' Haar moeder zag er totaal gevloerd uit. 'Met K?'

'Ik weet het, ik kan het zelf ook bijna niet geloven,' zei Mia met een grijns. 'En ik spreek nu zoveel talen...'

'Wat? Hoe bedoel je?' Haar vader wreef over zijn slapen. 'Welke talen?'

'Alle talen,' zei Mia in het Pools omdat ze wist dat hij haar zou verstaan. 'Alle menselijke talen én Krinar. Ik heb een vertaalapparaat van Korum gekregen.' Het leek haar beter om niet te vertellen over het hersenimplantaat.

Haar vaders mond viel open. 'Je spreekt accentloos Pools! Mia, hoe kan dit?'

'Krinar-technologie,' legde ze met een glimlach uit. 'Je kunt je niet voorstellen wat ze allemaal kunnen...'

'Maar Mia, hij is geen méns.' Haar moeder leek nog steeds in shock te verkeren. 'Hoe kun je dan...'

'Ze lijken in veel opzichten heel erg op mensen. Je weet toch wel dat ze ons naar hun evenbeeld hebben gecreëerd?'

Haar moeder schudde haar hoofd. Ze kon haar oren niet geloven. 'En dat maakt het in orde? Hoe heb je het überhaupt met hem aangelegd? Je hebt hem ontmoet in het park en toen… gingen jullie op een date?'

Mia aarzelde even. 'Ja, zo ongeveer. Hij heeft me bloemen gestuurd en we gingen naar een goed restaurant. Sindsdien hebben we iets met elkaar.'

'Zomaar ineens?' Haar moeder klonk ongelovig. 'Je ontmoet een van deze wezens in een park en je besluit met hem op een date te gaan? Wat dacht je wel niet?'

Ze dacht dat ze niet dood wilde gaan of ontvoerd wilde worden. Maar dat hoefden haar ouders niet te weten. 'Hij ziet er heel goed uit,' zei ze. 'Het was de eerste keer in mijn leven dat ik me zo sterk tot iemand aangetrokken voelde.'

'Dus je hebt het feit dat hij geen mens is volslagen genegeerd? Mia, dat klinkt helemaal niet als hoe jij bent…' Haar moeder keek haar aan alsof er een tweede hoofd uit Mia's nek was gegroeid.

'Hoe ben je hierheen gekomen vanuit Costa Rica?' vroeg haar vader zachtjes. Hij keek haar aan met een onleesbare gezichtsuitdrukking. Zoals gewoonlijk was hij de enige die onder lastige omstandigheden logisch bleef nadenken.

Mia keek hem aan. 'Korum heeft me hierheen gebracht. We zijn met een van hun vaartuigen naar Daytona gevlogen en daarna heeft hij me hierheen gereden zodat ik met jullie kon praten.'

'Hoelang blijf je?'

'Wat bedoel je, Dan? De rest van de zomer, toch?' vroeg haar moeder paniekerig.

Mia schudde haar hoofd. 'Ik blijf een week, mama. Helaas kon ik niet langer vrij krijgen van het lab...'

Haar moeder barstte in tranen uit. 'O mijn god, we zien je voor het laatst...'

'Wat? Nee! Natuurlijk niet! Ik moet gewoon mijn stage afronden, dat is alles. Ik kom hier heel snel weer naartoe en je kunt me in New York opzoeken na de zomer...'

'Waar is hij nu?' vroeg haar vader koeltjes. 'Als hij je hierheen heeft gebracht, waar is hij dan nu?'

Mia ademde diep in. 'Ik moet hem bellen. Ik wilde eerst zelf met jullie kunnen praten en het een en ander uitleggen voordat jullie hem zouden ontmoeten. Maar hij wil graag met jullie kennismaken en jullie laten weten dat alles goed gaat en dat ik in goede handen ben bij hem.'

'Gaan we een K ontmoeten?' Haar moeder leek stupéfait door deze ontwikkelingen.

'Ja,' zei Mia. 'En je zult zien dat je niet bang voor hem hoeft te zijn.' Ze duimde dat Korum zich van zijn beste kant zou laten zien.

'Goed, Mia,' zei haar vader. 'Bel hem dan maar. We kijken ernaar uit om die K van je te ontmoeten.'

EEN HALFUUR LATER GING DE DEURBEL.

Mia had in de tussentijd wat meer uitgelegd over Korum en hun relatie, waarbij ze alleen de fijne kanten ervan benoemde. Ze vertelde hun dat hij voor haar zorgde en dat hij graag kookte (hierbij klaarde haar moeders gezicht ietsje op), dat hij een genie was en dat hij een eigen bedrijf had, en ze vertelde over de geweldige kans die hij haar had gegeven door de stage voor haar te regelen. Zodoende was Mia er vrij zeker van dat haar ouders gekalmeerd waren en zich enigszins netjes zouden gedragen zodra hij aankwam. Toch kon ze haar zenuwen niet onderdrukken toen ze de deur opendeed en haar geliefde daar zag staan, te mooi om menselijk te zijn.

'Hallo,' zei hij zachtjes. Hij boog voorover en drukte een kusje op Mia's voorhoofd.

'Hoi. Kom binnen.' Mia pakte zijn hand en leidde hem het huis binnen. Ze bleef even staan halverwege de gang, keek hem smekend aan en gaf een kneepje in zijn hand. Ze hoopte maar dat hij de boodschap begreep.

Korum glimlachte en fluisterde: 'Vertrouw me maar.'

Ze had geen andere keus. Terwijl ze zich voorbereidde op het ergste, liet ze Korum de woonkamer binnen.

Bij hun binnenkomst stonden haar ouders op van de bank. Ze staarden simpelweg naar hem. Mia kon hun dat niet kwalijk nemen, want Korum was oogverblindend mooi. Hij droeg een witte polo en een blauwe spijkerbroek en zag eruit als het summum van casual elegantie. Met zijn glanzend zwarte haar en gouden huid leek hij op een model of filmster, hoewel geen mens ogen had in die opmerkelijke amberkleur – en geen mens zich bewoog met zoveel gratie. Zelfs stilstaand had hij een onmiskenbaar krachtig aura. Zijn aanwezigheid vulde de hele kamer.

Hij zette een stap naar haar ouders toe en glimlachte breeduit, zodat het kuiltje in zijn linkerwang tevoorschijn kwam. 'Jullie zijn zeker Ella en Dan. Het is me een genoegen jullie te ontmoeten. Mia heeft me zoveel verteld over haar familie.'

Mia merkte op dat hij hun niet zijn hand aanbood en ook geen andere begroeting deed. Dat was waarschijnlijk de beste keuze. Haar ouders vonden het al zo spannend dat er een K in hun huis was.

Haar vader knikte beleefd. 'Grappig, want wij hebben pas vandaag over jou gehoord.'

'Dan!' fluisterde haar moeder bestraffend. Ze was duidelijk bang voor de reactie van hun buitenaardse gast. Het leek erop dat ze haar ogen niet van Korum af kon houden. Ze staarde hem aan met een verdwaasde blik in haar ogen. Mia begreep precies hoe ze zich voelde.

Korum leek er geen aanstoot aan te nemen. Hij glimlachte warm naar haar vader. 'Ja,' zei hij zachtjes. 'Ik begrijp dat dit schrikken is voor jullie. Ik weet hoeveel jullie om je dochter geven en hoeveel zorgen jullie je om haar maken. Daarom wil ik jullie graag geruststellen waar het gaat om onze relatie.'

Mia's moeder herinnerde zich eindelijk haar gastvrije manieren. 'Kan ik jullie iets te eten of drinken aanbieden?' vroeg ze onzeker. Ze staarde nog steeds naar Korum alsof ze niet zeker wist of ze gillend moest wegrennen of hem aanraken.

'Graag,' zei hij losjes. 'Thee en fruit zou ik heerlijk vinden, vooral als jullie meedoen.'

Mia knipperde verbaasd met haar ogen. Ze wist niet dat Korum thee dronk. En toen bedacht ze hoe uitgebreid zijn kennis over haar familie vermoedelijk was: hij had meteen hetgeen genoemd waarbij haar moeder zich altijd op haar gemak voelde, namelijk haar dagelijkse theeritueel.

'Natuurlijk.' Haar moeder leek opgelucht dat ze iets te doen had. 'Neem plaats in de eetkamer, dan haal ik thee. We hebben heel lekkere sinaasappels hier uit de buurt... Je eet wel sinaasappels, toch?'

Korum wierp haar een grijns toe. 'Zeker. Ik ben gek op sinaasappels, vooral die uit Florida.'

Ella Stalis glimlachte voorzichtig. 'Dat is mooi. We hebben heel lekkere deze week, ze zijn sappig en zoet. Ik zal ze halen.' Een beetje blozend haastte ze zich weg. Ze zag er ontzettend nerveus uit.

Mia rolde in gedachten met haar ogen. Blijkbaar waren zelfs oudere vrouwen niet immuun voor zijn charme.

'De eetkamer is deze kant op,' zei haar vader. Hij leek er niet helemaal mee op zijn gemak te zijn dat hij alleen was achtergebleven met Mia en haar K.

Mia liep naar Korum toe en pakte zijn hand vast, vastberaden om aan haar vader te laten zien dat hij zich nergens zorgen over hoefde te maken. Glimlachend nam ze hem mee naar de eettafel.

Alle drie gingen ze zitten.

Op dat moment maakte Mocha kwispelend haar entree. Tot Mia's enorme verbazing liep ze rechtstreeks naar Korum toe en snuffelde ze aan zijn benen. Hij glimlachte en bukte zich om het hondje te aaien, dat leek te genieten van zijn aandacht. Mia keek er ongelovig naar – dit dier was normaal gesproken heel terughoudend tegenover vreemden.

Na een minuutje ging Korum weer rechtop zitten en richtte hij zijn aandacht weer op zijn menselijke gezelschap.

'Mia heeft ons verteld dat ze stage loopt in jullie nederzetting,' zei Dan Stalis. Hij keek Korum daarbij aan alsof hij een nieuwe, exotische soort bestudeerde – wat ook eigenlijk het geval was. 'Hoe gaat dat precies in zijn werk? Ik neem aan dat ze veel van jullie wetenschap niet begrijpt en niet veel weet van jullie technologie...'

'Integendeel,' zei Korum. 'Mia leert heel snel. Ze heeft in een paar weken tijd enorm veel vooruitgang geboekt. Saret, haar baas bij het laboratorium, heeft me laten weten dat ze nu al van veel nut is.'

Mia glimlachte. Ze werd rood van zijn complimenten. 'Zoals ik al zei, papa, is Saret een van hun meest vooraanstaande breinexperts. Hij houdt zich bezig met de nieuwste inzichten in de Krinar-neurowetenschap en -psychologie. En ik mag met hem werken. Hoe vind je dat?'

Haar vader wreef weer over zijn slapen en Mia zag hem een beetje ineenkrimpen. 'Ik vind daar geloof ik niet zoveel van, om eerlijk te zijn. Het hele gebeuren is nogal veel voor me. Vergeef het ons dat we op dit moment niet uitzinnig zijn van vreugde…'

'Begrijpelijk,' zei Korum vriendelijk. 'Dat zou ik ook niet zijn als het om mijn dochter ging.'

'Heb je kinderen?' vroeg Dan onomwonden.

'Nee.'

'Waarom niet?'

'Pap!' Mia schaamde zich dood dat hij al die vragen stelde.

Korum haalde zijn schouders op. Hij vond het blijkbaar niet erg. 'Omdat ik geen partner heb en omdat ik niet in mijn eentje een kind wil opvoeden.'

Haar vader kneep zijn ogen tot spleetjes. 'Hoe oud ben je?'

'In de aardse telling ben ik tweeduizend jaar oud.'

Haar vaders gezichtsuitdrukking was onbetaalbaar. 'T-tweeduizend?'

Op dat moment kwam haar moeder binnen met een schaal sinaasappelen en een dienblad met thee.

Mia stond op en haastte zich naar haar toe. 'Ik help je even,' zei ze, en ze nam de schaal van haar over.

'Dank je, liefje,' zei haar moeder. Mia ademde opgelucht uit dat in elk geval een van haar ouders weer een beetje zichzelf leek.

Terwijl ze de kopjes met thee over de tafel verdeelde, vroeg Ella aan Korum: 'Wil je melk of suiker? We hebben kokosmelk, amandelmelk, sojamelk…'

'Nee, dank je,' zei Korum beleefd en met een

prachtige lach. 'Ik drink mijn thee het liefst zonder iets erin.'

'Wij ook,' zei haar moeder, alweer blozend. Mia kon nog maar net een grinnik onderdrukken. Haar moeder leek een klein oogje te hebben op haar geliefde.

'Ella,' zei Mia's vader langzaam, 'Korum is kennelijk veel ouder dan we dachten...'

'O?' vroeg haar moeder. Ze ging zitten en pakte een sinaasappel. Terwijl ze behendig de schil eraf haalde, keek ze haar man vragend aan.

'Hij is tweeduizend jaar...' Haar vader leek dat bizar te vinden.

'Wat?' De sinaasappel viel met een zachte plof op tafel.

'Mama, je wist toch wel dat de K heel oud worden,' zei Mia. Ze begon hun reacties een beetje irritant te vinden. 'We hebben een paar jaar geleden samen naar dat programma gekeken, weet je nog? Een documentaire over de invasie.'

'Ik weet het nog,' zei haar moeder, maar ze keek alsnog alsof ze een klap van de molen had gekregen. 'Ik had alleen niet begrepen dat het ging om duizenden jaren...'

'Hoe gaat dat precies in zijn werk als je een relatie hebt met een mens?' vroeg haar vader, die weer geen blad voor de mond nam. 'Mia kan onmogelijk zo lang leven...'

'Dat is tussen mij en je dochter, Dan,' zei Korum vriendelijk, maar met een staalharde ondertoon die waarschuwde om dat onderwerp niet verder te benoemen. 'Daar komen we op z'n tijd wel uit.' Hij pakte een sinaasappel en schilde die kalm. Zijn vingers gingen sneller en efficiënter te werk dan die van haar moeder zojuist.

'Trouwens,' voegde hij eraan toe en hij nam een hap, 'Mia zei dat je vaak last hebt van hoofdpijn, en het valt me nu op dat je over je slapen wrijft. Heb je er op dit moment last van?'

Haar vader knikte, van zijn stuk gebracht.

Daarop haalde Korum een kleine capsule uit de zak van zijn spijkerbroek. Hij gaf die aan Mia's vader en zei: 'Dit zal het probleem denk ik verhelpen. Een van onze experts op het gebied van de menselijke biologie heeft het ontwikkeld speciaal voor hoofdpijn zoals jij die ervaart.'

'Wat is het? Een pijnstiller?' Haar vader bestudeerde de capsule met overduidelijk wantrouwen.

'Ja, dat effect heeft het meteen. Maar het zou ook toekomstige aanvallen moeten voorkomen.'

'Een geneesmiddel voor migraine?' vroeg haar moeder met hoop in haar ogen.

'Precies,' zei Korum, en Ella Stalis' ogen straalden van blijdschap.

Haar vader fronste. 'Zijn er bijwerkingen? Hoe kan ik weten of dit veilig is?'

'Hun medicijnen zijn briljant, papa,' zei Mia oprecht. 'Je hoeft nergens bang voor te zijn.'

'Mia heeft gelijk. Onze medicijnen hebben geen bijwerkingen. En Dan, het laatste wat ik zou willen is de mensen van wie Mia het allermeest houdt kwaad doen. Ik weet dat je tot nu toe heel weinig reden hebt om me te vertrouwen, en ik hoop dat dat in de toekomst zal veranderen. Als je het medicijn niet wilt nemen, is dat jouw keuze. Ik wilde je het alleen maar geven voor het geval je pijn had.'

'Neem het, Dan. Nu meteen,' zei Ella en ze keek haar man vastberaden aan. 'Ik denk niet dat Mia's vriend je iets zou geven wat slecht voor je is. Als er ook maar een kleine kans is dat je zult genezen, ben je het aan jezelf en ons verplicht om het te proberen – vooral als Korum zegt dat er geen bijwerkingen zijn.'

Haar vader aarzelde en keek nog een paar seconden aandachtig naar Korums gezicht. Wat hij daar ook zag, het leek hem gerust te stellen. 'Moet ik het gewoon doorslikken?'

'Je kunt het in een glas water uitknijpen en dat dan leegdrinken,' zei Korum. 'Dan werkt het sneller.'

Mia's moeder stond al op en schonk een glas water vol uit de kan die op tafel stond. 'Hier,' zei ze, en ze stak hem het glas toe.

Dan Stalis pakte het glas langzaam aan en kneep de capsule tussen zijn vingers om twee druppels vloeistof in het water te doen. 'Is dit alles?' vroeg hij en hij keek op naar Korum.

Haar geliefde glimlachende aanmoedigend. 'Ja.'

Mia's vader snuffelde er voorzichtig aan en nam een slokje. 'Dit smaakt nota bene lekker.' Hij klonk verbaasd.

'Het merendeel van onze medicijnen heeft een prettige smaak.'

Hij tilde het glas naar zijn mond en dronk de rest van het water op. Vrijwel onmiddellijk zag Mia de gespannen spieren rond zijn kaaklijn ontspannen. Ze glimlachte naar hem en zei: 'Het werkt, hè? Je voelt het meteen.'

Haar vader keek blij verrast en haar moeders gezicht straalde. 'Ja, het lijkt meteen te werken.' Hij wendde zich tot Korum en zei: 'Dank je. Dat was erg aardig van je.'

'Graag gedaan,' zei Korum zachtjes. 'Ik zou alles doen voor Mia en de mensen van wie ze houdt.'

'Ik moet ook met zijn zus praten,' zei Mia terwijl ze in de auto stapte en haar ouders gedag zwaaide. Haar moeder had Mocha vast, die hen bijna naar buiten was gevolgd. Het hondje was onverklaarbaar verzot op Korum. 'Ik weet dat mijn moeder haar nu meteen gaat bellen, maar ik zou het haar graag ook zelf willen vertellen. Eerder al heb ik wel iets losgelaten, maar ik zou het graag helemaal willen uitleggen zodat ze geen verkeerd beeld krijgt van onze relatie.'

'Wat heb je haar verteld?' vroeg Korum. Hij reed soepeltjes de oprit af. Rijden deed hij zoals hij alles deed: kundig en efficiënt.

'Ik heb haar verteld dat ik een geliefde had uit Dubai,' gaf Mia licht blozend toe. 'En ik heb gezegd dat het niets zou worden tussen ons omdat hij binnenkort weg moest.'

'Aha,' zei Korum. Zijn stem klonk merkbaar ijzig. 'Wanneer heb je haar dit verteld?'

Shit, ze had hier niet over moeten beginnen. Maar ja, nu was het al te laat. 'Toen ik dacht dat je naar Krina zou gaan,' biechtte ze op. 'Voordat eh… je weet wel…'

'Voordat je me verraadde?'

Mia ademde scherp in. 'Ben je nog steeds boos op me? Je zei dat je het zou loslaten…'

'Ik heb het losgelaten in die zin dat ik je er niet voor zal straffen. Maar ik kan het niet bepaald vergeten, liefje. Nog niet.'

Mia beet op haar lip. Ze was van streek. 'Ik begrijp jou af en toe niet,' zei ze zachtjes. 'Het ene moment ben je zo aardig tegen mij en mijn familie en het volgende moment heb je het erover dat je me bijna bestraft had voor iets wat niet eens echt mijn schuld was – een situatie die jij naar je hand hebt gezet. Wat had je dan verwacht? Dat ik gewoon zou accepteren dat ik de rest van mijn leven zou slijten als seksslaaf?'

'Je had met me kunnen praten om erachter te komen of dat waar was.' Hij hield zijn ogen op de weg gericht, maar Mia zag een spiertje trekken in zijn op elkaar geklemde kaken.

'En als het waar was? Wat zou ik dan hebben gedaan? Ik zou John en iedereen in het Verzet in gevaar hebben gebracht en mijn enige kans om mezelf te redden hebben verspeeld.'

'Heb ik je ooit behandeld als een seksslaaf?' vroeg Korum. Zijn vlakke toon gaf haar kippenvel. Hij keek haar nog steeds niet aan. 'Ik heb alles voor je gedaan, Mia, en je bleef maar doen alsof ik een slechterik was.'

Mia slikte. 'Je wist dat ik in het begin bang was en je hebt me geen keus gegeven,' zei ze. Ze voelde de oude afkeer weer omhoogkomen. 'En trouwens, wat is een charl nu echt? Welke rechten heb ik in jullie samenleving? Ik weet dat je me niet slecht behandelt, maar je zou het mogen, toch? Als je me opgesloten wilde houden in je huis, zou er dan iemand zijn die je tegenhield?'

Hij gaf geen antwoord en ze zag zijn kaak nog verder verstrakken.

Ze draaiden van Granada Boulevard de A1A op en hij reed een paar minuten door voordat hij de grote oprit van een huis bij het strand op reed. Bij hun aankomst ging het gietijzeren hek open om hen binnen te laten.

'Waar zijn we?' vroeg Mia om de gespannen stilte te doorbreken. Ze had buikpijn. Ze vond het vreselijk om ruzie te maken met Korum, en de laatste dagen waren net zo fijn geweest, zo rustig. Waarom was ze zo stom geweest om hem te herinneren aan wat er in hun verleden was gebeurd?

De auto stond stil en hij deed hem op de handrem voordat hij zich omdraaide om haar aan te kijken. 'Kom eens hier,' zei hij ruw, en hij begroef zijn hand in haar haar om haar een diepe zoen te geven. Tegen de tijd dat hij haar losliet om adem te halen, hing Mia al verslapt tegen hem aan en trilde ze van verlangen.

Hij liet haar los, stapte uit de auto en liep eromheen om het passagiersportier open te maken. Mia kwam op enigszins onvaste benen uit de auto terwijl hij haar aankeek met die hongerige, goud getinte ogen.

Ze keek naar hem op.

'Dit is het huis dat ik voor de komende week heb gehuurd,' zei hij. 'Laten we naar binnen gaan.' Hij pakte haar hand en nam haar mee de traptreden op en het statige witte gebouw in.

Het interieur van hun 'huurhuis' had zo in een architectuurmagazine gepast, met de strakke, witte designmeubels en de open indeling met een glanzende hardhouten vloer. Eén muur – die aan de oceaankant – was helemaal van glas gemaakt en had een adembenemend uitzicht.

Korum draaide Mia zijn kant op, boog zich naar haar toe en kuste haar nog eens zacht. 'Je kunt je zus nu bellen,' stelde hij voor, en zijn stem klonk een beetje rauw. 'Daarna ben ik iets met je van plan.'

Ze probeerde haar verhoogde hartslag onder controle te krijgen terwijl ze naar boven liep en een kamer binnenging met een ouderwetse vaste telefoon. Toen ze ervan verzekerd was dat ze zichzelf genoeg had bedaard om aan iets anders te denken dan Korums plannen, belde ze haar zus. Ze kende haar mobiele nummer uit haar hoofd.

Marisa nam bij de vijfde keer overgaan op. 'Hallo?'

'Hoi, Marisa, ik ben het…'

'Mia? Ik ben net gebeld door mama! Holy shit! Heb je iets met een K?!?'

Mia zuchtte. 'Ja. Weet je nog dat verhaal dat ik je verteld heb?'

'Over je zogenaamd welgestelde hotemetootlover?' Haar zus klonk sarcastisch. 'Ja, dat herinner ik me heel goed.'

Mia kromp ineen. 'Nou, dat was niet helemaal de waarheid…'

'Vertel mij wat!'

'Het spijt me,' zei Mia oprecht. 'Ik dacht echt dat hij zou vertrekken naar Krina en dat ik hem nooit meer zou zien. Ik moest met iemand praten, maar ik had niet het gevoel dat ik het hele verhaal kon vertellen…'

Heel even bleef het stil. 'Mia,' zei Marisa, en ze klonk van streek, 'je kunt me áltijd het hele verhaal vertellen, zelfs als het op de cover van *National Geographic* zou kunnen. Ik ben je zus. Als iemand het kan begrijpen, ben ik het.'

Mia kneep vol schaamte haar ogen dicht. 'Ik weet het. Het spijt me. Er was gewoon een heleboel gaande en ik kon op dat moment niet helder denken…'

'Wat was er allemaal gaande dan? En wat is er veranderd? Hoe zijn we van "dit kan nooit wat worden" overgegaan naar een ontmoeting met papa en mama en samen de zomer doorbrengen in Costa Rica?'

'We hebben onze meningsverschillen uitgepraat,' zei

Mia. Ze had geen zin om er dieper op in te gaan. 'En hij blijft hier, op aarde.'

Opnieuw was het een moment stil en toen zei haar zus: 'Serieus, Mia? Een K? Kon je niet iemand van dezelfde soort kiezen?'

Mia glimlachte opgelucht. Het ergste leek achter de rug te zijn. 'Ik weet het, het is te gek voor woorden…'

'Dat is zacht uitgedrukt,' zei Marisa op serieuze toon. 'Ik zou liever zeggen "fucking geweldig".'

Mia lachte, even van haar à propos. 'Wat?'

'Mijn kleine zusje heeft een relatie met een superknappe, rijke, geniale alien die zojuist papa heeft genezen van zijn migraine. Ja, dat is behoorlijk geweldig!'

Mia kon haar oren niet geloven. 'Ga je me niet de les lezen over hoe dom het is dat ik een relatie heb met iemand die zo gevaarlijk is en geen mens en bla, bla, bla?'

'Ik neem aan dat papa en mama dat al hebben gedaan. Wat kan ik daar nog aan toevoegen? Nee, zusje, ik ben blij voor je. Je bent al veel te lang braaf geweest. Een beetje gevaar en peper in je leven is precies wat jij nodig hebt. En trouwens, zover ik van mama begrijp is hij ongelofelijk knap en bestaat hij al sinds het begin van de jaartelling. Veel cooler wordt het niet. Ik kan niet wachten om hem te ontmoeten!'

Mia grijnsde. Haar zus wist haar altijd weer te verrassen. 'Je bent de beste zus ooit,' zei ze tegen Marisa. 'Wanneer zie ik jou en Connor?'

'Vanavond om zes uur. Blijkbaar heeft je

buitenaardse geliefde de hele familie uitgenodigd voor het eten.'

'Echt? Wanneer?' Mia kon zich daar niets van herinneren.

'Ik weet het niet, ik was er niet bij. Zou jij daar niet van op de hoogte moeten zijn? Ik nam aan dat hij het op jouw verzoek had gedaan...'

'Eh... hij neemt nogal vaak het initiatief als het om dit soort dingen gaat.' En iets te voortvarend, als hij Mia er niet eens over inlichtte. Hij had het waarschijnlijk met haar ouders besproken terwijl zij naar de wc was. 'Gaan we naar een restaurant?' vroeg ze.

'Het is nogal raar dat ik jou dit moet vertellen, Mia.' Marisa's stem klonk geamuseerd. 'We komen naar jullie vakantiehuis. Hij gaat koken. Gaat er nog steeds geen belletje rinkelen?'

'Dat klinkt als typisch Korum.' Mia glimlachte, ook al kon Marisa dat niet zien. 'Je gaat wat beleven. Korum kan supergoed koken.'

'En hij doet de was, toch? Of heb je dat ook uit je duim gezogen?'

'Nee,' zei Mia grinnikend. 'Hij deed wel degelijk de was toen we in New York waren. Korum heeft een vreemde voorliefde voor menselijke apparatuur. Vooral om te koken, wat op zich al raar is. Ze hebben intelligente huizen die voor hen koken, Marisa. Hij hoeft geen vinger uit te steken om als een koning te eten, en toch...'

'O mijn god, waar kan ik een K opduikelen? Ik ben

al tot over mijn oren en ik heb hem nog niet eens ontmoet!'

Mia barstte in lachen uit. 'Hé, kijk wel uit, hè, deze is bezet. En trouwens, zou Connor niet een beetje teleurgesteld zijn als zijn zwangere vrouw het aanlegde met een alien?'

'Connor zou zijn zwangere vrouw op dit moment vast met liefde afstaan aan een alien,' zei Marisa, en Mia hoorde de serieuze ondertoon. 'Ik ben de laatste tijd zo humeurig dat hij door het huis sluipt alsof ik hem ga bijten. Wat ook best zou kunnen, trouwens. Mijn emoties zijn compleet doorgedraaid. Word maar liever nooit zwanger, zusje. Er is niks aan...'

Mia kwam meteen bij haar positieven. 'O, Marisa, ik ben zo egoïstisch! Ik heb niet eens gevraagd hoe je je voelt!'

'Nou, daar heb ik je ook niet echt gelegenheid voor gegeven. Maar goed, ik voel me dus belabberd. De misselijkheid neemt maar niet af. Ik ben in een week tijd alweer een halve kilo afgevallen. De dokter weet niet wat hij eraan kan doen. Ik neem veel rust, ik heb yoga en meditatie geprobeerd, maar niets lijkt te werken.'

'O, Marisa...'

'Denk je dat je vriendje er iets aan kan doen?' grapte haar zus.

'Ik weet het niet,' reageerde Mia serieus. 'Misschien. Ik zal het hem vragen. Hij is geen dokter, maar hij kan misschien wel aan een van hun wondermiddelen komen.'

'O, nee, dat hoef je niet te doen, ik maakte maar een grapje.'

'Nou, ik niet. Ik vraag het hem nu meteen.'

'Mia, alsjeblieft. Dat is gênant. Over een paar weken wordt het vast wel beter…'

'Ja,' zei Mia, 'maar tegen die tijd ben je vel over been, als dat nu al niet zo is. Je hebt niet bepaald een vetoverschot.'

Ze hoorde Marisa geërgerd zuchten. 'Goed dan, je mag het wel vragen. Ik wil alleen niet dat hij het gevoel krijgt dat we misbruik van hem maken…'

'Geen zorgen. Korum bood het migrainemedicijn zelf aan papa aan. Ik wist niet eens dat zoiets bestond en ik wist al helemaal niet dat hij het had meegebracht. Maak je geen zorgen, alsjeblieft. Dat kun je er niet ook nog bij gebruiken.'

'Oké, oké…' Opeens klonk haar zus afgeleid. 'Even wachten, schatje, ik ben aan het bellen met Mia.'

'Moet je ophangen?' raadde Mia.

'Het is Connor maar. We zouden naar de supermarkt gaan toen mama belde en daarna jij…'

'Ga maar dan. We zien elkaar vanavond. Ik kan niet wachten!'

'Ik ook. Ik hou van je, zusje. Tot snel!'

'Ik hou ook van jou!'

Mia hing op en ging Korum zoeken.

Hij was buiten aan het zwemmen in de infinity pool van Olympisch formaat die blijkbaar bij het huis hoorde. Hij gleed als een haai door het water, op ongelofelijke snelheid.

'Hoi,' riep Mia. Ineens herinnerde ze zich weer dat hij een spannend plan met haar had. Was het iets seksueels? Haar ademhaling versnelde bij die gedachte. Ze zei tegen zichzelf dat ze eerst aan Marisa moest denken en besloot hem meteen te vragen naar het medicijn, voor hij de kans kreeg die mysterieuze plannen ten uitvoer te brengen.

Korum zwom naar de zijkant van het zwembad en trok zichzelf er met zijn armen moeiteloos uit op. Zijn natte, zwarte haar lag achterover op zijn schedel en waterdruppels schitterden als kleine diamantjes op zijn goudkleurige huid. Hij was zo sexy dat ze ervan watertandde en ze moest even slikken terwijl ze zich voor de zoveelste maal realiseerde hoe prachtig haar geliefde was. Mia liep naar de rand van het zwembad en ging zitten op een van de loungestoelen die daar handig waren neergezet.

'Ook hallo,' zei hij. Hij glimlachte warm naar haar en ging naast haar zitten. Hij leek hun eerdere onenigheid te zijn vergeten, en Mia glimlachte opgelucht naar hem terug.

Het leek haar een prima moment om over Marisa te beginnen. 'Weet je iets over zwangere vrouwen?' flapte ze eruit, en toen werd ze om de een of andere reden rood.

Korums wenkbrauwen gingen omhoog en hij zag er geamuseerd uit. 'Ik neem aan dat je het over je zus hebt?'

Mia knikte. 'De zwangerschap valt haar zwaar. Ze is heel erg misselijk en alles. Ik vroeg me af of jij misschien iets voor haar hebt wat helpt tegen de misselijkheid, of iets waarmee haar maag wat tot rust komt...'

Korum dacht daar even over na. 'Ik heb niks bij me, maar ik kan denk ik wel iemand vragen om het hierheen te brengen. Het zou echter maar een tijdelijke oplossing zijn. Als er iets aan de hand is waardoor je zus zich zo voelt, zal het medicijn alleen haar symptomen verlichten en de oorzaak niet echt aanpakken.'

'Ik snap het...'

'Het beste voor je zus zou denk ik Ellet zijn. Ik zal haar vragen deze week langs te komen en Marisa te onderzoeken...'

'Ellet?' Die naam klonk vreemd bekend, ook al kon ze zich niet herinneren waar ze hem had gehoord.

Korum glimlachte. 'Ze is onze menselijke biologie-expert in Lenkarda. Haar lab heeft veel van de medicijnen die ik jou in het verleden heb gegeven ontwikkeld, evenals het middel dat ik je vader heb gegeven. Ze is heel goed in wat ze doet en ze weet meer van de menselijke gezondheid dan al jullie artsen bij elkaar.'

Er knaagde iets aan Mia. Een herinnering, heel ver weg, die ze niet kon plaatsen. Nadat ze het een secondelang had geprobeerd te plaatsen, gaf ze het op en keerde ze terug naar het gespreksonderwerp. 'Aha. Nou, als zij Marisa kan onderzoeken, zou dat geweldig zijn. Zou ze dat serieus willen doen? Helemaal hierheen komen?'

Hij haalde zijn schouders op. 'Ze staat bij me in het krijt.'

'Is er iemand in Lenkarda die niét bij jou in het krijt staat?' vroeg Mia wrang, en ze staarde hem aan. Haar geliefde leek altijd wel iemand achter de hand te hebben.

'Niet veel,' zei Korum glimlachend. 'Ik geloof in wisselgeld – dat komt van pas in situaties zoals deze. Natuurlijk zou Ellet hier waarschijnlijk toch wel naartoe komen. Ze heeft een zwak voor zwangere mensen.'

Mia grinnikte. Ze wilde hem dankbaar kussen en knuffelen. Ze wilde geen ruzie met hem maken; ze hield te veel van hem. Ze gaf gehoor aan het verlangen, ging zitten en nam plaats op zijn loungestoel, waarbij ze negeerde dat zijn natte zwemshort haar jurk doorweekte. Ze nam zijn hoofd tussen haar handen, trok zijn gezicht dichterbij en gaf een zachte kus op zijn lippen. 'Dank je, Korum,' zei ze zachtjes en ze keek hem in de ogen. 'Ik waardeer wat je voor mij en mijn familie hebt gedaan heel erg.'

Hij glimlachte met een warme, amberkleurige gloed in zijn ogen. 'Graag gedaan, liefste...'

'Ik hou van je,' zei Mia oprecht. 'Ik hou heel veel van je en ik heb spijt van alles wat er is gebeurd. Je hebt gelijk: ik had je moeten vertrouwen. Denk je dat je het me ooit kunt vergeven?'

Het was de eerste keer dat ze haar

verontschuldigingen had aangeboden omdat ze hem had bespioneerd, en ze kon zien dat hem dat blij verraste. Hij bracht zijn hand naar haar wang en streelde die zachtjes. 'Natuurlijk,' zei hij. 'Ik begrijp rationeel wel waarom je hebt gedaan wat je hebt gedaan, maar ik vind het moeilijk om rationeel te zijn als het op jou aankomt. Toen je er voor het eerst mee instemde om het Verzet te helpen, was ik zo boos vanwege je verraad dat ik mijn gedachten daardoor liet vertroebelen. Ik had je meer tijd moeten geven om te wennen aan onze relatie. Sorry dat ik dat niet heb gedaan, en sorry voor de stress en zorgen die jij hebt moeten doormaken doordat ik me liet meeslepen door mijn woede. Maar ik ben blij dat je hier nu bent, met mij...'

'Ik ben ook blij,' zei Mia. Ze wist dat hij op haar gezicht kon zien hoe diep haar gevoelens voor hem gingen. 'Echt waar...'

Zijn ogen lichtten nog meer op en Korum leunde naar haar toe en kuste haar hongerig, alsof hij haar wilde opeten. Zijn handen sloeg hij om haar schouders en hij trok haar dichterbij, op zijn schoot. Zijn erectie drukte tegen het natte materiaal van zijn zwemshort tegen haar aan.

Overrompeld door zijn passie kon Mia zich alleen maar aan hem vastklampen terwijl hij hongerig haar mond verslond en zijn handen over haar lichaam liet gaan, waarbij hij de kleding eraf rukte die voorkwamen dat hij haar naakte huid kon voelen. Zijn hete mond ging naar haar hals en hij beet zachtjes in de huid, waarop ze het uitkermde. Haar hoofd sloeg achterover alsof haar nek het niet kon dragen. Ze had het ontzettend heet, alsof ze van binnenuit werd verschroeid door vloeibaar vuur. Iedere centimeter van haar lichaam was heel gevoelig en snakte naar zijn aanraking. Hij leek hetzelfde te voelen. Zijn erectie klopte tegen haar been en zijn handen bewogen zich bijna ruw over haar heen.

Ze duwde haar geklauwde vingers in zijn schouders. 'Alsjeblieft, Korum...' Ze wilde hem zo wanhopig graag in haar voelen dat het niet eens meer logisch was. 'Alsjeblieft...'

Hij stond op, met haar nog steeds in zijn armen, en draaide haar om. Toen zette hij haar op handen en knieën op de loungestoel en boog hij zich over haar heen. In één krachtige stoot drong hij bij haar binnen; zijn harde pik penetreerde haar zonder terughoudendheid.

Mia hapte naar adem. Ze was geschokt door de plotselinge binnenkomst en de spieren in haar binnenste deden hun uiterste best om zich te vormen naar zijn dikke schacht, maar hij gaf haar geen kans. Hij pakte haar heupen beet en neukte haar meedogenloos. Zijn heupen beukten met zoveel kracht tegen haar aan dat ze niet eens kon ademhalen, zo overweldigd door het gevoel. Ze hoorde zijn ruwe ademhaling en haar eigen kreten, en haar wereld werd teruggebracht tot alleen nog deze fysieke daad, waarin genot en pijn werden vermengd tot ze niet meer uit elkaar te houden waren en zonder elkaar niet konden bestaan… Ze was nu niets méér dan een dier, gedreven door de meest basale behoefte.

Het leek eeuwig door te gaan, totdat hij grommend klaarkwam, waarbij hij zichzelf in haar duwde alsof hij probeerde hun lichamen te laten versmelten. De pulserende beweging van zijn pik in haar hielp haar over het randje en er gierde een orgasme door haar heen, waar ze verslapt en trillend door achterbleef. Alleen dankzij zijn handen op haar heupen voorkwam ze dat ze neerviel op de loungestoel, want haar armen en benen trilden te hevig om haar gewicht nog te dragen.

Ongeveer een minuut later was zijn ademhaling tot rust gekomen en liet hij zich uit haar glijden, waarmee hij hun lichamen weer van elkaar losmaakte. Mia voelde zich te uitgeput om te bewegen, dus ze was blij dat hij haar optilde en naar het huis bracht.

Met haar armen om zijn nek mompelde ze tegen zijn schouder: 'Was dit wat je bedoelde toen je zei dat je iets van plan was?'

'Zo ongeveer,' gaf Korum toe. Hij liep met haar naar boven. 'Ik had me iets netters voorgesteld, maar ik heb zo te merken geen controle over mezelf als het op jou aankomt. Ik heb je toch geen pijn gedaan?'

Een beetje wel, maar dat had juist bijgedragen aan het genot. En trouwens, ze voelde zich nu uitstekend. Helemaal niet schraal. 'Nee,' zei Mia. 'Ik vond het heerlijk.'

Hij liep naar een grote, luxueus uitgeruste badkamer en zette haar neer naast een grote badkuip op pootjes. 'Gelukkig,' zei hij. Hij draaide de kraan open en glimlachte naar haar. 'Toch denk ik dat je wel een lekker bad kunt gebruiken, en ikzelf ook.'

Terwijl Mia toekeek, begon zijn pik weer hard te worden.

arisa en Connor kwamen als eerste aan. Hun Toyota met bouwjaar 2012 draaide om vijf voor zes de oprit op. Korum was nog bezig de tafel te dekken, dus Mia ging naar buiten om hen te begroeten.

'O mijn god, Mia! Zusje, wat is het geweldig om je te zien! Je ziet er fenomenaal uit! Wat geeft hij je te eten?' riep Marisa zodra ze uit de auto stapte. 'En holy shit, moet je dit huis zien! Hij moet wel een triljonair zijn!'

Lachend gaf Mia haar zus een dikke knuffel, al moest ze even slikken toen ze voelde hoe fragiel haar lichaam was. 'Marisa! Wat ben ik blij je te zien! En Connor!'

Glimlachend boog haar zwager zich naar haar toe om haar ook een knuffel te geven. 'Mijn favoriete schoonzusje. Hoe is het met je?'

'Het gaat geweldig. Kom, laten we naar binnen

gaan! Korum legt net de laatste hand aan het diner – het belooft heerlijk te worden.'

'Is er vlees bij?' vroeg Connor met een hoopvolle blik terwijl ze achter Mia aan naar binnen liepen. Connor, die in zijn studiejaren quarterback was geweest, had nog steeds moeite zich aan te passen aan het nieuwe dieet dat was ingesteld na K-Day.

'Nee, sorry. Het zijn verstokte vegetariërs. Maar het is echt heel lekker.'

'Ik vind het nog steeds moeilijk te geloven dat vampiers vegetariërs zijn…' mompelde Connor, en Mia moest weer lachen.

'Het zijn niet echt vampiers. Die fase ligt achter ze,' legde Mia uit. 'En sommige groenten van Krina hebben een heel rijke smaak en hoge caloriewaarde. Ik denk dat als we die hier hadden, wij misschien ook geen vlees hadden gegeten.'

'Ooh, heb je groenten van Krina gegeten?' Marisa klonk jaloers. Ze was normaal gesproken een avontuurlijke eter en ze gingen vaak samen naar aparte restaurants als ze Mia kwam opzoeken in New York.

'Ja,' beaamde Mia grijnzend. 'En ze zijn heel smaakvol. Maar dat is alleen in Lenkarda. Vanavond eten we wat hier uit de buurt komt.'

'Ik hoop maar dat ik het kan binnenhouden. Op weg hierheen werd ik weer misselijk,' zei Marisa. Ze zag er inderdaad bleek en nogal ziekjes uit. 'We moesten stoppen langs de snelweg. Het verbaast me dat we hier alsnog eerder zijn dan papa en mama…'

'Ik wilde je nog zeggen,' zei Mia, en ze pauzeerde

even om de deur open te doen, 'dat ik met Korum heb gepraat en dat hij een van hun dokters naar je toe laat komen om je te onderzoeken. Hij wil graag weten waar je klachten vandaan komen.'

'Een K-dokter?' Connor keek verbaasd.

'Eigenlijk is ze meer een mensendokter, want ze is een Krinar die zich heeft toegelegd op de menselijke biologie. Korum zegt dat ze heel goed is.'

'Wauw, Mia, ik weet niet wat ik moet zeggen...' Er stonden ineens tranen in Marisa's ogen.

'Geen dank. Het is een kleine moeite...'

'Hormonen,' lichtte Connor toe. Hij trok zijn vrouw naar zich toe voor een knuffel.

'Ah, ik snap het.' Mia gaf Marisa een paar seconden de tijd om haar emoties weer onder controle te krijgen. Toen glimlachte ze naar hen en vroeg ze: 'Klaar om naar binnen te gaan?'

Marisa knikte en zag er plotseling veel opgewekter uit. Mia nam hen mee naar binnen.

Het leek erop dat Korum net klaar was met wat hij aan het doen was, want hij kwam op hetzelfde moment de woonkamer in. Zoals altijd zag hij er beeldschoon uit. De gouden tint van zijn huid contrasteerde met het wit van het simpele overhemd dat hij droeg. Hoewel ze het grootste deel van de middag in bed hadden doorgebracht, kon Mia het niet helpen dat ze weer een beetje opgewonden raakte nu ze hem zag.

Korum zag haar zus, glimlachte breeduit en liep naar haar toe. 'Dus jij bent Marisa,' zei hij warm. 'Ik zie dat jullie op elkaar lijken...'

Marisa knikte. Ze zag er verlegen en verhit uit zoals Mia haar nog nooit had gezien. 'Ja. Hoi...' Iets inhoudelijkers kwam er niet uit haar mond.

Mia dacht terug aan haar eerste ontmoeting met Korum en begreep hoe haar zus zich voelde. Blijkbaar konden zelfs een huwelijk en zwangerschap niet verhoeden dat een vrouw gevoelig was voor Korums magnetische aantrekkingskracht.

Korum wendde zich tot Connor en zei: 'En jij bent Marisa's man Connor, toch?'

Haar zwager stak beleefd zijn hand uit. 'Ja. Leuk je te ontmoeten. Korum, toch?' Hij zag er een stuk minder onder de indruk uit dan Marisa.

Haar geliefde nam de hand aan en schudde die kort. 'Klopt. Het is een eer om jullie hier te mogen ontvangen. Wil je wat drinken terwijl we wachten op Mia's ouders?'

'Een biertje zou lekker zijn,' zei Connor. Mia moest het hem nageven, hij wist zich goed staande te houden. Hij leek helemaal niet geïntimideerd te zijn.

Korum glimlachte en liep naar de keuken. Op dat moment keek Marisa Mia aan. 'Wauw,' zei ze zachtjes. 'Gewoon wauw.'

Mia grinnikte. Ze was altijd jaloers geweest op haar populaire zus, die het allemaal had: goede cijfers, toffe vriendinnen en een heleboel leuke jongens die achter haar aan zaten. En nu was Marisa jaloers op haar?

Korum kwam weer binnen. Hij had een dienblad bij zich met een biertje, een glas champagne en een glas met een melkachtige vloeistof. Hij gaf Mia de champagne, Connor het bier en het andere glas was voor Marisa. 'Dit zou je maag tot rust moeten brengen,' zei hij vriendelijk. 'In elk geval voor de duur van deze avond.'

Marisa nam het glas dankbaar aan en dronk het leeg. Ze vroeg niet eens of het wel veilig was. De ervaring van papa had haar duidelijk vertrouwen gegeven in de K-medicijnen. 'Dank je,' zei ze, en toen werden haar ogen groot. 'Wauw, ik voel me meteen al beter…'

Op dat moment ging de deurbel. Mia's ouders waren er.

Nadat ze hen hadden begroet, leidden Mia en Korum hen naar de eetkamer. Korum had een diner klaargemaakt dat niet zou misstaan met kerst. Mia voelde zich een beetje schuldig dat ze hem helemaal niet had geholpen, maar Korum had haar de keuken uit gejaagd toen ze het aanbood. Volgens hem zou ze alleen maar in de weg lopen. Mia voelde zich niet beledigd. Ze was bij het zwembad gaan zitten en had met Adam gepraat via een verbinding die zijn beeltenis als 3D-hologram projecteerde. Zo kon ze mooi even bijpraten over de laatste ontwikkelingen in Sarets lab.

In de tussentijd had Korum een feestmaal klaargemaakt met vijf soorten salade, een soort exotische groentesushi, verschillende noodlegerechten met heerlijk geurende sauzen, en als toetje vers fruit. Er stond een fles Cristal in een ijsemmer en de tafel werd opgesierd door een groot bloemstuk in het midden. Hij had echt alles uit de kast gehaald. Mia's hart kneep samen toen ze besefte dat hij indruk probeerde te maken op haar familie.

En ze waren ook onder de indruk.

Haar moeder bleef Korum vragen naar de recepten voor alle gerechten die ze aten, en zelfs haar vader leek in een veel betere stemming te zijn nu zijn hoofdpijn verdwenen was. De sfeer aan tafel was verrassend ontspannen. Haar familie stelde Korum vragen over het leven op Krina en haar geliefde vertelde grappige verhalen over zijn vader en over de lol die hij als kind had met Saret. Mia keek naar hem en besefte dat hij bewust het gesprek een kant op had gestuurd die haar familie gerust zou stellen, die hem in hun ogen menselijker zouden maken. Hoewel Mia wist dat hij een toneelstukje opvoerde, was ook zij gevoelig voor het beeld van Korum als klein jongetje dat in de bossen van Krina speelde en kattenkwaad uithaalde met zijn vrienden.

Het etentje duurde tot tien uur. Toen iedereen wegging, zaten ze vol en waren ze blij. Op weg naar buiten gaf haar moeder Korum een kus op de wang en schudde haar vader zijn hand. Marisa bloosde en stamelde een bedankje voor het medicijn tegen haar misselijkheid, Connor glimlachte welgemeend naar hem en zei dat ze elke avond kwamen eten omdat het zo lekker was.

Zodra haar familie weg was, sloeg Mia haar armen om Korums middel en knuffelde ze hem innig. Ze bleef hem vasthouden terwijl ze naar hem opkeek en zag dat hij naar haar keek met een tedere uitdrukking op zijn prachtige gezicht. 'Dank je wel,' zei ze oprecht. 'Dit betekent heel veel voor me.'

Hij streelde zachtjes haar wang. 'Ik zou alles doen om jou gelukkig te maken, liefste,' zei hij zachtjes. 'Dat weet je toch?'

Mia knikte en drukte haar gezicht tegen zijn borstkas. Ze had het gevoel dat ze alle emoties die nu door haar heen gingen niet aankon. Ze hield zoveel van hem dat het pijn deed. En op dat moment wist ze vrijwel zeker dat hij ook van haar hield.

DE VOLGENDE OCHTEND TOEN MIA WAKKER WERD, hoorde ze dat er Krinar werd gesproken. Een zachte vrouwenstem die vreemd vertrouwd klonk, en Korums diepere klanken. De dokter, begreep Mia. Die was blijkbaar al aangekomen om Marisa te onderzoeken.

Mia stond op, waste zich vlug en kleedde zich aan. Toen keek ze op de klok. Inderdaad, haar zus zou hier elk moment zijn.

Ze liep naar de woonkamer en zag daar een prachtige Krinar-vrouw zitten die met Korum praatte over de stranden in deze omgeving. Ellet was lang en slank. Ze deed Mia denken aan een Braziliaans supermodel, met haar gebronsde huid, donkerbruine haar met gouden highlights en schitterende hazelnootkleurige ogen. Alweer knaagde er iets aan haar, een vage herinnering die ze niet kon vastgrijpen.

Ze liep op hen af, en de K-vrouw stond op en stak haar hand uit. 'Hoi,' zei ze warm. 'Ik ben Ellet.'

Glimlachend schudde Mia kort haar hand. Ze was verrast door de menselijke begroeting. Mia had niet veel K-vrouwen ontmoet, behalve Korums nicht Leeta. Alle vier de andere assistenten in Sarets lab waren toevallig mannen, de cheren van de charls die ze had ontmoet natuurlijk ook, en daarbuiten had Mia nog niet veel sociale contacten opgedaan.

'Dank je wel dat je helemaal hierheen bent gekomen,' zei Mia. 'Ik heb er geen woorden voor hoezeer ik dat waardeer.'

'Ik doe het graag,' zei Ellet. Ze glimlachte zo breeduit dat Mia haar meteen mocht. 'Dit is mijn eerste bezoekje aan Florida en tot nu toe vind ik het geweldig. Het lijkt erg op Costa Rica, alleen is het hier veel verder ontwikkeld en er zijn zoveel mensen!'

Mia trok verbaasd haar wenkbrauwen op. 'Ontwikkeld' en 'veel mensen' waren voor de meeste Krinar juist minpunten, maar Ellet leek precies de tegenovergestelde mening toegedaan.

'Ellet houdt van mensen,' zei Korum droogjes. 'Ze heeft zich in jullie gespecialiseerd. Ik snap niet waarom ze überhaupt nog in Lenkarda blijft. New York zou een veel betere plek voor haar zijn.'

'Daar vind ik het wat te koud en smoezelig,' zei Ellet glimlachend. 'Maar Florida lijkt veelbelovend...'

'Echt?' vroeg Mia, en ze staarde haar aan. 'Dus dan zou je hierheen verhuizen, en wat dan? Een huisartsenpraktijk beginnen?'

Ellet glimlachte. 'Dat zou ik wel willen, maar ik zou waarschijnlijk geen toestemming kunnen krijgen. Het gaat tegen het mandaat in.'

'Het mandaat?'

'Het non-interferentiemandaat. Een van de voorwaarden die de Ouderlingen hebben gesteld aan ons verblijf hier op aarde,' legde Ellet uit, en ze wierp een vlugge en onleesbare blik in Korums richting.

'Ah, vandaar,' zei Mia, hoewel ze het niet helemaal begreep. Ze wist dat de K hun technologie en wetenschap niet hadden gedeeld, en ze had aangenomen dat dat was omdat ze wilden zien hoe hun grote evolutionaire experiment zou uitpakken. Maar ze wist niet dat er een mandaat bestond.

Voor ze nog meer vragen kon stellen, ging de deurbel. Marisa was er.

Mia ging opendoen.

Opnieuw zag haar zus er wankel en bleekjes uit. Haar donkere haar maakte alleen nog maar duidelijker hoe ongezond bleek haar gezicht was. Het medicijn dat Korum haar gisteren had gegeven, was duidelijk uitgewerkt.

'Ellet is hier al,' zei Mia. 'Ze is heel aardig – je zult haar graag mogen.'

Marisa knikte. Ze zag zelfs ietwat groen. 'Mia,' fluisterde ze. 'Wat als ze ontdekt dat er iets heel erg mis is met mij of met de baby? Iets wat onze dokters niet hebben gezien? Wat als er iets ernstigs aan de hand is?'

'Wat? Nee! Ik weet zeker dat dat niet zo is. Het is waarschijnlijk een soort hormonale disbalans… Je kunt je geen zorgen gaan maken over allerlei wat-als-scenario's voordat de dokter überhaupt naar je heeft gekeken. Kom eens hier…' Mia trok haar naar zich toe om haar te knuffelen en voelde haar tengere lichaam trillen in haar armen.

Op dat moment kwamen Ellet en Korum de gang binnen. Met hun goede Krinar-gehoor hadden ze vast al iets gehoord.

'Jij bent zeker Marisa,' zei Ellet warm. Ze stapte op haar af met een onderzoekende uitdrukking op haar perfecte gezicht.

Marisa maakte zich los van Mia. Ze leek overrompeld door Ellets schoonheid.

De Krinar-vrouw glimlachte haar welwillend toe. 'Ik ben Ellet,' zei ze vriendelijk, 'en ik ben een expert op het vlak van de menselijke biologie. Maak je geen zorgen, je hoeft nergens bang voor te zijn. Kom, laten we naar de woonkamer gaan. Dan zal ik je onderzoeken om te kijken of er iets mis is. En zelfs als dat zo is, ben ik er zeker van dat we er iets aan kunnen doen. Het menselijk lichaam kent nog maar weinig geheimen voor ons.'

Marisa knikte, enigszins op haar gemak gesteld, en ze liepen met z'n allen naar de woonkamer.

'Kun je heel even stilstaan?' vroeg Ellet. Ze pakte een klein, wit apparaatje dat op de bijzettafel naast de bank lag. Dat richtte ze op Marisa en ze liet het langzaam van top tot teen over haar lichaam gaan, waarbij ze bij haar buik nog langzamer ging.

Toen legde ze het apparaatje neer en zei ze: 'Heeft je

dokter je verteld dat je op het randje zit van hyperemesis gravidarum?'

Marisa knipperde met haar ogen. 'Eh, hij heeft zoiets geloof ik wel gezegd, maar ik dacht dat dat een ander woord was voor extreme misselijkheid en overgeven...'

'Klopt. Het is wat er gebeurt als je te hoge waarden hebt van het hCG-hormoon. Het kan gevaarlijk zijn als je ernstig uitgedroogd raakt, en ik geloof niet dat mensendokters het kunnen behandelen, behalve door rust voor te schrijven en in extreme gevallen een infuus te geven. Maar ik denk dat ik het wel voor je kan oplossen zodat de rest van je zwangerschap prettig verloopt.'

Marisa keek haar hoopvol aan. 'Echt waar? Kun je het laten verdwijnen?'

'Ik kan je hormoonspiegel terugbrengen naar een normaal niveau. Aangezien je pas in je eerste trimester zit, zou het kunnen dat je alsnog af en toe last hebt van lichte misselijkheid, dus ik zal je daar ook iets voor geven. Maar je zult weer normaal kunnen eten en functioneren, en aankomen zoals je zou moeten.'

'En de baby? Gaat alles goed met de baby?' vroeg Marisa opgewonden.

Ellet glimlachte. 'Ja. Dat wordt een prachtig meisje.'

'O mijn god, een meisje!' Tranen van vreugde sprongen in Marisa's ogen. Al zolang Mia zich kon herinneren had Marisa het erover dat ze een dochter wilde, en nu leek het erop dat haar droom uitkwam. Mia glimlachte en gaf een kneepje in haar hand.

'Oké, ben je er klaar voor? Voor de volgende stap hebben we wat privacy nodig,' zei Ellet.

'Je kunt naar een van de slaapkamers boven gaan,' zei Korum. 'Wij wachten hier wel.'

Marisa zag er een tikkeltje nerveus uit. 'Wat ga je doen?' vroeg ze aan Ellet. 'Een soort operatie?'

'Ik hoef je niet open te snijden of zoiets,' zei de K-vrouw geruststellend. 'Het gaat om een klein apparaatje dat ik bij je implanteer. Het duurt ongeveer vijf minuten en daarna kun je meteen naar huis.'

'Doe maar,' zei Mia aanmoedigend. 'Het komt goed.'

Marisa en Ellet gingen naar boven. Mia ging naast Korum zitten. 'Nogmaals bedankt dat je Ellet hierheen hebt laten komen,' zei ze. 'Ze is geweldig.'

'Ja, ze is een van de aardigste personen die ik ken,' zei Korum. 'Ze is nog relatief jong, iets van vierhonderd jaar oud, maar ze heeft een heel grote drive en ze heeft al veel bereikt.' Hij klonk vol bewondering.

Ineens kwam er een onprettige gedachte bij Mia op. 'Hebben jullie ooit...?' Ellet was een van de mooiste vrouwen die Mia ooit had gezien, zelfs in Lenkarda.

Korum haalde zijn schouders op. 'Het stelde niets voor. Gewoon een pleziertje een paar jaar geleden. Je hoeft je er niet over op te winden.'

Mia slikte. Haar buik vulde zich met jaloezie. 'Hebben jullie iets met elkaar gehad?' Er ging een golf van misselijkheid door haar heen terwijl ze hen samen in bed voorstelde, met de volle lippen van de K-vrouw op Korums lichaam en haar slanke handen die hem op intieme plekken aanraakten.

'Heel kort maar. Je moet iets begrijpen, liefste. Seks is voor ons een leuke activiteit, een vrijetijdsbesteding. Tenzij die seks plaatsvindt binnen de context van een relatie, hechten we er geen speciaal belang aan.'

Mia staarde hem aan terwijl ze dat probeerde te verwerken en de onprettige, pornografische beelden die haar hoofd waren binnengedrongen, probeerde weg te drukken. 'Hoe weet je dan of je een serieuze relatie hebt of niet?'

'Dat hangt ervan af of we om de ander geven en hoeveel.'

'Gaf je niet om Ellet?'

Hij schudde zijn hoofd. 'Nee. We lijken in sommige opzichten te veel op elkaar. Het werd al snel duidelijk dat er niet veel méér was tussen ons dan de eerste aantrekkingskracht, die na een paar weken al was uitgewerkt.'

'Maar ze is zo ongelofelijk mooi... Hoe kun je je in vredesnaam niet meer tot haar aangetrokken voelen? En andersom?' vroeg Mia zachtjes. Ze was irrationeel overstuur. Wat moest Korum met een menselijke geliefde die in de verste verte niet kon tippen aan een vrouw als Ellet? Als hij zich al zo snel niet meer tot Ellet aangetrokken voelde, hoe kon Mia dan langer zijn aandacht vasthouden? Ze waren op dit moment iets meer dan zes weken samen. Zou hij over een maand op haar uitgekeken raken?

Korum stak zijn hand naar haar toe en legde die op

haar wang. Zijn handpalm voelde warm aan. 'Mia,' zei hij zachtjes, 'waar maak je je druk om? Ik heb duizenden mooie vrouwen ontmoet, maar ik heb er nooit een zo sterk gewild als jou…'

Mia keek hem aan. De knoop in haar maag werd ietsje losser.

'En jij bent fysiek veel aantrekkelijker voor me dan zij ooit is geweest,' ging hij verder. Zijn ogen werden helderder goud. 'Hoe kun je daar op dit moment nog aan twijfelen? Is het niet genoeg dat ik je praktisch aan mijn bed heb gekluisterd? Als ik je nóg aantrekkelijker vond, zou ik dag en nacht in je mooie lichaam verzonken zijn. En hoe onhandig zou dat zijn?'

Er verspreidde zich een warme blos over Mia's gezicht en ze voelde dat haar lichaam reageerde op zijn woorden. Tegelijkertijd dacht ze eraan dat haar zus en Ellet elk moment naar beneden konden komen. 'Korum, toe,' fluisterde ze. 'Wat als ze ons horen?'

Hij grijnsde. 'Dan komen ze iets heel schokkends te weten: dat wij seks hebben.'

Alsof ze het zo getimed hadden, hoorde Mia precies op dat moment voetstappen op de trap en kwam Marisa de kamer binnen. Ellet kwam meteen achter haar aan.

Mia maakte zich vlug los van Korum en liep naar haar zus toe. 'Marisa! Hoe ging het?'

Marisa schudde haar hoofd en zag eruit alsof ze in een milde shock verkeerde. 'Ik voelde haast niets toen Ellet me aanraakte, maar ik voel me nu al minder misselijk…'

'Binnen een paar uur tijd zul je je nog beter voelen omdat de nanodeeltjes langzaam je hormoonproductie normaliseren,' zei Ellet. Ze zag er blij uit. 'Mocht je toch nog af en toe last hebben van misselijkheid, dan kun je het poeder nemen dat ik je heb gegeven. Ik denk dat de rest van je zwangerschap dan goed zal gaan. En zoals ik al zei: ik kom graag assisteren bij de bevalling…'

Marisa snifte met tranen in haar ogen en knuffelde de K-vrouw, die dat duidelijk niet had zien aankomen. 'Dank je, Ellet, dank je, dank je, dank je! Ik wou dat iedereen wist hoe aardig jullie soort kan zijn…'

Ellet beantwoordde de knuffel een beetje onhandig. 'Dank je, Marisa. Maar onthoud wat ik heb gezegd: je kunt hier niet allemaal mensen over gaan vertellen, want dan kan ik in de problemen komen. We moeten ons enigszins afzijdig houden van de mensen…'

'Waarom?' vroeg Mia. 'Wat kan het voor kwaad dat je een zwangere vrouw helpt?'

Korum liep naar haar toe, sloeg zijn armen om haar schouders en trok haar tegen zich aan. 'Dat leg ik je later wel uit, liefste,' zei hij met een waarschuwende ondertoon in zijn stem. 'Zou je nu nog even wat tijd willen doorbrengen met Marisa? Ik moet met Ellet praten over een paar dingen die spelen in Lenkarda.'

Hij wilde alleen gelaten worden met een vrouw met wie hij het bed had gedeeld? De jaloezie die ze onder controle had gedacht te hebben, kwam met volle kracht terug. Toch knikte ze stijfjes en ze zei: 'Marisa, heb je zin om een strandwandeling te maken?'

Haar zus glimlachte. 'Graag. Dat klinkt fijn,' zei ze, en Mia begreep dat ze de spanning had aangevoeld.

Korum boog zijn hoofd om een kus op haar voorhoofd te drukken en liet haar toen los. 'Ga maar,' zei hij. 'Je ontbijtsmoothie staat in de keuken. Ik heb er voor Marisa ook een gemaakt. Jullie kunnen ze meenemen als je wilt.'

Mia bedankte hem, en de zussen haalden hun smoothies uit de keuken en gingen ervandoor.

HOOFDSTUK ACHTTIEN

'Oké dan, zusje, vertel op. Wat betekende dat daarnet allemaal?' Marisa nam een slokje van haar smoothie en keek Mia verwachtingsvol aan terwijl ze langs het water liepen, slechts een meter verwijderd van de oceaanbranding.

Mia schopte een kleine schelp aan de kant en kreeg daarbij zand in haar slipper. 'Ik heb net ontdekt dat hij in het verleden iets met Ellet heeft gedacht,' vertelde ze bars aan Marisa. 'En nu wil hij alleen met haar worden gelaten in het huis. Hoe zou ik daarop moeten reageren?'

'Au.'

'Ja, precies.'

Marisa zei een paar seconden lang niets, ze liet het even door haar hoofd gaan. 'Ik denk niet dat hij nog iets met haar heeft...' zei ze bedachtzaam. 'Ik ben er eigenlijk vrij zeker van. Hij heeft alleen oog voor jou. Het is eerlijk gezegd zelfs een beetje eng hoe hij zijn ogen niet van je af kan houden. Toch is dat niet zo aardig van hem. Misschien moet hij iets zakelijks met haar bespreken?'

'Ik denk het,' zei Mia schouderophalend. 'Hij zegt dat het al een paar jaar geleden is en dat het toch al nooit heel serieus was. Toch komen er dan beelden in mijn hoofd van hen samen, snap je?'

Ongeveer een minuut lang liepen ze samen in comfortabele stilte. Ze dronken langzaam hun smoothies op en keken uit over het water.

Toen nam Marisa weer het woord. 'Je houdt echt van hem, hè?' vroeg ze, en voor het eerst klonk ze bezorgd.

Mia zuchtte en keek naar het zand. 'Meer dan ik in woorden kan uitdrukken,' zei ze. 'Meer dan ik ooit voor mogelijk had gehouden.'

'O, Mia...'

'Ik weet het, ik weet het. Ik heb geen preek nodig. Dit kan nooit goed aflopen. Geloof me, ik weet het.'

Haar zus stak haar arm uit en gaf een kneepje in haar hand. 'Nou, voor wat het waard is: hij lijkt dol op je te zijn. Absoluut. Ik heb nog nooit zoiets gezien. Hij kijkt naar je alsof hij je wil verslinden, en tegelijkertijd alsof hij alles voor je overheeft. Hij lijkt geobsedeerd door je, zusje...'

Mia lachte. Marisa's woorden haalden haar uit haar sombere bui. 'O, toe nou. Ik weet zeker dat je overdrijft. We hebben gewoon chemie, dat is alles...'

'Nee, Mia.' Marisa schudde serieus kijkend haar hoofd. 'Wat jullie hebben gaat veel verder dan dat. Ik weet niet eens hoe ik het kan omschrijven. Hij kan zijn ogen écht niet van je afhouden. En het lijkt hem niet te lukken om je langer dan een paar minuten niet aan te raken...'

Mia werd een beetje rood. Ze vroeg zich af of haar zus hun gesprek had gehoord. Zo ja, dan had Ellet het zeker weten gehoord, want de Krinar hadden een beter gehoor dan de meeste mensen.

'Hoe heb je eigenlijk iets met hem gekregen?' vroeg Marisa met onverholen nieuwsgierigheid. 'Je hebt me nooit echt het hele verhaal verteld, alleen wat bullshit over je minnaar uit Dubai... Je bent altijd zo voorzichtig en keurig geweest, dus ik kan me er weinig bij voorstellen hoe jij een affaire krijgt met een K.'

Mia aarzelde. Ze wilde niet meer liegen tegen haar zus, maar ze was er ook niet klaar voor om haar familie het hele verhaal te vertellen. 'Het was niet makkelijk voor me,' zei ze. 'Ik was in het begin nogal bang, en Korum kan... intimiderend zijn. Maar ik voelde me natuurlijk erg tot hem aangetrokken, en hij was erg vasthoudend. De rest is geschiedenis.'

Marisa keek haar indringend aan. 'Oké. Ik denk dat je niet het achterste van je tong laat zien, maar dat komt wel als je er klaar voor bent.'

'Dank je, Marisa. Je bent zaire beste zus die ik me kan wensen,' zei Mia oprecht.

'Ik weet het. En ook nog zo bescheiden.' Haar zus grijnsde toen ze dit zei en Mia glimlachte naar haar terug.

Ze liepen nog wat verder, ieder in hun eigen

gedachten verzonken, totdat Marisa weer het woord nam. 'Is er een kans dat het wél gaat werken tussen jullie?' vroeg ze met weer een serieus gezicht. 'Hoe miniem ook?'

Mia schudde haar hoofd. 'Nee, dat kan ik me niet voorstellen. We zijn een andere soort en we hebben een heel andere levensverwachting. Hij zal me uiteindelijk verlaten. Op dit moment weet ik nog niet hoe ik daar ooit mee om zal kunnen gaan.'

'O, Mia… Liefje, ik weet niet wat ik moet zeggen…' Er was intens medelijden te zien op Marisa's mooie gezicht.

'Je hoeft niets te zeggen,' zei Mia kalm. 'Het is mijn eigen schuld dat ik verliefd op hem ben geworden. Ik had een leuke, normale jongen kunnen vinden – iemand zoals Connor – maar nee, ik moest zo nodig iets beginnen met een alien. Ik weet zeker dat ik er uiteindelijk wel overheen kom. Misschien ontmoet ik dan zelfs wel een mensenman om wie ik ga geven.'

'Heb je hier al met hem over gepraat?'

'Nee,' zei Mia eerlijk. 'Ik ben op dit moment te gelukkig om het te willen aansnijden. Voor het eerst in mijn leven probeer ik in het moment te leven, ergens van genieten zonder me zorgen te maken over de consequenties…'

Marisa glimlachte, al resteerde er nog steeds iets van zorgelijkheid op haar gezicht. 'Goed zo, meid. Carpe diem en zo.'

De Krinar keek naar de twee jonge vrouwen die langzaam over het strand liepen. Ze waren allebei mooi, maar slecht een van hen hield zijn aandacht vast.

Het was onnodig om haar nu te bekijken, dat wist hij rationeel wel. Hij zou zich moeten concentreren op zijn vijand, niet op een onbeduidende mens die nooit een bedreiging zou kunnen vormen voor zijn plannen.

Toch lukte het hem niet zijn blik van haar los te rukken.

Ze lachte en wendde haar gezicht naar de zon, en hij zoomde in en zette het beeld even stil. Haar lippen waren een stukje vaneen, waardoor haar rechte, witte tanden zichtbaar waren, en haar bleke huid leek licht te geven.

Ze zag er gelukkig uit. Hij had bijna spijt van wat hij moest gaan doen. Als het volgens plan verliep morgen, zou ze wel een tijdje van slag zijn.

Totdat hij de kans zou krijgen om haar pijn te verzachten.

Die avond nam Korum de hele familie mee uit eten naar een chic restaurant dat onlangs was geopend in Hammock Beach, een exclusieve buurt niet zo ver van Ormond.

Tot Connors grote verrassing stonden er zeevruchten, steak en kaviaar op het menu. De prijzen voor dierlijke producten waren vanzelfsprekend astronomisch hoog; sommige gerechten kostten bijna zoveel als het weeksalaris van een docent. Haar ouders gaapten verbaasd naar het menu totdat Korum zei dat hij trakteerde en dat hij daar geen discussie over wilde. Eerst aarzelden ze nog, maar uiteindelijk gingen ze er toch voor. Connor bestelde een rib-eye steak en haar ouders gingen voor een garnalencocktail als voorgerecht en kreeft als hoofdgerecht. Mia nam noodles die gemaakt waren met echte eieren en Marisa koos Russische blini's met kaviaar. Korum ging zoals gewoonlijk voor een grotendeels vegetarisch menu, hoewel hij een beetje boter op zijn gegrilde groenten nam. 'Een smakelijke uitvinding van de mens,' lichtte hij wrang toe.

Het begin van het dinertje was gezellig. Korum vroeg haar ouders naar hun werk en over hoe ze als kinderen naar de VS waren verhuisd. Hij leek bijzonder veel interesse te hebben in het immigratieproces en in het integreren. Haar ouders vonden het fijn om daarover te vertellen en het gesprek liep goed.

Een paar glazen wijn later besloot haar zwager echter een wat minder veilig onderwerp aan te snijden. 'Waarom zijn jullie eigenlijk naar de aarde gekomen?' vroeg Connor, waarbij hij Korum nieuwsgierig aankeek.

Mia verstijfde. Ze herinnerde zich hoe slecht haar geliefde had gedacht over de mens en over hoe die omging met de aarde, de planeet die de K hadden uitverkoren als toekomstige thuisplaneet.

Maar ze had zich geen zorgen hoeven maken.

Korums toneelstukje ging gewoon door. 'Ons zonnestelsel is veel ouder dan dat van jullie,' legde hij uit. 'Onze ster zal dus ook eerder sterven dan jullie zon. Daarom was het logisch om ons voor te bereiden op die gebeurtenis. Het is ook goed om verspreid te zijn. Als er dan iets gebeurt met Krina, zou in elk geval een deel van de Krinar overleven.'

'Zo, jullie denken echt vooruit.'

Connor klonk onder de indruk, en Korum glimlachte minzaam naar hem voordat hij het gesprek bracht op Mia's kindertijd en hoe ze was geweest als peuter.

De rest van het diner vloog om. Iedereen deed zijn best om het grappigste en meest gênante verhaal over Mia als kind te vertellen – alles kwam voorbij, van haar vreemde voorkeur voor paarse kleren toen ze drie was tot Marisa die haar omkocht met snoep om haar wiskundehuiswerk in de brugklas te maken.

'Het is moeilijk te geloven dat Mia ooit gedwongen moest worden om huiswerk te maken,' zei Korum en hij glimlachte naar haar. 'Ik kan haar er nu met geen tien paarden van weerhouden. Haar inzet is ongelofelijk. Zelfs Saret is onder de indruk, en hij heeft in de loop van de jaren heel veel getalenteerde en toegewijde assistenten gehad.'

Haar ouders grijnsden. Ze zagen er trots en ingenomen uit, en Mia realiseerde zich opnieuw hoe goed Korum kon manipuleren. Zijn familie vond hem geweldig, ook al moesten ze eigenlijk vreselijk bezorgd zijn dat hun jongste dochter een relatie had met een buitenaardse jager. Niet dat Mia het erg vond, natuurlijk. Haar geliefde deed precies wat ze wilde, namelijk haar ouders geruststellen, en daar was ze dankbaar voor.

Om tien uur was het etentje voorbij. Mia nam afscheid van haar familie, nam plaats in Korums Ferrari en ze reden naar huis. Ze voelde zich gelukkig en ze had heerlijk gegeten.

De volgende ochtend kwam ze vol energie uit bed. Ze poetste vlug haar tanden en trok de bikini aan die Korum voor haar had klaargelegd. Toen ging ze naar hem op zoek.

Hij lag bij het zwembad te zonnebaden als een grote gouden kat. Anders dan een mens verbrandde Korum nooit. Zijn huid hield altijd dezelfde licht gebronsde kleur. Nu ze erover nadacht: Mia was zelf ook nog niet verbrand, ook al had ze geen zonnebrand gebruikt. Heel even vroeg ze zich af of Korum haar iets had gegeven om haar huid te beschermen zonder dat ze het wist. Toen vergat ze die gedachte weer, want ze had veel te veel zin in deze dag.

Korum zag haar aankomen bij het zwembad en wierp haar een langzame, sensuele glimlach toe die haar herinnerde aan de dingen die hij gisteravond met haar had gedaan. Haar onderbuik trok zich samen van de herinnering aan het genot. Hij leek geen genoeg van haar te kunnen krijgen – en zij niet van hem. Mia begon zich af te vragen of ze verslaafd aan elkaar waren. Korum had haar natuurlijk gewaarschuwd voor bloedverslaving, maar hij had het niet gehad over seksverslaving. Toch kon ze zich niet voorstellen dat ze hem nog méér zou willen dan ze nu al deed.

Er stonden hoge bosschages en een wit hek om het zwembad heen, zodat het niet in het zicht was van strandwandelaars. In dit huis had je veel privacy. Om die reden voelde Mia zich erbij op haar gemak naar hem toe te lopen en haar hand over zijn borstkas te laten glijden. Ze genoot van het gevoel van zijn zachte, warme huid.

Hij grijnsde en pakte haar hand om er een kus op te drukken. 'Ah, de vrouwe ontwaakt,' plaagde hij. Met zijn lippen knabbelde hij zachtjes aan haar hand.

Een rilling van genot ging door haar heen bij zijn aanraking en ze had het ineens veel warmer. Ze probeerde een blos te onderdrukken en vroeg: 'Heb je zin om vanmorgen naar het strand te gaan?'

Ze zouden vandaag met haar ouders lunchen en dan naar St. Augustine rijden om de alligatorfarm te bezoeken, een van Mia's favoriete dingen in de buurt. Maar het was nu pas negen uur 's ochtends, dus er was nog veel tijd te doden.

'En ontbijt dan?' vroeg hij. 'Heb je geen honger?'

'Ik eet onderweg wel een banaan,' zei Mia. Ze wilde graag zwemmen in de oceaan. 'Ik zit nog best wel vol van het eten van gisteravond.'

'Goed, dan gaan we.'

. . .

Het strand dat grensde aan hun huis was prachtig en vrijwel verlaten. Hoewel het geen privéstrand was, waren er geen hotels in de buurt en geen parkeerterrein. Alleen de rijke bewoners van de strandhuizen en een paar die-hards die lange strandwandelingen maakten waren hier te vinden.

Ze gingen door het hek bij het zwembad en liepen over een smalle houten brug die van het huis naar het strand leidde, zodat ze niet door de duinen hoefden.

Zodra ze de brug af stapte, schopte Mia haar slippers uit en rende ze naar het water. Ze wilde weten hoe warm het was. In deze tijd van het jaar was de Atlantische Oceaan vaak nog niet zo warm als later in de zomer, maar dat kon haar niet schelen. Ondanks het relatief vroege uur was het al warm buiten en ze vond de koele oceaan juist lekker.

Ze zwommen een heel uur, totdat Mia prettig moe was. Haar spieren trokken van de beweging. Ze stond versteld van haar eigen uithoudingsvermogen. Buiten een paar keer zwemmen in de avond in Costa Rica had ze de afgelopen maanden niet veel getraind. Misschien was ze nog steeds in vorm van een jaar geleden, toen Jessie hen had opgegeven voor een vijfkilometerrun voor het goede doel. Mia had zich uit de naad getraind om zich daarop voor te bereiden. Het kon ook zijn dat al dat voedzame eten van Korum goed was voor haar lijf.

Uiteindelijk kwam ze het water uit en ging ze liggen op een grote handdoek die ze uit het huis hadden meegenomen. Korum ging naast haar liggen.

Ze deed haar ogen dicht, ontspande en voelde de warme zonnestralen op haar huid. Vagelijk vroeg ze zich af of ze zonnebrand moest opsmeren, maar ze was te lui om iets te doen. Maar een paar minuten, zei ze tegen zichzelf, even wat vitamine D meepakken…

Enige tijd later werd ze wakker uit haar dutje door een prettig kietelend gevoel.

Ze deed haar ogen open en draaide haar hoofd opzij. Ze moest haar ogen een beetje dichtknijpen tegen de felle zon. Korum lag naast haar, leunend op zijn elleboog. Hij keek glimlachend op haar neer en streelde haar ribbenkast met één vinger. Zijn donkere haar glansde in het zonlicht en er was een warme gloed te zien in zijn amberkleurige ogen. Zijn dikke, lange wimpers werden ook stuk voor stuk door de zon belicht.

'Wat?' mompelde Mia. Ze voelde zich nogal zelfbewust. Haar bikini liet weinig te raden over, en de manier waarop hij nu naar haar keek maakte haar verlegen.

'Niets,' zei hij zachtjes. 'Je huid ziet er alleen zo prachtig uit in dit licht. Ik wist niet hoe mooi een bleke huid kon zijn.'

'Eh, dank je…'

'Je bloost ook zo mooi,' plaagde hij, en hij liet zijn vingers over haar plotseling verhitte wangen glijden.

Mia glimlachte licht beschaamd naar hem. Het was nog steeds onwennig voor haar: een relatie hebben, iemand hebben die haar lichaam zo aanraakte en bewonderde. Dat diegene dan het prachtige wezen was dat naast haar lag, dat was helemaal meer dan Mia ooit had kunnen fantaseren.

'Hoelang heb ik geslapen?' vroeg ze. 'Het was niet mijn bedoeling om weg te zakken…'

'Helemaal niet lang. Twintig minuten of zo.'

Mia gaapte met haar hand voor haar mond. 'Sorry. Je verveelde je zeker…'

'Ik verveel me nooit met jou,' zei hij. Hij keek haar nog steeds aan. 'Ik vind het mooi hoe je slaapt. Je ziet er altijd zo lief en vredig uit… een donkerharige engel. Het is heel kalmerend om je zo te zien.'

Mia grijnsde naar hem. Korum kon nogal raar zijn. 'Dat komt goed uit, denk ik, gezien de hoeveelheid slaap die ik nodig heb.'

Hij glimlachte alleen maar en stopte een krul achter haar oor. 'Begin je al honger te krijgen, of zit je nog steeds vol van gisteravond?'

Daar moest ze even over nadenken. 'Ik zou wel wat lusten. Maar gaan we niet zometeen al lunchen met mijn ouders?'

'Over twee uur pas. Tegen die tijd ben je waarschijnlijk uitgehongerd.'

'Hmm, oké. Ik wil alleen toch eerst nog even zwemmen.'

'Tuurlijk. Nu meteen?'

'Eerst naar de wc,' zei Mia. 'Wacht je hier? Ik ben zo terug.'

'Ga maar,' zei Korum grijnzend. 'Ik wacht op je.'

Mia sprong op en rende terug naar het huis. Ze ging naar de dichtstbijzijnde wc op de eerste verdieping.

Daarna ging ze terug naar het strand. Ze had zin om het koele water op haar oververhitte huid te voelen.

Ze liep naar het hek achter het zwembad toe, opende het... en verstijfde.

Direct achter het hek, waar de bosschages haar onttrokken aan het zicht van iedereen op het strand, stond Leslie – een van de Verzetsstrijders met wie Mia had samengewerkt.

En haar slanke, gespierde armen hielden een pistool op Mia's borst gericht.

HOOFDSTUK NEGENTIEN

*E*en paar seconden lang was Mia geïmmobiliseerd door ijzige schok. Ze was op geen enkele manier in staat te denken of te reageren. Als een konijn in de koplampen, zei een stemmetje in haar hoofd met zwarte humor. Haar benen voelden verzwakt en zwaar, alsof ze in drijfzand stond, en haar zicht had zich vernauwd tot alleen het dodelijke wapen dat op haar gericht was.

Toen ging er plots een adrenalinegolf door haar heen die haar hoofd helder maakte en haar hartslag door het dak liet gaan. Als ze niks deed, zou ze doodgaan, besefte Mia zonder enige twijfel. Korum was te ver weg om haar te helpen als ze schreeuwde; de kogel zou haar al geraakt hebben voor hij ook maar in de buurt kwam van het huis.

'Handen omhoog, trut,' zei Leslie kortaf. Haar fijne gezicht was zo verwrongen van haat dat Mia haar bijna niet meer herkende. 'Jij verrader, je krijgt wat je verdient...'

'Wat doe je hier, Leslie?' onderbrak Mia haar. Ze probeerde het trillen uit haar stem te houden en bracht langzaam haar handen omhoog. *Laat die hondsdolle gek niet zien dat je bang bent. Hou haar aan de praat. Rek tijd.*

'Dacht je nou echt dat je ermee weg kon komen?' vroeg Leslie. Haar armen trilden en haar vinger tikte nerveus tegen de trekker. 'Dacht je nou echt dat je je hele soort kon verraden en daarna lang en gelukkig kon neuken met dat monster?'

Haar kleren waren vies en zaten vol scheuren, merkte Mia op met een deels functionerend deel van haar brein. Leslie moest al wel een aardige tijd op de vlucht zijn.

'Leslie, luister,' zei Mia wanhopig. Ze wist dat ze nog maar een paar seconden had. 'Als je schiet, zal Korum je vermoorden. Je zult niet snel genoeg weg kunnen komen. Hij zal het schot horen en hij zal je...'

Er verscheen een vreemde, triomfantelijke grijns op Leslies gezicht. Heel even leek ze serieus te glunderen. 'O, je denkt dat ik mijn leven voor jou op het spel ga zetten?' zei ze met minachting. 'Je denkt dat ik zo dom ben? Nee, truttebol, hoe graag ik ook een eind zou maken aan jouw miezerige leventje, ik heb de opdracht gekregen om je in leven te laten. Ik moet je hier levend weghalen terwijl hij afrekent met je liefje...'

Geschokt staarde Mia haar aan. Er verspreidde zich een misselijkmakende angst door haar lijf. 'Wat bedoel je?' fluisterde ze. Haar hersenen konden niet goed bevatten wat dit allemaal betekende. 'Terwijl wie met hem afrekent?'

Leslie lachte. Ze genoot zichtbaar van Mia's reactie. 'Ik wist het. Ik wist dat je voor dat monster was gevallen. Ik zei al tegen John dat hij je niet moest vertrouwen, maar hij was er stom genoeg van overtuigd dat je aan onze kant stond. Ik wist wel beter. Ik wist dat je er helemaal het type naar was om voor die mooie buitenkant te vallen. Heeft hij jou ook verslaafd gemaakt? Loop je nu ook constant K te smeken om je te bijten, zoals mijn broer deed voordat ze hem vermoordden?'

Mia's gedachten tolden in paniek door haar hoofd en haar hart bonsde zo hard dat het voelde alsof het door haar ribbenkast zou beuken. Tegelijkertijd begon er in haar onderbuik een woede te branden. 'Terwijl wie met hem afrekent?' herhaalde ze met opeengeklemde kaken en met een lage, gemene stem.

Leslies lippen vormden een nepglimlach. 'Dacht je dat de Kadebam alleen opereerden?' vroeg ze spottend. 'Denk je dat ze gepakt zijn en dat het nu afgelopen is?'

Mia kon haar alleen maar geschokt aanstaren.

'Er zijn nog veel meer K bij betrokken,' vertelde Leslie haar met wreed plezier in haar ogen. 'Je liefje gaat op dit moment in nanodeeltjes op...'

Mia hapte naar adem, maar haar longen kregen niet genoeg lucht. Een moment werd het zwart voor haar ogen en toen schoot er een woede door haar heen zoals ze nog nooit had ervaren, waardoor er geen ruimte meer was voor angst.

En plotseling wist ze precies wat ze moest doen.

Ze liet haar blik naar een punt achter Leslie glijden en keek overdreven vrolijk.

Geschrokken draaide Leslie zich om om even te kijken, en Mia dook boven op haar en sloot haar handen om het pistool, ook al had Leslie nu al door dat ze erin was geluisd.

Mia gooide haar gewicht zo hard in de strijd dat ze allebei voorover vielen, waarbij Mia bovenop landde. Haar wanhoop gaf haar een kracht die ze nooit van zichzelf had vermoed. Toch lukte het Leslie om haar grip op het wapen te houden; dankzij haar training en haar grotere lijf had ze een groot voordeel ten opzichte van de kleine Mia. Ze rolden over de grond, terwijl beiden probeerden het pistool te bemachtigen.

Leslie eindigde bovenop. Haar gewicht drukte Mia tegen de grond. Toen gaf ze een knietje in Mia's maag en Mia hapte naar adem, want alle lucht werd uit haar longen geslagen. Op hetzelfde moment trok Leslie met beide handen aan het wapen, waardoor Mia's schouder bijna uit de kom werd getrokken. Ze voelde bijna niks van de pijn, zo verdoofd was ze door de adrenaline die door haar aderen stroomde en de moordlustige woede die haar hoofd vulde.

Voor het eerst in haar leven begreep Mia hoe het voelde om iemand echt te willen vermoorden, om haar aan stukken te rijten en te zien bloeden. Een rood waas kwam voor haar ogen en ze vocht voor alles wat ze waard was, zonder na te denken over haar eigen veiligheid of een eerlijke strijd. Haar gezicht kwam in de buurt van Leslies schouder en ze beet, zomaar ineens; zette haar tanden als een wildeman in de vlezige bovenarm. Leslie schreeuwde het uit en Mia genoot van haar pijn, van de metaalachtige smaak van bloed die haar mond vulde. Haar knie schoot zo hard als ze kon omhoog en raakte Leslies schaamstreek. Het meisje hapte naar adem en haar grip op het wapen verslapte iets.

Dat was de enige gelegenheid die Mia nodig had.

In plaats van aan het wapen te trekken, drukte ze het naar beneden en draaide ze het om. Leslies wijsvinger, die vastzat in het oogje van de trekker, draaide mee, en het meisje schreeuwde toen haar vingerkootje in een heel onnatuurlijke houding boog en uiteindelijk knapte.

Mia gebruikte dit moment om aan het wapen te trekken en het uit Leslies hand te wrikken.

En toen, zonder echt na te denken over wat ze deed, sloeg ze ermee op Leslies schedel.

Het lichaam van het meisje werd slap en er sijpelde bloed uit haar hoofd op de plek waar het harde metaal haar had geraakt. Naar adem happend en trillend duwde Mia haar weg. Ze kon nu nog maar aan één ding denken: bij Korum komen voor het te laat was.

Ze sprong op, pakte het pistool en rende. Aan het meisje dat bewusteloos op de grond lag, besteedde ze geen aandacht meer.

Mia rende sneller dan ze ooit had gedaan. Haar

longen brandden en het ruwe hout van de brug maakte sneetjes in haar blote voeten. Het pistool voelde zwaar aan in haar hand, oneigen.

Aan het uiteinde van de brug zag ze een mannelijke Krinar met zijn rug naar haar toe staan. Zijn gestrekte rechterarm was gericht op Korum – die geheel stilstond, zijn blik gefixeerd op het ding in de hand van de andere K.

Leslie had dus niet gelogen. Nog een minuut en het kon al te laat zijn.

Mia vertraagde haar pas iets, hief haar hand omhoog, richtte het pistool op de brede rug van de K die voor haar stond en haalde de trekker over.

Er klonk alleen maar een doffe klik. *Niet geladen!* Het kloteding was niet geladen.

Ze gooide het wapen aan de kant en begon weer te rennen. Haar hersenen snakten naar zuurstof, er dansten zwarte vlekjes voor haar ogen waardoor ze niet zo goed kon zien. Alles om haar heen werd wazig, werd grijs, terwijl ze rende met alles wat ze nog in zich had. Het enige wat ze kon zien, waarop ze zich kon focussen, was de leven-of-doodsituatie recht voor haar.

En toen was ze er. Ze zag de K voor zich opdoemen. Zijn grote lichaam trilde en er parelde zweet in zijn nek. Door het keiharde geluid van haar eigen hartslag in haar oren heen hoorde ze vaag de sussende toon van Korums stem die de K probeerde over te halen het wapen weg te leggen, gewoon te luisteren – en ze zag de schrik op het gezicht van haar geliefde toen hij haar zag rennen en begreep wat ze van plan was.

Zonder nog verder na te denken gooide Mia zichzelf boven op de K, ongeacht hoe zinloos dat was. Haar vingers klauwden in zijn haar en trokken eraan. Geschrokken en schreeuwend van de plotselinge pijn wierp de K haar met één pijnlijke stoot van zich af, waardoor ze bijna vier meter verderop in de duinen belandde.

Haar linkerzij maakte onzacht contact met de grond en heel even lag Mia daar doodstil, alle lucht uit haar geblazen. Toen zetten haar longen weer uit en kon ze hijgend de hoognodige lucht opzuigen. Duizelig en gedesoriënteerd probeerde ze op te staan door eerst op haar buik te rollen en daarna op handen en voeten overeind te komen.

Bij de beweging schoot er een vreselijke pijn door haar linkerarm.

Jammerend keek ze opzij, en ze viel bijna flauw toen ze zag dat er een bloederige scheur in de huid van haar arm zat waar een stuk wit bot uitstak. Plotseling kwam er een hete golf van misselijkheid opzetten in haar keel en moest ze onhoudbaar kotsen. Haar hele maaginhoud belandde in het droge duingras.

Ze viel op haar rechterzij en probeerde weg te kruipen, maar haar ledematen waren zwak en ze trilde als een rietje. Toen werd ze opgepakt door een paar sterke armen en tegen een bekende borst gedrukt.

· · ·

Trillend over zijn hele lichaam knielde Korum neer in het zand. Hij hield haar in zijn armen en wiegde haar heen en weer. Zijn ademhaling was ruig en ruw, en Mia hoorde zijn hart bonken in zijn borstkas.

'Mia, o, liefje, ik dacht dat ik je voorgoed kwijt was…' De doodsangst in zijn stem klonk precies zoals haar eigen angst toen ze hem in gevaar had gezien. Hij leek niets anders te kunnen zeggen. Het enige wat hij deed, was haar tegen zich aan gedrukt houden terwijl hij zijn best deed zichzelf weer onder controle te krijgen. Zelfs in zijn paniek was hij voorzichtig met haar gewonde arm, zodat hij haar niet nog meer pijn deed.

'D-de K…' wist ze met een krakende stem uit te brengen. 'H-heeft hij…?'

'Maak je daar geen zorgen over,' zei Korum rauw. 'Hij vormt geen bedreiging meer. Je leeft nog, daar gaat het om.'

Met haar nog steeds in zijn armen stond hij op. 'Niet kijken,' zei hij terwijl hij haar naar de brug tilde.

Mia deed heel even haar ogen dicht, maar daardoor werd ze nog misselijker, dus ze deed ze weer open.

En ze begreep meteen waarom Korum had gezegd dat ze niet moest kijken.

In het zand, een kleine meter bij hen vandaan, lagen de restanten van zijn belager. Het lichaam was nauwelijks nog als zodanig herkenbaar – de rechterarm ontbrak en er zat een bloederig gat waar het hoofd en de nek hadden gezeten. Overal was bloed, overal op het toegetakelde lichaam en een grote plas in het zand eromheen.

Heel even dacht ze dat het niet echt kon zijn, maar de metaalachtige geur was onmiskenbaar, evenals de onderliggende stank van iets nog veel smerigers, een soort rioollucht. De geur van dood, realiseerde ze zich in een nog functionerend deel van haar brein. Ze had die nog nooit geroken, maar een primitief instinct in haar herkende het en schrok ervoor terug.

Er ontsnapte een getergde kreet uit haar keel voor ze het kon onderdrukken.

Korum vloekte en versnelde zijn pas tot op het punt dat hij zowat naar het huis toe rende, hoewel hij nog altijd oplette met haar gewonde arm.

Mia deed haar ogen dicht en probeerde diep adem te halen en tegen zichzelf te zeggen dat wat ze had gezien alleen maar een filmscène was, dat er heus niet écht een intelligent wezen dood en verminkt in het zand van Ormond Beach lag. Maar de beelden op haar netvlies waren te levendig en onmiskenbaar, en haar maag draaide zich om. Als ze niet net nog haar maaginhoud had uitgekotst, was het zeker nu gebeurd.

De K die haar in zijn armen droeg had zijn tegenstander zojuist letterlijk in stukken gereten.

HOOFDSTUK TWINTIG

*H*aar maag draaide zich om en ze drukte instinctief met haar rechterhand tegen Korums borst, maar hij negeerde haar poging om zichzelf te bevrijden.

'Sst, liefje, het komt goed,' fluisterde hij vol overtuiging. Hij liep met haar naar het zwembadgedeelte.

Zodra ze door het hek gingen, deed Mia haar ogen weer open en zag ze Leslies lichaam nog steeds liggen, op de grond buiten het hek. Met een vreemd afstandelijk gevoel vroeg ze zich af of de Verzetsstrijdster ook dood was. Ze wist dat ze dat een vreselijke gedachte zou moeten vinden, maar op dit moment voelde ze zich alleen maar verdoofd – verdoofd en koud vanbinnen.

Korum tilde haar de trap op en nam haar mee naar de grote badkamer op de bovenste verdieping. Hij zette haar voorzichtig neer, deed de douche aan en zorgde voor een fijne temperatuur terwijl Mia daar gewoon maar stond. Ze tolde een beetje en keek lusteloos naar wat hij allemaal deed. Er was een soort genadige wazigheid over haar heen gekomen die haar deels beschermde tegen de brute realiteit van de situatie. Ze wist wat ze zag, maar het leek haar op geen enkele manier te raken. Alsof het iemand anders overkwam.

Korums hele lichaam zat onder het bloed en het zand en zijn haar was ermee aangekoekt. Hij zag eruit alsof hij had gevochten. En nou ja, dat was natuurlijk ook zo. Als ze de hele gruwelijke gebeurtenis goed begreep, had hij de andere K met blote handen vermoord.

Er kwam weer hete gal opzetten in haar keel en ze moest hard slikken om het terug te dringen. Hoewel ze wist dat het zelfverdediging was, vond ze het nog steeds vreselijk dat haar geliefde in staat was tot zoveel geweld.

Maar wat haar nog meer beangstigde, was het feit dat zijzelf daar ook toe in staat bleek.

Want meer dan alles was ze ontzettend blij dat de andere K dood was – dat het zijn lichaam was en niet dat van Korum dat daar in stukken lag. Als hij in zijn opzet was geslaagd… als hij Korum had vermoord, dan had Mia hem dat zonder meer betaald gezet door hém te vermoorden – of ze zou het hebben geprobeerd tot haar eigen dood erop volgde.

Haar ogen gleden naar links en ze zag haar reflectie in de grote spiegel die aan de muur hing. Overal op haar gezicht zaten vegen opgedroogd bloed, vooral rond haar mond – dat was van toen ze Leslie had gebeten, begreep ze. Modder, zand en stukjes verdroogd gras bedekten haar grotendeels naakte lichaam en er zaten takjes in haar haar. Ze zag eruit als een moordlustige gek.

'Je kunt eronder,' zei Korum zachtjes. Hij tilde haar voorzichtig op en droeg haar de douchecel binnen, waar het water nu de perfecte temperatuur had.

Het warme water voelde heerlijk op haar huid en Mia realiseerde zich dat ze het koud had, dat ze ondanks het warme weer bevroren was vanbinnen. Ook trilde ze. Haar lichaam moest in shocktoestand zijn geraakt, dacht ze met een haast klinische blik. Ze durfde niet naar haar arm te kijken omdat ze bang was dat ze dan weer in paniek zou raken. Op dit moment was de pijn draaglijk, alsof ze een soort verdovend middel had gekregen. Anders dan de meeste mensen had Mia nog nooit een botbreuk opgelopen, en ze vroeg zich af of het altijd zo voelde. Zo ja, dan was het zo erg nog niet. Zeker wel te doen.

'Blijf hier,' zei Korum tegen haar. 'Ik kom zo terug met iets voor je arm.'

Mia knikte gehoorzaam en hij ging heel even weg. Toen hij terugkwam, had hij een pilletje in zijn hand. Hij stapte bij haar onder de douche, gaf haar het pilletje en zei dat ze het moest doorslikken.

Dat deed ze, en de dof kloppende pijn nam vrijwel meteen af.

'Doe je ogen dicht. Niet kijken,' zei hij. 'Ik meen het, Mia. Hou ze dicht.'

Ze ademde diep in en kneep haar ogen stijf dicht. Ze voelde zijn handen op haar gewonde arm en voelde hem die licht bewegen – en op de een of andere manier deed het helemaal geen pijn toen hij de boel rechttrok en het bot weer op zijn plek schoot.

'Klaar,' zei hij met een hese stem. 'Je kunt je ogen weer opendoen.'

Mia keek hem aan, en plotseling kwamen er scheurtjes in het ijzige harnas dat om haar heen zat.

Er kwamen gierende uithalen uit haar keel en ze liet zich op de vloer zakken terwijl ze oncontroleerbaar trilde. Alle angst en geweld die ze had meegemaakt kwamen met een rotvaart bij haar binnen en overweldigden haar volledig. Ze had hem kunnen kwijtraken, ze hadden allebei dood kunnen gaan, hij had met bruut geweld een andere Krinar afgeslacht, zij had Leslie wel kunnen vermoorden... Het was te veel, alles bij elkaar, en Mia trok haar knieën tegen haar borst en jankte zo hard dat haar lichaam ervan schokte.

'Mia, sst, liefje, het is voorbij. Het is voorbij, dat beloof ik je...' mompelde hij. Hij ging op zijn knieën zitten en trok haar dichterbij. Toen reikte hij omhoog en richtte hij de douchekop zo dat het water over hen heen stroomde, en hij liet haar gewoon huilen, omdat hij wist dat dat precies was wat ze nu nodig had.

Na een paar minuten nam het snikken af en tilde hij haar op. Hij zette haar behoedzaam op haar voeten, trok haar badpak uit, goot zeep in zijn hand en waste elke centimeter van haar huid, pakte shampoo en waste haar haar, verwijderde alle resten bloed en vuil van haar lichaam.

Korum zette de douche uit, stapte uit de cabine en kwam terug met een grote, zachte handdoek die hij om haar heen wikkelde. Mia stond het te ondergaan, te getraumatiseerd om iets anders te doen.

'Is ze dood?' vroeg ze met een doffe stem, denkend aan het meisje dat ze bloedend en bewusteloos bij het hek naar het zwembad had laten liggen.

Korum schudde zijn hoofd terwijl hij zichzelf ook afdroogde. 'Ik denk het niet. Ik zag haar ademen toen we langsliepen. Ik heb de bewakers gebeld die in de buurt waren om een oogje in het zeil te houden voor je familie. Ze zijn hier bijna. Zij zullen haar in bewaring nemen en de rest opruimen...'

'Wie was hij? Kende je hem?'

Heel even flitste er woede in zijn ogen, toen wist Korum zichzelf met zichtbare moeite onder controle te krijgen. 'Ja,' zei hij, en ze hoorde de nauwelijks onderdrukte woede in zijn stem. 'Ik wist niet dat hij banden had met de Kadebam, ik had echt geen idee. Ik kan niet geloven dat hij ons allemaal zo om de tuin heeft geleid.'

Mia bleef hem aankijken en hij ademde diep in om zichzelf te kalmeren.

'Zijn naam was Saur,' legde Korum op vlakke toon uit. 'Hij werkte al sinds we naar de aarde zijn gekomen in je lab – in Sarets lab. Hij is degene die een paar weken geleden is weggegaan, zodat er een vacature was. Saret gaf altijd erg hoog over hem op. Saur was zijn jongste en briljantste assistent, totdat Adam erbij kwam, tenminste. Ik weet niet wat hem heeft gedreven om betrokken te raken bij de Kadebam. Hij had onze samenleving zoveel te bieden... En waarom hij hierheen is gekomen om ons te vermoorden, begrijp ik ook niet...'

'Om jóú te vermoorden,' verbeterde Mia hem. Ze kreeg het weer koud vanbinnen bij die gedachte. 'Leslie zei dat haar was bevolen mij levend mee te nemen zodat hij alle ruimte had om jou uit de weg te ruimen...'

Zijn wenkbrauwen gingen omhoog. 'Aha,' zei hij peinzend. Hij leidde haar de badkamer uit en de slaapkamer in.

Daar lagen al kleren klaar voor de lunch met haar ouders: een mooie perzikkleurige zomerjurk en een witte zijden string. Hij kleedde haar zorgvuldig aan, alsof ze een klein kind was, en hield nog steeds extra rekening met haar gebroken arm.

Die nu helemaal geen pijn meer deed, besefte Mia.

Met lichte nieuwsgierigheid keek ze naar links en ze knipperde met haar ogen. Ze kon het bijna niet geloven. Waar een paar minuten geleden nog een bloedige jaap had gezeten en bot uit haar arm had gestoken, was nu perfect gladde huid, zonder ook maar een spoortje van een verwonding.

Verrast bewoog Mia haar arm, die het goed leek te doen. Ze tilde hem omhoog en spande haar biceps aan. Alles leek normaal te functioneren. Hoe kon een klein pilletje dit bewerkstelligen?

Ze voelde zich algeheel veel beter nu. De douche en het medicijn dat hij haar had gegeven hadden wonderen gedaan voor haar fysieke gesteldheid, ook al vond haar hoofd het nog steeds moeilijk om te verwerken wat ze had meegemaakt.

'Als het goed is, is je arm hersteld,' zei Korum, die keek hoe ze de oefeningen deed.

Hij had zichzelf ook al aangekleed en droeg nu een wit T-shirt en een spijkerbroek. Hij zag er zo knap – en zo lévend – uit dat Mia haast weer in tranen uitbarstte bij de gedachte aan wat er bijna was gebeurd.

'Vertel me nu eens,' zei hij zachtjes, en hij liep naar haar toe en tilde met zijn vingers haar kin omhoog, 'wat je in godsnaam bezielde om zo je leven te riskeren.'

Mia knipperde met haar ogen, verschrikt door de verstilde woede in zijn stem. 'Leslie zei dat hij je ging vermoorden. Z-ze zei dat je in d-deeltjes zou worden gehakt...' Haar stem trilde door de herinnering aan de angst en ze kon de tranen die in haar ogen prikten maar net wegknipperen.

'En wat dacht je toen? Ik spring maar even boven op een geoefende vechter die een wapen op me gericht heeft? Ik tackel een Krinar die me met één uithaal kan vermoorden?' Korum trilde van woede en zijn ogen zaten vol met die gevaarlijke gele vlekjes. 'Besef je niet hoe fragiel, hoe kwetsbaar je bent? Hoe makkelijk jij gewond kunt raken of zelfs van de aardbodem gevaagd kunt worden?'

Mia slikte. 'Ik zou het niet aankunnen als er iets met jou gebeurd was…'

'Met mij? Hoe denk je dat ik me had gevoeld als er iets met jóú was gebeurd?' Hij was bijna buiten zichzelf van woede. Zijn kiezen waren stevig op elkaar geklemd en er klopte een spiertje in zijn kaak. Ze had hem nog nooit zo gezien en vroeg zich vagelijk af of ze bang moest zijn. Hij had tenslotte net iemand op brute wijze vermoord. Toch kon ze om de een of andere reden nog geen greintje angst bij zichzelf bespeuren. Gedurende de afgelopen paar weken was er duidelijk iets veranderd. Eerst had ze nog gedacht dat hij haar zou vermoorden omdat ze hem bespioneerde, maar nu voelde ze zich volkomen veilig bij hem. Zelfs als hij boos was, zou hij haar geen haar krenken. Dat wist ze honderd procent zeker.

'Ik weet het niet,' zei ze. Ze zag zijn ogen nog feller oplichten. Voor ze met haar ogen kon knipperen, had hij haar opgepakt en was hij met haar op schoot op bed gaan zitten. Hij hield haar zo stevig vast dat ze bijna niet kon ademhalen en verborg zijn gezicht in haar haar. Mia voelde de lichte schokjes door zijn grote, gespierde lichaam gaan.

'Je wéét het niet?' fluisterde hij ruw. 'Weet je nou echt nog steeds niet dat je alles voor me betekent?'

Ze durfde haar oren bijna niet te geloven. Mia duwde tegen zijn borst om een klein beetje afstand tussen hen te creëren zodat ze hem kon aankijken. 'Echt waar?'

'Natuurlijk.' Zijn blik brandde in de hare met een

intensiteit die ze nog nooit had gezien. 'Hoe kun je daaraan twijfelen?'

'Betekent dit... dat je van me houdt?' vroeg ze haperend, want zelfs de gedachte dat ze dit vroeg vond ze al eng. Wat als hij nee zei? Wat als ze hem verkeerd had begrepen en hij haar zou uitlachen om haar dwaasheid? Haar borst trok samen van ongeruste verwachting.

'Mia, ik hou meer van jou dan van het hele leven,' zei hij. Zijn stem klonk rauw van de emotie. 'Als jou iets overkwam... Als jij er niet meer was, zou ik niet verder willen leven. Begrijp je?'

Mia knikte. Ze was te zeer overmand door gevoelens om iets te zeggen. Hij hield van haar? Deze prachtige, geweldige man hield van haar?

Zijn ogen vernauwden zich. 'En als je ooit, ooit nog eens je leven zo op het spel zet...'

Mia liet hem die zin niet afmaken. In plaats daarvan reikte ze omhoog en begroef ze haar handen in zijn haar om zijn hoofd naar haar toe te trekken. En toen kuste ze hem. Het was de beste manier om de omvang van haar gevoelens voor hem duidelijk te maken.

Eerst bevroor hij even, alsof hij bang was dat hij haar pijn zou doen, maar toen klonk er een grommend geluid van diep uit zijn keel en kuste hij haar terug. Zijn handen omklemden haar weer met meer kracht en zijn mond was hongerig en wanhopig op de hare.

Mia hield zich met evenveel wanhoop aan hem vast. Haar angst en adrenaline veranderden nu in een opwinding die hand over hand toenam. Hij leefde – ze leefden allebei – en haar lichaam wilde dat weer vaststellen, op de meest primitieve, instinctieve manier die ze kende.

Ze belandde op haar rug op haar bed, vastgeklemd onder zijn stevige, gespierde gewicht, en met haar handen trok ze verwoed aan zijn T-shirt. Ze voelde zich uitgehongerd, alsof ze zou doodgaan als hij haar niet nu aanraakte, alsof haar lichaam het uitschreeuwde om door hem opgevuld te worden. Zijn kus overweldigde haar, zijn tong duwde diep in haar mond. Mia zoog eraan, verlangend naar zijn smaak, verlangend naar alles van hem. Ze had het ondraaglijk heet en haar huid zat te strak, zo leek het, alsof hij tot het uiterste werd opgerekt door het verlangen dat binnen in haar brandde. Ze kromde zich naar hem toe in een koortsachtige poging om nog dichterbij te komen.

Hij kreunde weer. Haar uitzinnige reactie lokte een net zo gepassioneerde reactie uit van hem. Zijn linkerhand draaide zich in haar haar en hij hield haar hoofd stil zodat hij haar nog dieper kon zoenen, terwijl hij met zijn rechterhand de onderkant van haar jurk omhoogdeed zodat haar onderlichaam werd ontbloot. Nu zaten alleen haar string en zijn spijkerbroek nog tussen hen in, en daar maakte hij ook korte metten mee. Hij rukte haar ondergoed van haar lijf en ritste zijn broek open. En toen ging hij met één krachtige stoot in haar, waarna hij zijn pik in een soepele beweging verder liet glijden.

Naar adem happend vanwege zijn plotselinge

binnenkomst duwde Mia haar nagels in zijn schouders. Ze was tegelijkertijd geschokt en ontzettend opgelucht om hem in haar te voelen. Hij was ongelofelijk heet en dik, en de stompe, zware kracht van zijn pik was precies wat ze nu nodig had. Haar spieren trilden, rekten zich om zijn grote schacht heen, terwijl ze smolt en vloeibaar werd bij het gevoel van hoe perfect hij haar opvulde, hoe hij de leegte vanbinnen verdreef.

Hij begon te bewegen. Elke stoot duwde haar dieper in de matras, en ze schreeuwde het uit. De spanning in haar binnenste liep op totdat haar hele lichaam leek te exploderen van het orgasme dat door haar heen joeg. Haar schede pulseerde oncontroleerbaar en klemde zich strak om zijn pik.

Hijgend kwam hij omhoog op zijn ellebogen en hij keek naar haar met ogen die bijna puur goud leken. Er waren zweetdruppeltjes te zien op zijn voorhoofd en zijn gezicht was onder de bronzen kleur van zijn huid rood geworden. Hij zag er prachtig en wild uit. Mia kon haar ogen niet afwenden van de verzengende intensiteit van zijn blik. Hij was nog niet klaargekomen en zijn pik was nog steeds keihard in haar.

'Je bent van mij,' zei hij hees. Mia kon daar niets tegenin brengen, niet terwijl hij zo diep in haar zat, in haar lichaam, in haar hart. Ze voelde zich op deze manier enorm kwetsbaar, maar ze wist nu dat hij ook kwetsbaar was. Zij had ook macht over hem.

'En jij bent van mij,' fluisterde ze terug. Ze pakte zijn schouders stevig vast en voelde zijn schacht in haar opleven in reactie op haar woorden.

Hij begon weer stevig te stoten. Zijn heupen beukten tegen haar aan en trokken zich weer terug.Hij duwde zich in haar met een heftigheid waar zij zich bijna mee kon meten. Ze voelde elke stoot diep in haar buik, voelde hoe zijn eikel tegen haar baarmoedermond duwde. Het genot was zo scherp dat het bijna pijn deed… en toen voelde ze hem nóg meer in haar opzwellen, en haar lichaam spande zich aan omdat er opnieuw een heftig orgasme door haar heen ging. Tegelijk begon ook hij te schokken in haar armen en kwam hij zelf met een hese schreeuw klaar. Zijn zaad spoot met een paar korte, warme scheuten in haar.

Een minuutje ongeveer bleven ze zo liggen, met hun lichamen in elkaar, terwijl hun ademhaling kalmeerde en hun hartslag vertraagde. Mia had zich nog nooit in haar leven zo met iemand verbonden gevoeld. Het was alsof ze niet meer twee individuen waren. Alsof de seks hen aan elkaar had verbonden op een niveau dat verderging dan alleen het fysieke. Ze voelde zijn hart kloppen in hetzelfde ritme als het hare. Zijn warmte en zijn lichaamsgeur waren overal om haar heen omdat hij haar vasthield, waarbij zijn gewicht prettig op haar drukte.

Na een tijdje rolde hij van haar af en trok hij haar naar zich toe, zodat ze op zijn borst lag. Ze wist dat ze moest opstaan en zich moest wassen, dat ze zometeen naar de lunch met haar ouders moesten en dat er nog heel veel was wat ze moesten bespreken. Maar op dit moment wilde ze alleen maar hier met hem liggen en de rest van de wereld buitensluiten.

Ze hield van hem en hij hield van haar. Dat was het enige wat nu telde.

D E BEWAKERS WAREN ER EEN PAAR MINUTEN LATER. Hun schip landde geruisloos op het strand nabij het huis. Korum ritste zijn spijkerbroek dicht, gaf een vlugge kus op haar voorhoofd en ging naar buiten om hen te begroeten. Zo kon Mia zich even opfrissen voor de lunch.

Terwijl ze opstond, bemerkte Mia dat haar benen nog steeds trilden en dat het in haar binnenste nog steeds licht naschokte. Ze had geen idee hoe seks met een andere man zou zijn, met een mensenman, maar ze had het sterke vermoeden dat wat zij elke avond – en vaak ook overdag – meemaakte lang niet de standaard was. Misschien zou hun onstilbare verlangen naar elkaar in de toekomst, als ze langer bij elkaar waren, wel iets afnemen, maar op dit moment leek het alsof ze nooit genoeg seks konden hebben. Doelde Korum hier op als hij het had over hun ongewone chemie? Had hij al vanaf het begin geweten dat het zo zou zijn?

Ze liep naar de badkamer, spatte wat water in haar gezicht en probeerde haar krullen in bedwang te krijgen. Onder haar bleke huid had haar gezicht een subtiele, maar stralende kleur. Haar lippen waren voller, een tikje opgezwollen van zijn kussen. Ze zag er gelukkig en bevredigd uit. Totaal anders dan het getraumatiseerde hoopje mens dat ze eerder vandaag was geweest. Ook was aan haar te zien en ruiken dat ze net seks had gehad. Nog een vlugge douche was geen overbodige luxe.

Tien minuten later was ze schoon en weer aangekleed, in andere kleren uiteraard. Het was bijna tijd om te vertrekken naar St. Augustine, dus ging ze Korum zoeken.

Ze trof hem bij het zwembad. Hij praatte met drie Krinar-mannen die gekleed waren in lichtgrijze uniformen. Ze herinnerde zich dat de K die de Kadebam twee weken geleden hadden overmeesterd soortgelijke uniformen droegen.

Dit moesten wel de bewakers zijn over wie Korum het had gehad.

Een van hen hield Leslie vast, die nu bij bewustzijn was en eruitzag alsof ze last had van hevige hoofdpijn, of misschien een hersenschudding. Mia was opgelucht. Ze had haar dus toch niet vermoord en leek haar zelfs geen permanent letsel te hebben toegebracht. Leslie leek wel doodsbang te zijn omdat ze gevangen was genomen door de wezens die zij beschouwde als monsters. Mia had bijna met haar te doen, want ze wist nog hoe bang zijzelf in het begin voor Korum was geweest. Bijna – want ze kon niet vergeten dat dit meisje een pistool op haar gericht had en had samengespannen om Korum te vermoorden.

Nu ze weer kon nadenken, vroeg Mia zich af waarom Saur Leslie had opgedragen haar levend aan hem uit te leveren. Dacht hij dat ze van nut kon zijn voor het Verzet? Of wilde hij iets anders van haar? En waarom had hij het op Korum gemunt? Ze snapte er niets van.

Plotseling kwam er iets bij haar op. Het geheugenverlies van de Kadebam! Als Saur toegang had tot het lab van Saret en als hij genoeg kennis van zaken had, kon hij weleens degene zijn die hun geheugen had gewist. Adam had zelfs ooit gezegd dat Saur veel deed met breinmanipulatie.

Opgewonden liep Mia naar Korum en de bewakers toe. Ze glimlachte breeduit en zei: 'Ik realiseer me net iets. Als Saur in Sarets lab werkte…'

Korum knikte bevestigend. Hij had dit natuurlijk allang bedacht. 'Precies. Dat zou heel wat verklaren, hoewel ik nog steeds zijn beweegredenen niet begrijp.'

Leslie keek met een bittere uitdrukking op haar van pijn vertrokken gezicht naar hen. 'Xenotrut,' mompelde ze, en ze keek Mia hatelijk aan.

'Hou je mond,' zei Korum koeltjes. Hij keek het meisje minachtend aan. 'Je mag de miezerige god waar je naar bidt wel op je blote knieën danken dat Mia deze dag heeft overleefd en dat het pistool niet geladen was. Als haar iets was overkomen, zouden jij en al je Verzetsvriendjes pas echt hebben ontdekt wat "lijden" betekent. Begrepen?'

Leslie slikte zichtbaar, maar weigerde weg te kijken. Mia bewonderde met enige tegenzin haar moed. Als Korum zoiets tegen háár had gezegd, zou ze in haar broek hebben gescheten. Misschien deed Leslie dat ook wel, maar dan had ze een behoorlijk goede pokerface.

Mia vroeg zich af wat er met het meisje zou gebeuren. Waren de K van plan haar te laten gaan nadat ze haar hadden volgestopt met bewakingsapparaatjes, zoals ze hadden gedaan bij de Verzetsstrijders die hen hadden aangevallen? Ze nam zich voor dat Korum later te vragen, als ze weer alleen waren. Ondanks alles hoopte ze dat Leslie niet te zwaar gestraft zou worden voor wat ze had gedaan. Ze leek haar geen echt verdorven persoon. Ze was alleen heel erg verblind door haar haat jegens de K.

Er kwamen nog twee bewakers binnen door het hek. 'Klaar,' zei een van het in het Krinar. 'Alle bewijs is vastgelegd en daarna verwijderd.'

'Heel goed,' zei Korum tegen hen. 'Dank jullie wel dat jullie hier zo snel heen zijn gekomen.'

De bewaker die zojuist had gesproken, knikte. 'Geen probleem. Als je nog iets te binnen schiet wat met deze aanval verband kan houden, laat het ons dan weten.'

Korum beloofde dat hij dat zou doen en de bewakers gingen weg. Ze namen Leslie mee.

'Wat gaan ze met haar doen?' vroeg Mia, kijkend naar de paniekerige gezichtsuitdrukking van het meisje terwijl een bewaker haar meesleurde in de richting van het strand.

'Ze wordt gerehabiliteerd,' zei Korum. 'Ze heeft al veel te veel stennis veroorzaakt. Dus krijgt ze dezelfde behandeling als de andere Verzetsleiders die we tot nu toe hebben gepakt.'

'Rehabilitatie?'

Nu Mia wat tijd had doorgebracht in Sarets lab, wist ze dat het een heel complex en kwetsbaar proces was om iemands brein zo ingrijpend te beïnvloeden. Onherstelbare schade was zó toegebracht, en ieder brein was uniek, dus wat bij de een werkte, kon bij de ander desastreus uitpakken. Breinmanipulatie was de meest geavanceerde tak van de Krinar-neurowetenschap. Zelfs Saret gaf openlijk toe dat het nog verre van perfect werkte.

'Niet dezelfde soort rehabilitatie als de Kadebam,' zei Korum. 'Een mildere variant. Bij mensen is het niet zo ingewikkeld. Het is mogelijk dat ze slechts een klein geheugenverlies zal ervaren.'

Mia had ondertussen iets anders bedacht. 'Korum,' vroeg ze langzaam, 'je komt toch niet in de problemen, of wel? Vanwege wat er op het strand is gebeurd?' Vanwege het aan flarden scheuren van een Krinar – maar het lukte haar niet dat hardop te zeggen.

Hij glimlachte geruststellend naar haar. 'Nee. Het was heel duidelijk zelfverdediging. Ik heb opnames die dat bewijzen.'

'Opnames?'

Hij hief zijn hand omhoog met de palm naar haar toe. 'Onderhuidse technologie is heel handig. En als er nog meer bewijs nodig is, kunnen we beelden opvragen van onze satellieten die om de aarde cirkelen. Iets wat gebeurt op een openbaar strand zoals dat blijft nooit geheim. Er kan een onderzoek komen, dat lijkt me gezien het protocol ook waarschijnlijk, maar er zal geen proces volgen.'

Mia ademde opgelucht uit. 'Daar ben ik blij om.' Ze zette een stap naar hem toe, sloeg haar armen om zijn middel, knuffelde hem stevig en snoof zijn warme, vertrouwde geur op. Hij knuffelde haar terug. Met de ene hand drukte hij haar tegen zich aan en met de andere streelde hij haar haar. Zo stonden ze daar een minuut lang simpelweg te genieten van elkaars nabijheid en lieten ze de vreselijke dag verdampen in de warmte van hun omhelzing.

HOOFDSTUK EENENTWINTIG

*D*e lunch met Mia's ouders was in The Present Day Cafe, een klein, rustig restaurant in St. Augustine. Voor K-Day was het een van de weinige veganistische restaurants in de omgeving, waar verschillende exotische ingrediënten en weinig bekende rauwe gerechten op de kaart stonden. Vandaag de dag waren zulke tentjes veel normaler – nu waren diners en steakrestaurants de uitzondering – maar het eetcafé stond nog steeds bekend als een van de beste als het ging om hoogstaand plantaardig eten.

Korum stond er opnieuw op dat hij betaalde, en na een halfhartige discussie gingen haar ouders daarmee akkoord. Tijdens de lunch vermaakte hij hen met verhalen over zijn eerste bezoek aan de aarde zevenhonderd jaar geleden en hoe anders Europa destijds was. Mia zag dat het haar ouders fascineerde – en haar ook, om eerlijk te zijn. De tijd vloog voorbij.

Nu ze weer zag hoe makkelijk hij met haar familie praatte, verwonderde Mia zich over Korums kalmte. Misschien was hij gewoon een heel goede acteur. Hij lachte en maakte grapjes met haar ouders alsof er niets gebeurd was. Alsof hij niet vanmorgen met zijn blote handen een K had vermoord. Ze probeerde daar niet aan te denken, om deze morgen achter zich te laten, maar ze kon niet voorkomen dat de gruwelijke beelden telkens weer haar hoofd binnendrongen.

Hoewel Mia wist dat geweld een grote rol speelde in de geschiedenis en cultuur van de Krinar, had het erop geleken dat die tijden achter hen lagen. Mia had zoiets in elk geval niet meer gezien gedurende haar twee weken in Lenkarda. Ze wist dat Korums favoriete sport een vechtsport was en ze wist van de Arena. Maar dat was nog wel wat anders dan iemand vermoorden op het strand. Had Korum überhaupt last van wat hij had gedaan, of kon het hem niets schelen? Was de man van wie ze hield – en die kennelijk ook van haar hield – een meedogenloze moordenaar? En zo ja, maakte háár dat dan iets uit?

Een paar uur later zeiden ze haar ouders gedag en reden ze naar de alligatorfarm, een van de populairste uitjes in St. Augustine. Korum leek buitengewoon veel interesse te hebben in de koudbloedige beesten. Hij vertelde haar dat er op Krina geen vergelijkbare soort te vinden was.

Terwijl ze over de paden liepen en de verschillende soorten alligators en krokodillen bekeken, besloot Mia een vraag te stellen die haar al sinds vanmorgen bezighield.

'Heb je ooit eerder iemand vermoord?' vroeg ze. Ze probeerde nonchalant te klinken.

Korum bleef stilstaan en keek haar aan. 'Ik vroeg me al af wanneer je dat onderwerp zou aansnijden,' zei hij zachtjes en met een onleesbare gezichtsuitdrukking. 'Wat wil je horen, liefste? Dat ik nooit eerder in de situatie ben gekomen dat ik mezelf en anderen moest verdedigen? Dat ik tweeduizend jaar heb geleefd zonder ooit een ander het leven te moeten ontnemen?'

Mia slikte en staarde hem aan. 'Ik begrijp het.'

'Echt?' Zijn mondhoek vertrok een beetje. 'Begrijp je het echt? Ik weet dat je een heel beschermd leven hebt geleid, liefste, en ik ben blij voor je. Als ik je had kunnen besparen wat je vanmorgen hebt gezien, zou ik dat meteen hebben gedaan. Geloof me.'

'Hoeveel?' Mia wist dat ze moest ophouden met vragen, maar ze kon het niet. 'Hoeveel doden heb je op je geweten – Krinar dan wel mens?'

Hij zuchtte. 'Niet zoveel als je nu waarschijnlijk denkt. Toen ik jong was, was ik nogal opgefokt. Ik heb akkefietjes uitgevochten die nu volstrekt onbeduidend lijken. Sommigen daagden me dan uit om naar de Arena te komen en ik nam die uitdaging aan. En zodra we in de Arena waren… Het is voor jou misschien moeilijk te begrijpen, maar het is heel lastig te stoppen zodra het eerste bloed is gevloeid. In het heetst van de strijd varen we puur op instinct – en ons instinct zegt dat we onze vijand koste wat kost moeten vermorzelen. Daarom zijn de Arenagevechten zo gevaarlijk en komen ze nog maar zo weinig voor. Het leidt vaak tot de dood.'

'Waarom heeft jullie overheid die gevechten dan niet verboden?' onderbrak Mia hem. Ze kon dit vreemde gebruik in de Krinar-cultuur niet echt begrijpen. 'Waarom zouden jullie zo'n barbaars gebruik niet afschaffen? Jullie cultuur is in alle andere opzichten zo vooruitstrevend...'

'Omdat op deze manier het geweld beter binnen de perken blijft. Het blijft onder controle, als het ware,' legde hij kalm uit. Hij keek naar haar met zijn amberkleurige ogen. 'Als iemand een issue met mij heeft, kan hij me uitdagen om naar de Arena te komen in plaats van mijn familie te pakken. Er zijn nog weleens vendetta's, maar veel minder vaak dan in het verleden. Onze samenleving is zodoende veel vrediger geworden. In principe is het trouwens verboden om iemand te vermoorden in de Arena, maar er is nog nooit iemand vervolgd omdat hij zich liet meeslepen in een eerlijk gevecht.'

'Zou je wat er vandaag gebeurd is zo omschrijven? Werd je meegesleept in het gevecht?'

Hij knikte en zijn mond vormde een strakke streep. 'Ja... maar ik vind het wel jammer dat ik niet de gelegenheid heb gekregen om hem te vragen naar zijn motieven. Hij heeft jou pijn gedaan en had je met gemak kunnen vermoorden. Wat er met hem is gebeurd, is zijn verdiende loon.'

Mia keek weg. Ze wist niet wat ze moest zeggen.

Korum had een moord begaan om haar te beschermen – en zij zou waarschijnlijk hetzelfde hebben gedaan voor hem – maar ze vond het toch beangstigend om te beseffen dat hij zo gemakkelijk iemands leven kon beëindigen.

'En mensen?' vroeg ze terwijl ze verder liepen. Ze dacht aan alle geruchten die ze had gehoord over het brute K-geweld in de maanden van de Great Panic. 'Heb je veel mensen vermoord?'

Hij wachtte even met antwoord geven. 'Waarom doe je dit, Mia?' vroeg hij zachtjes terwijl ze stilhielden voor een groot alligatorverblijf. 'Waarom stel je vragen waarop je het antwoord eigenlijk niet wilt horen?'

'Ik weet het niet,' zei Mia eerlijk. 'In bepaalde opzichten ben je nog zo'n raadsel voor me. Ik hou van je, maar ik heb het gevoel dat ik je haast niet eens ken...'

Hij staarde kennelijk gefascineerd naar het water waar de alligators doorheen gleden. De toeristen liepen met een grote boog om de plek waar ze stonden heen. Zoals de meeste mensen hadden zij terecht aangenomen dat de K veruit het gevaarlijkste wezen was dat hier nu aanwezig was. Mia was hier inmiddels al zo aan gewend dat ze er nauwelijks aandacht aan besteedde. Waar ze ook naartoe gingen, werd er door mensen op Korum gereageerd met angstige blikken en gefluister.

Na een tijdje draaide hij zich om om haar aan te kijken. 'Ja, Mia,' zei hij vermoeid. 'Ik heb mensen vermoord. Soms uit zelfverdediging en soms om andere redenen. Ik heb door de eeuwen heen veel met jullie soort te maken gekregen en jullie zijn niet allemaal zo lief. Wil je nog iets weten?'

Mia bevochtigde haar lippen en staarde hem aan. 'Zou je Peter hebben vermoord, die avond? In de club? Als ik je er niet van had weerhouden?'

'Jij hebt me niet weerhouden, Mia,' zei Korum koeltjes. 'Ik had al besloten dat ik hem met een waarschuwing zou laten wegkomen. Wat hij deed was niet erg genoeg om meer te verdienen.'

Er ontsnapte haar een zucht van verlichting. 'Oké.'

'Maar,' voegde hij er met twinkelende ogen aan toe, 'als hij verder was gegaan – als hij met je naar bed was gegaan – dan was het wel anders met hem afgelopen.'

Mia's hart sloeg over. 'Zou je hem daarvoor hebben vermoord?' fluisterde ze. Er liep een rilling over haar ruggengraat.

Korum gaf geen antwoord en keek haar alleen maar blanco aan. Ze begreep dat wat ze altijd al over hem had gedacht, waar was.

Hij was gevaarlijk. Niet voor haar, maar voor alle anderen. Hoe beschaafd hij er ook uitzag en hoe geavanceerd de K-wetenschap en -technologie ook waren, in de basis was hij een jager. Een jager met een gewelddadige inborst en een diepgewortelde territoriumdrift.

Een jager die kennelijk evenveel van haar hield als zij van hem.

~

Die avond kwamen Marisa en Connor weer eten. Korum maakte een minder uitgebreide variant klaar van het feestmaal dat hij de dag ervoor had voorgeschoteld. Haar zus straalde: haar huid had een gezonde kleur en haar ogen sprankelden. Ook was haar eetlust weer normaal, dus ze at met smaak. De behandeling van Ellet leek het beloofde effect te hebben.

Connor was meer dan dankbaar. 'Eindelijk heb ik mijn vrouw terug,' vertrouwde hij Korum en Mia toe toen Marisa even naar de wc was. 'De afgelopen paar weken waren een hel. Ik was zo bang dat ze de rest van de zwangerschap in het ziekenhuis moest worden opgenomen. De horrorverhalen die we gehoord hebben over vrouwen die hebben wat zij had...'

Korum glimlachte naar hem. 'Ik ben blij dat het goed is gekomen. Ellet is goed in wat ze doet...'

Mia voelde een steek van jaloezie omdat hij zo lovend sprak over de vrouw met wie hij een relatie had gehad. Ze deed haar best om dat gevoel te negeren.

'... en ze was heel blij dat ze Marisa kon helpen.'

Na het eten besloten ze naar de film te gaan. De nieuwste James Bond was uit en de bad guy was een K die de mensheid wilde uitroeien. Korum vond het nogal een bak, vooral omdat Bond de K te slim af was en de Krinar-technologie tegen hem gebruikte. De schurk werd gespeeld door een menselijke acteur die het op zich best aardig deed als K, zeker met behulp van special effects, maar Mia vond zijn spel toch niet overtuigend. Marisa en Connor vonden het wel echt een goede film en op de weg terug naar het huis stelden ze Korum heel veel vragen.

Mia keek naar hen en realiseerde zich dat haar familie helemaal veroverd was door haar geliefde. Ze hadden zijn intimiderende kant nooit gezien en ze hadden geen reden om bang voor hem te zijn, zoals Mia in het begin wel had gehad. Voor hen was hij dus alleen een fascinerende vreemdeling die eindeloos veel interessante feiten en verhalen kon vertellen, en bovendien was hij gul en behulpzaam. Hij had haar vader en Marisa beter gemaakt en ze zagen dat hij Mia als een prinses behandelde.

Mia vond het heerlijk. Ze had in haar wildste fantasieën nog niet durven hopen dat haar familie het zo goed zou kunnen vinden met haar aliengeliefde. Ze had gedacht dat ze bang zouden zijn en zich zorgen om haar zouden maken – en dat was waarschijnlijk ook gebeurd als Korum niet zo zijn best had gedaan om hen voor zich te winnen. Meer nog dan al het andere was dit het bewijs van zijn liefde voor haar. Hij wist dat haar familie belangrijk voor haar was en hij had ervoor gezorgd dat ze zich goed voelden bij hun relatie – zo goed als mogelijk gezien het feit dat het vriendje van hun dochter geen mens was.

Haar gedachten gingen weer naar de toekomst en ze voelde een druk op haar borst die ze wel vaker voelde – het gevoel dat ze kreeg als ze dacht aan het onvermijdelijke einde van hun relatie. Hij hield van haar, maar dat kon onmogelijk voor eeuwig zijn. Hoelang zou ze nog jong en mooi blijven? Tien jaar misschien, met een beetje geluk twintig? Oké, sommige actrices zagen er tegenwoordig boven de vijftig nog fantastisch uit. Misschien zou dat voor haar ook gelden, vooral als de Krinar ook iets hadden bedacht voor cosmetische chirurgie. Ze stelde zich voor dat Ellet haar een facelift zou geven en huiverde bij het idee dat de beeldschone K haar oud en gerimpeld zou zien.

Ze kwamen terug bij het huis en zeiden Marisa en Connor gedag, die meteen in hun auto stapten en wegreden.

Mia zwaaide hen glimlachend uit en ging het huis in. Korum zat al op de bank. Hij keek naar zijn handpalm. Toen hij Mia hoorde binnenkomen, keek hij glimlachend op. 'Je was nogal stil tijdens de terugrit,' zei hij en hij keek haar onderzoekend aan. 'Vond je de film niet leuk?'

Ze liep naar hem toe en ging naast hem zitten. 'Hij was wel vermakelijk,' zei ze schouderophalend.

'Wat is er dan? Heb je nog steeds last van wat er vanmorgen gebeurd is?' Hij pakte haar hand en masseerde die heel licht, op een manier waardoor ze een beetje smolt vanbinnen.

'Nee.' Mia staarde naar de grote hand die de hare zo teder vasthield. Haar vingers zagen er klein en teer uit in de zijne en haar lichte kleur contrasteerde haast opwindend met zijn donkerdere huid. 'Nou, misschien. Ik weet het niet. Ik probeer er niet te veel aan te denken. De film was een geode afleiding...'

'Wat is er dan?' Hij was vastberaden om het niet los te laten.

Mia sloeg haar ogen op om hem aan te kijken. 'Ik dacht gewoon aan de toekomst, dat is alles. Ik weet dat ik me moet richten op het nu en genieten van wat we hebben, maar soms kan ik het niet helpen...'

Hij boog zich naar haar toe en kuste haar zachtjes. Met zijn lippen legde hij haar het zwijgen op. 'We praten hier wel over als we terug zijn in Lenkarda,' mompelde hij. Hij haalde zijn lippen weer van de hare en keek haar aan met een mysterieuze gezichtsuitdrukking. 'Maak je nu maar nergens zorgen over. Het komt wel goed, dat beloof ik je.'

Mia knipperde verrast met haar ogen en toen herinnerde ze zich dat hij een paar weken geleden toen ze nog in New York waren iets soortgelijks had gezegd. Ze was ontzettend nieuwsgierig, dus ze deed haar mond al open om nog een vraag te stellen, maar Korum kuste haar weer en daarmee verdwenen alle gedachten uit haar hoofd.

Hij tilde haar op en nam haar mee naar boven, waar Mia de rest van de avond en nacht geen kans meer kreeg om na te denken.

HOOFDSTUK TWEEËNTWINTIG

*D*e volgende ochtend werd ze wakker in Korums armen. Dat was zo ongebruikelijk dat haar ogen wijd openvlogen zodra ze het doorhad.

Ze lag op haar zij, lepeltje-lepeltje met hem. Ze waren allebei naakt en ze voelde zijn beginnende erectie tegen haar billen duwen. Geschrokken draaide Mia zich om om naar hem te kijken. Ze zag meteen dat hij klaarwakker was.

Bij haar plotselinge beweging glimlachte hij en hij drukte zijn lippen even op haar voorhoofd. 'Je bent wakker.'

Ze knikte en knipperde slaperig met haar ogen. 'Wat doe je hier? Je bent vaak veel eerder wakker…'

'Ik wilde je niet alleen laten,' legde Korum zachtjes uit. Hij streelde haar wang. 'Je leek zo onrustig te slapen, elke paar uur schreeuwde je het uit. Ik wilde me ervan verzekeren dat het goed met je ging.'

Vertederd nestelde Mia zich tegen hem aan en ze

omhelsde hem stevig. 'Dank je wel,' mompelde ze met haar lippen bij zijn schouder. 'Ik denk dat ik nachtmerries had over gisteren.' Ze herinnerde zich vaag dat er pistolen en bloed waren geweest in haar dromen en het verbaasde haar dat ze überhaupt zo goed had geslapen. Het feit dat Korum naast haar lag, had daar vast aan bijgedragen.

Hij streelde langzaam haar haar. 'Natuurlijk, liefje. Dat is echt heel begrijpelijk.'

'Heb jij weleens nachtmerries?' vroeg ze. Ze nam een beetje afstand om hem aan te kijken. De psychologiestudent in haar werd ineens nieuwsgierig.

'Niet echt,' zei Korum. Zijn hand speelde nu met haar lange krullen. 'Ik slaap meestal een paar uur heel diep en dan word ik wakker. De laatste keer dat ik een droom heb gehad, kan ik me niet herinneren. Het kan wel gebeuren, maar het is zeldzamer dan bij mensen. Onze slaapcyclus is anders.'

'Ah, ik snap het.'

'Wat wil je vandaag doen?' vroeg hij. 'We hebben geen plannen.'

'Ik dacht dat we vanavond misschien weer met mijn ouders kunnen eten, maar ik weet niet wat ik overdag wil. Niet het strand in elk geval. Ik denk dat ik daar nog niet klaar voor ben.'

'Logisch.' Zijn lichaam werd heel even gespannen. 'Wat als we iets totaal anders doen? We kunnen naar Orlando. Een van die pretparken bezoeken met achtbanen en zo...'

'Disney World?' Mia keek hem ongelovig aan.

'Ja,' zei hij serieus. 'Of Universal. Dat is meer voor volwassenen, toch?'

Mia kon haar lach niet inhouden. 'Echt? Jij wilt naar Universal Studios?' Ze stelde zich voor hoe ze samen in de rij zouden staan voor de Incredible Hulk en hoe alle andere gasten zouden flippen omdat er een K in de buurt van hun kinderen kwam.

'Ja. Waarom niet?'

Waarom niet, inderdaad. Nog steeds grinnikend zei Mia: 'Oké, ik doe mee. We kunnen naar Islands of Adventure gaan. Dat is het deel van Universal met de meeste achtbanen. Hoe gaan we naar Orlando? Met de auto?'

'Ja, dat kan best. Ik vind het niet vervelend om te rijden. Zo zie ik meer van de omgeving.' Hij grijnsde naar haar en hij zag er zo vrij en blij uit dat ze een kusje gaf op het kuiltje in zijn linkerwang.

Zodra haar lippen zijn gezicht raakten, voelde ze zijn bui veranderen. Ze kende hem nu al zo goed dat ze meteen begreep wat hij wilde. En ja, toen ze zich terugtrok, keek hij naar haar met goudkleurige ogen onder zware oogleden. 'Dit is de reden waarom ik meestal eerder uit bed ga,' mompelde hij voordat hij zijn lippen op de hare drukte en zijn hand naar haar dijen liet glijden.

Het daaropvolgende uur verdween Orlando naar de achtergrond en gingen ze op in hun eigen spel.

~

Twee uur later reden ze met meer dan honderdvijftig kilometer per uur over de snelweg. Als er iemand anders achter het stuur had gezeten, zou Mia het doodeng hebben gevonden, maar Korums reactievermogen was nog beter dan dat van een Formule 1-coureur, dus ze voelde zich heel veilig bij hem. De eerste twintig minuten reed hij met het dak van de cabrio open, maar Mia's haar waaide telkens in haar gezicht, dus ze moesten stoppen om hem dicht te maken.

'Ik moet nodig naar de kapper,' zei Mia terwijl ze weer gingen rijden. Ze deed een poging om de krullenexplosie op haar hoofd te temmen, maar het lukte niet. Wind en haar haar waren geen goede combinatie.

'Waag het niet,' zei Korum. 'Ik vind je lange haar prachtig.'

Mia zuchtte. 'Goed dan. Misschien laat ik het steilen…'

'Waarom? Je krullen zijn zo mooi. Laat het gewoon zo.'

'Jij spoort niet,' zei Mia. 'De meeste mannen houden van steil, zijdeachtig glanzend haar. Niet dit vogelnest van mij…'

'Het kan me niet schelen wat de meeste mannen mooi vinden. Laat je haar zoals het is.' Zijn toon duldde geen tegenspraak.

Mia glimlachte bij zichzelf. Zelfs bij zoiets kleins moest hij de controle hebben. Het was vreemd dat ze het niet meer zo erg vond. Dat betekende dat zij was veranderd, want hij deed precies hetzelfde als altijd. Ze was nog steeds zijn charl en hij had nog steeds veel te veel zeggenschap over haar. Het verschil was dat ze nu wist dat hij van haar hield, dat ze niet zomaar een speeltje voor hem was.

Iets uit de ontmoeting met Leslie knaagde ineens aan haar. 'Korum,' zei ze voorzichtig, 'wat is precies de bloedverslaving waarvoor je me waarschuwde? Leslie begon daar gisteren over...'

Korum hield zijn ogen op de weg gericht en vroeg: 'Wat zei ze?'

Ze probeerde zich de precieze bewoordingen te herinneren. 'Iets over haar broer. Die was verslaafd en smeekte constant K om hem te bijten, totdat ze hem doodden...'

Een paar seconden bleef Korum stil. 'Dat klinkt als een heel ongelukkig geval,' zei hij uiteindelijk. 'Het moet wel vlak na onze aankomst op aarde zijn gebeurd.'

'Hoe bedoel je?'

'Weet je nog dat ik zei dat we geen bloed meer nodig hebben om te overleven? Dat het nu meer een pleziertje voor ons is?'

'Ja, natuurlijk.'

'Oké. Het is dus in feite een soort drug, en het is verslavend. Zowel voor ons als voor de mensen bij wie we drinken. Maar een Krinar raakt pas verslaafd als hij of zij vaker dan een paar keer per week van dezelfde mens drinkt. Het komt erop neer dat de K verslaafd raakt aan de specifieke DNA-signatuur in het bloed van die ene mens. Dit is een opmerkelijk bijeffect van de genetische oplossing waardoor we juist zonder bloed kunnen overleven. Er zijn op dit moment topwetenschappers bezig met onderzoek naar dit fenomeen. Ze proberen te ontdekken waarom het gebeurt en hoe het kan worden voorkomen.'

Mia staarde hem gefascineerd aan. 'Wat gebeurt er dan als je verslaafd raakt? Doet het fysiek pijn?'

'Als de Krinar en zijn mens om welke reden dan ook van elkaar verwijderd raken wel, ja. Ze kunnen niet meer dan een paar uur zonder, en dat is een probleem voor zowel de mens als de K.'

'Is dat wat Leslies broer is overkomen? Ik geloof dat ik het nog niet helemaal begrijp…'

'Nee, voor mensen werkt het anders. Jullie soort raakt verslaafd aan het stofje in ons speeksel, maar daarbij maakt het niet uit welke K het is. Ik weet niet precies wat er met Leslies broer gebeurd is, maar ik kan wel een gok doen. Het klinkt alsof hij een van de x-clubs uit de beginjaren frequenteerde….'

'X-clubs?'

'X-clubs, xenoclubs. Zo noemen jullie nachtclubs waar mensen naartoe gaan om onze soort te ontmoeten.'

Mia knipperde met haar ogen. 'Ik heb hier nog nooit van gehoord. Is het net zoiets als de sites waar mensen contactadvertenties op zetten om seks te hebben met K?'

Hij keek een beetje geamuseerd. 'Zoiets ja. De sites zijn doorgaans voor mensen die gewoon nieuwsgierig zijn. Er zijn er maar heel weinig die ook echt overgaan tot de daad. Degenen die het serieus willen, gaan naar x-clubs.'

'Echt?' Mia stond ervan versteld dat ze dit nog nooit eerder had gehoord. 'Waar zitten die clubs? Zijn die er ook in New York?'

'Nee, ze zitten in de buurt van onze Centers. We houden er niet van om naar grote steden te gaan. Dat is waarschijnlijk de reden waarom je hier niet van wist. Er zijn er een paar in Costa Rica, een paar in New Mexico en Arizona, in Thailand en de Filippijnen...'

'Gaan er echt K naar die clubs?'

Korum knikte. 'Sommigen wel, zeker als ze verder niet zo graag buiten de Centers komen. Ik ben zelf nog nooit gegaan, maar ik vind het ook geen probleem om in menselijke steden en dorpen te zijn. Veel Krinar houden daar echt niet van. Die vinden de drukte en de vervuiling vreselijk. De clubs zijn voor hen een makkelijke manier om seks te hebben met mensen.'

'Je denkt dus dat Leslies broer naar zo'n x-club is gegaan.'

'Het zou me niet verbazen. De afgelopen paar jaar zijn de regels veel strenger geworden. Een mens mag maar twee keer per week naar binnen en de Krinar worden gewaarschuwd dat ze niet met meerdere tegelijk van dezelfde mens mogen drinken. Maar in de begintijd was het niet zo goed gereguleerd. Sommige mensen lieten zich meeslepen. Ze deden het met meerdere Krinar op één avond en gingen ook veel te vaak.'

Mia rimpelde haar neus. Het was nogal een verontrustende gedachte. Als Korum haar bloed dronk, was dat zo'n intense ervaring. Ze kon zich niet voorstellen dat ze dat met iemand anders zou doen. Maar ja, ze kon zich evenmin voorstellen dat ze met iemand anders seks zou hebben, dus zij was niet echt representatief. 'Vandaar,' zei ze.

'Ik denk dat Leslies broer ernstig verslaafd is geraakt. Waarom hij is doodgegaan, weet ik niet. Misschien werd hij agressief en probeerde hij een van de Krinar-vrouwen te dwingen. Dat is weleens gebeurd en het kan een reden zijn waarom hij is vermoord...'

'Een mens die een Krinar dwingt om seks met hem te hebben?'

'Ik zeg niet dat het hem gelukt zou zijn. Onze vrouwen zijn weliswaar minder sterk dan Krinar-mannen, maar ze zijn alsnog veel sterker dan mensen. Maar een poging zou al genoeg zijn geweest om hem te vermoorden. Geen weldenkend mens zou zoiets wagen, natuurlijk, maar sommige verslaafden zijn zo ver heen dat ze niet meer rationeel kunnen denken. Vooral niet als ze al een tijd zonder fix zitten.'

Mia huiverde. Het klonk allemaal afgrijselijk. 'Is er genezing mogelijk?' vroeg ze. Ze probeerde zich voor te stellen hoe wanhopig die arme mensen moesten zijn.

'Nog niet. Zover ik weet, is er een middel in de testfase.'

'Wanneer heb je hierover gehoord? Over de verslaving, bedoel ik? Was dat voor je hierheen kwam of later pas?'

'We weten het al een paar duizend jaar, maar totdat we hierheen kwamen, was het geen echt probleem. Het gebeurde doorgaans met charls en hun cherens en werd beschouwd als een deel van de verbintenis tussen het koppel. En omdat die relaties toch al bijna nooit voorkwamen, werd er geen bijzondere aandacht aan besteed. Het is natuurlijk wel heel anders geworden sinds we met mensen samenleven.'

'Aha...' Mia keek uit het raam en probeerde de implicaties van dit alles te bevatten. Er klopte iets niet aan, maar ze kon er de vinger niet op leggen.

Tot ineens het kwartje viel.

Ze draaide zich weer om om hem aan te kijken en fronste haar wenkbrauwen. 'Korum, wat zou er dan gebeuren als de charl doodging? Met de Krinar, bedoel ik. Als hij verslaafd is aan die ene specifieke mens, hoe moet hij dan verder?'

Het duurde heel even voordat Korum zachtjes antwoord gaf. 'De charl zou niet doodgaan, Mia.'

Mia staarde hem verbijsterd aan. 'Wat bedoel je?' fluisterde ze. Ze wist niet zeker of ze hem wel goed had verstaan.

Hij werd weer stil en ze zag zijn kaakspieren aanspannen. Plotseling stuurde hij naar de rechterrijstrook en reed hij naar de afslag, waarbij hij het geluid van piepende remmen en boos getoeter van de auto's die hij afsneed negeerde. Geschrokken pakte Mia de handgreep en ze hield zich stevig vast. Een minuutje later stopte hij op het parkeerterrein van een Comfort Inn en zette de auto op de handrem.

Hij draaide zich naar haar toe en zei zachtjes: 'We laten de mensen van wie we houden niet doodgaan, liefste. Jij, Maria, Delia... jullie zijn allemaal zo goed als onsterfelijk. Je zult niet verouderen, je zult niet ziek worden, en als je gewond raakt, zul je – mits het niet al te ernstig is – net zo snel genezen als ik.'

Heel even kon Mia hem alleen maar geschokt aangapen. Was dit een grapje? 'M-maar h-hoe?' stamelde ze. 'Ik ben geen Krinar…'

'Nee, je bent zeker weten geen Krinar,' zei Korum. 'Je bent een mens, zoals je altijd bent geweest.'

'Maar hoe dan?' Mia kon nauwelijks verwerken wat hij zei. 'Hoe is dit mogelijk?'

'Heb je niet gemerkt dat je sneller geneest? Voel je je misschien ook beter, energieker?'

Mia knikte. Haar hart bonsde als een gek.

'Heb je je nooit afgevraagd hoe dat kan? Hoe je arm gisteren bijvoorbeeld zo snel was genezen?'

'Ik dacht dat je me iets had gegeven,' fluisterde Mia. 'Dat pilletje van gisteren…'

'Dat pilletje was een pijnstiller. Het heeft niets gedaan om het genezingsproces te versnellen. Daar zouden we gespecialiseerde machines voor nodig hebben zoals ik eerder bij je heb gebruikt. Nee, liefste, je arm is zo snel genezen omdat je nu miljoenen hoog geavanceerde, complexe nanodeeltjes in je lijf hebt, die er allemaal op gericht zijn zo snel mogelijk schade te repareren – of het nu is op celniveau of op DNA-niveau.'

'Wat?' Er kwamen zwarte vlekken voor haar ogen en ze haalde diep adem, want ze besefte dat ze heel even was gestopt met ademhalen. 'Wat bedoel je? Hoe zijn die in mijn lichaam gekomen?'

'Ellet heeft ze op mijn verzoek geïmplanteerd in de eerste nacht na je aankomst in Lenkarda,' zei hij. Hij keek haar aan met een waakzame blik in zijn amberkleurige ogen aan. 'Ik heb je naar haar lab gebracht en zij heeft de procedure uitgevoerd.'

Mia's hoofd tolde, ze kon niet bevatten wat hij haar vertelde. 'J-je hebt me naar Ellets lab gebracht? Je hebt dit meer dan twee weken geleden bij me laten doen?'

'Ja,' zei hij. Zijn ogen werden langzaam goudkleuriger. 'Ik wilde niet riskeren dat je iets zou overkomen door nog langer te wachten.'

Ze staarde hem compleet verbaasd aan. 'Waarom heb je me dat niet verteld? Waarom heb je me niet gevraagd of ik dit wilde voor je het zomaar deed?'

'Ik kon niet riskeren dat je zou weigeren,' zei hij simpelweg. 'Je was nog te boos en te verbitterd toen je daar net was. En eerlijk gezegd was ik ook te boos op jou, liefste – te boos en te gekwetst om jou op dat moment dit aanbod te doen en een hele discussie over het onderwerp te voeren. Je verraad heeft me pijn gedaan, Mia. Ik begreep wel waarom je het had gedaan, maar het had me meer pijn gedaan dan alles wat iemand me ooit had aangedaan...'

Mia slikte. Er welden tranen op in haar ogen. 'Het spijt me... Dat spijt me echt heel erg...'

'En later,' ging Korum verder en hij bleef haar strak aankijken, 'nadat Ellet klaar was, stelde ik het uit om je erover te vertellen omdat ik wilde zien hoe onze relatie zich zou ontwikkelen, of je net zo sterke gevoelens voor mij zou krijgen als ik voor jou.'

'Was je me aan het testen?'

Hij knikte. 'In zekere zin, ja. Ik weet hoeveel onsterfelijkheid betekent voor de meeste mensen. Ik wilde dat je van mij hield, niet alleen van het lange leven dat ik je kon geven. Ik zou het je verteld hebben zodra we terug waren in Lenkarda, maar het onderwerp bleef maar naar voren komen en ik wilde niet tegen je liegen.'

Haar gedachten gingen razendsnel. Mia grabbelde naar de deur, op zoek naar de hendel in dit haar onbekende model auto.

'Wat doe je?' vroeg hij scherp en met vernauwde ogen.

'Ik... heb een momentje nodig,' zei ze met bibberige stem. Ook haar arm trilde terwijl ze de deur openduwde. Ze voelde zich mishandeld, en het besef dat de man van wie ze hield dit had gedaan, maakte haar misselijk. 'Ik heb gewoon een momentje...'

Maar voor ze uit de auto kon stappen was hij al bij haar. Hij stond voor het geopende portier. 'Stop, Mia. Je gaat nergens heen.'

Ze had het gevoel dat ze hyperventileerde. Mia wurmde zich uit de auto, zijn bevel negerend. Ze had wat afstand van hem nodig nu, ze moest een manier vinden om om te gaan met alles wat ze zojuist had gehoord.

Hij pakte haar arm vast terwijl ze langs hem heen probeerde te komen. 'Doe niet zo. Je hebt gezegd dat je van me houdt – je hebt gisteren zelfs je leven gewaagd om het mijne te redden – en nu maakt het je ineens van streek dat we lang samen kunnen zijn?'

Mia schudde panisch haar hoofd en probeerde haar arm los te rukken – een zinloze poging, natuurlijk. 'Nee, idioot!' Ze hoorde de hysterische klank in haar eigen stem. 'Maar je hebt het me niet eens gevraagd! Hoe kun je zoiets doen zonder het me te vragen?'

'Wat voor iets?' Zijn toon was ijskoud en zijn blik keihard. 'Je gezondheid geven? Een lang leven?'

Mia had het gevoel dat haar hoofd zou ontploffen. 'Iets in mijn lijf implanteren! Een medische procedure bij me laten doen zonder mijn medeweten of toestemming!'

'Ik heb je een cadeau gegeven, Mia.' Op dit moment waren zijn ogen bijna puur geel. 'Het is niet alsof ik je je lever heb ontnomen…'

'Je hebt me mijn vrije wil ontnomen!' Mia was zich er vagelijk van bewust dat ze schreeuwde, maar het kon haar nu niet schelen. Haar zicht was wazig van de woede en ze voelde dat ze trilde vanwege alle emoties. Alle frustratie van de afgelopen paar weken kwam naar de oppervlakte. 'Je hebt me mijn mogelijkheid om zelf keuzes te maken in het leven ontnomen! Ja, ik hou van je, maar daarmee heb je nog niet het recht om me te behandelen als jouw bezit. Begrijp je het niet, Korum? Begrijp je niet hoe ik me eronder voel nu ik weet dat jij zoiets bij me kunt doen?'

Hij staarde haar aan en ze zag het spiertje trekken in zijn strakgespannen kaak. 'Ik heb gedaan wat het beste voor je is. Ik heb je onsterfelijk gemaakt, Mia. Dat is toch precies wat je bezighield? Onze toekomst samen?'

'De toekomst waarin ik nog eeuwenlang word behandeld als een slaaf? De toekomst waarin ik geen zeggenschap heb over mijn eigen lichaam, mijn eigen leven? Zo'n soort toekomst?' vroeg Mia bitter. Ze was te boos om na te denken over wat ze zei.

Ze hoorde hem scherp inademen. 'Stap in de auto, Mia,' beval hij met een lage en koude stem. 'Je gedraagt je irrationeel.'

'En als ik dat niet doe?' zei ze uitdagend. 'Ga je me dan dwingen? Ga je me erin duwen?'

'Als het moet. Stap in.'

Trillend van hulpeloze woede stapte Mia in. Ze keek toe terwijl hij het portier aan haar kant dichtdeed en naar de bestuurderskant liep.

'We gaan terug naar het huis,' zei hij. Hij trok met piepende banden op. 'Ik denk niet dat een pretpark nu een goed idee is.'

∼

DE RIT TERUG NAAR HUIS VERLIEP IN STILTE. Mia keek uit het raam en Korum richtte zich op het rijden. Het duurde nog geen dertig minuten, de snelheidsmeter tikte de tweehonderd aan. Gelukkig werden ze niet aangehouden door de politie. Mia had een sterk vermoeden dat het met een agent die nu tegenover Korum kwam te staan niet zo goed zou aflopen.

Hoe graag ze ook wat tijd voor zichzelf had gewild, de rit in stilte gaf haar bijna hetzelfde: tijd om na te denken. Haar woede zakte iets en de volle omvang van wat hij haar had verteld drong tot haar door. Hij had haar onsterfelijk gemaakt – of tenminste zo goed als, corrigeerde ze zichzelf. Ze kon nog steeds doodgaan als haar lichaam onherstelbaar beschadigd raakte, net als Korum. Maar anders dan de rest van de mensheid kon ze niet sterven door ouderdom of ziekte.

Betekende dat dat ze duizenden jaren zou leven? Ze kon zoveel tijd niet overzien. Ze was pas eenentwintig; zelfs dertig leek ver weg. Duizend jaar? Dat klonk als iets uit een sprookje. Nooit verouderen, nooit ziek worden… Hij had gelijk: het was de droom van veel mensen. Ook die van haar.

Maar de manier waarop hij het had gedaan… Mia staarde naar haar handpalmen, waar nog steeds de trackers in zaten die hij de eerste keer had geïmplanteerd toen hij haar had beschenen. Hij beschouwde haar duidelijk als zijn eigendom – zijn charl, waarmee hij kon doen wat hij wilde. Ja, hij had haar een onmogelijk en onbetaalbaar cadeau gegeven, maar hij had haar ook haar laatste beetje geloof ontnomen in de aard van hun relatie. Hij was niet haar vriend of geliefde. Hij was haar meester. Ze had niets te zeggen over haar lichaam, haar hele leven, en hij begreep duidelijk niet wat ze daar voor probleem mee had.

De afgelopen paar weken had ze in een droomwereld geleefd. Ze had genoten van de tijd met hem en van de geweldige kans die hij haar had gegeven. Ze had het heerlijk gevonden om hem samen te zien met haar familie... En al die tijd had ze niet geweten dat hij haar fundamenteel had veranderd, dat ze niet meer de Mia was die ze altijd was geweest.

Onsterfelijkheid. Het klonk zo raar, zo onmogelijk... Millennialang hadden mensen gezocht naar de eeuwige jeugd, en de K hadden hem al die tijd al. Er ging een rilling door haar heen toen ze ten volle besefte wat dat betekende: de Krinar hadden de mogelijkheid om het mensenleven oneindig te verlengen, en ze deden het niet.

Het non-interferentiemandaat.

Dat moest wel de verklaring zijn. De Krinar hadden haar soort gemaakt en ze bleven voor god spelen. Mensen waren voor hen niet meer dan een experiment. Mia realiseerde zich hoe dom ze was geweest in haar hoop dat Korum haar ooit als gelijke zou zien. Hij hield op zijn manier vast wel van haar, maar hij zag haar niet als een persoon, als iemand met dezelfde basisrechten als hij. Hoe zou hij ook kunnen, als zijn soort de mens zag als hun creatie, een product van hun eigen evolutie?

De auto reed de oprit op en Mia stapte uit zodra ze stilstonden. Ze rende het huis binnen. Ze kon Korum nu niet aankijken, kon niet rustig over dit onderwerp praten. Nog niet. Niet voordat ze er zelf verder over had kunnen denken.

Tot haar opluchting kwam hij niet achter haar aan en liet hij haar de ruimte.

Ze rende naar boven en sloot zichzelf op in een van de gastenslaapkamers. Het slot stelde niet veel voor, natuurlijk. Het zou een mens misschien nog niet eens buitenhouden, dus een Krinar al helemaal niet. Maar het voelde toch een klein beetje beter nu, met die barrière tussen hen in.

Mia ging op het bed zitten en keek naar haar eigen handen, die strak in elkaar geklemd op haar schoot lagen. Op haar rechterduim had ze altijd een klein litteken gehad van toen ze zichzelf op haar zevende had gesneden met een aardappelschilmesje terwijl ze een appel schilde. Het littekentje was weg. Waarom had ze dit niet eerder gezien?

Ze stond op en liep naar de grote spiegel die aan de muur hing vlak naast de deur. Haar spiegelbeeld zag er heel normaal uit. Hetzelfde bleke gezicht, dezelfde ontembare krullen. Maar bij nadere bestudering zag ze de subtiele verschillen. Haar huid, waar normaal gesproken kleine sproetjes op zaten, was nu helemaal glad en wit, zonder ook maar enig smetje. De minimale schade die ze door de zon had opgelopen in eenentwintig jaar tijd leek te zijn verdwenen. Haar haar zag er ook gezonder uit, zonder dode puntjes, terwijl ze al meer dan een half jaar niet naar de kapper was geweest.

Ze tilde haar arm omhoog, maakte er wat bewegingen mee en keek naar de spieren die onder haar huid bewogen. Zelfs haar lichaam was iets veranderd. Ze was altijd mager geweest, maar nu zag ze er wat gespierder uit, alsof ze regelmatig trainde. Ze herinnerde zich dat ze een uur had kunnen zwemmen, dat ze het van Leslie had gewonnen in een gevecht... Het leek erop dat een van de voordelen van deze nanodeeltjes was dat ze ook fitter was.

Geen wonder dat Ellet haar zo bekend was voorgekomen. Mia herinnerde zich de droom die ze had gehad toen ze net in Lenkarda was. Een droom waarin een prachtige vrouw haar met haar elegante vingers aanraakte. Ellet. Dat was Ellet geweest. Korum had haar naar haar lab gebracht voor de implantatie en Mia begreep nu dat ze in elk geval deels wakker was geweest.

Ze liep terug naar het bed, ging liggen en rolde zich op tot een balletje, met haar knieën tegen haar borst. Ze voelde zich misselijk en ze wist dat dat alleen in haar hoofd zat. Echt misselijk worden was fysiek onmogelijk. Maar het onprettige gevoel in haar maag bleef. Haar maag draaide zich om bij het idee dat Korum haar onder zeil bracht en meenam naar zijn vroegere liefje. Ze stelde zich voor hoe Ellet met haar bewusteloze lichaam bezig was en huiverde.

Hoe kon hij haar dit aandoen? Hoe kon hij haar zoiets moois geven, iets waarvan ze niet eens had durven dromen, en tegelijkertijd haar vertrouwen verbrijzelen? En hoe kon ze samenzijn met iemand die tot zoiets in staat was, die haar vrije wil volledig kon negeren?

Aan de andere kant: hoe kon ze hem verlaten?

Mia probeerde zich een toekomst zonder Korum voor te stellen. De jaren strekten zich grauw en leeg voor haar uit. Als ze hem nooit had ontmoet – als ze zijn passie en zijn zorgzaamheid nooit had ervaren – was ze tevreden geweest, maar nu… Nu had ze hem net zo hard nodig als zuurstof. Zelfs als ze een paar minuten niet in zijn buurt was, miste ze hem zo erg dat het was alsof ze een deel van zichzelf miste. Als hij haar ooit zou verlaten, zou ze niet gewoon kapot zijn. Ze zou niet verder kunnen, ze zou niet meer kunnen functioneren. Ze zou een lege huls zijn, een schaduw van haar oude zelf.

Had hij zulke gevoelens ook als het om haar ging?

Er prikten tranen in haar ogen bij die gedachte. Was dat de reden waarom hij dit had gedaan? Omdat hij niet kon wachten, omdat hij het niet aankon haar kwijt te raken als hij de procedure ook maar een paar weken uitstelde? Had hij haar haar vrije wil ontnomen omdat zijn gevoelens voor haar zo diep zaten?

Ze probeerde zich voor te stellen hoe zij zich zou voelen als iemand die ze liefhad zwak en fragiel was, kwetsbaar voor ziektes en verwondingen. Korum was altijd zo sterk geweest, zo ongenaakbaar. Behalve die ene keer op het strand – en daarvoor, toen ze met het

Verzet samenwerkte – had ze zich nooit zorgen hoeven maken over zijn gezondheid en welbevinden.

Maar hij maakte zich constant zorgen over haar. Dat wist ze.

Hij deed alles wat hij kon om voor haar te zorgen. Hij zorgde ervoor dat ze het warm had, dat ze goed at, dat haar wonden werden genezen, hoe klein ze ook waren. Toen hij ontdekte hoe belangrijk haar studie en carrière voor haar waren, had hij haar in dat opzicht nergens van weerhouden. Integendeel: hij had haar een ongelofelijke kans gegeven, zodat ze kon groeien en gelukkig kon zijn. Hij had zelfs zijn best gedaan om haar familie voor zich te winnen.

Hij had haar alles gegeven, behalve de kans om zelf keuzes te maken.

Nee, ze kon zich een leven zonder hem niet voorstellen. En nu hoefde dat ook niet meer. In voor- en tegenspoed konden ze voor altijd samenzijn, en haar dwaze hart maakte een sprongetje van blijdschap bij die gedachte. Ze wist niet of ze hem kon vergeven dat hij zonder haar toestemming de procedure had laten voltrekken – nu nog niet in elk geval, maar ze kon het wel proberen. Ze moest het proberen. Ze hield te veel van hem om het niet te doen.

En ach, ze hadden nu eeuwen de tijd om het te laten werken tussen hen.

HOOFDSTUK VIERENTWINTIG

Tien minuten later liep Mia naar beneden. Ze was klaar voor een gesprek. Ze had wel een miljoen vragen voor Korum en ze kon niet wachten om de antwoorden te krijgen.

Tot haar verbazing stond hij in de woonkamer. Hij staarde uit het raam naar de oceaan in de verte. Toen hij haar voetstappen hoorde, draaide hij zich om om haar aan te kijken. Mia bleef stilstaan op de trap, geschrokken van zijn afwezige gezichtsuitdrukking.

Zijn ogen leken leeg, alsof hij recht door haar heen keek, en zijn gezicht stond hard en gesloten.

'Korum?' Mia hoorde dat haar stem een beetje trilde, maar ze kon er niets aan doen. Ze had hem koud en minachtend gezien, ze had hem boos en vol vuur gezien, maar zoals nu had ze hem nog nooit gezien. Het was alsof een vreemde haar aankeek. Een vreemde met het vertrouwde gezicht van de man van wie ze hield.

'De autosleutels liggen daar,' zei hij met een vlakke, emotieloze stem. Hij gebaarde naar de salontafel. 'Ik regel dat Roger alles naar het huis van je ouders stuurt. Ik heb wat geld op je rekening gestort zodat je basisbenodigdheden kunt kopen totdat je bagage er is.'

'Wat?' fluisterde Mia onhoorbaar. Het leek alsof er geen zuurstof meer in de lucht zat. Haar borstkas voelde alsof ze in een bankschroef was gedraaid en haar longen deden hun werk niet.

'De bewakers zullen voorlopig blijven voor jou en je familie, totdat we zeker weten dat Saur in zijn eentje opereerde. Je bent denk ik redelijk veilig nu hij en Leslie geen gevaar meer vormen.'

Haar hersenen konden niet verwerken wat hij zei. 'K-Korum? Waar heb je het over?'

Hij draaide zich van haar af en keek weer uit het raam. 'Dat is alles, Mia. Je kunt gaan.'

Bijna zonder haar eigen bewegingen te registreren liep ze de trap af. Er verspreidde zich een ijskoud gevoel door haar lichaam. 'Waarheen?' vroeg ze. Ze kon, ze wilde het niet begrijpen. Een meter bij hem vandaan bleef ze staan. Ze stond te trillen op haar benen en verlangde er wanhopig naar dat hij zich zou omdraaien en haar met die warme glimlach van hem zou aanijken.

Maar dat deed hij niet. Hij stond er als een standbeeld, verstild en onbeweeglijk. 'Naar het huis van je ouders lijkt me handig,' zei hij na een lange stilte. 'Daar ben je toch meestal in de zomer?'

'W-wil je dat ik wegga?' Mia kon de woorden maar ternauwernood langs de blokkade in haar keel persen. Het voelde alsof ze elk moment kon worden opgeslokt door een zwart gat van wanhoop. Hij kon dit toch niet menen, hij kon toch niet echt willen dat ze wegging…

'Neem de auto maar mee,' zei hij. Hij keek nog altijd uit het raam. 'Je kunt wel rijden, toch?'

'Ik heb mijn rijbewijs niet bij me,' zei ze als verdoofd. Ze staarde naar zijn rug.

'Als je wordt aangehouden, betaal ik de boete wel. Je rijbewijs en al je andere spullen komen deze week naar je toe.'

De brok in haar keel werd nog groter. Mia sloeg haar armen om zichzelf heen in een poging met de pijn vanbinnen te dealen. 'Waarom?' fluisterde ze hees. 'Waarom wil je dat ik wegga?'

'Is dat niet wat jij zelf wilde?' vroeg hij koeltjes. Hij draaide zich om om haar aan te kijken. Zijn gezicht was volkomen uitdrukkingsloos. Alleen de lichtgele vlekjes in zijn irissen lieten zien dat hij nog iets voelde. 'Heb je daar niet al wekenlang voor gevochten? Je vrijheid? Nou, je kunt hem krijgen.' Hij draaide zich weer van haar af, wees haar af.

Ze had het gevoel dat ze stikte. Mia hapte wanhopig naar adem. 'Korum, alsjeblieft, ik begrijp het niet…'

'Spreek ik niet duidelijk genoeg Engels voor je?' Zijn woorden raakten haar als een zweep. 'Je bent vrij om te gaan. Dus ga dan, verdwijn.'

Ze stikte bijna in de snik die opwelde in haar keel.

Mia liep langzaam achteruit. De pijn van zijn afwijzing was haast ondraaglijk. Haar knieholtes raakten de salontafel en haar hand sloot zich om de autosleutels die daar lagen. Ze pakte ze, draaide zich om en rende het huis uit, haar zicht wazig door de tranen die over haar wangen stroomden.

Ze haalde het tot vlak bij de auto toen ze op de grond zakte. Haar hele lichaam trilde en ze kon maar net genoeg lucht krijgen door de druk op haar borst heen. Om de een of andere reden wilde Korum haar niet meer. Hij wilde dat ze wegging. Na alles wat ze hadden gedeeld, liet hij haar gaan.

Het klopte niet. Het sloeg nergens op. Mia zat op de harde grond met haar rug tegen de auto, haar armen om haar knieën geslagen. Ze wiegde heen en weer. Na een paar minuten, toen de eerste shock en pijn waren weggeëbd, probeerde ze haar gedachten op een rijtje te zitten en probeerde ze te begrijpen wat er was gebeurd. Er moest wel een logische verklaring zijn. Waarom zou hij haar onsterfelijk maken als hij al die tijd al van plan was haar te verlaten? Waarom zou hij zoveel moeite hebben gedaan om haar familie te leren kennen als hij niet om haar gaf? Waarom zou hij hebben gezegd dat hij van haar hield? Was het allemaal een leugen geweest? Had hij al die tijd met haar gespeeld? Die gedachte was zo pijnlijk dat Mia hem moest stopzetten om niet gek te worden.

Of was het allemaal haar schuld? Had haar reactie op deze bekentenis hem van gedachten doen veranderen over hun relatie? Misschien begon hij haar toch al zat te raken en was dit de laatste druppel geweest. Mia bracht haar vuist naar haar mond en beet er hard op om een pijnkreet te onderdrukken. Ze kon zich haar leven niet zonder hem voorstellen, en hij wilde haar niet meer. Ze was hem kwijt. Om de een of andere reden was ze hem kwijt...

Ze moest in de auto stappen en wegrijden in plaats van op de oprit te zitten janken. Dan zou ze nog wat waardigheid behouden. Maar het lukte haar niet om in beweging te komen. Als ze nu wegging, zou ze hem misschien nooit meer zien. Hij had geen reden meer om in New York te zijn en zij had geen garantie dat ze ooit nog Lenkarda in zou mogen. Als ze wegreed, zou de man van wie ze het meest hield voorgoed uit haar leven zijn.

Dat kon ze niet laten gebeuren.

Haar gezicht was nat van de tranen, maar Mia stond resoluut op en klopte de stof en steentjes van haar jurk. Als Korum haar niet wilde, moest hij dat zeggen. Hij moest het uitleggen, want ze zou niet zomaar opgeven. Hij had een plek veroverd in haar leven en in haar hart, en nu dacht hij dat hij zomaar van haar af kwam? Ze was in het begin weliswaar te schijterig geweest om hem vragen te stellen, maar die tijd lag achter hen. Als hij van haar af wilde, moest hij haar eigenhandig van het terrein verwijderen. Ze ging niet weg voordat ze alles hadden besproken.

Met haar pols wreef ze haar wangen droog terwijl ze terugliep naar het huis om de confrontatie aan te gaan met de enige man van wie ze ooit had gehouden.

KORUM STOND NOG OP DEZELFDE PLEK, nog steeds uit het raam te kijken. Toen hij haar hoorde aankomen, draaide hij zich weer om. Heel even zag ze iets op zijn gezicht voor hij weer dat uitdrukkingsloze masker opzette.

'Je bent niet weggegaan,' zei hij zachtjes. Hij keek haar emotieloos aan. Ze wist dat zijn scherpe blik zag dat ze had gehuild en dat haar benen nog een beetje vies waren.

'Nee,' zei ze. Haar stem klonk rauwer dan anders. 'Ik ben niet weggegaan.'

'Waarom niet?' vroeg hij. Hij zag er enigszins belangstellend uit, alsof ze het hadden over zoiets simpels als een film die ze niet leuk vond.

Mia's ogen vernauwden zich tot spleetjes. 'Waarom wil je dat ik wegga?' vroeg ze met haar kin omhoog. 'Gisteren zei je dat je van me hield en nu wil je niet meer met me samen zijn?'

Zijn blik werd duisterder en zijn ogen kregen weer die gevaarlijke goudkleur. 'Mia, als je nu niet weggaat, zal het nooit meer kunnen. Nooit. Begrijp je me?'

Haar hart bonsde in haar borstkas en Mia keek hem uitdagend aan. 'Nee, dat begrijp ik niet. Ik begrijp niets van jou.' In plaats van weg te lopen, zette ze een stap naar hem toe.

In een oogwenk stond hij naast haar. Hij bewoog zo snel dat ze opsprong van schrik. Zijn hand flitste naar haar toe en hij drukte hem tegen haar borstkas. Korum torende boven haar uit. 'Wat begrijp je niet?' vroeg hij zachtjes. Ze hoorde de nauwelijks onderdrukte woede in zijn fluweelzachte stem. 'Wil je dat ik je smeek om te blijven? Dat ik weer zeg hoeveel ik van je hou?'

Haar borstkas zette zich in hoog tempo uit en zakte weer in bij iedere ademtocht. Mia slikte om de brok uit haar keel te krijgen. Ze had hem nog nooit zo meegemaakt en ze was bijna bang voor hem. Bijna – want ze wist dat hij haar nooit pijn zou doen. In elk geval niet fysiek.

'Waarom ben je niet weggegaan nu ik je de kans heb gegeven, Mia?' fluisterde hij ruw. Hij drukte haar tegen zich aan. Ze voelde zijn lichaamswarmte en de bobbel die in zijn spijkerbroek groeide. 'Weet je niet hoe moeilijk het voor me was om je te laten gaan?'

Hij probeerde niet van haar af te komen. Hij gaf haar de vrijheid omdat hij dacht dat ze dat wilde.

De waarheid drong tot haar door en Mia barstte bijna weer in tranen uit. Korum hield van haar. Hij hield zoveel van haar dat hij haar liet gaan. Hij hield zoveel van haar dat hij haar vrijheid boven zijn verlangen naar haar stelde.

Voor het eerst sinds ze hem kende, gaf hij haar een keuze.

Haar hart vulde zich met een jubelende blijdschap. Mia keek naar hem op en zag de pijn op zijn prachtige gezicht. Hij hield van haar en hij liet haar gaan. Het ontging haar niet hoe groots dit was. Deze beeldschone, machtige man had altijd gekregen wat hij wilde – en nu wist ze heel zeker dat hij háár wilde. Zijn intelligentie en ambitie hadden hem naar de top van de Krinar-samenleving gebracht en hij was eraan gewend dat hij enorm veel macht en invloed had. Hier op aarde gold dat nog meer, want hij hoorde bij de soort die haar planeet had veroverd en kon bijna alles doen zonder consequenties. Onder de mensen was hij een soort god.

Hoe zou het zijn om zo'n macht te hebben? Zou zij zichzelf hebben kunnen beheersen als ze wist dat ze alles kon krijgen wat ze wilde? Iedereen die ze maar wilde? Mia had zichzelf nog nooit eerder die vraag gesteld. Ze betwijfelde of het antwoord haar zou bevallen.

Het feit dat hij haar nu een keus gaf... Ze wist hoe moeilijk dit was voor hem, hoezeer het tegen zijn natuur inging. Hij beschouwde haar als zijn eigendom en volgens de Krinar-wet was ze dat ook. Dat Korum die macht opgaf en haar de kans gaf om bij hem weg te gaan, was het ultieme bewijs van hoeveel ze voor hem betekende.

Dus in plaats terug te deinzen voor zijn humeur, liet ze haar handen omhoogglijden over zijn borst en pakte ze zijn gezicht beet. Ze hield zijn blik vast met de hare en fluisterde: 'Ik wil niet gaan. Ik wil nooit gaan...'

Zijn ogen werden helderder en ze zag zijn pupillen groter worden terwijl zijn mond op de hare belandde, zo hard dat ze er bijna een beurse plek van kreeg. Zijn tong kwam haar mond binnen voor een verslindende kus die ze meteen beantwoordde. Ze genoot van de honger die ze proefde in zijn kus. Zijn handen gingen naar haar rug en hij hield haar zo stevig vast dat ze bijna niet kon ademhalen. Ze voelde zijn grote lijf trillen door de intensiteit van zijn emoties.

Hij trok zich even terug en kreunde: 'Je blijft.' Mia knikte, ook al was dit geen vraag. Ze ging op haar tenen staan en kuste hem opnieuw. De kamer draaide om haar heen omdat hij haar in zijn armen tilde en naar de bank tilde.

De zelfbeheersing die hij eerder had getoond was compleet weg. Ze voelde dat hij nu werd gedreven door een primitieve behoefte. Hij was niet zachtzinnig, en dat wilde ze ook niet. Niet op dit moment. Niet nu ze zo wanhopig verlangde naar zijn vuur. Zijn handen trokken haar jurk en haar ondergoed van haar lijf en toen dook hij op haar. De drang om in haar te gaan en haar op de meest basaal mogelijke manier te claimen was voelbaar bij hem.

Bij de krachtige stoot waarmee hij bij haar binnenkwam schreeuwde Mia het uit en ze kromde zich naar hem toe. Haar vingers kromden zich en drukten in zijn nek. Hij voelde ongelofelijk hard en groot. Ze werd opgerekt en opgevuld totdat ze de pijn van hem bijna verliezen was vergeten. Ze verloor zich in de stuwende kracht van zijn stoten.

Met zijn rechterhand in haar haar trok hij haar hoofd opzij om haar hals te ontbloten. Toen beet hij haar; de scherpe randjes van zijn huid sneden door haar huid. Mia hapte naar adem van de plotselinge pijn, maar toen drukte hij zijn mond over de wond en verdween de wereld om haar heen bij het heerlijke gevoel dat door haar aderen raasde.

De daaropvolgende paar uur was ze zich van niets anders bewust dan de duistere vervoering waarin hij haar bracht.

HOOFDSTUK VIJFENTWINTIG

'Vertel me nog eens wat meer over die onsterfelijkheid,' zei Mia lui. Ze keek hoe hij één lange krul optilde en er een cirkeltje mee maakte op zijn eigen schouder.

Ze lagen naast elkaar in bed nadat ze deze ochtend weer seks hadden gehad.

Mia kon zich de rest van gisteren niet echt meer herinneren. Nadat hij haar had gebeten, was ze pas laat in de avond weer helder geweest, toen hij haar wakker had gemaakt uit een diepe slaap omdat het tijd was voor eten. Toen bracht hij haar terug naar bed en was ze weer in slaap gedonderd, waarna ze vanochtend wakker was geworden en zag dat hij verlangend naar haar keek. 'Eindelijk,' had hij gemompeld voor hij het dekbed wegtrok en haar met zijn vaardige mond een orgasme gaf voor ze ook maar echt wakker was. Daarna had hij haar weer genomen, alsof hij het niet trok om ook maar een paar uur fysiek van haar gescheiden te zijn.

Nu draaide hij zijn hoofd om om haar aan te kijken met een warme gloed in zijn ogen. 'Wat wil je weten?' vroeg hij glimlachend.

'Alles,' zei Mia. 'Heb je altijd al geweten dat je dat kon, mensen onsterfelijkheid geven? En hoe gaat dat precies in zijn werk? Ben ik nog wel een mens, of ben ik nu een soort rare hybride? Ben ik ook sneller en sterker geworden? En zal ik ooit nog fysiek veranderen, of zal ik er de rest van mijn leven zo uitzien?'

Hij lachte en drukte zichzelf omhoog op een elleboog. 'Dat zijn nogal wat vragen. Ik zal beginnen met de makkelijkste. Ja, je bent nog steeds een mens. Nee, je bent niet echt veel sterker of sneller dan je was, hoewel je iets beter in vorm bent. Je geneest wel heel snel. Als je sterker wilt worden, kun je dat makkelijk doen. Het enige wat je hoeft te doen, is krachttraining en fitness. Je lichaam regenereert nu zo snel dat je geen tijd nodig hebt om te herstellen. Je kunt binnen een paar weken tijd zo fit worden als de beste atleten. Je hebt ook meer uithoudingsvermogen gekregen, en ook dat heeft te maken met de snelheid waarmee je lichaam zichzelf kan repareren. En nee, je bent zeker geen hybride. De nanodeeltjes bootsen de natuurlijke lichaamsfuncties na en repareren alle mogelijke schade. Dat is het enige wat ze doen. Ja, ze herstellen je lichaam tot in optimale staat, dus je zult vanaf nu niet meer echt fysiek veranderen. Je zult jaren- en eeuwenlang jong en mooi blijven.'

Mia luisterde naar zijn uitleg en haar hartslag nam toe van opwinding. 'Wauw,' fluisterde ze verbijsterd. 'Ik weet niet eens wat ik moet zeggen. Gewoon... wauw.'

Korum grijnsde naar haar en toen werd zijn gezichtsuitdrukking serieuzer. 'Wat het eerste deel van je vraag betreft: dit is voor ons ook nog relatief nieuwe technologie. We kennen deze pas een paar duizend jaar.'

'Een paar duizend jaar? Dat is al heel lang...' Ze hadden op ieder moment in de afgelopen paar duizend jaar kunnen besluiten mensen onsterfelijk te maken?

Hij zuchtte. 'Als jij het zegt.'

'Korum,' zei Mia voorzichtig, 'wat houdt het non-interferentiemandaat precies in? Is dat de reden waarom jullie geen technologie met ons hebben gedeeld?'

Hij knikte. 'Ja. Het non-interferentiemandaat is door de Ouderlingen ingesteld en het staat boven de wetten die de Raad kan maken...'

'De Ouderlingen?'

'De oudste Krinar die er zijn. Er zijn er negen die we de Ouderlingen noemen. Zij leven al miljoenen jaren. De alleroudste onder hen is Lahur, die naar het schijnt al meer dan tien miljoen jaar leeft.'

Mia staarde hem verbijsterd aan. 'Tien miljoen jaar?' Tien miljoen jaar geleden bestond de menselijke soort nog niet eens. En er waren dus Krinar die zo oud waren?

'Het is voor mij ook moeilijk voor te stellen,' zei Korum. Hij begreep wel wat ze bedoelde. 'Ze moeten wel zoveel hebben gezien en geleerd in hun leven. Er is niets te vergelijken met de wijsheid van de Ouderlingen.'

'Waar zijn ze?' vroeg Mia. Ze kreeg kippenvel over haar hele lichaam bij de gedachte aan een zo oud iemand. 'Zijn ze ook op aarde?'

'Nee, ze leven op Krina. Ze zijn grotendeels op zichzelf. Er zijn maar weinig Krinar die hen hebben ontmoet en dat willen ze graag zo houden. Ik heb Lahur van een afstand gezien, maar zelfs daarmee ben ik een van de weinigen.'

Mia fronste perplex. 'Hoe hebben ze dat mandaat dan ingesteld? En hoe zorgen ze ervoor dat het wordt nageleefd?'

'Ze hoeven er niet voor te zorgen, Mia. De Ouderlingen hebben veel aanzien in onze maatschappij, dus tegen hen ingaan is een misdaad waar de doodstraf op staat.'

'Maar waarom hebben ze het gedaan? Wat is de gedachte achter het mandaat?'

'Ik weet niet wat precies hun motivatie is geweest,' gaf Korum toe. 'Maar ik weet wel dat twee van hen deel uitmaakten van het team wetenschappers dat de mens heeft ontworpen. Zij waren de makers van jullie soort. Als ik een gok moest doen, zou ik zeggen dat ze nog steeds de leiding hebben over dat project.'

Haar frons werd dieper. 'Waarom hebben ze jullie dan naar de aarde laten komen?'

'Omdat de Raad – in het bijzonder ikzelf, Saret en nog een paar anderen – hen wist over te halen dat het nodig was voor de uiteindelijke overleving van de Krinar. Jullie ontwikkelden zo snel allerlei wapens en technologie, en in zo'n destructieve richting, dat jullie de planeet in gevaar brachten. Aangezien wij uiteindelijk de aarde ons thuis moeten gaan noemen, als onze ster over iets van honderd miljoen jaar sterft, konden we niet toestaan dat jullie deze planeet onbewoonbaar maakten.'

Dat verwerkte Mia even in stilte. Ze begreep de situatie met de Ouderlingen nog steeds niet helemaal. 'Hoe kan het dan dat je mij onsterfelijk mocht maken ondanks dit mandaat?'

'Door je mijn charl te maken.' Zijn ogen glinsterden. 'We mogen een uitzondering maken voor een charl.'

'Ik snap het.' Mia keek hem aan en herinnerde zich toen hij zei dat het een eer was om een charl te zijn. Nu begreep ze waarom hij dat vond. Oké, als charl had je weinig rechten in de K-samenleving, maar je kreeg wel iets wat geen enkel ander mens kon bereiken: perfecte gezondheid en een ongelofelijk lange levensverwachting. Zelfs in het moderne Amerika waren er waarschijnlijk veel mensen die al hun rechten en vrijheden zouden opgeven voor een paar extra decennia, laat staan voor honderden of duizenden jaren.

'Hoe zit het met mijn ouders en zus?' vroeg Mia met ingehouden adem. 'Maakt het mandaat ook een uitzondering voor hen?'

Er verscheen een oprecht spijtige uitdrukking op Korums knappe gezicht. 'Nee, Mia, sorry. Dat is niet het geval. Ik zal alles doen wat ik kan om hun gezondheid te waarborgen en hun leven zo lang mogelijk te maken, maar ik kan ze niet geven wat ik jou heb gegeven.'

Mia beet pijnlijk hard op haar lip en keek weg. Ze had al een beetje verwacht dat het zo zou zijn, maar het kwam alsnog hard aan. Zij zou jong en gezond blijven terwijl iedereen om haar heen oud zou worden en zou doodgaan. Die gedachte was ondraaglijk deprimerend.

'Liefste, kom hier,' mompelde hij en hij trok haar in zijn armen. 'Het spijt me, echt waar. Voor wat het waard is: ik zal de Ouderlingen vragen om toestemming. Ik weet alleen niet of dat iets uithaalt.'

'Dank je wel,' fluisterde Mia. Ze keek hem aan. 'Daarvoor en voor alles.'

'Ik hou van je,' zei hij zachtjes. Hij streelde haar rug. 'Ik zou alles voor je doen. Dat weet je toch?'

Mia glimlachte. Haar hart liep over van emoties. 'Ik hou nog meer van jou...'

'Dat lijkt me onmogelijk,' zei hij, en de intensiteit van zijn stem roerde haar. 'Ik hou zoveel van je dat het pijn doet. Als je gisteren bij me was weggegaan...'

Ze slikte plotseling opkomende tranen weg en omhelsde hem nog steviger. 'Dat zou ik niet hebben gedaan,' zei ze met een dikke stem. 'Ik wil nooit bij je weg. Ik dacht dat jij me niet meer wilde...'

'Ik zal jou altijd willen.' Hij klonk volkomen overtuigd.

'Hoe weet je dat?' vroeg Mia nieuwsgierig. 'We kennen elkaar nog geen twee maanden. Hoe weet je hoe je je over een paar jaar zult voelen?'

Zijn lippen vormden een tedere glimlach. 'Dat is het voordeel van de ervaring, liefste. Ik weet hoe ik me voel – ik wist het bijna meteen al. De eerste keer dat ik je in mijn armen hield, de eerste keer dat we vreeën, toen wist ik al dat het anders was dan alles wat ik ooit eerder had gevoeld. Ik kon aan niets anders denken dan jij – je smaak, je geur, de manier waarop je je kin optilt als je koppig bent... Ik dacht dat ik gek werd, dat ik zo geobsedeerd raakte door een mensenmeisje. Een mensenmeisje dat niet eens met mij wilde zijn, nota bene. Ik wilde je neuken, ja, maar ik wilde je ook beschermen, je meenemen en nooit meer laten gaan...'

'Waarom heb je me dat niet verteld?' vroeg Mia. Haar hart miste een slag door zijn woorden. 'Waarom heb je me niet eerder verteld over je gevoelens?'

De glimlach verdween van zijn gezicht en hij keek haar serieus aan. 'Omdat ik bang was,' gaf hij toe. 'Omdat ik me nooit eerder zo had gevoeld en omdat ik niet wist hoe ik ermee om moest gaan. Voor het eerst in eeuwen werd ik gedreven door emoties in plaats van ratio. Ik heb als het om jou ging daardoor niet altijd de slimste keuzes gemaakt. Ik wilde je hebben en ik kon aan niets anders denken dan die behoefte, dat verlangen. Ik had niet genoeg geduld en daardoor heb ik je bang gemaakt... en toen kwam je daardoor in aanraking met het Verzet. Ik hield van je, maar het enige wat jij leek te willen, was mij uit je leven bannen.

Zelfs later nog, toen je had gezegd dat je van me hield, wist ik niet zeker of je dat meende of dat je gewoon het spel meespeelde en mij gaf wat ik wilde...'

Mia schudde haar hoofd. Ze kon haar oren niet geloven. Hij had altijd zo ongenaakbaar geleken. Het besef dat zij al die tijd de macht had gehad om hem pijn te doen, maakte haar nederig. 'Nee, Korum,' mompelde ze. Ze bracht haar hand naar zijn gezicht en streelde over zijn wang. 'Ik ben in New York al voor je gevallen. Ook al dacht ik dat je mijn soort kwaad wilde doen, ook al was ik bang dat ik je seksslaaf zou worden, ik viel toch voor je. En nu ben ik zover dat ik niet zonder je kan...'

Hij ademde diep in, drukte haar dichter tegen zich aan en begroef zijn gezicht in haar haar. 'En ik kan niet zonder jou leven, liefste,' fluisterde hij. 'Ik geloof niet dat ik je ooit nog kan laten gaan...'

'Waarom deed je het dan? Waarom probeerde je me gisteren te laten gaan?'

Hij trok zich een beetje terug en keek haar weer aan. 'Omdat ik me realiseerde dat ik je niet kon dwingen van me te houden, bij me te willen zijn.' Er kwam een bittere glimlach om zijn lippen. 'Ik zou je tot het einde der tijden bij me kunnen houden, maar ik zou je niet kunnen dwingen van me te houden. Het was niet meer genoeg om je gewoon te hebben, snap je. Ik wilde meer – ik wilde dat je uit eigen beweging van me hield. Ik dacht dat je het geweldig zou vinden dat ik je onsterfelijk had gemaakt, maar in plaats daarvan was je zo overstuur... En op dat moment begreep ik dat ik het niet kon doen, dat ik je niet bij me kon laten blijven tegen je wil in.'

'O, Korum,' fluisterde Mia, 'het is niet tegen mijn wil. Het is al heel lang niet meer tegen mijn wil...'

Zijn gezichtsuitdrukking verzachtte weer iets. 'Daar ben ik blij om,' zei hij zachtjes en hij veegde wat haar uit haar gezicht. 'Ik wil dat je gelukkig met me bent. Het is nooit mijn bedoeling geweest om je het gevoel te geven dat je een slaaf bent. Ik kon alleen de gedachte niet aan dat er iets met je zou gebeuren als ik wachtte met de procedure tot je gewend was in Lenkarda en aan het samenzijn met mij. Ik dacht dat ik je iets gaf wat je wilde...'

'Dat is ook zo. Ik wil het,' zei Mia eerlijk. 'Hoe kun je daaraan twijfelen? Je hebt me een ongelofelijk geschenk gegeven, ik heb nooit anders willen beweren. Maar Korum, kun je me alsjeblieft één ding beloven?'

Hij keek haar behoedzaam aan. 'Wat?'

'Kun je alsjeblieft nooit meer iets doen zonder mijn toestemming? Zelfs als je denkt dat het beter is en zelfs als je niet zeker weet dat ik het goed zal vinden?'

Hij aarzelde even en knikte toen met enige tegenzin. Ze zag hoeveel moeite het hem kostte om deze concessie te doen, hoezeer het tegen zijn natuur inging. Maar hij had haar nu zijn woord gegeven en ze wist dat hij zich eraan zou houden.

'Dank je,' zei ze. Ze gaf een kus op zijn schouder. 'Dit betekent heel veel voor me.'

Hij glimlachte, boog zich naar haar toe en gaf haar een zachte kus.

Toen hij zich terugtrok, keek Mia hem serieus aan en vroeg ze: 'Weet je wat nu ook heel veel voor me zou betekenen?'

Hij keek een beetje aarzelend. 'Wat?'

'Een lekker ontbijtje,' zei ze, en ze zag een prachtige glimlach op zijn gezicht doorbreken.

~

Op vrijdagochtend gingen ze terug naar Lenkarda.

De rest van hun tijd in Florida was goed gegaan en haar familie vond het jammer dat ze weer weggingen. Korum beloofde dat hij Mia voor het eind van de zomer nog een paar dagen hierheen zou brengen, waarop hij een dikke knuffel kreeg van haar tot tranen geroerde moeder en een dankjewel van haar vader. Marisa was vooral heel emotioneel geweest. Ze bedankte Korum voor alles wat hij had gedaan en bloosde hevig toen hij haar ten afscheid een kus op de wang gaf.

'Ik zal ze missen,' zei Mia tegen hem toen ze naar het vliegveld reden, waar hij hun vaartuig wilde maken. 'Ik zou echt willen dat ik ze vaker kon zien.'

'Dat zal ook kunnen,' zei Korum. Hij hield zijn blik op de weg gericht terwijl hij praatte. 'Zodra ik zeker weet dat het veilig is, is er geen enkele reden om hier niet eens in de paar weken naartoe te gaan. Zo ver is het niet vanuit Lenkarda…'

'Vanuit Lenkarda?' vroeg Mia fijntjes. 'Ik dacht dat we in de herfst teruggingen naar New York...'

Korum zuchtte. 'Als je dat dan nog steeds wilt, ja.'

'Waarom zou ik dat niet willen?'

Hij haalde zijn schouders op. 'Je hebt geen diploma nodig als je bij Sarets lab blijft werken. Het is niet alsof je op de universiteit meer leert dan je in Lenkarda zou kunnen...'

'Hoop je daarop?' vroeg Mia. 'Dat ik besluit niet terug te gaan?'

'Ik vind Lenkarda een fijnere plek dan New York,' gaf hij toe, 'maar ik vind het niet erg als jij besluit je studie af te maken. Ik weet dat het nog steeds belangrijk voor je is en ik heb beloofd dat ik je terug zou brengen zodra het nieuwe studiejaar begint. Negen maanden is niet zo lang in het grotere geheel, en als jij het beter vindt...'

Voor het eerst dacht Mia serieus na over de mogelijkheid haar studie niet af te maken. Korum had gelijk: wat ze leerde op haar stage was veel gaver dan wat ze op de universiteit kon leren. En als Lenkarda haar thuis werd, was een diploma sowieso van geen enkele waarde. Zou Saret haar bovendien nog terug willen als ze zo lang wegging? Ze zou deze kans niet willen vergooien alleen om een paar essays te gaan schrijven en tentamens te maken. Ze moest dit maar eens met haar baas bespreken, en snel ook, besloot Mia.

Ze kwamen aan op Daytona Beach International Airport en Korum bouwde het vaartuig in een afgelegen deel van het vliegveld waar ze niet gezien werden door andere mensen. Terwijl het vliegtuigje met veel vaart opsteeg, herinnerde Mia zich hoe bang ze was geweest toen ze wegging uit New York en voor het eerst naar Lenkarda vloog. Was dat nog maar drie weken geleden? Het leek alsof er een heel leven was verstreken tussen toen en nu.

Het meisje dat was weggegaan uit New York was angstig en getraumatiseerd, onzeker over haar lot en onzeker of ze de man van wie ze hield wel kon vertrouwen – de man die ze ooit had beschouwd als een vijand, de man die ze had verraden.

Ze was dat meisje niet meer.

Deze Mia was volledig overtuigd van Korums liefde.

In de afgelopen paar dagen was hun relatie opnieuw subtiel veranderd. Ze waren nu opener dan ooit tevoren. Totdat ze die discussie hadden gehad – totdat hij haar die keus had gegeven – had Mia haar twijfels gehad over deze relatie. Het was een onprettig gevoel geweest dat hij alle macht had en niet aarzelde om die te gebruiken. Nu besefte ze dat ze zichzelf om die reden niet helemaal had overgegeven aan de relatie, dat ze hem onbewust op afstand had gehouden.

Nu was dat echter veranderd. Ze voelde zich anders. Ze was nog steeds zijn charl, maar het voelde niet meer alsof hij haar bezat. Hij hield zoveel van haar dat hij haar zou hebben laten gaan, dat hij zijn controle over haar zou hebben opgegeven, en dat was een balsem voor haar ziel en heelde de wonden uit het onstuimige begin van hun relatie.

Elke avond hadden ze na het eten met haar familie een lange strandwandeling gemaakt om met elkaar te praten. Ze had gehoord over een paar van Korums vorige relaties (hij had er veel gehad) en hij had verteld dat hij desondanks nog nooit verliefd was geweest. Hij had gedacht dat hij er niet toe in staat was. 'Ik was overdonderd door mijn gevoelens voor jou,' had hij gezegd, en ze had zich opnieuw gerealiseerd hoe moeilijk het voor hem was om haar te laten gaan. Het feit dat hij dat had gedaan, bewees dat zijn gevoelens voor haar echt waren – dat hun seksuele relatie was uitgegroeid tot de volwaardige relatie waarop ze altijd had gehoopt.

En nu, terwijl hun schip naar Costa Rica vloog, strekte Mia haar arm naar hem uit en gaf ze een kneepje in Korums hand. 'Ik hou van je,' zei ze, en ze zag een warme glimlach op zijn mooie gezicht verschijnen.

Haar leven kon niet mooier worden.

Z e gingen terug.

Saur had gefaald, maar de Krinar had ook niet anders verwacht. Korum was te sterk om zo makkelijk vermoord te worden. Natuurlijk had hij er niet op gerekend dat Mia gewond zou raken. Dat was onacceptabel geweest. Als zijn vijand Saur niet had vermoord, had de K het zelf gedaan.

Binnenkort zou hij weer in zijn buurt zijn. De Krinar hief zijn hand omhoog en staarde ernaar. Hij stelde zich voor hoe hij haar zachte lijf zou aanraken, haar zijdeachtige huid zou strelen. Ze zou zo klein, zo fragiel zijn in zijn armen. Zo kwetsbaar. Hij kon alles met haar doen wat hij wilde en ze zou er niets tegen kunnen uitrichten.

Zijn pik roerde zich bij die gedachte en hij vloekte omdat hij zichzelf nog altijd niet onder controle had. In voorbereiding op haar aankomst was hij naar een nabijgelegen x-club gegaan om te loeren naar mensenmeisjes. Ze waren allemaal mooi geweest en ze wilden het allemaal maken in Hollywood. Een van hen had krullen gehad, al was het een beetje vaalblond en dat trok hem niet zo aan. Hij had urenlang met die mensenmeisjes geneukt en toch was hij onbevredigd weer weggegaan.

Hij wilde háár.

En binnenkort zou hij de kans krijgen om haar te hebben – haar, en al het andere wat hij wilde. Hij had een aardig productieve week gehad.

Nog een paar dagen en hij was er klaar voor.

VOORPROEFJE

Dank je wel voor het lezen van *Aantrekking*, het tweede deel van de Krinar-kronieken! Ik hoop dat je ervan hebt genoten. Als dat het geval is, zou ik het heel erg waarderen als je een review schrijft. Lezersrecensies stimuleren mij om te schrijven en je helpt er andere lezers mee die de boeken nog niet kennen.

Het laatste deel van het verhaal van Mia en Korum heet *Aansluiting* (de Krinar-kronieken: deel 3).

Als je de Krinar-kronieken goed vindt, is de Verwrongen-trilogie misschien ook iets voor jou. Deze dark romance-serie vertelt het spannende en indringende verhaal van Julian en Nora.

- *Verwrongen* – het verhaal van Julian en Nora, dark romance

Als je wilt weten wanneer er een nieuw boek uitkomt,
schrijf je dan in voor de mailnieuwsbrief op
www.annazaires.com/book-series/nederlands/.

Sla om voor een voorproefje van *Verwrongen*.

Ontvoerd. Meegenomen naar een privé-eiland.

Ik had nooit gedacht dat mij dit zou overkomen. Ik had me nooit kunnen voorstellen dat een toevallige ontmoeting aan de vooravond van mijn achttiende verjaardag mijn leven zo volkomen zou veranderen.

Nu behoor ik hem toe. Julian. Een man die even meedogenloos als knap is — een man wiens aanraking me in vuur en vlam zet. Een man wiens tederheid verwoestender is dan zijn wreedheid.

Mijn ontvoerder is een raadsel. Ik weet niet wie hij is of waarom hij me heeft ontvoerd. In hem bevindt zich duisternis—duisternis die me evenzeer aantrekt als beangstigt.

Ik ben Nora Leston. Dit is mijn verhaal.

Het is avond. Ik word elke minuut nerveuzer omdat ik weet dat ik straks mijn ontvoerder weer zie. Niet langer houdt het boek mijn aandacht vast. Daarom leg ik het maar weg en begin te ijsberen.

Ik heb de kleren aan die Beth me gebracht heeft. Zelf zou ik ze niet uitgekozen hebben, maar ze zijn beter dan die badjas. Ik heb een sexy wit slipje aan en een bijpassende beha. Daaroverheen draag ik een leuk blauw zomerjurkje met knoopjes van voren. Het is verbazend hoe goed het past. Misschien houdt hij me al wel langer in de gaten. Misschien weet hij naast mijn kledingmaat nog veel meer van me.

Die gedachten zijn misselijkmakend.

Hoe hard ik ook probeer niet te denken aan wat komen gaat, het lukt me niet. Eigenlijk begrijp ik niet eens waarom ik er zo van overtuigd ben dat hij vanavond naar me toe komt. Misschien heeft hij wel een hele harem aan vrouwen op dit eiland zitten en neemt hij elke avond een ander, net als sultans dat vroeger deden.

Maar ik weet gewoon dat hij eraan komt. Gisteren was gewoon een voorproefje. Hij is nog niet klaar met me – nog lang niet.

Uiteindelijk gaat de deur open. Hij stapt binnen alsof hij de touwtjes in handen heeft, wat natuurlijk ook zo is.

Opnieuw ben ik onder de indruk van zijn

mannelijke schoonheid. Met zo'n gezicht zou hij een model of een filmster kunnen zijn. Als de wereld eerlijk was, was hij klein geweest, of had hij een andere imperfectie gehad om voor die trekken te compenseren.

Maar dat is niet het geval. Zijn lichaam is perfect geproportioneerd, groot en gespierd. Als ik denk aan hoe het was om hem in me te voelen, bespeur ik tot mijn ongenoegen een vlaag van opwinding.

Wederom draagt hij een spijkerbroek en een T-shirt, een grijze ditmaal. Hij heeft groot gelijk dat hij de voorkeur geeft aan eenvoudige kleding. Het is niet of zijn uiterlijk nog extra nadruk nodig heeft.

Hij glimlacht naar me, duister en verleidelijk als een gevallen engel. "Hallo, Nora."

Ik heb geen idee wat ik moet zeggen en daarom flap ik het eerste eruit wat in me opkomt: "Hoelang wil je me hier houden?"

Hij houdt zijn hoofd een tikje scheef. "Hier in deze kamer? Of op dit eiland?"

"Allebei."

"Beth zal je morgen rondleiden. Als je zin hebt, kunnen jullie gaan zwemmen," zegt hij terwijl hij op me af loopt. "Ik houd je niet opgesloten, tenzij je domme dingen gaat doen."

"Zoals?" Mijn hart begint als een gek te bonzen wanneer hij met een hand door mijn haren strijkt.

"Beth of jezelf pijn doen." Zijn zachte stem en indringende blik werken hypnotiserend. Die ritmische strelingen door mijn haar versterken dat effect alleen maar.

Ik probeer de betovering te verbreken door een paar keer met mijn ogen te knipperen. "En op het eiland? Hoe lang ben je van plan me hier te houden?" Nu strijkt zijn hand over de ronding van mijn wang. Even leun ik tegen zijn hand, als een kat die geaaid wordt. Dan besef ik wat ik aan het doen ben, en meteen ga ik weer stokstijf rechtop staan. Aan zijn glimlach zie ik dat hij precies weet welk effect hij op me heeft.

"Lang, hoop ik," is zijn antwoord.

Op de een of andere manier verrast dat me niet. Je neemt niet de moeite iemand helemaal naar een verlaten eiland te brengen als je alleen paar keer seks wilt. Ik ben doodsbang, dat wel, maar niet verrast. Ik verzamel mijn moed en stel de volgende logische vraag: "Waarom heb je me ontvoerd?"

Nu glimlacht hij niet meer. In plaats van te antwoorden, neemt hij me met die onpeilbare blauwe ogen op.

Over mijn hele lichaam begin ik te beven. "Ga je me vermoorden?"

"Nee, Nora, ik ga je niet vermoorden."

Ik weet dat hij zou kunnen liegen, maar toch stelt het antwoord me gerust. "Ga je me dan verkopen?" Ik forceer de woorden naar buiten. "Als een prostituee of zo?"

"Nee," zegt hij zacht. "Dat nooit. Je bent van mij. Alleen van mij."

Ook dat stelt me wat gerust, maar er is één ding dat ik nog moet weten. "Ga je me pijn doen?"

Wederom lijkt het of hij geen antwoord gaat geven. Heel even verschijnt er een flits van iets duisters in zijn ogen.

"Waarschijnlijk wel," zegt hij dan en hij buigt zich voorover om me met zijn warme mond zachtjes op mijn lippen te kussen.

Een moment lang blijf ik als bevroren staan. Ik geloof hem. Ik weet dat hij de waarheid vertelt als hij zegt dat hij me pijn gaat doen. Al vanaf het begin is er iets aan hem dat me angst aanjaagt. Hij is zo anders dan de jongens met wie ik altijd uitging. Volgens mij is hij tot alles in staat. En ik ben volledig aan hem overgeleverd.

Heel even overweeg ik me weer te verzetten. Dat is wat men zou doen in mijn situatie, nietwaar? Dat zou dapper zijn.

Maar ik doe het niet. Ik bespeur een duisternis in hem, een afwijking. Die schoonheid verbergt iets monsterlijks en ik wil niet degene zijn die het wekt. Ik heb geen idee wat er dan zal gebeuren.

Daarom blijf ik doodstil staan en laat ik hem me kussen. Ook wanneer hij me oppakt en naar het bed draagt, verzet ik me niet. In plaats daarvan sluit ik mijn ogen en geef ik me over aan de gevoelens die hij in me oproept.

~

Verwrongen is nu verkrijgbaar. Ga naar mijn website www.annazaires.com/book-series/nederlands/ voor meer informatie en om je in te schrijven voor mijn releasemailing.

OVER DE AUTEUR

Anna Zaires is verslaafd aan boeken sinds ze op vijfjarige leeftijd van haar grootmoeder leerde lezen. Haar eerste korte verhaal schreef ze niet lang daarna. Sindsdien leeft ze gedeeltelijk in een fantasiewereld waarin alleen haar eigen verbeelding de grenzen bepaalt. Momenteel woont Anna in Florida. Ze is gelukkig getrouwd met Dima Zales (een auteur van science fiction- en fantasyboeken). Al hun boeken komen door nauwe samenwerking tot stand.

Voor meer informatie, zie www.annazaires.com/book-series/nederlands/.